중국 5대 소설
삼국지연의·서유기 편

이나미 리쓰코 지음 | 장원철 옮김

KB033258

AK

국립국어원 외래어 표기법에 따라 외국 지명과 인명 및 상호명을
다.

는 모두 역자의 주석이며 그 외는 저자의 주석이다.

겹낫표(『 』)로 표시하였으며, 그 외 인용, 강조, 생각 등은 따옴
었다.
연의三國志演義』, 『서유기西遊記』, 『수호지水滸志』, 『금병매金甁
루몽紅樓夢』, 『기문둔갑천서奇門遁甲天書』

과 Noto Sans 서체를 이용하여 제작되었다.

들어가며

아득한 고대 중국으로부터 근세 전기의 송대宋代에 이르기까지 중국 문학의 주류를 차지했던 것은 정통적인 시문詩文 갈래였다. 몽고족의 원대元代 이후로 이러한 흐름에 변화가 일어나 희곡이나 소설 등의 이른바 '속문학俗文學'을 비롯해 명대, 청대에는 단편과 장편을 불문하고 소설 갈래가 두드러지게 발전·성숙하였다. 원곡은 물론 구두어였던 '백화白話'로 쓰였지만, 명·청 시대의 소설의 경우에는 문어文語로 된 '문언文言소설'과 '백화소설'이 나란히 공존하였다. 그렇지만 중국 소설사의 흐름으로 보자면 아무래도 이 시기에 급성장한 백화소설 갈래가 압도적 우위를 차지했던 것은 틀림없는 사실이었다.

『중국의 5대 소설』이라는 제명의 이 책에서 다루는『삼국지연의三國志演義』,『서유기西遊記』,『수호지水滸志』,『금병매金瓶梅』,『홍루몽紅樓夢』의 다섯 작품은 모두 백화로 쓰인 장편소설이다. 이 가운데 앞의 네 작품은 명대에 완성·간행된 소설인데, 17세기 전반의 명나라 말기부터는 통틀어 '사대기서四大奇書'로 불리면서 백화 장편소설의 걸작으로 높게 평가받기에 이르렀다. 18세기 중엽인 청나라 중기에 이르러 조설근曹雪芹에 의해 중국 백화소설의 최고 걸작인 『홍루몽』이 간행되어 앞의 '사대기서四大奇書'와 더불어 '5대 소설', 곧 '5대 백화 장편소설'로 일컬어지게 되었다. 더욱이 작자의 이름과 이력이 그나마 상당 정도 분명한 것은 『홍루몽紅樓夢』뿐이며, 이보다 앞선 시기의 '사대기서四大奇書'의 작자는 모두 불명확하거나 확실히 알려져 있지 않다.

종래에 『삼국지연의』를 '무武', 『서유기』를 '환幻', 『수호전』을 '협俠', 『금병매』를 '음淫', 『홍루몽』을 '정情'이라는 식으로 5대 소설의 특징을 한 글자로 응축해 나타내는 방식이 널리 퍼져 있었다. 이것은 적확하면서도 의미 깊은 정의라고 하겠다. 개개 작품의 내용을 딱 집어서 말하는 동시에 '무武'는 (역사물로서의) 강사講史, '환幻'은 (신비한) 영괴靈怪, '협俠'은 (의로운 임협의 이야기인) 협의俠義, '음淫'과 '정情'

은 '(색깔이 있는) 연분煙粉[1]'이라고 일컫고 있듯이, 각각 중국 백화소설의 옛날부터 행해지던 주제별 분류 항목에 일치하거니와, 5대 소설이 각각 해당 항목의 대표적 작품임을 나타내고 있다. (위의 분류 항목은 손해제孫楷第가 지은 『중국 통속소설 서목書目』에 따른 것이다.)

'5대 소설'은 『삼국지연의』가 모두 120회, 『서유기』·『수호전』·『금병매』가 모두 100회(『수호전』은 120회와 70회 등 여러 종류의 판본이 있다), 『홍루몽』이 모두 120회(전반부 80회는 조설근이, 후반부 40회는 고악高鶚의 의해 이루어진 속편이다)라는 식으로 모두 호한한 장편으로서 단숨에 통독하는 것은 상당히 힘든 일이다. 그렇기 때문에 끝까지 독파했던 순간에 느끼는 달성감과 상쾌함은 각별하다 하겠다.

이렇듯 모두 방대한 장편 작품인 '5대 소설' 가운데 『삼국지연의』, 『서유기』, 『수호전』은 송대로부터 원대의 시기에 걸쳐 사람들이 붐비는 시정에서 재담꾼이 청중 앞에서 행했던 연속 장편 강담講談인 '삼국지 이야기', '서유기 이

---

1) 연분煙粉은 '연화분대煙花粉黛', 곧 '화창한 봄날 곱게 화장한 미녀'를 뜻하는 말로 남녀 간의 애정사를 가리키는 말이다.

야기', '수호전 이야기'를 각각 모태로 해서, 이후에 이것을 집대성해서 완성도 높은 장편소설로 완성하였다.

아울러 『삼국지연의』와 『수호전』이 장편 백화소설로 성립한 것은 14세기 중엽인 원말명초元末明初 시기로 추정되고 있다. 두 작품 모두 오랫동안 사본의 형태로 유통되었는데, 『삼국지연의』의 최고 판본은 명나라 가정嘉靖 원년(1522)에, 현존하는 『수호전』의 최고 판본은 만력萬曆 연간(1573~1620)에 비로소 간행되었다. 다만 『서유기』만은 장편 백화소설로의 완성이 훨씬 늦어져서 16세기 중엽인 명대 중기에 완성된 것으로 추정하고 있다.

민간 예능인 장편의 연속 재담을 모태로 하는 장편소설인 『삼국지연의』, 『서유기』, 『수호전』에 공통된 형식적 특징은 이른바 '장회소설章回小說[2]'이라는 점이다. 장회소설이란 첫 회부터 마지막 회에 이르기까지 한 회씩 단락을 나누어서 연쇄적으로 회를 거듭하면서 이야기를 진행해가는 형식을 가리킨다. 각 회의 말미에는 반드시 '(그걸 알려면) 다음 회回의 설명을 들으시라且聽下回分解'라는 상투적

---

2) 몇 개의 회回로 나누어 이야기를 서술한 장편소설로, 매 회마다 표제가 붙어 소설 전체의 내용을 개괄해볼 수 있게 한 장회체章回體 체재의 소설을 가리킨다.

인 문구가 오고, 이것을 이어받아 다음 회가 시작하는 장치이다. 이러한 장회소설의 어투는 청중에게 "이어서 다음 회를 기대하시기 바랍니다(다시 왕림해주실 것을 기대합니다)"라고 호소하는, 연속으로 강석講釋을 행하는 재담꾼의 어투를 답습하거나 모방한 것이다.

장편 백화소설 가운데 가장 이른 시기에, 의식적으로 이런 형식을 채택했던 작품은 『삼국지연의』라고 할 수 있다. 그러나 가장 오랜 판본인 「가정본嘉靖本」은 240칙則[3]으로 이루어졌고, 회목回目(매회의 표제)은 "천지에 제사 지내고 도원에서 의형제를 맺다"(제1칙), "유현덕은 황건적을 죽여서 처음으로 공을 세우다"(제2칙)라는 식으로, 모두 단구單句로 표현되어 있다. 이것을 두 칙則씩 한데 묶어서 한 회回로 해서 모두 120회로 만든 판본이 출현했던 것은 가정본이 나오고 나서 이삼십 년이 지난 후의 일로 추정된다. 이때 회목回目도 또한 "호걸 세 사람은 도원에서 잔치하여 의형제를 맺고 영웅은 황건적을 죽여서 처음으로 공을 세우다"(제1회)라는 식으로 모두 대구對句 표현을 취하게 된

---

3) 편 또는 토막의 뜻으로 조목으로 나누어진 것이나 단락을 이루는 문장의 수를 표시한다. 회回의 의미와 통한다.

다. 이렇듯 두 칙則씩 묶어서 한 회回로 하고, 회목에 대구 표현을 사용하였던 것은 이야기를 입체적으로 부풀리는 데에 절대적인 효과가 있었다. 그것은 회목의 대구 표현이 보여주듯이 항상 두 가지 시점을 교차시키면서 이야기 세계를 복합적으로 전개해나가는 것을 가능케 하였다.

『삼국지연의』를 효시로 하여, 마찬가지로 낭창朗唱하는 서사물을 모태로 삼았던 『서유기』와 『수호전』은 말할 것도 없고, 이후에 단독 저자에 의해 창작되었던 『금병매』와 『홍루몽』에 이르기까지 모든 작품이 이러한 장회소설의 스타일을 정련精鍊·답습해가는 한편 대구적 발상을 적극적으로 활용하여 각각 흥취 있는 이야기 세계를 구축해갔다. 이렇게 보면 중국 고전 백화 장편소설, 특히 5대 소설의 유례가 없는 재미의 원천 가운데 하나는 독특한 장회소설의 형식에 유래한다고 말할 수 있다.

상·하로 이루어진 『중국의 5대 소설』이라는 이 책은 이처럼 장회소설의 형식을 취하면서 각각 전혀 다른 서사적 구상에 의해 전개되는 5대 소설의 작품 세계를 스토리 전개에 따라서 탐구하고자 하는 것이다.

우선 상권에 해당하는 이 책에서는 『삼국지연의』와 『서유기』를 다루고자 한다. 두 작품 모두 낭창하는 옛이야기를 모태로 하고 있지만, 실은 역사적 사실을 기반으로 한 역사소설 『삼국지연의』와 마음껏 환상의 이야기 세계를 펼쳐놓은 『서유기』는 이야기 세계의 양상이 전혀 이질적이다. 그럼에도 불구하고 이 두 작품은 한편으로 시점을 두는 방식이나 특징적인 인물 묘사의 방법 등에서 이면적으로 서로 공통되는 바가 있다. 이 책에서는 이러한 공통점에 유의하면서 『삼국지연의』와 『서유기』 각각의 이질적인 재미를 부각하고자 노력하였다. 아울러 이러한 두 작품을 읽음으로써 다종다양한 요소를 받아들인 중국의 백화 장편소설이라는 갈래, 나아가 소설이라는 표현 양식 자체에 대해서도 생각해보고자 했다.

　다음으로 하권에서 다루는 『수호전』, 『금병매』, 『홍루몽』의 세 작품은 깊은 연관관계가 있다. 자세한 내용은 하권에서 다루겠지만, 『금병매』는 전래의 서사물을 직접적인 모태로 하지 않고서, 처음부터 단독의 저자에 의해 구상되고 저술된 작품이라고는 하지만 사실은 『수호전』의 삽화를 통째로 근거한 형태로 작품 세계를 전개하고 있다. 더욱이『홍루몽』은 이러한『금병매』를 발판으로 삼았으면서도 내용과 표현 방식이 모두 판이하게 다른 정치한 작품 세계를 구축하고 있다. 이런 식으로 이 세 작품은 서로 떼려야 뗄 수 없는 인과관계로 이어져 있다. 이 책의 하권에서는 이렇듯 각각 좀처럼 만날 수 없는 재미를 가득 담고 있는 세 편의 소설 작품을 읽으면서 그 인과관계에 초점을 맞추는 동시에 이 책에서 제기하고 있는 이야기란 무엇인가, 소설이란 무엇인가라는 문제에 대하여 더욱더 생각해보고자 한다.

  아울러 이 책의 권말에『삼국지연의』와『서유기』의 전회목을 수록해놓았다. 그때그때 참조해주었으면 하는 바람이다.

2008년 3월
이나미 리쓰코 井波律子

목차

『서유기西遊記』편

- 거대한 요괴 테마파크

『삼국지연의』편
- 흥망의 역사와 서사의 탄생

1. '3'으로 맺어진 세계의 시작

- 도원결의桃園結義

"이튿날 그들은 장비의 집 뒤에 있는 도원桃園에서 희생
으로 쓸 검은 소와 흰 말과 그밖에 제사 지낼 예물을 갖추
었다. 세 사람은 향을 살라 두 번 절하고 함께 엄숙히 맹
세한다.

'우리 유비와 관우와 장비는 각각 성은 다르나 형제가
되었으니, 마음을 함께하여 힘을 합쳐 서로 괴로운 고비
와 위험한 경우를 도와서, 위로는 나라의 은혜에 보답하
고 아래로는 만백성을 편안하게 하리이다. 같은 해 같은
달 같은 날에 함께 죽기를 원하오니, 황천후토皇天后土는
우리를 굽어 살피소서. 만일 세 사람 중에서 의리를 저버
리거나 은혜를 잊는 자가 있거든 천벌을 받을 것이리라.'

(제1회)

이야기의 시작

수백 년에 걸친 전란의 출발점이 되었던 후한後漢 말엽.
영웅호걸이 서로 경쟁하는 양상을 극적으로 묘사하는 『삼
국지연의』 제1회, 중심인물인 유비劉備, 관우關羽, 장비張飛

세 사람이 늠름하게 등장한다.

　이러한 등장 장면으로부터 이야기가 전개된다고 기억하는 이들이 많은 것 같다. 하지만 이야기의 처음에 등장하는 것은 세계사 교과서에도 실려 있는 이른바 '황건黃巾의 난'이다. 중국에서는 진시황제에 의한 천하 통일(기원전 221년) 이후에 초나라와 한나라의 싸움에서 고조 유방劉邦이 승리해 전한前漢 왕조를 세운다(항우를 무찌르고 유방이 제위에 올랐던 시기는 기원전 202년). 그 후에 광무제 유수劉秀가 한때 멸망했던 전한을 부흥시켜 후한 왕조를 세운다. 그 후 한도 말기에 이르러 환관의 발호로 쇠퇴하고, 심각한 사회 불안이 야기되었다. 그러한 와중에 일종의 '의적'처럼 각지에서 봉기하였던 것이 누런 천을 머리에 두른 황건적이었다. 교조 장각張角이 이끄는, 도교 계통의 신흥종교 '태평도太平道'가 곤궁한 민중을 규합하여 수십만 명의 대규모 혁명군으로 성장시켰던 것이다. 이러한 황건적을 어떻게 평정할 것인가라는 지점에서부터 유비와 조조曹操, 손견孫堅 등『삼국지연의』제1세대의 스타들이 역사 흐름의 중추로 등장하게 된다.『삼국지연의』는 시종 역사적 사실을 배경에 깔고 있는 것이다.

이른바 삼국시대의 사실을 전하는 사료는 말할 것도 없이 진수陳壽가 저술한 정사『삼국지』와 그에 덧붙인 배송지裴松之의 주를 들 수 있다. 그의 뒤를 잇는 것은 사실에 각색을 더한, 위진魏晉 시대 명사들의 일화집인『세설신어世說新語』와 북송 시대 사마광司馬光이 지은 역사서『자치통감資治通鑑』 따위가 있다. 이들 역사적 사료가『삼국지연의』의 저변에 있는 것은 틀림없다고 하겠다. 그러나「들어가며」에서도 언급했듯이『삼국지연의』는 민간 예능의 현장에서 재담꾼이 연출한 이야기[1]라는 또 하나의 모태를 가지고 있었다. 저자로 지목되는 나관중羅貫中(생몰년 미상)이『삼국지연의』를 지었던 것이 14세기 중엽인 원말명초元末明初 무렵인데, 그 훨씬 이전인 9세기 중엽 만당晚唐 무렵부터 이른바 '삼국지 이야기'가 활발히 연행演行되었고, 11세기부터 12세기 북송 시대에는 이미 '설삼분說三分'으로 불리는 삼국지 설화의 전문화된 갈래가 확립되어 있었

---

1) 옛날 민간 예능의 하나로 '설화'는 여러 가지 이야기를 구어로 기술하는 것을 가리킨다. 이는 당말·오대 때 출현하여 이후 송원 시대에 성행하였는데, 그 강설자를 설화인說話人 또는 재담꾼이라고 하고, 그 저본을 화본話本이라고 하였다. 그 종류에는 강사講史와 소설小說 등이 있는데, 강사는 후세의 연의演義의 시원이 되며, 소설의 경우는 인간 세계를 제재로 하는 문예의 선구가 되어서 각각 후세 백화소설 문학에 중대한 영향을 끼쳤던 것으로 평가받고 있다.

다. 청중을 열광케 했던 이러한 서사물의 내용이 어떤 것이었는가는 더 이상 알 길이 없지만, 14세기 초에 간행된 『신전상삼국지평화新全相三國志平話[2]』가 삼국지 설화를 문자화했던 가장 오랜 텍스트로서 그러한 면모를 전하고 있다. (자세한 내용은 졸저 『삼국지연의』 이와나미 신서 참조)

실제로 역사 속에서 일어났던 사건과 민중이 오랜 세월 즐겨왔던 황당무계한 이야기. 이 두 가지 요소가 볼 만하게 결합한 곳에 장편 백화소설 『삼국지연의』의 매력이 존재하는 것이다.

도원의 맹세

그런데 이러한 황건적이 유주幽州(오늘날 베이징시의 서남쪽) 가까이에 쳐들어왔을 적에 탁현涿縣(현재의 허베이河北성 줘저우涿州시)에도 의용군을 모집한다는 게시판이 나붙었다. 그 게시판을 보고서 한숨을 쉬었던 이가 삼국지연의 세계의 중심인물인 유비였다. 전한 왕조의 후예이면서 가난한 짚

---

2) 전상全相이란 '모든 페이지에 그림이 들어가 있다'는 뜻이고, 평화平話는 백화의 뜻으로 '모든 페이지에 그림이 들어간 삼국지 이야기'라는 뜻이다.

신장수로 생활을 연명하였던 유비는 이 기회에 한번 일어서야겠다고 생각했지만 필요한 자금이 없었다. 그렇다면 어찌 해야 하나? 그때 마침 운 좋게도 "사내대장부가 나라를 위해 힘을 분발하지 않고 어찌 탄식만 하는가" 하고 등 뒤에서 말을 걸어왔던 이가 삼국지 세계에서 가장 인기몰이를 하는 장비이다. 약간의 재산가였던 장비는 일찍부터 품었던, 거병擧兵하려던 뜻을 이번 기회에 실현하리라 마음먹고서 이내 유비와 의기투합한다. 굳은 약속의 술잔을 나누고자 들렀던 술집 주막에서 두 사람은 이윽고 관우와 조우하게 된다. 이렇게 하여 삼국지연의 세계의 가장 중요한 세 인물이 완벽하게 갖추어진다.

탁현이라는 고장은 두메산골인데 그러한 곳에 거의 영웅호걸과 같은 세 인물이 갑자기 나타나서 기적과 같이 조우하였다. 어쨌든 이것은 역사적 사실이므로 그 불가사의함에 놀라지 않을 수 없다. 가까이에 있으면서 당시까지는 서로 몰랐던 세 사람이 극적으로 만나면서 이야기가 시작되는 것이다.

뜻을 하나로 뭉쳤던 세 사람은 신비한 분위기가 감도는 도원으로 장소를 옮겨 만개한 복사꽃 아래에서 의형제의 맹세를 나누고서 기도를 올린다. (앞부분에 인용함) 극히 인상적이고 아름다운 장면이다. 문장도 리듬이 좋아서 '같은 해 같은 달 같은 날에 함께 죽기를 원하오니'라는 명대사 등은 흡사 재담꾼이 낭랑하게 이야기하는 가락을 실감케 하고, 다소 신화적인 세 사람이 집결하는 장면을 꾸며낸 '이야기'라는 느낌이 들지 않게 받아들이게 하는 박력이 느껴진다.

그런데 왜 '도원'인가라는 점도 흥미 깊은 대목이다. 중국에서 가장 고귀하게 여겨지는 꽃은 보통 매화(당대 이후에는 모란牧丹도 있다)인데도, 왜 여기서는 복사꽃인가? 복사꽃은 액막이 꽃이며, 또한 불로장생과도 연결되는 신비한 꽃이므로, 초인적이며 이 세상의 인물이 아닌 세 사람이 만나는 데에는 어울리는 꽃이 되었는지도 모른다.

몸집이 장대하고 훤칠한 세 사람

세 사람의 유형이 다른 '초인'의 품새는 그들의 외양에서도 표현되고 있다. 『삼국지연의』에서는 주요 인물이 등장할 적에는 반드시 그 차림새와 생김새를 생생하게 묘사하고 있는데, 우선 유비의 등장 장면에서는 오로지 '군주다운 인물이다'라는 측면이 인상적으로 부각되고 있다.

> "이 인물은 본래 공부하기를 좋아하지 않으나 성격은 너그럽고 별로 말이 없어 감정을 겉으로 드러내는 법이 없었다. 본시 큰 뜻이 있어 오로지 천하 호걸들과 인연을 맺어 사귀는 것을 즐겨하였다. 그는 키가 7척 5촌(약 172㎝)이요, 양쪽 귀는 어깨까지 닿고, 두 손은 무릎 밑까지 내려오며, 눈은 제 귀를 볼 수 있을 정도였고, 얼굴은 관옥冠玉처럼 깨끗하고, 입술은 연지를 바른 듯이 붉었다." (제1회)

'공부하기를 좋아하지 않았다'는 것은 작은 일에 얽매이지 않는다는 긍정의 평가이기도 하다. 지나치게 학구적인 인물은 군주의 재목이 아니라는 것이다. 귀가 크다는 점은 중국에서는 고귀한 인물만이 지니는 '복상福相'으로 여겨지지만, 그렇다 하더라도 귀가 어깨까지, 손이 무릎 아래까지 내려온다는 것은 너무 지나쳐서 이미 정상인의 모습은 아니라 하겠다. 유비가 특출하게 고귀하다는 점을 강조한 것이다. 그가 상대한 적이었던 황건적의 지도자 장각은 도사이며, 주술적인 마법을 잘 쓰는 인물로 되어

있으므로 그에 대항한다는 의미까지 담아서 유비에게도
신비함이 부여되었던 것일까?

마찬가지로 특출한 신비성을 부여받은 인물이 관우이
다. "키가 9척이요, 수염 길이가 2척이요, 익은 대춧빛 같
은 붉은 얼굴에 입술은 연지를 바른 듯 빨갛고, 봉황의 눈
에 누에 같은 눈썹을 지니고 있었다. 모습은 당당하고 늠
름한 위엄이 가득 넘쳤다"(제1회)라고 묘사되는 관우는 『삼
국지연의』의 작자인 나관중과 동향(산시성山西省)이라고 일
컬어지고 있다. 길고 아름다운 수염은 관우의 트레이드마
크로서 '미염공美髥公'이라는 별명의 유래이기도 하다. 익
은 대춧빛 얼굴이라는 것은 관우가 자신의 고향[3]에서 행
패를 일삼던 태수의 아들을 죽였던 까닭으로 피신해야 했
을 적에 어느 성모사聖母祠 근처의 샘물에서 얼굴을 씻자
얼굴이 새빨갛게 되어서, 덕분에 들키지 않고서 무사히 도
망칠 수 있었다는 전설을 배경으로 한 것으로 보인다.

이러한 관우는 『삼국지연의』의 세계에서 유비를 능가할
정도로 존중받는 존재이다. 예를 들면 '관우'라는 이름으
로 불리는 것은 최초의 등장 시기뿐으로 작품의 원문에서

---

3) 하동河東 해량海良

시종 내내 '관공關公'이라는 존칭으로 불리고 있다. 이것은 직접 이름을 부르는 일을 삼갈 정도로 훌륭하다는 것을 의미한다. 겸해서 말하면 중국에서는 지금도 각지에 관우를 모시는 사당인 관묘關廟가 있어 '신'으로서 사람들에게서 숭앙되고 있다.

이것에 반하여 장비라는 인물은 비길 데 없는 힘을 지니고는 있으나 신비함은 전혀 존재하지 않는다. "키가 8척이요, 표범 같은 머리에 고리눈을 하고, 제비 같은 턱에 호랑이 수염을 하고, 우레와 같은 큰 목소리에 날뛰는 말과 같은 기상을 지녔다"(제1회)고 되어 있다. 『삼국지연의』의 세계에서 첫째가는 전대미문의 난폭한 인물인 그는 걸핏하면 흥분하고, 한번 화가 나면 용서 없이 폭력을 휘두르며, 언제나 생각한 바를 거침없이 말해버리는 덜렁대는 인물이기도 하다. 아마도 신격화된 유비나 관우와 비교하여 장비는 '인간 대표'라고 하겠다. 그러한 이유 때문인지 설화예술의 시대로부터 등장인물 중에서 민중에게는 가장 인기가 있었던 듯하다. 실제로 세 사람이 결의를 하였던 도원은 장비 집안이 소유한 곳이며, 신발 장수였던 유비나 도망치는 뜨내기 신세의 관우에 비하여 장비는 부유하였고, 전혀 교양이 없는 인물은 아니었다고 하겠다. 실제로는 글씨를 잘 썼다고 하는 이야기도 전해지고 있다.

이와 같은 장비라는 인물은 이야기 세계를 뒤흔드는 어릿광대, 질서를 파괴하는 트릭스터Trickster[4]이다. (이에 대해서는 뒤에서 논하기로 한다.) 장비가 유비에게 말을 걸었던 일, 신비로운 도원에 다른 두 사람을 불렀던 사건이 모든 이야기의 출발이 되었고, 저절로 그렇게 전개되었을 운명의 드라마가 시작되었다는 식의 구도인 것이다.

'의형제' 관계

유비, 관우, 장비 세 사람은 '의형제'가 된다. 참고로 역사적 사실을 서술하는 정사에서는 유비는 다른 두 사람의 입장에서 보자면 '군주'이므로 관우와 장비의 의형제 관계만이 등장하고 있다. 『삼국지연의』에서 '유비는 형님이 되고, 관우는 둘째, 장비는 막냇동생으로 정했다'고 하는 것은 단순히 나이 순서인데, 세대로 보자면 세 사람 모두 같

---

[4] 일반적으로 신화나 민화에 등장하는 장난꾸러기로 지략이 풍부하고 초자연적 존재를 가리킨다.

은 세대이다. 역사적 사실로 보자면 황건의 난 시기에 유비는 세는 나이로 스물네 살이었다. 뒤에서 언급하듯이 '약간 도가 지나치지 않은가?'라고 생각될 정도로 항상 신중한 유비는 이미지로는 30대의 인상으로 보이지만 의외로 젊다 하겠다. 위魏의 조조는 유비보다 여섯 살 연상이므로 거의 동세대이다. 뒤에 등장하는 유비의 군사軍師 제갈량諸葛亮은 유비보다 정확히 스무 살 아래, 오吳의 손권孫權은 제갈량보다 한 살 밑이므로 이들은 거의 동세대인 것이다.

'무武'로 일어선 인간들

도원에서 결의를 한 세 사람은 우선 인근의 힘깨나 쓰는 씩씩한 젊은이들을 이리저리 한데 규합하여 군대를 만든다. 그렇다고는 하나 급조하는 바람에 탈 만한 말이 없다고 걱정을 하던 차에 근처를 지나가던 두 명의 나그네 상인이 있어서 곧바로 좋은 말과 무기를 마련키 위한 금은을 무상으로 제공해주었다. 너무나도 아귀가 잘 맞는 이야기라고 생각될지 모르나 이러한 사정은 정사 안에도 수록되어 있어서 아마도 사실인 듯하다. 나라의 근간이 흔들리는 존망의 위기에는 '어쨌든 힘 있어 보이는 세력에 기대어서, 최대한 일신의 안전을 도모한다'는 발상이 있었던 것으로 보인다.

두 상인에게서 제공받은 강철로 세 사람은 곧장 무기를 제작한다. 관우의 청룡언월도靑龍偃月刀, 장비의 점강모點鋼矛는 각각 단골로 정해진, 가장 자신 있는 무기로 이후로 두 사람의 트레이드마크가 되는 것이다. 유비의 경우에는 양손에 쥐고 싸우는 검이라고 되어 있는데, 검의 이름은 따로 붙이지 않고 있다. 아마도 유비 정도의 고귀한 존재는 특별한 무기가 없어도 강하다는 것을 암시하는 것이리라.

아마도 이 당시에 이 세 사람과 마찬가지로 의용군에 가담시키고자 규합하였던 무리는 각 지역에 매우 많았을 것이다. 20대 중반의 젊고 무모한 이들이 서로 결의하여서, 용감히 거병하여 일어선다. 그러나 그들 대부분이 전쟁터에서 사라지든가, 아니면 역사의 흐름 속에 매몰되고 말았던 것으로 보인다. '관군'의 의용군 쪽뿐만이 아니라 황건적 쪽에 참여했던 무리도 있었을 것이나, 이들은 교조 장각을 제외하고서는 지도자가 될 만한 인물이 나오지 않았기 때문에 결국 장각의 사후에는 점차 세력을 잃어버리고 만다. 그러나 이러한 황건의 난이 군웅할거의 시대를 촉발하는 계기가 되었던 것은 틀림없는 사실이었다.

뭐라고 해도 당시는 단지 살아가는 것만으로도 힘겨운 시대였다. 기근이 계속되었고, 농사는 흉년인 데다 농토마저 황폐해졌는데 설상가상으로 전란이 끊임없이 이어졌기 때문이다. 따라서 조조가 지은 시 구절을 인용하면 '백골이 들판에 뒹굴고, 천리에 닭 울음소리 끊어졌다'(白骨露於野 千里無鷄鳴. 호리행蒿里行)는 상황이었다. 그런 상황에서 '어쨌든 치고 나가자'는 기세의 인물들이 모여서, 넘치는 에너지로 내닫기 시작하였다.

'장비, 독우督郵를 매질하다'

약간 예고하여 말하자면 이때에 군사를 일으켰던 유비는 이후 무려 20년 남짓 확고한 근거지도 없는 처지로 패배를 거듭하면서 계속 도망 다니는 신세가 되었다. 약간 심하게 말하자면 유비는 오직 달아나는 데만 재빠르고, 위험할 때에는 처자마저 내버리고 이리저리 도망을 다녔으나 결코 망하지는 않은 인물인 것이다. 처음 등장하는 장면에서부터 불쑥 한숨을 쉬고, 장비에게서 꾸지람을 당하는 일에서도 알 수 있듯이『삼국지연의』의 세계에서 유비는 매사에 적극성을 결여한 인물로 묘사되고 있다. 전투에 임박해서는 '예禮'를 지나치게 중시한 나머지 공격의 기회를 놓치거나, 가슴이 후련히 풀리는 일대일 승부의 장면도 없고, 주변의 쟁쟁한 무장들에 비하면 아무래도 개성이 부족한 편이다. 그는 이야기의 중추에 자리 잡았으면서도 의외로 존재감이 약한 인물인 것이다.

그러한 유비에 대한 묘사 방식이 잘 드러나는 사례가 군郡의 태수의 속관인 독우督郵[5]와 관련된 삽화이다. 관우, 장비와 함께 황건적 토벌을 위한 의용군으로 거병하였던 유비는 상당한 전공을 세우지만, 본래 가난한 무관무위無官無位의 신세로 논공행상의 대상에서 제외되었던 것이다. 간신히 안희현安喜縣(허베이성 딩저우定州시 동남쪽)의 현위縣尉(경찰서장) 자리를 얻어서 부임하였지만, 조정에서 파견되어 시찰하러 온 독우는 뇌물을 바치지 않는 유비에게 앙심을 품고 어떻게 하든 구실을 붙여서 그를 파면시키고자 했던

---

5) 군의 태수太守의 소속으로 영내 고을을 돌아다니며 비리를 감찰하는 관리.

것 같다. 이에 저 난폭한 장비가 자신의 훌륭한 '형님(哥哥)'이 업신여김을 당하는 상황에 잠자코 있을 리가 만무하였다.

"장비는 격노하여 고리눈을 부릅뜨더니 이를 박박 갈면서, 구르듯이 말에서 뛰어내리자마자 곧장 숙사 안으로 밀고 들어갔다. 문지기가 막을 틈도 없이 장비는 곧바로 후당後堂으로 달려갔다. 때마침 독우督郵는 대청 위에 앉아 한창 심문 중이었는데 고을 아전들은 결박을 당한 채 땅바닥에 쓰러져 있었다. 장비는 '백성을 못 살게 구는 도둑놈아! 내가 누군지 아느냐?'라고 큰 소리로 외쳤는데, 독우는 대답할 틈도 없이 이미 장비의 손에 상투를 잡혀서 숙사 밖으로 끌려나가, 고을 관가 앞의 말 매는 기둥에 결박당하였다. 꺾어 온 버들가지로 독우의 두 넓적다리를 힘껏 내리쳤고, 연거푸 버들가지 10여 개가 부러져 날렸다." (제2회)

잘난 척 유세를 부리는 관리에 대하여 한 치의 용서도 없었던 장비의 대활약은 이야기 재담에서는 아마도 청중의 갈채가 쏟아지는 극적 장면으로 관객은 '통쾌하다! 좀 더 해라'라고 느꼈을 정도의 대목이었을 것이다.

사실 이 독우와 관련된 일화는 정사에도 나오는 유명한 사건이다. 여기서 흥미로운 것은 역사에서는 이러한 행위를 장비가 아니라 유비가 했다고 기록하고 있는 점이다. 정사에서는 영웅호걸들이 아직 이렇다 할 권력이나 무력을 지니지 못한 젊은 시절을 묘사할 적에는 대부분의 경우 무용담의 형태로 그들의 지력이나 무력이 '역시 범상치 않은 인물'임을 연상케 하는 일화를 으레 삽입하기 마련이었다. 위나라 조조의 경우는 '오색五色 몽둥이'로 권세를 휘두르는 환관[6]의 숙부를 용서 없이 때려죽인 이야기, 오나라 손견의 경우에는 십대 소년 시절 해적을 물리친 일화 등이 그러한 예이다. 유비에 대해서도 정사에서는 난폭한 호걸다운 면모도 지녔던 인물이었음을 강조하려는 의도에서 이러한 삽화를 수록했던 것으로 보인다.

　　그런데 『삼국지연의』에서는 유비는 오히려 난폭한 장비를 이성적으로 제지하는 인물로 성격이 바뀌어 있다. '백성을 해치는 이런 도둑놈을 때려죽이지 않으면 뭐 하겠습니까'라는 장비. 거기에 관우 또한 겨우 독우 따위에게 이런 수모를 당하는 것에 대해, '가시덤불은 봉황새가 살 곳

───────────

6) 당시 궁중에서 황제를 가까이 모시는 중상시中常侍였던 건석蹇碩을 가리킴.

이 아니니 차라리 독우를 죽이고 벼슬을 버리고 고향에 돌아가서 따로 장래의 원대한 계책을 세우는 편이 낫습니다'라고 격하게 주장하는 것이다. 그런데 결국은 유비가 '본래 마땅히 죽여야 할 것이나 지금은 당분간 목숨만은 살려준다'고 하면서, 단지 그 장소를 벗어나 벼슬을 반납하고서 일행은 산적의 신세가 되었다.

『삼국지연의』 세계에서의 유비

아마도 『삼국지연의』의 세계에서는 군주인 유비를 시종 내내 인정 깊은 인물로 묘사하고자 했다. 어질고 자애로운 인물이라는 점은 '왕자의 풍격'이라고도 할 수 있다. 그러나 독자 입장에서는 (주인공이) 모처럼 화려하게 세상에 치고 나왔는데 그 기세를 심히 꺾어버리는 듯한 감이 남는 것이다.

유비라는 인물은 이후에도 하나를 보면 나머지를 알 수 있듯이 내내 이런 스타일로서 대체로 그 자신이 무언가를 적극적으로 시작하는 법이 없었다. 주로 전반기에는 관우와 장비, 후반기에는 군사 제갈량의 의견을 따랐고, 다른 사람이 하라는 대로 움직인다는 느낌을 주었다. 대개의 경우 장비는 곧바로 '죽여버리자'고 발끈하고, 관우는 냉정하게 '지금 죽여야 할 것이다'라고 조언하는 식이다. 그런데도 유비는 끝까지 죽이지도 않고, 점령하지도 않고, 도가 지나칠 정도로 예의 바름을 관철코자 하였던 까닭에 후에 이르러 '그 당시에 놈을 죽였더라면…' 하면서 후회하는 일이 다반사였다. 서주徐州(산둥성 탄청鄰城현)와 형주荆州(후베이湖北성) 등 몹시 갖고 싶어 탐이 나는 영토를 '양보하겠다'고 상대방이 제안했을 때조차도 '예에 어긋난다'고 끝내 고사함으로써 읽는 독자는 초조한 나머지 '빨리빨리 해라!'고 외치고 싶을 정도가 될 지경이었다.

현실 세계에서 유비는 난세에서 살아남았던 인물이므로 이렇듯 연약한 인물이었을 리가 없다. 태연하게 남을 속이거나 죽이거나 하는 난폭한 성격과 섬뜩할 정도의 강인함을 당연히 지니고 있을 터이지만 『삼국지연의』 세계에서는 유비가 저질렀던 사건마저도 여타의 인물이 행한 일로 바뀌어 있어서, 유비는 철저히 어질고 자애로운 인물로 묘사되고 있다. 실제로 독우는 죽임을 당하고 말았을 터이지만, 소설에서는 채찍으로 얻어맞고 허둥지둥 달아났다는 정도로 그치고 있는 대목도 유비가 너무 잔혹하지 않게끔 하려는 배려에서 나왔다고 할 것이다.

'3'이라는 숫자

작품의 중심인물을 조금 심하게 헐뜯은 감이 있으므로 각도를 바꾸어 생각해보면 유비가 단독으로 대활약을 하는 멋진 장면이 적다는 사정의 배후에는 관우, 장비와 함께 세 사람이 한데 모여야만 유비의 능력이 발휘된다고 하는 '세 개의 화살'[7]과 같은 발상이 있었다고 할 것이다. 일본에서는 모리 모토나리毛利元就의 일화로 유명한 '세 개의 화살'이지만, 이 이야기의 원형은 중국에서 유래한다. (주경식周景式의 『효자전孝子傳』에 나오는 '삼형三荊'의 일화) 후에 제갈량이 처음 만난 유비에게 '천하삼분지계天下三分之計'를 설하고 있을 때에 언급하듯이, 본래 세력 기반을 지니고 있는 조조의 위나라나 손권의 오나라와는 달리 무의 상태에서 출

---

7) 일본 전국 시대의 무장 모리 모토나리毛利元就가 세 명의 아들에게 결속의 중요성을 설명한 일화의 내용으로 화살 한 개는 간단히 부러뜨릴 수 있지만 세 개를 묶어 부러뜨리려고 하면 쉽게 부러뜨릴 수 없듯이 모두가 결속하여 강인하게 살아가야 한다는 교훈.

발한 유비의 촉나라는 사람과 사람을 이어주는 힘만이 유일하게 의존할 수 있는 바이다. 그러한 성격 규정을 강화하기 위해서도 유비는 '싸우는' 것보다는 차라리 인간적인 매력으로 인재를 규합해가는 유형의 지도자라는 위치 규정이 이루어졌던 것이라고 하겠다.

위·촉·오 세 나라의 이야기에서 중심이 되어 활약하는 유비, 관우, 장비라는 세 인물. 참으로 '3'으로 시종하고 있다고 하겠다. 이러한 '3'이라는 숫자는 『삼국지연의』의 세계에서는 중요한 의미를 지니고 있다. '1'에서는 이야기가 작동하지 않거니와, '2'에서는 조합이 결정되고 말아서 단조롭기 십상인데, '3'에 이르면 변화가 나타나게 된다. 세 나라가 끊임없이 짝짓기를 바꿔가면서 패권을 다투는 양상을 묘사하는 과정에서 볼륨과 움직임이 나타나게 된다. 세 나라 가운데에서 '세' 인물이 중추를 굳히고 있는 경우는 유비, 관우, 장비의 촉나라뿐으로 위와 오나라에는 그러한 사정이 없는 것도 재미있는 사실이다.

세 사람이라는 것은 한가운데에 주된 인물이 있고, 양편을 보조하는 인물이 떠받치는 짜임새로서, 도상으로서의 균형 역시 뛰어나다 하겠다. 예를 들면 관우, 관평關平(관우의 양자), 주창周倉(관우의 부장)의 세 사람 등, 이러한 구도 안에서 묘사되고 있는 경우가 매우 많다. 이것 역시 '3'의 구도를 답습하고 있다.

어쨌든 유비가 움직이지 않는 '텅 빈 중심'으로서 자장磁場을 형성하고 있기 때문에 주변을 굳히고 있는 장수들의 움직임이 더욱 풍요해지고, 이야기가 흥미롭게 교직交織되어간다고 할 수 있다.

2. 위대한 트릭스터, 조조의 등장

- 여백사呂伯奢 살해 사건

"조조가 진궁陳宮과 함께 잠시 앉아 있는데, 홀연 집 뒤에서 칼 가는 소리가 들려왔다. 조조가 말했다. '여백사는 나의 친일가가 아니니, 앞서나가서 어디로 갔는지 수상스럽다. 몰래 숨어서 집 안의 동정을 살펴봅시다.' 두 사람이 발소리를 죽이고 조용히 초당 뒤로 돌아가자 '묶어서 죽이면 어떻겠소?'라는 말소리가 들렸다. 조조는 '역시 맞구나. 지금 우리가 선수를 치지 않으면 반드시 붙들리고 말 것이다'라 하고서, 진궁과 함께 칼을 뽑아 들고 집 안으로 뛰어들어가 남자, 여자 할 것 없이 닥치는 대로 모조리 쳐 죽이고, 연속해서 일가 여덟 식구를 몰살시켰다. 그리고 부엌까지 돌아가서 보니 돼지 한 마리가 묶여 있는데, 금방이라도 (손님 접대를 위해) 잡으려던 것이 분명하였다. 진궁은 '맹덕孟德[1] 나리께서 의심이 많으셔서 착한 이들을 잘못 죽이신 것입니다'라고 하면서, 두 사람은 황급히 집을 나와서 말을 타고 길을 떠났다." (제4회)

---

1) 조조의 호.

'악역' 조조의 도망

유비가 철저히 정통성을 지닌 '군주'로 묘사되고 있다면, 그에 대항하여『삼국지연의』의 세계에서 최대의 '악역'으로 등장하는 인물은 위나라의 조조이다. 조조의 경우도 역사적 사실과 작품에서의 묘사 방식 사이에는 간극이 있으며, 그러한 점에 또한 이야기로서의 재미가 여지없이 발휘되고 있는 것이다. 그러한 의미에서 가장 전형적인 사례가 앞서 인용한 조조가 여백사 일가를 몰살하는 장면이다. '삼국지'라고는 말하지만 이야기의 전개를 전반적으로 끌고 가는 것은 유비와 조조라는 두 인물의 대립관계인데, 이 장면이 그 두 인물의 상이함을 강렬하고 인상적으로 보여주는 대표적인 장면이다.

그런데 황건의 난을 계기로 후한 말기의 난세가 점차 본격화하고, 기선을 제압하여 환관파宦官派를 제거하고자 소제少帝의 외척 뻘인 하진何進이 쿠데타를 꾀한다. 그러나 하진은 결국에는 환관 십상시十常侍[2]의 함정에 빠져 목숨을 잃고 만다. 이윽고 쿠데타 실패 이후의 혼란을 틈타서

---

2) 환관 장양張讓, 조충趙忠, 하운夏惲, 곽승郭勝, 손장孫璋, 필남畢嵐, 율숭栗嵩, 단규段珪, 고망高望, 장공張恭, 한리韓悝 등 10인을 가리킴.

권력을 장악한 이가 동탁董卓이었다. 동탁은 서량西涼(간쑤甘肅성)을 근거지로 하는 난폭한 무장으로서, 때마침 하진의 요청에 따라서 정예 병력을 이끌고 수도 낙양洛陽 인근까지 와 있었던 참이었다. 낙양을 평정하고 황제를 업신여기며, 제 세상처럼 날뛰며 공포정치를 행했던 동탁을 그러면 누가 제거할 것인가 하는 대목에서 조조가 그 역할을 자임하고 나선다. 그러나 속절없이 실패하는 바람에 조조는 만사 제쳐놓고 부랴부랴 달아날 수밖에 없는 신세가 되고 말았다.

이리하여 도성에서 고향 초군譙郡(안후이安徽성 보저우亳州시)을 향해 달아나던 도중에 앞서 인용한 사건이 벌어지게 된다. 조조와 그의 도피를 도왔던 현령 진궁이 함께 조조 부친의 의형제였던 여백사의 집에 들렀을 때의 일이다. 그들을 대접코자 돼지를 잡던 와중에 나는 소리를 자신들의 목숨을 노리는 것으로 잘못 이해해 여백사 일가를 몰살하고 말았다.

악랄한 '트릭스터'

문제는 그다음이었다. 잘못 알게 된 오해였다는 것을 깨닫고는 황급히 달아나던 조조와 진궁이 채 얼마 가지를 못했는데 나귀를 타고 나타난 이가 바로 집 주인 여백사였다. 손님에게 대접할 술과 음식을 사러 외출했다가 돌아오는 길로, 아무것도 몰랐던 여백사는 두 사람을 멈춰 세운다. 여기서부터가 읽을 만한 대목이다.

"조조는 여백사를 돌아보지도 않고 말에 채찍질하여 앞으로 나아갔다. 몇 걸음 내달리지도 않고서 갑자기 칼을 뽑아 들더니, 다시 돌아오면서 여백사를 불렀다. '저기 오는 사람은 누구신가?' 여백사가 돌아보는 순간 조조는 칼로 여백사를 내리쳤다. 나귀에서 굴러 떨어져 죽는 여백사를 보고서 진궁은 크게 놀라 외쳤다. '조금 전에는 잘못 알고서 한 짓이었지만 이건 또한 웬일입니까?' 조조가 대답한다. '여백사가 집에 도착해 식구가 죄다 죽은 걸 보면 어찌 그냥 가만히 있겠는가? 사람들을 이끌고서 뒤쫓아 오면 우리는 영락없이 화를 당하고 말 것이외다.' '알면서도 고의로 사람을 죽이는 것은 엄청난 불의요!'라고 진궁이 말하자, 조조는 '차라리 내가 천하 사람들을 버릴지언정 천하 사람들이 나를 배신하게 하지는 않으리라!' 하고

대답하므로 진궁은 아무 말도 하지 않았다." (제4회)

　참으로 끔찍한 장면이다. 이러한 여백사 일가 살해 사건은 정사에는 실려 있지 않고, 배송지의 주에만 나타난다. 그러나 주석에 언급되어 있는 바는 여백사 일가를 잘못하여 살해했다고 하는 대목으로, 자신의 잘못을 깨닫고 난 뒤에도 되돌아올 보복을 피할 요량으로 여백사마저 살해하는 잔인한 장면은 보이지 않는다. 이것은 유비의 인군仁君다운 성격을 과장했던 앞서의 독우의 사건의 묘사 방식과 기본적으로 상통하는 것이다. 곧 이 경우는 악랄한 악역을 담당하는 조조라는 인물의 성격을 인상적으로 보여주기 위한『삼국지연의』의 창작이라고 할 수 있다.

　조조의 악독한 일 처리 방법을 목격하고서 절망한 진궁은 일단 조조를 섬기려 했던 결정을 번복하고 조조의 곁을 떠났는데 훗날 그와 적대하는 관계가 되고 만다. 이것도 또한『삼국지연의』에서만 볼 수 있는 일화이다. 요컨대 소설 작품에서의 진궁은 '목격자'로서 조조의 야비함, 교활함, 엉큼함 따위의 부정적인 면모를 들춰내 폭로하는 역할을 담당하고 있다.

바꿔 말해서 이 사건에서 드러난 조조의 잔인한 태도가 진궁의 심경 변화를 야기하였고, 나아가 작품의 흐름을 앞으로 나아가게끔 했다고 할 수 있다. 광대, 악당, 사기꾼, 협잡꾼 등의 다양한 면모를 함께 갖춘, 이른바 안티히어로Antihero[3]로서 기성 질서를 뒤흔들고 교란시키는 존재를 '트릭스터Trickster[4]'라고 일컫는데, 조조라는 인물이야말로 『삼국지연의』 세계에서의 위대한 트릭스터라고 하겠다. 정통적인 영웅인 유비에 대립하는 존재로서 때로는 잔인함의 극단을 보여주고, 한편으로 광대의 역할까지도 담당함으로써 끊임없이 작품 세계를 추동해가는 중요한 존재인 것이다.

환관인가, 청류파清流派인가

조조의 등장 장면을 보면 '키는 7척(약 160cm)이요, 눈은 가늘며 수염은 보기 좋게 길었다'(제1회)고 되어 있는데, 유

---

3) 소설이나 영화 같은 작품에서 전통적인 주인공과는 달리, 비영웅적이고 문제적인 인물로 그려지는 주인공 유형.
4) 문화인류학에서, 도덕과 관습을 무시하고 사회 질서를 어지럽히는 신화 속의 인물을 이르는 말.

비 등의 세 인물에 비하면 키가 작고 왜소한 인물로 묘사되어 있다. 또한 그의 출생에도 부정적인 이미지가 부각되어 있다. 앞서도 언급했듯이 후한 왕조의 토대를 좀먹었던 부류는 전횡을 일삼았던 환관 집단이었는데, 조조의 아버지 조숭曹嵩은 세도를 부리던 환관 가운데 한 사람이었던 조등曹騰의 양자였던 것이다. 참으로 추잡한 태생으로서, 전한 왕조의 후예로 일컬어지는 유비에 비교하자면 대단히 빠진다고 하는 점은 부인할 수 없는 사실이다. 조조 자신도 그러한 점을 의식하여 부담스러워하는 구석이 있었다.

그러므로 아직 소년이었던 시절에 기묘한 인연으로 후한 말기 반反환관파 집단인 청류파淸流派 명사 교현橋玄과 허소許劭와 만남을 가졌고, 그들에게서 장래가 촉망되는 인재로 평가받았던 일은 태생에 열등감을 가졌던 조조에게는 평생에 걸쳐 매우 귀중한 재산이 되었던 것이다. 아울러 허소는 조조에 대해서 '태평한 시대에 났으면 훌륭한 신하가 될 것이요, 어지러운 세상에서는 간특한 영웅(간웅 奸雄)[5]이 될 것이다'라는 유명한 평가를 남기기도 했다. 조

---

5) 『삼국지연의』에서는 간웅奸雄으로 되어 있다.

조는 환관 계통에 속하는 인물이었음에도 불구하고 이렇듯 이른 시기부터 청류파에게도 인정받았기 때문에 이윽고 청류파의 유능한 인재들을 자신의 휘하에 거느릴 수가 있었다.

쇠퇴 일로에 있던 후한 왕조에 반기를 들었던 황건적의 경우도 만일 청류파 지식인들과 능히 연대하는 가능성을 키웠다면 좀 더 다른 역사적 결과가 생겼을지도 모른다. 결국 교조 장각을 상징적 지도자로 떠받드는 오합지졸에 그쳤다는 점이 황건적의 한계였다.

한편으로 조조는 앞서 지적했듯이 청류파와 좋은 관계를 맺고 있었고, 마침내 청류파의 정통이자 적장자였던 순욱荀彧을 자신의 군사軍師로 영입하는 데 성공하였다. 순욱은 훗날 점차 조조와 사이가 멀어지게 되었지만, 적어도 조조가 화북華北 지역의 패자로 부상하기까지의 가장 중차대한 시기에 최대의 공헌을 했던 인물이었음은 틀림없는 사실이라고 하겠다. 만약 순욱이 없었다면 조조가 군웅의 주전장이었던 화북에서 승리를 거두는 일은 사실상 불가능했을 것이다. 그의 최대 라이벌의 하나였던 원소袁紹를 무찔렀던 '관도官渡의 전투' 역시 순욱의 강력한 권고와 뒷받침이 있었기에 가능한 승리였던 것이다.

조조 군대의 진용

조조는 청류파뿐만이 아니라 적대하는 관계였던 황건적까지도 자신의 휘하에 흡수하여 커다란 효과를 거두었던 것이다. 연주兗州(산둥성 진샹金鄉현 서북쪽) 자사였던 유대劉岱가 황건적의 공격을 받아 전사한 뒤를 이어받아 황건적의 토벌에 나섰던 조조는 청주青州(산둥성 쯔보淄博시 동북쪽)의 황건적의 항복을 받아내는 데 성공하였다. 그들은 조조의 군대에 편입되어서 강력한 '청주병青州兵'이 되었던 것이다. 귀순 권유에 호응했던 청주병이 '30여만 명'(제10회)이었다는 것은 당시 중국 전체의 인구가 600만~700만 명이었다는 점을 고려하면 조금 의심스럽기는 하지만, 그렇게 생각할 정도로 대규모 병력을 과시했던 군단이었던 것으로 추정된다.

무일푼 처지에서 남들에게서 얻은 물자로 형성되었던 유비의 군대는 극단적인 경우였지만, 당시 군웅의 군대는 많든 적든 간에 급조한 오합지졸이었던 것이다. 오나라 손견의 군대도 건달들을 잡다하게 규합한 집단이었으며, 조조의 군대 역시 친족이나 고향의 자산가들에게서 긁어모은 자금을 바탕으로 의병을 모집하여 만들었던 경우이다. 조조와 혈연관계가 있던 인물로는 하후돈夏候惇, 하후연夏候淵, 조인曹仁, 조홍曹洪 등의 용맹무쌍한 부장들이 즐비하였다. 조인은 탁월한 군사적 재능을 지녔던 인물로 위기 대처에 능하였으며 조조에게서 깊은 신임을 받았던 인물이었고, 조홍 역시 믿음직스럽고 성실한 인물이었다. 조홍은 동탁을 토벌할 적에 조조가 크게 위험에 빠진 상황에서 늠름하게 나타나서 '천하에 조홍은 없어도 괜찮지만 공이 없어서는 안 됩니다'(제6회)라는 명대사를 말하고서, 필사적으로 혈로를 뚫는 등 진실로 믿음직한 존재였다.

부언하자면 조조 휘하에 결집하였던 부장들 대다수는 1,000명 단위의 자신의 부대를 거느리고서 조조의 군단에 가담하였는데, 이른 시기에 조조 휘하의 부장이 되었던 악진樂進과 이전李典이 바로 그러한 경우라 하겠다. 뒤에서 보듯이 늠름하고 강인한 무인을 특히 좋아했던 조조의 휘하에는 당초부터 일기당천의 강력한 부장들이 속속 모여들었다.

'음험한' 악인들

조조는 작품 속의 역할에서는 잔혹한 '악역'이었지만, 반면에 지모가 매우 뛰어나고 휘하의 장수들과의 신뢰관계도 돈독하였다. 그 자신이 늠름하게 싸움을 하는 멋진 장면도 많이 등장한다. 한편으로 관우와 같은 호걸이 눈앞에 나타나면 이내 반해서 열광하고 마는 인간적 매력을 지닌 인물로도 묘사되고 있다.

이에 반하여 인간적으로 아무리 해도 좋아할 수 없는 유형의 악역들도 『삼국지연의』에는 등장하고 있다. 후한 정권이 사실상 붕괴해버린 뒤에 전국 각지에서 일제히 거병하였던 군웅들 가운데에서도 '이 인물은 아무래도 부족하다'고 보아야 할 경우가 있다. 예를 들면 원소는 '4대에 걸쳐서 삼공三公을 배출했던 명문'(제5회) 출신으로 혈통도 좋고, 맹주로서 군웅 가운데에서도 으뜸가는 자리를 차지했지만 의심이 많고 시기심이 강하며 우유부단한 성품 탓에 차츰 지도자로서의 늠름한 위엄을 잃어버리고 만다. 원소의 동생[6]인 원술袁術의 경우는 항상 임시방편의 미봉책으로 일관함으로써 이런 지도자를 추종하는 부하들이 불쌍

6) 정사正史에서는 종제로 되어 있다.

하게 여겨질 정도로, 비열하고 야비하기 짝이 없는 캐릭터의 인물이다.

그러나 뭐라 해도 구제불능 악역의 으뜸은 동탁을 들어야 할 것이다. '참으로 속마음이 승냥이나 늑대 같은 작자로 그가 도성에 들어오게 되면 반드시 사람들을 잡아먹을 것이다'(제3회)라고 평가받았던 동탁은 권력을 장악하고 난 뒤에 우선 막무가내로 소제少帝의 폐위를 강행하고 헌제獻帝를 제위에 앉히는 등의 폭거를 거리낌 없이 행했다. 소제 모자를 살해하고 난 뒤에 '밤마다 궁에 들어가 궁녀들을 간음하며, 밤새 용상에서 잠을 잤다'(제4회)는 식으로 방종의 극단을 보여주었다. 급기야 마지막에는 역대 황제의 능침陵寢을 파헤쳐 철저히 약탈한 뒤에 수도 낙양을 불태워 없애고서 장안長安으로 천도를 강행하였다. 장안으로 천도한 뒤에 동탁의 만행은 점점 도를 더하게 된다. 완벽하게 선한 구석이라고는 하나도 없는 최악의 인물이었다.

이렇듯 온갖 행패를 부린 후에 동탁은 양자로 삼았던 여포呂布에게서 배신을 당하고 살해당하고 만다는 식의 인과응보라고 할 수밖에 없는 죽음을 맞이하게 된다. (제10회) 그 죽음의 방식도 참수를 당하고 난 뒤에 살이 쪄 비대한 몸뚱이의 배꼽에 등 심지를 꽂고서 불을 붙이니, 사체에서 지방이 흘러내려 땅바닥에 가득하였고, 곁을 지나가는 백성들이 모두 동탁의 머리를 발로 찼다고 하는 식이었다. 참으로 추악하기 그지없는 모습이라고 해야 할 것이다. 동탁을 추종하였던 이각李催, 곽사郭汜 등도 마찬가지로 천박하고 비열한 짓만을 일삼았던 구제불능의 하찮은 악당들이었다. 이러한 무리들이 등장하는 장면을 번역하노라면 '제발 부탁이니 빨리 꺼져주라'고 진절머리가 나기도 하지만, 그러나 한편으로 온갖 추악함을 보여주는 악인 무리가 있기에 역으로 늠름하고 당당한 인물들이 더욱더 빛난다고 하는 측면이 분명히 존재한다고 하겠다.

3. 여색과 탐욕에 빠졌던 미남 장수 여포

- 호뢰관虎牢關 싸움

"왕광王匡이 우선 군사를 늘어세우고 진을 벌인 다음에 문기門旗[1] 아래로 나아가 말을 멈추고서 적군을 바라보니 여포가 모습을 나타냈다. 세 가닥으로 묶은 머리에 자금 관紫金冠을 쓰고서, 몸에는 사천四川산의 홍금紅錦 백화전 포白花戰袍를 걸치고, 수면탄두獸面吞頭의 연환連環 갑옷을 입고, 허리에는 영롱한 사만獅蠻[2] 허리띠를 두르고 있다. 어깨에는 활과 화살을 메고, 손에는 화극畫戟을 들고서, 부는 바람을 향하여 소리 치는 적토마를 타고 있다. 과연 '인간 세상에는 여포가 있고, 말 가운데에는 적토마가 있다'라고 할 만한 모습이었다. (제5회)

관우, 화웅의 목을 베다

여포는 혼란을 틈타 실권을 장악한 동탁이 '이 인물을 부하로 부릴 수만 있다면 천하에 두려울 것이 없을 것이 다'라고 목을 맸던 인물이었다. 『삼국지연의』의 세계에서

---

1) 대장이 있는 곳을 나타내기 위하여 세운 두 개의 붉은 깃발.
2) 사자 모양의 도안.

는 첫째가는 미남 장수로 등장한다. 아마도 이 단계에서
는 등장인물 중에서는 가장 강하면서 아름다운 무장이었
다. 그러나 최초의 등장 장면에서 나타나는 그 화려하고
아름다운 겉모습과는 달리 그는 '용맹하나 지모가 모자라
며 이익을 위해서는 의리를 저버리고 만다'(제3회)고 평가
받고 있다는 사실도 잊어서는 안 될 것이다. 흠 잡을 데 없
이 강력하고 아름다웠지만, 여포에게는 어딘가 모르게 싱
그러운 바가 없었고, 부정적 이미지가 늘 따라다녔다.

우선 여포가 등장하기 앞서의 전 단계를 보기로 하자.
각지에서 거병하였던 제후들은 조조의 격문에 호응하여
우선은 모두가 힘을 합쳐서 동탁을 치기로 뜻을 모았다.
그렇게 모인 군웅 중의 하나였던 공손찬公孫瓚이 죽마고우
였던 관계로 유비 일행도 이렇듯 동탁 토벌을 위해 규합된
연합군에 가담하게 되었다.

선봉에 섰던 이가 오나라의 손견이었는데, 의심 많은 원
술이 병량兵糧을 보내주지 않았던 관계로 동탁군의 맹장
인 화웅華雄에게 패배를 당하고 말았다. 제후 연합군의 본
진에서 한가락씩 하는 용장들이 속속 출진하였으나 모두
화웅에게 대적할 만한 적수는 아니어서 결국 죽임을 당하

는 형편이었다. 맹주 격인 원소가 '나의 대장인 안양과 문추만 있었어도'라고 파랗게 질려 있는 그때에 큰소리를 치며 등장한 이가 다름 아닌 관우였다.

 "'소장이 출진하여 화웅의 목을 베어 장하에 바치겠소.' 모든 사람이 보니 그 사람은 키가 9척이요, 수염 길이가 2척이요, 봉황의 눈에 누에의 눈썹이요, 얼굴은 삶은 대춧빛같이 검붉고, 목소리는 큰 종소리 같은데, 진막陣幕 앞에 우뚝 서 있었다. 원소가 그 사람을 보고서 누구냐고 묻자, 공손찬이 '유현덕의 동생 관우요'라고 답했다. 원소는 다시 무슨 벼슬에 있냐고 물었다. '유현덕을 따라다니며 마궁수 노릇을 하오'라고 공손찬이 답하자, 진막 안에 있던 원술은 목청을 돋우어 꾸짖는다.

 '네가 우리 여러 제후들 중에 장수가 없다고 생각하여 깔보는 거냐. 한낱 마궁수인 주제에 어찌 감히 그런 소리를 하느냐. 저놈을 내쫓아버려라.'

 '공로公路[3] 대감은 고정하시오. 이 사람이 큰소릴 하는 이상 반드시 용기와 지략이 있을 겁니다. 시험 삼아 출진시켜보았다가 만일 패하거든 그때 꾸짖어도 늦지 않을 겁니다'라고 하면서 조조가 황급히 제지하였다.

---

3) 원술의 호.

'한낱 마궁수 따위를 내보낸다면 화웅이 반드시 우리를 비웃을 것이오'라고 원소가 투덜댄다.

'이 사람의 풍채가 범상치 않으니 화웅이 어찌 마궁수란 걸 알아보겠소?'라고 조조가 거듭 말하니, 관우가 '만일 나가서 패하면 청컨대 나를 참하소서'라고 거듭 청한다.

조조는 뜨겁게 데운 술을 한 잔 따라주면서, 마시고서 말에 올라 출진하라고 권했으나 관우는 '술은 일단 거기 두시오. 내가 곧 갔다 오리다'라 하고, 칼을 들고 장막을 나가 훌쩍 말에 올라탔다.

모든 제후들은 관關 바깥에서 북소리가 크게 울려대며, 싸우는 함성이 일제히 일어나며, 금세 하늘이 무너지는 듯, 땅이 갈라지는 듯, 산이 흔들리는 듯 하는 소리를 들으면서 간이 콩알만 해졌다. 결과가 어떨지 사람을 보내어 알아보려고 할 적에 급한 방울 소리와 함께 말이 중군中軍 앞에 딱 멈춰서니, 관우가 장막 안으로 들어서면서 화웅의 머리를 가져 와서 털썩 땅바닥에 내던졌다. 술잔에서 아직도 따뜻한 김이 모락거리고 있었다.″(제5회)

관우와 수급首級

이 장면이 저 루쉰魯迅조차 격찬했던『삼국지연의』에서

도 손꼽히는 명장면으로서 '고작 마궁수 주제에'라고 비웃는 원소를 한편으로 무시하고서, 관우는 그 자신 조조에게 예고했듯이 '술잔에서 아직도 따뜻한 김이 모락거리고 있는' 동안에 화웅의 수급을 베어서 돌아온다. 관우의 탁월한 매력이 돋보이는 대목이다.

　이미 알아차렸을 것으로 생각하지만 이 대목에서는 관우와 화웅의 실제 전투 장면은 묘사되지 않고 있고, 와 하고 외치는 함성이 일어난다는 '소리'만을 묘사하고 있다. 관우가 어떻게 싸우는가를 '쓰지 않음'으로써 도리어 독자의 상상력을 불러일으키는 것이야말로 이야기 구사의 진정한 테크닉이라고 하겠다. 이것은 이전의 재담꾼 어투에서 시사를 얻은 것이다. 재담꾼 중에는 이렇듯 격렬한 전투 장면을 큰 소리로 연기하는 것이 아니라 반대로 전혀 소리를 내지 않으면서 몸짓과 동작만으로 표현해내는 이도 있었다고 한다. 재담꾼이 싸움터를 뒤흔드는 소리를 자신의 목소리로 표현해내고자 해도 도리어 볼품이 없게 되고 마는 것이다. 그래서 청중의 상상력을 자극하기 위해 '침묵의 기법'이 생겨났다고 볼 수 있다.

　관우가 화웅의 수급을 털썩 하고 내던지는 대목은 '관우와 수급'이라는, 『삼국지연의』 전체를 관통하는 중요한 모티브가 시작되는 지점이라고도 할 수 있다. 물론 이 작품에서는 전투 장면이 끊임없이 나오지만, 상대방의 목을 들고서 되돌아오는 식의 이야기는 의외로 적은 편이다. 그 가운데서도 자신이 최후에는 참수를 당하고 마는 관우의 경우는 이러한 '수급'과 떼려야 뗄 수 없는 존재이며, 이후에도 여러 곳에서 그러한 모티브가 등장하고 있다.

이 장면은 또한 조조가 처음으로 관우의 장수다운 용맹함을 직접 목격했다는 의미에서도 중요하다 하겠다. 의인의 상징인 관우와 관우에게 매료되어 어떻게 하든 자기 휘하에 끌어들이고자 조조가 러브콜을 보낸다는 얼개는 서사물의 중요한 날줄의 하나로 관우가 죽을 때까지 이어지고 있는데, 그러한 관계가 시작되는 지점이 바로 이 장면이다.

호뢰관虎牢關 전투

그런데 화웅을 싸움에서 잃고서 황급해진 동탁은 요충인 호뢰관으로 본진을 옮기게 되는데, 그곳으로 제후 연합

군은 호기가 도래했다는 듯이 속속 공격을 하게 된다. 그
것을 앞에서 딱 가로막았던 이가 앞에서 인용하고 있듯이
화려하고 아름다운 차림새로 적토마를 타고서 화극畵戟을
자유자재로 부리는 여포였다. 제후 연합군은 차례차례 패
하고서, 이어 드디어 공손찬이 위태해질 그 무렵에 여포의
앞에 갑자기 나타났던 인물은….

　"여포가 화극을 번쩍 치켜들고 공손찬의 등 뒤를 노리고
서 찌르려고 하는 순간, 공손찬 편에 있던 한 장수가 고리
눈을 부릅뜨고 호랑이 수염을 모조리 곧추 세우고 길이 1
장 3척의 사모蛇矛 창을 찌르면서, 큰 소리로 외쳤다.
　'애비 성을 셋씩이나 바꾼 쌍놈의 새끼야. 게 섰거라. 연
燕 땅의 장비가 여기 있다.'
　이를 본 여포는 공손찬을 버리고서 즉시 장비와 싸움을
시작하였다. 장비는 싸우려는 의욕을 모아서 여포와 어
우러져 50여 합을 싸웠지만 승부가 나지 않았다. 관우가
옆에서 바라보다가 말에 박차를 가해 달려나가 82근 청
룡언월도를 춤추듯 휘두르면서 장비와 함께 여포를 협공
하였다. 세 마리 말이 정자丁字 모양으로 서로 싸운 지 30
합이 되었지만 여포를 거꾸러뜨리지 못했다. 유비는 마
침내 쌍검을 뽑아들고서 누런 갈기 말을 달려 비스듬히

처들어가 싸움에 가세하였다.

　세 사람이 여포를 삼면으로 에워싸고 주마등처럼 돌아가면서 힘을 합해 공격하는 모습을 8로의 모든 군사는 넋을 잃고 바라보기만 하였다. 그러나 세 사람을 대적하기가 어려워진 여포는 유비의 얼굴을 노려보며 위협하듯이 창을 찌르는 척하니, 유비는 급히 몸을 피했다. 포위망의 한쪽을 무너뜨린 여포는 화극을 거꾸로 끼고서 말을 달려 달아난다. 세 사람이 이것을 그냥 내버려둘 리가 없었다. 일제히 말을 달려 여포를 추격하였다. 그제야 8로의 병사들은 주위가 진동할 정도로 함성을 지르면서 일제히 여포의 군사를 엄습하였다. 여포와 그 군사들은 흩어져 호뢰관을 향하여 달아났다. 유비, 관우, 장비는 그 뒤를 추격하였다.”(제5회)

　유비, 관우, 장비 세 사람에게 에워싸여 퇴각은 했지만 어디를 가더라도 풍운을 몰아오고, 작품 세계의 전반부를 웅성거리게 만드는 여포의 유례가 없는 용맹함을 묘사하고 있는 장면이다.『삼국지연의』의 작자는 여포에게 세 사람을 반대편에 놓고서 차례차례 상대케 함으로써 그 강력함을 한층 더 부각하고 있는 것이다. 이 점은 이야기 전체를 통해 거의 전투의 최전선에 나서는 법이 없었던 유비가 보기 드물게 몸소 검을 휘두른다는 점에서도 귀중한 장면이라고 할 수 있다. 유비 외 세 인물에 더하여 조조, 원소, 나아가 여포와 같이 『삼국지연의』의 제1세대 스타들이 차례차례 등장하는 등 등장인물들이 독자에게 얼굴을 내보인다는 의미도 아울러 지니고 있는 대목이다.

여포, 초선을 희롱하다

장비가 여포에게 '성을 셋씩이나 바꿨다'고 한 것은 여포가 생부를 여의고 나서 우선 후한의 중신 정원丁原, 그리고 나서 동탁의 양자가 되었던 일을 두고 한 말이다. 정원의 휘하에 있던 여포에게 흠뻑 매료되었던 동탁은 눈엣가시와 같은 존재인 정원을 제거하려는 의도까지 깔고 여포에게 부하인 이숙李肅을 보내어 정원을 배신하고 자신에게 오도록 권유하였다. 여포는 하루에 천 리를 달린다는 명마 적토마 등 동탁에게서 받은 수많은 선물에 마음이 혹하여 너무나도 쉽게 양부였던 정원을 배신하고 그의 목을 베어서 이것을 선물로 삼아 동탁의 휘하로 찾아갔다.

그런데 그 후에 여포는 이제는 동탁까지도 배신하고 마

는 결과를 초래하는 것이다. 그러한 배신의 계기가 되었던 것은 한 사람의 미녀의 존재였다. 조정 중신 왕윤王允의 가기歌妓인 초선은 왕윤에게는 첩이지만 친딸처럼 총애를 입고 있었다. 이러한 초선이 어느 날 '지금 나라의 대사에 이 몸이 대감께 도움이 될 수만 있다면 소첩은 만 번 죽어도 아깝지 않습니다'(제8회)라고 뚝뚝 눈물을 흘리면서 말했다. 기특하기 그지없는 초선의 모습을 보고서 왕윤에게는 어떤 계략이 떠오르게 된다. 동탁을 치지 못하는 것은 그를 지키는 여포가 있기 때문이다. 그렇다면 다름 아닌 여포로 하여금 동탁을 제거하게끔 하면 되는 일이 아닌가! 동탁도 여포도 둘 다 호색한이라는 점에 주목한 왕윤은 견줄 상대가 없는 미녀였던 초선을 써먹을 명안을 생각해내었던 것이다. 일단 초선을 여포에게 줄 것 같은 시늉을 하고 난 후에 슬며시 동탁에게 헌상해버린다. 이렇게 함으로써 두 사람을 서로 반목하게 하고, 대립하게끔 만든 것이다. 이것은 자못 밀당에 능했던 조신朝臣다운 발상으로, 힘으로 승부하는 무장과는 대조적으로 일종의 음험함을 느끼게 하는 수법이라고도 할 수 있다.

이러한 계략은 완벽하게 들어맞아서 예상한 대로 두 사

람은 모두 초선에게 흠뻑 빠져 둘 사이에 불온한 공기가 감돌기 시작하였다. 여포는 이미 동탁의 애첩이 되어버린 초선을 손아귀에 넣을 수는 없다는 사실을 깨달으면서도 잠깐이라도 만나볼 요량으로 동탁이 사는 저택 주위를 어슬렁어슬렁 서성거리기 일쑤였다. 눈치 빠른 초선이 자신에게 마음을 주게끔 수작을 부리려고 여포는 더욱 안달이 나서 우왕좌왕하다가 동탁에게 의심을 사게 되어 이윽고 일대 소동을 벌이게 된다.

"그래서 동탁이 후원으로 들어가보니 때마침 여포와 초선貂蟬이 봉의정鳳儀亭 아래에서 서로 이야기하고 있었고 그 곁 난간에는 화극이 기대어 있었다. 동탁은 버럭 노하여 크게 소리를 질렀다. 여포는 동탁이 오는 것을 보자 질겁을 하고는 몸을 돌려 줄행랑을 쳤다. 동탁은 난간에 있던 화극을 덥석 잡고서 곧장 여포를 뒤쫓아갔다. 그러나 여포가 너무 날쌔서 비만한 동탁은 도저히 쫓아가지 못하고 창을 들어 여포를 향해 던지자, 여포는 창대를 쳐서 땅에 떨어뜨렸다. 동탁이 창을 주워 다시 쫓으려고 했을 때 여포는 이미 멀리까지 달아나 있었다. 그래도 동탁은 뒤쫓아 후원 문을 나가는데, 어떤 자가 급히 들어오다가 쿵

하고 그의 가슴에 부딪치는 바람에 동탁은 뒤로 벌렁 나
자빠지고 말았다."(제8회)

　비만한 동탁의 우스꽝스러운 모습은 물론이거니와 무
적으로 누구에게도 지지 않았던, 당대 제일의 미남 장수였
던 여포가 어리석게도 한 미녀의 농간에 완전히 놀아나고
마는 것이다. 이 대목은 경박하고 분별없는 단세포적 성
격의 여포가 미워할 수 없는 인물임을 드러내고 있는 것이
라고 할 수 있다.
　여포가 '미남 장수였다'라는 사실은 정사에는 나오지 않
지만, 박력 있는 차림새의 늠름한 자태를 지녔다는 점, 한
궁녀를 상대로 무언가 여성 문제를 일으켰다는 점은 역사
적 사실인 듯하다. 그야말로 아무래도 싸움 일변도로 별
다른 재미가 없는 무장武將들만의『삼국지연의』세계에서
는 매우 귀중한 존재인 것이다.

여포의 음험함
　그런데 이런 정도의 용모와 비할 바 없는 용맹함을 지

녔으면서도 여포에게는 왠지 모르게 시원하고 씩씩한 매력이 없었다. 뭐라 해도 가장 문제인 것은 그의 경력이다. 본디 그로테스크한 악역인 동탁의 호위 무장이었다는 사실 자체부터가 어찌 할 수 없는 일이었지만, 초선을 둘러싼 불화와 갈등이 계기가 되어 결국에는 그 동탁마저도 창으로 단번에 찔러 살해하고 마는 것이다. 정원과 그리고 동탁이라는 두 명의 양부를 아무런 망설임도 없이 죽였다는 점에서, 참으로 구제불능일 정도로 음험함을 지녔던 인물이라고 하지 않을 수 없다.

여포에게는 이리저리 변절을 거듭하면서 그때그때 권력자에게 빌붙은 이력이 있었는데, 그 점이 우선 근본적으로 그를 신뢰할 수 없게 하는 것이다. 동탁의 사자인 이숙이 '한 나라 왕실의 명운이 소멸하지 않는 것은 오로지 장군의 덕택'이라는 식으로 추켜세우자 '그런가' 하며 간단히 넘어가는 것을 보면 천성이 나쁜 인간은 아닌 듯하나, 애초부터 사태를 신중히 고려하고 나서 움직이는 유형은 아니었다. 본래 생각하는 능력도 판단력도 없었던 것이다. 아울러 '이러한 일을 해서는 안 된다'는 윤리 의식은 전혀 없었다. 참으로 욕망이 시키는 대로 행동하며, 제어가 불가능한 '힘 자체'라고 할 수밖에 없는 것이다.

게다가 이러한 '힘'을 발휘하는 방식이 매우 좋지 않았다. 여포와 마찬가지로 '아무 생각 없이 힘을 쓰는' 예이지만 장비의 경우는 가슴을 후련하게 해주는, 아울러 진실로 사심이 없는 상쾌함이 존재한다. 그러나 여포는 '자신의 힘을 믿고서 정정당당하게 싸우는 것'도 아닐 뿐 아니라, 싸우는 상대방이 '이 인물은 대단하다'고 쾌히 인정하는 경우도 없다. 오히려 상대방의 빈틈을 노려 뒤통수를 치는 듯한 수법이 대부분으로, 관우라는 존재가 상징하는 것 같은 『삼국지연의』 세계의 '의협義俠의 윤리'와도 전혀 상관이 없는 경우라 하겠다. 오직 자신의 본능에 이끌려 마구 내닫는 짐승과도 같은 존재이다. 똑같이 '짐승 같으면서도', 『수호전』의 난폭자인 이규李逵가 '흑곰과 같다'고 일컬어질 만큼 '살인 병기'이면서도 지극히 윤리 의식이 강한 경우와 대조적이다. 여포의 경우는 사고하는 능력이 없을 뿐만 아니라 눈앞의 욕망에 곧장 달려드는, 맹수와 같이 악의로 가득 찬 탐욕스러움이 뭐라 형언할 수 없는 어두운 이미지를 형성하고 있다.

살아남는 사람과 사라지는 사람

누구에게서나 주목받을 정도로 용맹함을 지닌 여포는 제후들 사이의 힘의 균형을 좌우하고, 『삼국지연의』세계가 개막한 이후로 얼마 동안 이야기를 추동해가는 중요한 캐릭터이다. 동탁을 토벌하는 대목에서는 물론이거니와 그 후의 서주徐州 쟁탈의 공방전에서도 이야기의 흐름을 주도해가는 존재인 것이다.

요컨대 조조와 마찬가지로 서사물의 중추가 되는 '트릭스터'로 마땅히 불려야 할 존재이지만, 어째서인지 그렇게 되지를 못했다. 질서에 도전하고, 체제를 뒤흔들고, 이야기를 교란시키는 '트릭스터'가 되기에는 (자신보다) 강한 상대에게 지나칠 정도로 비굴하게 굽혔기 때문이다. 어떤 정도의 파괴력은 인정하지만 강고한 기존 질서를 본질적으로 뒤흔들고, 새로운 물결을 만들어가는 신선한 박력이 전혀 없는 것이다. 그 결과로 여포는 『삼국지연의』세계에서 참으로 '위대한 트릭스터'인 조조에게 최종적으로 참수당하고 마는 존재가 되고 말았다.

실제의 세계에서 여포는 훨씬 씩씩하고 박력 넘치는 무장이었을지 모르나 『삼국지연의』세계에서는 참으로 시원찮은 역할만을 떠맡고 있는 것이다. 조조와 비교해보면 요컨대 난세에 살아남는 인물과 사라져가는 인물은 같지 않다는 점을 여실히 느끼게 하는 사례인 것이다.

앞 장에서 언급했던 진궁은 조조의 잔혹함을 싫어해서 떠나버렸지만, 실은 이후로 여포를 추종하게 된다. 아무리 여포가 눈부시게 빛나는 무장이었다 하더라도 확고한 윤리관을 지녔던 진궁으로서는 좀 더 나은 선택지는 아니었다는 느낌이 든다 하겠다. 아울러 진궁은 최후에는 조조에게 패하여 여포와 함께 산 채로 사로잡혀서 처형당하고 만다. 처형 직전에 조조가 '그대는 어째서 저 따위 여포와 같은 인간을 섬기는가?'라고 질문하자, 진궁은 '여포는 꾀가 없어 무위무책無爲無策하지만 당신처럼 간계를 부리지는 않기 때문이다'라고 의기양양하게 밝히고 있다. (제19회)

미녀의 행방은 어찌 되었나

그런데 이러한 동탁 토벌의 계기를 촉발했던 역할을 담당한 미녀 초선은 그 후 어찌 되었을까. 굳센 이미지의 여성이 많은 『삼국지연의』 안에서 그녀는 보기 드물게 '여색이라는 무기'를 전면에 내세웠던 이색적인 존재이다. 실은 초선은 자신이 맡은 바를 잘 수행한 뒤에, 뜻밖에도 마지막까지 첩실로서 여포를 섬겼던 모양으로 작품 안에서는 이후에도 여러 차례 그 이름이 등장한다. 그런데 이렇게 되면 이 기특하기 짝이 없는 여성의 이미지에 흠집이 생긴다는 이유로 소설가 요시카와 에이지吉川英治[4] 등은 여포를 최후까지 섬겼던 이는 다른 여성이며, 여포가 그러한 여인에게 추억의 실마리를 되살려 '초선'이라는 이름을 붙인 것이라고 보고 있다.

그런데 결국에는, 미녀 초선은 미남 장수 여포의 사랑에 이끌려서, 어느새 그녀 자신도 그를 밉지 않게 여기게 되어, 여포를 따르리라고 마음먹었던 것인가? 아니면 현명하게도 자신은 결국 정치의 도구일 뿐임을 깨닫고는 맡은 일이 이루어지자 스스로 자취를 감추고 말았던 것인가? 『삼국지연의』 안에서도, 물론 정사[5]에서도 그러한 저변의 사정에 대해서는 아무런 기록이 남아 있지 않다.

---

4) 일본을 대표하는 소설가로 주요 작품으로는 『삼국지』와 『미야모토 무사시宮本武蔵』 등이 있다.
5) 정사에서는 본래 초선은 등장하지 않는다.

4. 조조의 '편애' - 전위典韋와 여포의 최후

"그날 밤 조조는 막사 안에서 추씨鄒氏와 함께 술을 마시는데, 갑자기 바깥에서 사람 소리와 말 울음소리가 들려와서 신변의 사람을 시켜 알아보도록 했다. '장수張繡의 군사들이 밤 순찰을 돕니다'라고 하길래 조조는 아무런 의심도 하지 않았다. 밤이 2경(저녁 9시부터 11시까지의 사이)쯤 되었을 적에 갑자기 본진本陣의 내부에서 함성이 들려왔는데, 한 병사가 와서 마초를 쌓아둔 수레에서 불이 났다는 보고를 하였다. 조조는 '군중엔 부주의해서 불이 나는 수도 있으니, 너무 허둥대지 말라'고 하였다. 그런데 조금 지나자 사방에서 불길이 치솟으므로 조조는 그제야 황급히 전위를 불렀다. 전위는 몹시 취하여 곯아떨어져 자다가 갑자기 울려대는 징소리와 북소리, 그리고 함성을 듣고서야 벌떡 일어났으나 아무리 둘러보아도 자신의 쌍창이 보이지를 않았다. 이때 적병들은 이미 진문陣門까지 들이닥쳤으므로 전위는 급히 병사가 허리에 찬 칼을 뽑아들고 나가보았다. 그런데 수많은 기마병들이 각기 긴 창을 들고서 진문을 지나서 우르르 본진 안으로 쳐들어오고 있는 것이 아닌가? 전위가 분발하여 곧바로 적군 병사 20여 명을 쳐 죽였다. 기마병들이 조금 물러서자 그 대신 무수한 보병들이 쳐들어오는데 양쪽 대열이 빽빽하니 창들이 빈틈없이 늘어서 있었다.

전위는 몸에 전혀 갑옷을 걸치지 못했으므로 창에 찔려 전신에 수십 군데 상처를 입었으면서도 여전히 죽을 각오로 사력을 다해 싸웠다. 칼날이 무디어져 쓸모가 없게 되자 전위는 그 자리에서 칼을 버리고 적 병사 2명을 맨손으로 들어 올리고서 돌진하여 8, 9명의 병사를 주먹으로 때려죽였다. 적군은 더 이상 가까이 오지 않고 단지 물러서서 멀리서 빗발치듯 활을 당겼다. 그래도 전위는 여전히 진문에 버티고 서서 사수하였다. 그러나 애석하게도 진영의 후방에서도 이미 적군이 쳐들어왔고, 적군의 창이 전위의 등을 쑥 꿰뚫었다. 전위는 여러 차례 절규하며 펄펄 뛰다가 땅바닥에 피를 철철 흘리면서 숨을 거두었다. 전위가 죽었어도 한동안은 적군은 누구 하나 진문 안으로 들어서지 못하였다."(제16회)

무대는 서주徐州로

동탁을 토벌하고 나서 차츰 패권을 둘러싸고 본격적인 군웅할거의 시대가 전개되어갈 무렵 이야기의 중심 무대는 서주 땅으로 옮겨가게 된다. 여포, 유비, 조조가 협력과 대립을 거듭하였고, 거기에 원술과 장수張繡 등도 가세하여 천하의 정세는 급격히 변화를 거듭해갔다.

사건의 발단은 다음과 같이 정리할 수 있다. 서주를 다스리던 이는 도겸陶謙이라는 온후독실溫厚篤實한 늙은 자사였는데, 그의 부하가 여행 도중에 잠시 들렀던 조조의 아버지 조숭을 살해하는 바람에 조조의 원한을 사게 되어 성을 포위당하고 만다. 곤란해진 도겸은 '공자의 20대째 후손'(제11회)이라고 일컬어지던 군웅의 한 사람인 공융孔融에게 도움을 요청하였고, 공융은 나아가 유비까지도 이에 가세하도록 요청하였다. 유비는 도겸의 처소로 달려가서 조조에게 편지를 보내어 화해하기를 요청하였으나 이것이 도리어 역효과를 일으켜 조조는 '(유비가) 도대체 어떤 자이냐!'라고 격노하여 서주에 총공격을 가하려고 하였다. 그런데 출격 직전에 여포가 조조의 근거지인 연주兗州를 격파했다는 소식이 전해졌고, 다급해진 조조는 유비의 요청을 받아 들여 곧바로 서주에서 철수하여 연주로 되돌아갔다. 이 대목을 전후한 사건의 전개는 아무 일도 하지 않지만 도리어 운이 좋은, 유비의 면모를 잘 보여주고 있다.

더욱이 이보다 앞부분의 사건 전개 역시 과연 유비다운 데가 잘 드러난다. 도겸은 강화를 성립시켜준 유비에게 솔직하게 감사를 하고, '서주의 지배권을 양도하고 싶다'고 원하지도 않았던 이야기를 끄집어내었는데, 유비가 흔쾌히 승낙할 줄 알았으나, 도리어 '제가 서주를 구원하러 온 것은 대의명분을 위해서였습니다. 그런데 이제 아무 까닭 없이 서주를 차지한다면 천하의 모든 사람이 나를 의리 없는 사람이라고 여기게 될 겁니다'라 하고서, 아무리 해도 받으려고 하지 않았다. '제발 이 늙은이가 은퇴하여 병의 요양에 전념토록 할 수 있게 해주시오'라고 도겸이 울면서 애원하였고, 장비까지도 '우리가 강제로 빼앗는 것도 아니며, 저들이 다스리는 주군州郡을 억지로 빼앗는 것도 아니고, 저쪽에서 호의로 내주겠다고 하는 걸 어째서 형님은 한사코 사양하는 겁니까?'라고 나름 일리 있는 이야기를 하는데도, 유비는 '너희가 나를 불의의 길로 빠뜨리려고 하는가?'라고 꾸짖으면서, 한사코 받으려 하지 않았다. 하여간 어떤 일이든 '의義'가 가장 중요한 원칙이라는 입장이어서 참으로 답답하기 그지없는 장면이라 하겠다. 도겸이 병으로 사망하게 되자 비로소 '임시로'라는 조건부로 고을을 떠맡게 된다. (제12회) 그러나 결국 패주하여 온 여포를 숨겨준 결과로 도리어 서주를 빼앗기고 말아서 유비 일행은 다시금 근거지가 없는 가련한 처지가 되고 말았다.

내실을 다지는 조조의 군대

한편으로 조조는 여포에게 기습을 당해 하마터면 근거지를 상실할 위기에 처했지만 이윽고 그러한 위기를 뒤엎고 만회해서 자신의 기반을 문무 양면에 걸쳐 충실하게 내실을 다져갔다. 이각과 곽사의 손아귀에서 벗어나 낙양으로 되돌아온 헌제獻帝를 보호하면서 후견인이 되었던 것도 조조의 권위와 발언권을 한층 강화시켜주었다. 이렇듯 실력을 키웠던 조조는 이윽고 최대의 라이벌인 원소를 격파하고 화북 더 나아가 북중국 지역의 패권을 장악하기에 이르렀다.

조금 이야기를 되돌리면 청주靑州 황건적 토벌을 마치고 연주 지역을 지배하게 되고, 위명威名을 떨칠 무렵부터 조조의 휘하에는 수많은 지식인과 용장들이 운집하였고, 부하의 계층이 문무 양면에 걸쳐 현격하게 질과 양을 늘려갔다. 지식인의 필두에는 원소의 휘하에서 전향해온, 청류파의 희망인 순욱이 있었다. 순욱을 시작으로 하여 그의 조카로 명성이 높았던 순유荀攸, 나아가 정욱程昱, 곽가郭嘉, 유엽劉曄, 만룡滿龍, 여건呂虔, 모개毛玠 등 쟁쟁한 인물들이 속속 조조의 휘하로 모여들었다.

아울러 맹장 전위典章가 하후돈夏侯惇의 천거로 조조를 측근에서 섬기게 되었던 것도 조조가 부친의 원수를 갚기 위해 서주로 쳐들어가기 직전 무렵이었다.

"'내 이 사람을 보니 비범하고, 반드시 강한 힘을 지녔을 것이다'라고 조조가 말하자 하후돈은 계속 소개를 하였다. '전위는 지난날 친구의 복수를 위해 사람을 죽이고서 그 머리를 들고서 바로 시장의 혼잡한 인파 속을 헤치고 나아갔는데 수백 명의 사람들이 감히 접근하지도 못했다 합니다. 지금도 무게가 80근이나 되는 쌍창을 쓰는데, 이 것을 겨드랑이에 끼고 말에 올라타고서 나는 듯이 전쟁터를 누비고 다닙니다.'

조조는 곧장 전위에게 창 쓰는 법을 보여달라고 명령하였다. 전위는 쌍창을 겨드랑이에 끼고서 말을 달려 나는 듯이 종횡으로 뛰어다녔다. 문득 맹렬한 바람이 불어서 진막陣幕 아래의 큰 기가 금세 쓰러지려 기울어지는데, 수많은 병사들이 달려들었으나 지탱할 수가 없었다. 전위

가 말에서 내려와서 일갈하여 병사들을 물리치고서는 한
손으로 힘껏 깃대를 잡고서 바람 속에서 굳세게 버틴 채
로 꼼짝도 하지 않았다." (제10회)

조조는 용맹무쌍한 전위에게 한눈에 매료되어 그를 자
신의 휘하에 두었다. 순전히 자신의 힘에만 의지해 일개
병졸로서 조조 군단에 참가했던 전위는 그 후로 깜짝 놀랄
정도의 공적을 세우며 조조의 친위대장으로까지 승진하
였다. 전위는 조조에게 위기가 닥치면 반드시 어디에선가
느닷없이 나타나 빗발치듯 쏟아지는 화살을 앞에 서서 막
아내고, 불바다를 뚫고 혈로를 여는 등 참으로 자신의 몸
을 방패로 삼아 조조를 지켜내었다. 이리하여 조조와 전
위 사이엔 강고한 신뢰관계가 맺어지게 되었다.

전위는 일개 병졸로서 조조 군단에 참여하였지만, 전위
가 죽은 뒤에 조조의 친위대장이 되었던, '호치虎痴'로 불
렸던 맹장 허저許褚의 경우는 사정이 조금 달랐다. 허저는
전위보다는 조금 뒤늦게 서주를 둘러싼 공방전의 와중에
서 조조 군단에 가담하는데, 전위와는 달리 수백 명의 사
병들을 데리고서 조조에게 투항하였던 것이다. (제12회) 훗
날 관우와 친해지는 서황徐晃도 조조의 참모 만총의 '양금

良禽은 가지를 가려 둥지를 틀고, 현신은 주군을 가려서 섬긴다'는 설득에 감동하여, 수하의 병사들과 함께 조조 군단에 가담하게 된다.(제13회)

이렇듯 새롭게 참여한 부장들 이외에 제2장에서 언급한 조인, 조홍, 하후돈, 하후연 등 초기부터 함께하였던 혈족血族의 맹장들도 물론 사력을 다해 조조를 위해 싸운다. 이렇듯 믿음직한 부장들이 든든하게 늘어서 있고, 어떠한 위기에도 물러서지 않고 맞서서 나아가므로 참으로 호랑이에게 날개를 단 격이었다. 이런 상황에서 벌어지는 맹장들의 전투 장면은 조조와 휘하 장수들의 심정적 연대의 강고함을 엿볼 수 있게 하는 대목이다.

자식보다도 휘하의 장수가 중요하다

전위는 자못 순정파의 우락부락한 사내 같은 느낌으로, 진정으로 '이자야말로 진짜 사나이'라고 할 인물이었다. 그런데 장수張繡와 싸움을 벌일 적에 여색에 빠져 모략에 걸려든 조조를 지키려다 등장하면서부터 몇 회 안 되는 짧은 기간에 죽임을 당하고 만다. 그의 죽는 방식 또한 장렬하기 짝이 없다. (앞에서 인용함) 화살에 맞고 창에 찔려 만신창이가 되고도 필사적으로 계속 싸우다가, 마침내 절규하면서 죽고 마는 전위의 모습은 처절하고, 장승처럼 우뚝 버티고 서서 죽어가는 벤케이弁慶를 방불케 한다. 자신의 분신과도 같은 쌍창을 도둑맞고서, 맘껏 자신의 역량을 발휘하지도 못하고 쓰러지고 마는 것도, '저 무기만 있었더라면…'이라는 식으로 독자로 하여금 이를 갈면서 몹시 분하게 여기게끔 하는 대목이기도 하다.

자신의 어리석은 실수로 말미암아 총애하던 전위를 잃게 된 조조는 간신히 철수를 마치고 난 뒤에 통곡하면서 전위의 제사를 지내고 다음과 같이 말한다.

"이번 전투에서 나는 장남과 사랑하는 조카를 잃었지만 이처럼 슬프지는 않았다. 오직 전위를 생각하니 통곡을 참을 길이 없구나." (제16회)

조조가 전위를 추도했던 것은 이때뿐만이 아니었다. 후에 다시 한 번 장수張繡 군과 싸움을 벌여 이번에는 대승리를 거두고 개선했을 때도 전위를 그리워하며 대성통곡하고 있다.

"조조의 군사는 천천히 물러가다가 양성襄城(허난성 샹청현)에 이르러 육수淯水 강가를 지나게 되었는데, 조조는 갑자기 말 위에서 소리 높여 통곡하였다. 휘하의 장졸들이 모두들 놀라서 웬 일로 우냐고 연유를 물었다. 조조가 답하기를 '나는 작년 이곳에서 대장 전위를 잃었다. 그 일을 생각하면 어찌 울지 않을 수 있겠느냐?'"(제18회)

　　주군의 이러한 언사를 듣고서 의기가 드높아지지 않는 부장이 있겠는가? 부하 장수라면 누구라도 '내가 죽으면 이렇게까지 애도를 받을 수 있을까', '그렇다면 나도 최선을 다해야 하지 않을까'라고 생각했을 것임에 틀림없다고 하겠다. 언제나 죽음을 옆에 두고서 싸움에 임하는 부하 장수의 마음을 얻는 데에 이것만큼 효과적인 연출은 달리 없을 것이다. 조조는 사람의 마음을 다루는 기술이 탁월한 인물이었으므로 그와 같은 부장들의 심정도 속속들이 파악하고 있으면서 반쯤은 겉모양으로만 통곡하는 모습을 보였을는지도 모른다. 그러나 적어도 어느 정도, 아니 진심으로 슬퍼하였기 때문에 과장된 포즈라고 할지라도 감명을 주었던 것이라고 여겨진다.

　　설령 핏줄이 닿는 자식이라 할지라도 억지로 역성 들지

않았던 조조의 태도는 시종일관 변함이 없었다. 그렇기 때문에 자식 중에서 어느 자식이 후계자가 될 만한 능력을 지녔는가를 냉정히 관찰하는 일도 가능했던 것이다. 조조는 장수와 벌였던 '완성宛城 전투'에서 장남 조앙曹昂을 잃었고, 더욱이 그 일로 말미암아 조앙을 양자로 삼았던 정처 정부인丁夫人과도 이혼하는 지경에 이르고 말았다. 한편으로 조조는 후에도 다시 한 번 기대를 걸었던 자식을 잃는 경험을 하게 된다. 건안建安 13년 '천재'라는 소문이 자자했던 아들 조충曹沖을 병으로 잃고 말았던 것이다. 조충의 나이는 사망 당시 겨우 열세 살이었다. 자식의 요절을 슬퍼한 조조는 역시 어린 나이에 요절한 견씨甄氏의 딸을 며느리로 맞이해서 조충과 함께 매장했다는 이야기가 전해지고 있다. 이것은 '명혼冥婚', 곧 죽은 사람끼리 결혼을 시키는 이른 시기의 사례라고 알려져 있다.

이러한 조충이 만약 살아 있었다면 가장 유력한 후보자가 되었을는지 모른다. 조충이 사망하였을 적에 조조는 자신을 위로하는 조비曹丕를 향해 '이 일은 나로서는 불행이지만, 너희에게는 행운이라 하겠지'라고 말했다고 전해진다. 조조는 자신의 생각을 거침없이 말하는, 말하기 어려운 속내를 분명히 말하는 유형의 인물이다.

이 사람도 저 사람도 모두 탐난다

자식들에게는 이렇듯 냉정하면서도 씩씩하고 늠름한 무장을 보게 되면 사족을 못 쓰고, 특히 자신의 휘하에 두고 싶어 안달복달하였다. 그렇듯 어린애 같은 구석이 조조에게는 있었다. 하여튼 그때까지 호되게 골탕을 먹였고, 고심에 고심을 거듭하여 간신히 제거하기에 이르렀던 여포의 경우조차 막 처형 단계에 이르자 미련이 남아서 머뭇거릴 정도였으므로 조조는 참으로 재미있는 인물이라 하겠다. 그것은 사사로운 원한 따위는 별로 개의치 않고서 쓸 만한 구석이 있는 인물은 아낌없이 기용코자 하는, 그의 도량 넓은 인간성과도 연결되는 것이다. 또는 조조에게는 아무리 성질이 괴팍한 맹장이라도 잘 다룰 수 있다는 자신감이 있었는지도 모른다.

아울러 여포의 최후는 이 또한 어쨌든 여포답게 깨끗하고 정정당당하지 못했다. 조조와 유비 연합군에게 성을 포위당했을 적에, 진궁이 수차례 출격할 것을 요청했으나 처첩들이 울고불고 매달리자 결단을 내리지 못하고 온갖 실수를 거듭한 끝에 결국은 부하들에게 버림받아 생포되어서 조조와 유비 앞에 끌려가게 되었다.

이윽고 참수당할 단계에 이르러서도 함께 생포된 진궁이 떳떳하게 처형을 바랐던 것과 달리 여포는 유비에게도 그리고 조조에게도 끈질기게 목숨을 구걸하였다. 이러한 비굴함이야말로 다름 아닌 여포의 본색을 드러내주는 것이다. 그러나 유비 역시 만만찮게 머뭇거리는 조조에 대하여 여포를 처형하기를 재촉하였으므로 그 또한 대단한 인물이라 하겠다. 격분한 여포가 최후에 유비를 향해 '너야말로 가장 믿을 수 없는 놈이구나!'(제19회)라고 면박을 주었던 것은 의의로 예리한 지적이라고 할 수 있다.

조조가 훗날 유비 군대에 가담하는 미장부 마초馬超의 용맹한 모습을 보고서 '마초의 용맹함은 여포에 못지않구나'(제59회)라고 감탄한 것을 생각해보면 조조는 여포에게 상당히 깊은 애착이 있었다고 보이고, 틀림없이 마초에게도 매력을 느끼고 있었을 것이리라. 조조는 여하튼 볼품이 있고, 강한 힘을 지닌 무인에게 언제나 마음을 빼앗겨서, '저 사람도 좋고, 이 사람도 좋다'고 생각하였던 인물이었다.

훗날의 숙적인 유비에 대해서도 조조는 처음에는 나쁜 감정을 품지는 않았다. 여포에게 쫓겨서 유비가 조조의 휘하로 도망쳐왔을 적에 군사 순욱과 정욱程昱이 입을 모아 '지금이야말로 제거해야 한다'고 주장했음에도 조조는 주저하며 유비를 죽이지는 않았다.(제16회) 그에게는 유비 또한 자신의 곁에 두고 싶어 했던 영웅 중의 하나였는지도 모른다.

문관에게 냉엄한 『삼국지연의』

이때 조조의 참모 가운데 유비를 죽이고자 하는 것을 막으려 했던 이는 곽가郭嘉 한 사람뿐이었다. 곽가는 『삼국지연의』의 세계에서 조금 특이한 역할을 맡은 인물로, 조조가 애지중지하는 귀둥이와 같은 존재이다. 이 시점(건안 원년인 196년)에서 곽가는 27세였다. 군사의 우두머리 격인 순욱보다는 일곱 살 연하였다. 곽가가 사망한 뒤인 건안 13년(208년)에 조조가 강남 정벌로 향하기 직전에 조조 군단에 가담했던 사마의司馬懿는 곽가보다 아홉 살 연하이다. 곽가는 조조가 북중국 지역을 제패하는 데 커다란 공헌을 하였고, 38세의 젊은 나이로 이 세상을 하직하였지만, 훗날까지 두고두고 조조는 그를 애도하였다. 예를 들면 '적벽대전'에서 오나라에 대패하고서, 참담한 도피행을 해야 하는 처지에 몰린 조조는 '만일 봉효奉孝[1]가 살아 있었다면 결코 나를 이 지경이 되도록 놔두지는 않았을 것이다'라고 통곡하면서, 여타의 참모들을 무안하고 부끄럽게 만들었던 것이다. (제50회)

　조조는 이렇듯 곽가를 총애하였고 진심으로 신뢰하였음에도 불구하고, 곽가보다도 중요한 역할을 맡았던 순욱 등에 비해서는 기묘하게도 냉담하게 대하고 있다. 겸하여 말하자면 『삼국지연의』 세계에서는 전체적으로 역동적으로 싸움을 벌이는 무장에게 스포트라이트가 쏟아졌던 반면에 행동이 수수한 문관의 경우에는 어딘가 존재감이 빈약한 감이 없지 않다. 그런데 정사에서는 이와는 반대로 기본적으로 문관을 우선시하고 있는데, 소설에서는 이름도 나오지 않는 것 같은 문관들의 행적조차도 자세하게 기술되어 있다. 반면에 『삼국지연의』 세계에서 눈부시게 활

―――――――――
1) 곽가의 자임.

약하는 무장들의 행적은 간단하게 언급하는 정도의 경향을 보일 뿐이다. 이러한 차이점은 대단히 흥미로운 구석이라고 하겠다.

그중에서도 순욱의 사례는 역사적 사실의 측면에서 보자면 조조 정권의 기초를 다지는 데 중요한 역할을 맡고 있고, 아울러 정사에는 장편의 전기가 실려 있다. 그런데도『삼국지연의』에서는 그 정도의 비중이 있는 순욱의 존재감과 의의에 대해서 분명히 다루고 있지 않다. 당연히 조조가 주변의 허다한 참모들 가운데에서 유독 곽가에게만 특별한 신뢰감을 품었다는 사실로서, 순욱을 비롯한 여타의 문관과 참모들에 대해서는 끝끝내 경계심을 풀지 않았던 것처럼 보인다. 본래 조조는 용맹무쌍하고 단순명쾌한 무인들은 매우 좋아했지만 속이 엉큼하면서도 생각이 영악한 지식인은 그다지 좋아하지 않았던 것이다.

군사로서 활약한 인물들을 살펴보면 촉나라에서는 제갈량, 오나라에서는 주유를 꼽을 수 있는데, 이들에 대해서는 뒤에서 살펴보기로 하자. 그밖에 조조의 참모로는 가후賈詡의 경우처럼 여기저기 군웅의 진영을 떠돌아다닌 이색적인 모사謀士도 존재하였다. 가후는 사실 빈번히 변신을 거듭한 인물로서 정사에 수록된 전기에 따르면 조조의 휘하로 편입된 이후로는 사적인 생활에서도 사람들로부터 손가락질을 당하지 않으려고 다른 사람들과의 교제에도 매우 조심하였다고 한다. 그는 탁월한 수완의 책략가로서 훗날 조조의 두 아들인 조비와 조식曹植이 후계자 경쟁을 벌였을 때에도 조비의 브레인으로 능란한 수완을 발휘했다.

'후한後漢'을 둘러싼 갈등

조조가 원소와 자웅을 겨루었던 '관도官渡 전투'의 시기에는 순욱에게 질타를 받고 조조가 분발하였다는 바람직한 관계가 이루어졌지만 그 이후로 조조와 순욱 두 사람 사이에는 점차 골이 깊어지게 되었다. 그러한 불화의 가장 큰 이유는 '후한 왕조'를 대하는 두 사람의 자세의 차이에서 기인하였다.

순욱의 기본적 전략은 조조를 후견인으로 삼아 후한 왕실을 지탱한다는 것이었다. 그러나 당초 후한 헌제의 후견인 역할을 연출하던 조조는 북중국을 제패했을 무렵부터 점차 자신의 권력욕을 드러내기 시작하였다. 그렇게 되자 순욱은 도리어 후한 왕실을 지켜야만 한다는 생각을 더욱 굳히게 된다. 이리하여 조조와 순욱 사이에는 차츰 생각의 간극이 벌어져갔던 것이다.

결국 순욱은 건안 17년(212년)에 조조가 위공魏公이 되려는 일에 반대하여 궁지에 몰렸고, 이윽고 죽임을 당하고 만다. 이러한 순욱의 죽음에 대해『삼국지연의』에서는 정사의「순욱전荀彧傳」, 배주裴注[2]『위씨춘추魏氏春秋』의 기술을 옮기고 있는데, (그에 따르면) 조조에게서 빈 합盒[3]을 받고 나서 절망한 순욱이 독약을 먹고 자살한 것으로 다루고 있다. (제61회) 어쨌든 순욱이 사망한 다음 해에 조조는 훼방꾼이 마침내 제거되었다는 듯이 곧바로 위공이 되었으므로 양자 사이의 갈등이 어느 정도인가를 짐작케 한다.

아울러 건안 19년에 조조는 위공에서 다시금 격을 올려서 '위왕魏王'이 되고자 하였는데, 바로 이 시점에서 순유가 사망하게 된다. 정사에는 아무것도 기록되어 있지 않지만『삼국지연의』에서는 조조가 위왕이 되려는 일에 반대하자

---

2) 배송지의 주를 말한다.
3) 뚜껑이 있는 둥글넓적한 작은 그릇.

'순욱의 전철을 밟으려 하는가'라고 위협을 받고서 분하여 병들어 죽은 것으로 기록하였다. (제66회) 그런데 덧붙이자면 조조가 실제로 위왕이 된 것은 이로부터 2년 후인 건안 21년의 일이었다.

역사적 사실로 미루어보아도 분명히 조조의 권력이 강화되는 시점에 마치 용도 폐기되듯이 순욱과 순유 두 사람이 사망하였다. 『삼국지연의』에서는 조조의 악인 됨을 강조하기 위해 두 사람의 죽음을 과장해서 묘사하고 있는데, 이렇듯 극단화된 수법은 인간 사이의 관계성이 시간이 경과함에 따라 변해가는 양상을 생생하게 묘사하기 위한 것이다.

조조는 순욱과 순유를 비롯한 수많은 사람들을 내쫓고 살해한 끝에 권력을 장악했음에도 끝내 '황제'가 되지는 못했다. 이것은 조조를 악역으로 꾸며대었던 『삼국지연의』조차도 바꿀 수 없는 엄연한 역사적 사실이다. 조조가 죽자마자 단박에 후한 왕실을 멸망시키고 위나라 왕조를 수립하고 황제에 오른 자식 조비와는 달리, 조조에게는 그 정도까지 나아가지는 않는, 속으로 매우 꺼리는 바가 있었던 것이리라. 조조는 여포처럼 욕망에 휘둘리는 단세포적

인간이 아니라, 난세를 수습하려는 의지와 권력을 복잡한 형태로 겸비하였던, 위대한 '간웅姦雄'과도 같은 인물이었다. 단순한 악역으로서뿐만 아니라 그와 같은 조조의 복잡함과 위대함, 그리고 매력 넘치는 인간성까지도 표현해 냈다는 점에서 『삼국지연의』가 도달한 역사소설로서의 성숙도의 높이를 가늠해볼 수 있으리라고 생각한다.

5. 남자가 남자에게 매혹될 때 - 용자의 해후

　"유요劉繇가 말했다. '이것은 손책孫策이 우리를 유인하려는 함정이니 쫓아가서는 안 된다.' 그러나 태사자太史慈는 펄쩍 뛰면서 '이럴 때 손책을 사로잡지 않으면 앞으로 언제까지 기다려도 소용이 없다'고 하고서, 유요의 명령을 듣지 않고 제멋대로 갑옷을 차려입고 말에 올라타고는 창을 움켜잡고서 진영을 나가면서 큰 소리로 외쳤다. '담력 있는 자는 나를 따르라.' 그러나 장수들은 움직이려 하지 않았다. 단지 지체 낮은 부장 하나가 '태사자는 참으로 용맹한 장수이니, 내가 도와드리리라'고 하고서, 말을 박차고 몰아서 함께 떠나갔다. 장수들은 모두 와 하고 비웃었다.

　한편 손책은 한동안 적진을 바라보다가 이윽고 말머리를 돌렸다. 막 고개를 넘어가려는데 산 위에서 '손책아, 달아나지 말아라'고 외치는 소리가 들렸다. 손책이 돌아보니 산 위에서 장수 둘이 말을 달려 나는 듯이 내려온다. 손책은 즉시 열세 명의 장수를 일제히 늘어세운 다음에 자신은 창을 비껴들고 고개 밑에서 말을 멈추고 기다렸다. 태사자는 달려 내려오면서 큰 소리로 '어느 놈이 손책이냐?'고 외쳤다. '너는 누구냐?'고 손책이 물었다. '내가 바로 동래 출신 태사자다. 일부러 손책 너를 잡으러 왔도다.' 손책은 껄껄 웃으면서 '내가 손책이다. 너희 둘이 한 꺼번에 내게 덤벼들어도 두렵지 않다. 너희를 두려워한 다면 진정 손백부孫伯符가 아닐 것이다'라고 하였다. 태사 자 역시 '네가 부하들과 함께 다 덤벼도, 나 역시 두렵지 않다'고 하였다." (제15회)

오나라의 젊음

'삼국지'라고 하면서도 지금까지 거의 언급하지 않았던 나라가 강동江東의 오나라이다. 오나라는 삼국 가운데에 서 가장 존재감이 미약했고, 『삼국지연의』의 서술 역시 아 무래도 위와 촉나라가 중심이었다. 오나라의 초대 황제는 조조 등과 같은 세대의 제후의 한 사람으로 등장하는 손견 孫堅이었는데, 그는 확고한 근거지를 확보하지 못한 채 초 평初平 3년[1]에 뜻밖의 최후를 맞이하였다. 이리하여 손책 이 그 뒤를 계승하여 강동의 손씨孫氏 정권의 기반을 다졌 는데, 그 또한 몇 년이 안 되어 죽었다. 그 후에 둘째 아들 인 손권이 정권을 담당하고서 나라를 확대·강화해나갔던

---

[1] 192년 또는 그 전년으로 보는 설도 있다.

것이다.

손견이 죽었을 때 손책은 겨우 열일곱 살[2]이었는데, 그는 젊은 지도자 특유의 대담한 활약상을 보여주고 있다. 손책이 과감하게 강동 지방 제패를 위한 정책을 개시하였고, 이윽고 요절하고 난 뒤에 후계자가 되었던 아우 손권이 뒤를 이어 손씨 정권을 확립·강화해가는 과정에서 오나라에는 참으로 젊고 싱싱한 기세가 흘러넘치고 있었다. 그러나 젊음 한 가지로만 관철하는 것이 아니라 그 휘하에 정보程普, 황개黃蓋, 한당韓當과 같은 손견 시대 이래의 숙장宿將들과 주유周瑜와 같이 날카로운 기백이 흘러넘치는 젊은 군사가 공존하고 있다는 점이 다름 아닌 오나라의 최대 강점이었다. 물론 세대 간의 틈이 없었던 것은 아니어서, 시대가 내려와서 건안 13년(208년)의 유명한 '적벽대전'이 벌어질 당시에 젊은 주유가 오나라 군대의 총사령관이 되자 원로 장수였던 정보가 기분이 나빠서 토라지고 마는 등의 국면도 연출되었다. 그러나 그러한 문제도 쉽게 해결되어 젊은 파워에 뒤질세라 노장들 역시 불꽃처럼 분투하여, 일약 노소老少가 일치단결하여 조조의 대군을 격

2) 『삼국지연의』의 설. 실제로는 여러 설이 있는데 19세였다고도 한다.

파하는 데 성공하였던 것이다. 수많은 전투로 단련된 노장들은 말할 것도 없고, 잔소리가 심한 베테랑 문관인 장소張昭, 장굉張紘까지도 중용함으로써 젊은 군주인 손권은 늙은 여우인 조조와 유비를 상대로 여유를 가지고 대적해 갔던 것으로 볼 수 있다.

젊은 패왕霸王 손책

손씨 일족은 혈기가 왕성했던지 손책·손권의 부친인 손견은 몸소 선두에 서서 전투를 벌이는, 기개가 넘치는 유형의 인물이었다. 그러므로 정보, 황개, 한당 등 그의 휘하의 장수들 역시 늘상 공성攻城과 야전을 중시하는 맹장들이 즐비하였다. 본래 손견 자신은 이러한 공격적 기질이 화를 초래해서 형주의 지배자였던 유표와 전투를 벌일 적에 단독으로 행동하다가 허를 찔려서, 돌과 화살로 집중 공격을 당하여 37세의 나이로 맥없이 전사하고 말았다. (제7회)

한마디로 지도자라고 하더라도 손견과 같은 공격형 지도자가 있는가 하면, 유비처럼 자신이 직접 싸우는 일은 거의 없고 계속 싸움에 패하였지만 긁힌 상처 하나 입지 않으면서 오직 도망 다니기만 하는 유형의 인물도 있다. 유비가 실제로 전투에 참가했던 사례는 앞서 언급하였던 호뢰관에서 있었던 여포와의 싸움 정도가 유일하다고 하겠다.

조조는 손견과 유사한 유형으로, 종종 자신이 선두에 서서 적진에 쳐들어간다. 이 때문에 하마터면 칼에 베일 뻔도 하였고, 심한 화상을 입기도 하는 등 위험했던 국면이 많았으나, 놀라울 정도로 운이 좋았던 편이다. 아울러 승부처에서는 앞장서서 돌격하는 반면에 훨씬 후에 유비와 한중漢中 지역의 쟁탈전을 벌였던 경우와 같이 승산이 없다고 판단되면 미련 없이 퇴각하는 등(제72회) 지극히 신중한 측면도 지니고 있었다. 총체적으로 보자면 조조는 완급조절이 능란한, 지도자로서는 가장 균형 감각이 돋보이는 경우라고 할 수 있다.

오나라의 제2세대인 손책은 명백히 손견의 기질을 이어받았던 관계로, 늠름하게 그 자신이 적진으로 쳐들어가는 유형이었다. 지지 않으려는 투지가 대단했으므로 부친의 사후에 잠시 몸을 의탁하였던 원술이 오만방자한 태도로

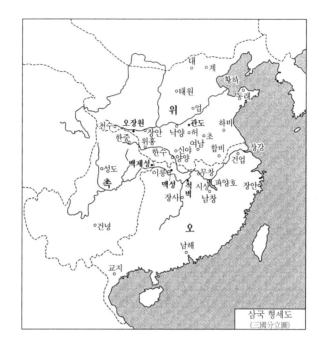

삼국 형세도
(三國分立圖)

자신을 대하자 울분을 느껴, '아버지 손견은 저렇듯 뛰어
난 영웅이었는데 자신은 어쩌다가 지금 이런 꼴이 되었는
가 하는 생각이 들어 몰래 소리 내어 통곡하였다'(제15회)는
형편이었다. 이렇듯 분한 마음을 발판으로 삼아 부친 손
견 시대 이래의 장수들을 데리고서 홀로서기를 감행했던
손책은 '소패왕小霸王', 곧 젊은 패왕으로 불리면서 순식간

에 세력을 키워나갔다.

이러한 손책의 젊디젊은 기세가 선명하게 표현되는 대목이 태사자太史慈와의 일대일 승부 장면이다.(첫머리에 인용) 태사자는 이때 강동 제패에 나섰던 손책에 맞서는 라이벌 유요劉繇를 섬기고 있었다. 서로 마주쳤던 순간 두 사람은 정면으로 맞닥뜨려 창으로 싸움을 벌였고, 이윽고 서로 말에서 굴러 떨어져서는 창을 버리고 맨주먹으로 드잡이하면서 때리고 차는 싸움을 벌였다. 한 치의 과장도 없는 일대일 대결로서 참으로 젊음이 약동하는 시원스러운 장면이라 하겠다.

사나이끼리의 신의

태사자는 『삼국지연의』에서는 일찍부터 등장하는데(제11회), 매우 재미있는 인물이다. 앞 장에서도 보았듯이 조조가 서주에 맹공을 가했을 적에 서주를 다스리던 도겸은 북해태수北海太守 공융에게 사자를 보내어 구원을 요청하였다. 이러한 요청을 받아들여 공융이 막 출진하려는데 황건적 잔당 수만 명이 쳐들어와 성을 포위하였다. 이때 언제나 연로한 노모를 잘 보살펴주었던 데 대한 보답으로 '마치 무인지경을 가는 것처럼' 황건적을 물리치고서 단기 필마로 공융을 구원하러 달려갔던 이가 바로 태사자였다.

공융의 명을 받들어 태사자는 이번에는 포위망을 뚫고서 유비의 군대에게 말을 타고 달려갔고, 소식을 전해들은 유비가 군대를 이끌고 달려와서 황건적을 격파해준 덕분에 공융은 위기에서 벗어날 수 있었다. 이리하여 공융에게 은혜를 갚았던 태사자는 예전부터의 요청을 받아들여 양주자사揚州刺史였던 동향 출신 유요의 휘하로 가서 몸을 의탁하고 있던 참이었다. 요컨대 태사자가 당시 손책의 호적수였던 유요를 섬기고 있었던 것도 말하자면 '일이 되어가는 형편'에 따랐던 것일 뿐이지, 아마도 그는 여전히 '이 사람을 위해서라면 죽어도 좋다'라고 할 만한 정도의 주군을 만나지 못한 상태라고 할 수 있다.

그러한 태사자의 앞에 나타난 이가 손책이었다. 첫 대면을 할 때부터 두 사람은 우선 체력이 다하는 한도 내에서 사력을 다해 서로 싸웠다. 참으로 속이 후련한 장면이다. 두 사람의 승부는 비기고 말았지만, 이때 태사자는 오직 자신의 힘만으로 승부를 내려고 하는 손책의 기개에 감복하였고, 손책은 태사자의 과감한 용맹에 마음을 빼앗겼던 것으로 추정된다.

얼마 후에 유요가 손책에게 패하여 태사자는 생포되고 말았는데 손책이 자신을 정중히 대우하는 것에 감격하여 스스로 항복하기를 청하였다. 이와 같은 손책과 태사자의 관계는 의형제의 맹세를 나눴던 유비, 관우, 장비의 경우와는 다르지만 서로 일대일로 끝까지 싸웠던 일을 통해서 마음 깊숙이 서로를 굳건히 신뢰하는 연분으로 맺어졌다고 할 수 있다. 이러한 태사자의 삶의 방식은 『삼국지연의』세계의 저류를 이루는 '의협義俠[3] 정신'을 체현한 경우라 하겠다.

그런데 태사자는 손책에게 항복한 이후 패주한 유요의 잔당을 그러모아 손책의 휘하로 데려오겠다고 자청하였다. 이 대목을 『삼국지연의』에서는 다음과 같이 묘사하고 있다.

"손책은 일어서서 예를 표했다. '그것이야말로 제가 본

---

3) 남의 어려운 사정이나 딱한 형편을 보고 희생적으로 도와주려 나서는 마음이 강한 것을 가리킨다.

시 원하던 바이니, 이제 그대는 나와 약속해주오. 부디 내일 정오까지 돌아와주오.' 태사자는 약속을 하고서 떠났다. 장수들은 손책에게 불평하였다. '태사자는 이곳을 떠나면 분명히 돌아오지 않을 것입니다.' 손책은 '자의子義[4]는 신의가 있는 자이니, 결코 나를 저버리지 않으리라'고 말했으나, 어느 누구도 믿으려고 하지 않았다.

이튿날 장수들은 영문營門에 장대를 세워서 그 그림자를 보면서 시간을 재었다. 바야흐로 시각이 정오에 이르려 할 즈음에 태사자가 군사 1,000여 명을 거느리고 돌아왔으므로 손책은 크게 기뻐하였다. 장수들은 모두 손책의 인재를 알아보는 안목에 감복하였다."(제15회)

이것은 마치 다자이 오사무太宰治[5]의 『달려라 메로스』[6]의 클라이맥스를 연상케 하는 장면이다. 앞서 언급했던 전위의 장렬한 죽음의 장면에서 '장승처럼 우뚝 버티고 서

---

4)태사자의 자.
5)일본 쇼와昭和 시대의 소설가. 일본의 패전 이후에 기성 문학 전반에 대해 비판적이었던 무뢰파로 활동하였다. 주요 작품으로는 『달려라 메로스』, 『사양』, 『인간실격』 등이 있다.
6)다자이 오사무가 고대 그리스의 신화와 그것을 바탕으로 한 독일 시인 요한 크리스토프 프리드리히 폰 실러의 작품 『다몬과 핀티아스Damon and Phintias』를 개작한 작품으로, 주인공 메로스가 시라쿠사에서 포악한 참주 디오니스 왕을 암살하려다가 붙잡혀 사형을 선고받는데, 그는 여동생의 결혼식에 참석하기 위해 사흘의 말미를 받는 대신 친구 세리눈티우스를 인질로 두고서 떠났다가 신의를 지키기 위해 되돌아오는 이야기다. '우정과 인간 사이의 신뢰'라는 보편적 주제를 다뤄 일본의 국민소설이라고 불릴 만큼 인기가 많은 작품이다.

서 죽어가는 벤케이弁慶'를 떠올리듯이, 이렇듯 압권인 명장면은 어느 시대, 어느 나라의 서사물에서도 종종 매우 유사한 사례를 발견할 수 있다. 이들 장면의 이미지나 줄거리 구성에 우연히도 사람들의 심금을 울리는 무언가가 있는 것이다. 부언하자면 정사의 「태사자太史慈전」에는 그가 손책에게 '60일 이내'에 군사들을 데리고 돌아오겠다고 약속하고 출발했다고 기술되어 있다. 그와 같은 사실을 여기에서 인용하고 있는 『삼국지연의』 제15회에서는 손책이 '내일 정오'라는 식으로 기한을 정하고서, 태사자가 이를 지켰다는 내용으로 바꾸고 있다. 이렇듯 극단적으로 일자를 단축한 것은 이 또한 어떻게든 『삼국지연의』다운 절박감을 강화하기 위한 일종의 조작이라고 할 수 있다.

적 그리고 아군과의 관계

사실 『삼국지연의』 세계에서 남자끼리의 '의협'을 구현한 존재라고 한다면 우선 관우를 손꼽아야 할 것이다. 의형제인 유비와 장비는 물론이고 적 편에 속하는 장수인 장요張遼, 그리고 유비의 숙적인 조조에게조차 관우는 '적과 아

군'의 관계를 초월하여 의리를 관철하고 상대를 존중코자
한다. 참으로 윤리 의식의 화신과도 같은 존재인 것이다.

관우와 장요의 인연은 여포의 부장이었던 장요가 유비
의 거점이었던 소패小沛성을 공격했을 때부터 시작된다.
그러한 두 사람이 조우하는 모습을 『삼국지연의』에서는
다음과 같이 묘사하고 있다.

"이튿날 장요가 군사를 거느리고 서쪽 성문을 공격해오
자, 관우가 성벽 위에서 굽어보며 물었다. '귀공은 거동과
풍채가 비범하거늘 어째서 그릇되게 역적에게 몸을 의탁
하고 있는 것인가?' 장요는 고개를 숙이며 답하지 못했다.
관우는 마음속으로 이 사람은 본시 충의한 인물임을 알아
보고서는, 더 이상 욕설로 꾸짖지도, 나가서 싸우려고 하
지도 않았다." (제18회)

한눈에 장요의 본질과 진면모를 간파한 관우의 안목도
대단하다고 하겠다. 그 이후로 두 사람은 서로에게 깊은
공감을 느끼게 된다. 건안 3년(198년), 장요가 여포와 함께
사로잡혔을 적에 조조에게 진언하여 그를 구명해주었던
이도 관우였다. (제18, 19회) 조조에게 항복한 장요는 조조

군단의 중심적인 장수가 되기에 이른다. 건안 5년, 서주로 되돌아온 유비가 조조에게 격파당했을 때에 이번에는 장요가 조조의 사자로 뒤처져 있던 관우의 처소로 찾아가 성심성의껏 항복을 권하는 중요한 역할을 담당하고 있다.

관우와 조조

여기서 이야기의 전개를 확인해보기로 하자. 여포를 토벌하고 난 뒤 조조는 점차 세력을 키워가면서 노골적으로 황제 헌제를 무시하기 시작하였다. 이에 분개한 동승董承 등 조신들이 황제의 밀지를 받고서 쿠데타를 계획하였고, 조조에게 의탁하고 있던 유비도 이에 가세하게 된다. 그러나 정세가 불리하다고 판단한 유비는 이런저런 구실을 만들어서 일찌감치 허許[7] 땅을 떠나서 본래의 근거지였던 서주로 되돌아갔다. 그리고서 조조의 최대의 라이벌이었던 원소와의 연대를 돈독히 하면서 자립의 기반을 닦았다. 이로써 유비와 조조는 결정적으로 결별하였고, 이후 불구대천의 원수가 되고 말았다.

---

7) 현재의 허난성 쉬창許昌시. 당시 수도로 조조의 근거지이기도 했다.

결국 쿠데타 계획은 어이없이 발각되었고, 조조는 헌제의 아이를 임신하였던 동귀비董貴妃와 계획에 가담했던 조신들을 모두 학살하고 만다. 그 위에 유비가 자신을 배신했다는 사실에 격노한 조조는 원소와의 결전에 앞서서 서주 땅에 맹공격을 가하여 유비를 완전히 격파하게 된다. 유비는 목숨만 간신히 건져서 혈혈단신으로 원소의 진영으로 도피하였고(역시 도망치는 것이 빠르다), 장비 또한 산중으로 달아나고 마는데, 관우는 다만 홀로 뒤처져서 유비의 두 부인을 보호하려고 하였다. 그러한 상황에서 앞서 언급했듯이 장요가 등장하여 이번에는 고립무원의 상태에 놓인 관우에게 조조에게 투항할 것을 권유하였다. 이 대목 전후의 사건 전개는 숨 쉴 틈 없이 속도감이 넘쳐서, 참으로 읽을 맛이 있는 곳이다.

관우는 장요의 설득을 받아들여 유비의 행방을 파악하는 대로 곧장 떠난다는 등의 '세 가지 조건'의 수용을 전제로 조조에게 항복하게 된다. 이후로 본시 호쾌한 남아를 매우 좋아했던 조조는 관우에게 홀딱 반해서 그를 융숭하게 대접해준다. 그러나 관우는 조조에게 감사한 마음을 가지면서도 어디까지나 유비에 대한 충성심으로 일관하면서 결코 태도를 바꿔 전향하려 하지 않았다. 조조와 관우의 또 하나의 '적과 아군'의 관계를 초월한 상쾌한 인간 관계를 볼 만하게 묘사하는 대목이 다음에서 인용할, 이른 바 관우가 관문을 돌파해간다는 장면이다.

다섯 관문에서 여섯 장수를 참하다

건안 5년(200년), 조조는 마침내 원소와 천하를 겨루는 대결전인 '관도官渡의 싸움'에 나서게 되는데, 그 전초전 격인 '백마전투'에서 관우는 원소 휘하의 맹장인 안양과 문추를 참살하는 대공을 세우게 된다. 그 직후에 관우는 마침내 유비의 소재지를 알아내고는 조조에게서 하사받았던, 본시 여포 소유였던 명마 적토마만을 수중에 남기고 그 이외에 받았던 선물은 모두 봉인해 곳간에 넣고 '한수정후漢壽亭侯'의 인印도 놓아두고서 조조의 진영을 탈출하였다. 그리고 두 부인을 호위해 유비의 소재지로 향하였다. 물론 허가를 받지 못한 도피행이므로 관문을 지키는 조조 측의 장수들은 당연히 앞길을 막았다. 최초의 관문인 동령관東嶺關에 이르렀을 때 수장守將 공수가 검문을 하면서 어디로 가는 길인가 하고 관우에게 물었다.

　"관우는 '나는 승상(조조를 가리킴)께 하직하고 형님을 찾으러 하북으로 가는 길이오'라고 답했다.

　공수孔秀는 '하북 땅의 원소는 우리 승상의 적이니, 장군이 그리로 가는 길이라면 반드시 승상의 통행증을 가지셨겠지요?'라고 물었다.

　'바삐 떠나오느라 가지고 있지 않소'라고 관우가 답했다.

　'통행증이 없는 이상 내가 사람을 보내어 승상께 보고한 뒤에야 통과시키겠습니다'라고 공수가 말하였다.

　'보고를 할 때까지 기다리자면 바삐 가야 할 우리 노정이 늦어지고 말 것이오'라고 관우가 말했다.

　'규정이 그러하므로 그리 안 할 수는 없소이다'라고 공수가 대답했다.

　'네가 나를 관문을 통과하지 못하게 하겠단 말인가?'라고 관우가 꾸짖었다.

　'어쨌든 꼭 통과하려거든 아녀자들은 볼모로 여기 두고서 가시지요'라고 공수가 말하였다.

　관우는 격분하여 칼을 빼들고서 공수를 베려고 하였다. 공수는 황급히 관문 안으로 퇴각하여 북을 쳐서 군사를 모으고 투구에 갑옷을 차려입고서 말에 올라타고 다시 관문으로 공격해나오면서 큰 소리로 외쳤다. '네가 감히 통

과하겠거든 해봐라!'

관우는 수레와 짐을 뒤로 물러서게 한 뒤에 청룡도를 바로 들고 말을 냅다 달려서 아무 말도 하지 않은 채 곧장 공수에게 달려들었다. 공수는 창을 잡고서 맞서 싸웠다. 두 말이 서로 스치면서 단 1합에 관우의 청룡도가 높이 허공을 가르는 순간 공수의 사체가 말 아래로 떨어지고 말았다. 공수의 군사들은 삽시간에 달아나버리니, 관우가 외쳤다. '너희는 달아나지 말아라. 나는 부득이해서 공수를 죽인 것일 뿐 너희와는 아무 관련이 없다. 너희는 승상께 내 말을 전했으면 한다. 공수가 나를 죽이려고 하기에 하는 수 없이 내가 죽인 것이라고!' 그제야 달아나던 군사들이 관우의 말 앞에 와서 꿇어 엎드렸다." _(제27회)

이것을 시초로 하여 관우는 아수라처럼 무려 다섯 관문의 장수 여섯 명을 차례차례 희생의 제물로 삼으면서 오로지 앞으로만 길을 재촉해 나아갔다. 이렇게 되자 조조는 인간적으로 반했던 관우에게 외면당하고 말았던 것인데 바로 그 점이 정말이지 조조의 넓은 도량을 오히려 엿보게 해준다. 곧 그렇게까지 관우가 유비를 그리워한다면 관소를 통과하는 것을 허락하였고, 또한 장요를 사자로 파견하여 휘하의 부장들에게 관우의 통과를 묵인하여 그대로 떠나보내도록 명령하였다.

'의협'을 묘사하는 픽션

이와 같은 '다섯 관문에서 여섯 장수를 참하는' 장면은 참으로 처절하면서도 명장면이 즐비한『삼국지연의』세계에서도 뒤에 나오는 '화용도華容道'에 견줄 만큼 박력이 넘치는 경우라 하겠다. 그런데 이러한 장면들은 정사에서는 보이지 않는다.『삼국지연의』의 완전한 픽션인 것이다. 분명히 아무리 관우라 할지라도 다수의 병사들이 굳건히 경비를 서고 있는 관문을 거추장스럽게 두 부인까지 호위하면서 돌파해간다는 것은 현실적으로는 우선 불가능한 일이다. 그러나 이렇게 함으로써 서사물의 핵에 자유자재로 픽션화를 감행한 (사건의) 클라이맥스를 설정하고서, 흥취를 돋우는 수법이야말로 서사물 작자의 솜씨를 자랑하는 대목이라고 말할 수 있겠다.

겸해서 말하자면 정사의『관우전』에는 '관우가 달아났다'고 되어 있어서, 관우가 조조의 진영을 탈출해 유비가 있는 곳으로 향했다는 기술은 보이는데, 두 부인을 데리고 갔다는 등의 문장은 어디에도 보이지 않는다. 또한 선물은 모두 봉인해놓고, 조조에게 편지를 써서 원소가 다스리는 기주冀州(허베이성)로 향했다는 일과 관우가 탈출했을 때 조조가 (부하들에게) 추적하지 말라고 만류했던 듯하다는 일 등도 역사적 사실로는 기록되어 있다. 이 정도만으로도 충분히 관우의 '의협'적 성격을 실감케 해주는 삽화라 하겠다. 『삼국지연의』의 작자는 이렇듯 관우의 특성을 드러내는 이야깃거리에 착안하여, 이를 대대적으로 각색함으로써 이야기 전개에 매우 중요한 극적 장면을 만들었던 것이다. 참으로 작자의 탁월한 수법이라고 하지 않을 수 없다.

허구화虛構化의 영향

관우의 일인 활극 이외에도 이렇듯 관문을 돌파하는 대목에서는 몇 가지 픽션이 장치되어 있다. 예를 들면 수장의 한 사람인 변희卞喜가 관우를 공손히 맞이하는 척하면서 (진국사라는) 절간으로 끌어들여 목숨을 노렸던 순간에 보정普淨이라는 승려가 나타나 기지를 발휘해 관우 일행을 구원해준다. 이 보정이라는 승려는 관우가 죽은 뒤에 다시 '현성顯聖[8]'하는 장면에서 재등장하여 '(장군에게) 참수당한 다섯 관문의 장수들을 생각하소서'라고 말하면서 원한의 화신과도 같은 관우의 망령을 달래게 된다. (제77회) 이것은 극히 교묘하게 복선을 깔아놓는 방식의 한 예라고 할 수 있다.[9]

또한 관우가 관문을 돌파하여 유비가 있는 곳으로 향하던 도중에 그를 따르기를 원하는 배원소裹元紹, 요화廖化, 주창周倉 등과의 만남도 일어나고 있다. 그들은 모두 황건적의 잔당이었다. 그들 세 사람 가운데 주창의 경우만 즉좌에서 자신을 수행할 것을 허락했지만, 요화는 이때에는 받아들여지지 않았다가 한참 세월이 지난 뒤에 비로소 요청이 받아들여져 관우의 부하가 될 수 있었다. 그런데 배원소는 끝내 휘하에 받아들여지지 않았을 뿐만 아니라 얼마 안 있어 말을 훔치려 하다가 조운趙雲에게 죽임을 당하고 말았으므로 불운한 경우라고밖에 할 수 없다. 주창이라는 캐릭터는 순전히 『삼국지연의』에서 창작한 인물인데, 관우에게 충실하기 그지없는 부장으로서 후세에 관우

---

8) 신으로서 모습을 드러내는 일.
9) 『삼국지연의』에서는 보정普淨이 보정普靜으로 표기되고 있는 경우도 있으나 같은 인물이다.

의 양자 관평關平과 함께 관우상의 옆에 반드시 놓이는 인물이 되었다. 덧붙이자면 관우가 관평을 양자로 맞아들인 것도 대개 이 시점이었다.

『삼국지연의』의 세계에서 요화라는 인물도 흥미로운 존재이다. 이 점은 작품의 번역을 하고 있을 적에 주의가 미쳤는데, 곧 이 대목에서 그가 관우와 조우했을 시점에 그는 이미 30세 정도였는데도, 작품 안에서는 무려 촉나라가 멸망할 때까지 현역으로 생존해 있는 것이다. 그렇다면 요화는 90여 세까지 현역 장수였다는, 믿기 힘든 상황이 되고 만다. 이것은 아마도 『삼국지연의』 작자의 계산 착오라고 해야 할 것이다. 서사물 『신전상삼국지평화新全相三國志平話』의 경우는 훨씬 더 조잡하고 날림이어서, 예를 들어 훨씬 이전에 사망하였던 하후돈이 제갈량이 북벌을 개시할 때에 불쑥 나타나기도 하고, 5년으로 마감했던 중평中平이라는 연호에 13년이 있었다는 식이어서 아무튼 기묘한 모양이 되어 있다. 『삼국지연의』는 시간적인 모순이 없도록 주의 깊게 정리되어 있지만, 그럼에도 불구하고 이와 같은 부주의로 벌어진 실수와 오차가 그대로 남아 있어서, 오나라의 정봉丁奉 등과 같은 인물도 100세 정도까지 살았다는 식의 계산이 되고 있다.

『삼국지연의』의 볼 만한 장면을 위주로 만들어진 경극京劇의 극목劇目 중에는 관우가 관문을 돌파하는 삽화와 관련되는 것도 물론 포함되어 있다. 「고성회古城會」가 바로 그러한 예이다. 이 극목은 관문을 돌파해서 탈출했던 관우가 오래된 고성에서 장비 등과 우연히 해후한다는 이야기이다. 그 밖에도 적벽대전과 관련된 '화용도'도 관우에게 초점을 맞춘 극목이다. 경극의 세계에서도 관우는 여전히 빛나는 존재이다. 『삼국지연의』 세계의 숨은 주역으로 지목되는 만큼 관우의 경우에는 특히 멋있고 볼 만한 장면이 많다.

손책이 죽다

그런데 관문을 돌파하고 난 뒤 얼마 후에 유비, 관우, 장비는 간신히 조우하였고, 일찍부터 유비에 심취해 있던 조운도 일행에 합류한 뒤 힘을 축적하여 반격에 나서게 된다. 그러나 다시금 조조 군대에게 패배하고서, 남하하여 형주의 유표에게 가서 몸을 의탁하게 된다. 한편으로 조조는 원소를 관도 전투에서 격파하고, 원소 사망 이후 후계 상속 싸움의 틈을 이용해 원씨 일족을 멸족의 지경으로까지 몰아넣음으로써 명실공히 북중국의 패자로 등극하였다.

한편 관도 전투가 시작되었을 무렵에 손책이 목숨을 잃고 만다. 손책이 조조가 출진하였던 틈을 타서 그의 근거지인 허도許都를 막 급습하려던 차에 손책은 자객의 습격을 받고 중상을 입었다. 가까스로 차도를 보였으나 이내 유명한 요술사이자 도사였던 우길于吉을 참수하였던 일이 화근이 되어 망령에 시달리다가 결국 극도로 쇠약해져 사망하기에 이르렀다. 덧붙이자면 도사 우길에 대한 이야기는『수신기搜神記[10]』에도 보이는데, 그것이『삼국지연의』에 그대로 채택·수용된 것으로 보인다. 당시는 뭐라고 해도 기근과 전란의 시대였던 관계로 종종 괴이쩍은 신흥종교가 번성하였고, 뭔가에 의지하고 매달리고 싶은 민중의 열광적 지지를 얻었다.『삼국지연의』는 이러한 민간신앙의 움직임까지도 잘 채택·수용하고 있는 것이다.

---

10) 중국 위진남북조 시대 지괴志怪소설의 대표작으로 동진의 간보干寶가 편찬했다고 한다. 내용은 경사의 전적과 민간설화에서 채집한 신기하고 괴이한 고사가 대부분이다.

손책은 자신의 역량 이외에는 어떤 것도 믿지 않는 인물로서 미신을 배척한 철저한 현실주의자였다. 그러므로 모친인 오태부인吳太夫人까지 도사 우길에 대해서 고맙게 여기는 것을 보고서 분노하여 그를 죽이고 말았다. 이윽고 『삼국지연의』에는 손책이 도사 우길의 망령에 사로잡혀서, 미쳐 날뛰다가 결국 심신이 모두 초췌한 몰골로 변해가는 모습을 심술궂을 정도로까지 집요하게 묘사해간다. 일반적으로 말하면『삼국지연의』의 작자는 오나라에 악감을 품었고, 그것이 그대로 분출되어 이렇듯 극히 냉혹한 묘사의 형태로 바뀌어 나타나고 있다.

청나라 강희 연간(1662~1722년)에『삼국지연의』를 개정하였고, 이후 민간에 가장 유포되었던 텍스트인 모본毛本을 간행했던 모종강毛宗崗은 도리어 손견과 손책의 열렬한 팬이었으며,『삼국지연의』의 이 대목의 묘사는 편향되어 있다고 불만을 표명하고 있다. 요컨대 촉나라, 특히 관우를 적극적으로 편드는『삼국지연의』작자는 그러한 관우를 핍박하고 죽음으로 몰아넣었던 오나라에 대한 분노를 억누를 수 없었던 것이라고 추정할 수 있다.

부언하자면 조조 또한 철저한 현실주의자이며, 그러한

점에서 손책과 통하는 바가 있다. 지도자로서는 그쪽이 분명히 정통이라고 하겠다. 그러나 『삼국지연의』에서의 조조는 노년에 이르러서는 신비한 도술을 구사하는 방사方士들을 그러모아 온갖 예언을 듣고 싶어 하였다. 『삼국지연의』의 작자는 이런 식으로 악역 조조를 퇴장시킬 여러 준비를 갖추었던 것이다. 조조가 마지막까지 현실주의자의 입장을 취했다면 의원 화타華佗가 권했던, 두개골을 절개하는 외과수술을 거부하지도 않았을 것이고(제78회), 최후에 죽지 않을 수도 있지 않았을까 하는 생각이 들게 하는 결말이다.

　그러나저러나 손책은 겨우 26세에 세상을 떠났고, 아우인 손권이 강동의 손씨 정권을 계승·담당하게 되었다. 아울러 손책과 극적인 만남을 행했던 태사자의 경우는 '적벽대전' 직후에 장요와 격전을 벌이던 와중에 중상을 입고서, '이제 숙원을 이루지 못하고 어찌 죽는다 말이냐'고 절규하면서 숨을 거두고 만다.(제53회) 쾌남아 태사자의 『삼국지연의』 세계로부터의 퇴장은 뜻밖에도 어이없고 싱거운 죽음으로 끝나고 있다.

6. 와룡선생 제갈량 세상에 나오다
- 천하를 삼분하는 계책

"제갈량은 일단 말을 마치자 동자 소년에게 명하여 족자 하나를 내다가 중당中堂에 걸게 하고서는 지도를 가리키 면서 유비에게 말하였다.

'이것은 서천西川 54주를 그린 지도입니다. 장군이 패업 을 성취하시려거든 하늘의 때를 얻은 조조에게 북쪽 땅 을 양보하고, 지리의 이점을 차지한 손권에게 남쪽 땅을 양보해야 하므로 장군께서는 인심을 얻으셔야만 합니다. 우선 형주荊州를 차지하여 근거지로 삼은 뒤에 이어서 서 천 일대를 차지해 기반을 다져서, 마치 솥발(정족鼎足)[1]과 같은 형세를 이루고 나서 중원을 쳐야 할 것입니다.'

이 한 토막의 일화는 그가 초려草廬를 떠나기 전에 이미 '천하삼분의 계책'을 세워놓았다는 것을 보여주는 것이 니, 참으로 만고에 누구도 대적할 수 없는 특출한 인물이 었다."(제38회)

---

1) 천하를 삼분三分하는 것을 말함.

책사를 구하러 길을 나서다

어떻게 해서든 군웅의 하나로 자립하기는 했지만 결국 유비는 조조와 대립하다가 화북 땅에서 쫓겨났고, 형주의 유표에게 몸을 의탁하는 곤궁한 처지가 되고 말았다. 유비에게 가장 절실한 바는 조조에게 있어서 순욱과 곽가, 손권에게 있어서 주유와 같이, 전체를 꿰뚫어보면서 작전을 세울 수 있는 유능한 책사의 존재였다. 그때까지 유비의 진영에서 책사 역할을 담당했던 이는 미축麋竺과 손건孫乾이었다. 그러나 예를 들면 그 한 사람인 미축은 유비가 서주로 옮기고 나서부터 그를 섬겼고, 선녀인 '화덕성군火德聖君'이 그의 예의 바름에 감동했다는 일화가 보여주듯이 참으로 성실한 인물이라고 하겠으나 책사로서의 능력은 그리 만족스럽지 못했다.

어떻게 해서든지 유능한 책사를 찾고자 했던 유비는 어느 날 바라마지 않던, 눈이 번쩍 뜨이는 정보를 듣게 된다. 유표의 본성本城에서 개최되었던 연회에 참석했을 적에 유비는 그의 존재에 신경을 곤두세웠던 유표의 후처 채蔡 부인의 동생 채모蔡瑁에게 살해당할 위기에 처하였다. 그러나 애마 적려的廬 덕택으로 간신히 위기일발의 상황에서 단기로 탈출해서 깊은 산속으로 피신하게 되었다. 그때 그의 앞에 나타난 이가 은자로서 이름이 높았던 수경水鏡 선생 사마휘司馬徽였다.

수경 선생은 유비가 아직껏 역경에 처한 것은 능력 있는 군사를 얻지 못했기 때문이라고 하면서 '관우, 장비, 조운의 면면은 모두 천군만마를 상대로 돌려가며 싸울 수 있는 장수들이지만, 애석하게도 그런 장수들을 잘 쓸 수 있는 인물이 없습니다. 손건과 미축 등은 한낱 백면서생들이라 천하를 다스리고 세상을 구할 만한 인재는 못 됩니다'(제35회)라고 딱 잘라 말하고 있다. 그리고 나서는 산야에 숨어 있는 기이한 인재 가운데 '복룡伏龍과 봉추鳳雛'로 불리는 두 사람의 뛰어난 인재가 있으니, '(두 사람 중에서) 한 사람만 얻어도 천하를 평정할 수 있을 것입니다'라고 가르쳐주었다. 그러나 그밖에는 무엇을 질문해도 그저 껄껄 웃을 뿐, 복룡과 봉추가 누구인지, 그리고 어디에 사는지에 대해서 아무것도 가르쳐주지 않았다. 그리하여 유비는 그 후로 복룡과 봉추를 찾아다니게 되는 것이다.

서서徐庶와의 만남

그러던 차에 유비가 최초로 만났던 인물은 서서였다. 서서는 처음엔 신분을 감추고서 단복單福이라고 자기 이름을 밝혔다. 그는 유비 군단에 가담한 직후에 유비가 머물렀던 신야新野(허난성 신예현)에 공격을 가해왔던 조조군의 맹장 조인, 이전李典의 군대를 격퇴시켰을 뿐만 아니라 그 기회를 틈타서 조인이 주둔하던 번성樊城(후베이성 샹판襄樊시)까지 점령하는 등 눈이 휘둥그레질 정도의 대활약을 벌인다. 그러나 얼마 안 있어 서서는 조조의 참모 정욱이 세운 계략에 걸려 노모가 인질로 잡히는 바람에 부득이하게 유비의 휘하를 떠나서 조조가 있는 곳으로 떠나게 된다. 유비에게 하직 인사를 하면서 그는 '설령 조조가 협박을 할지라도 저는 평생 그를 위한 계책을 세우지는 않겠소이다'(제36회)라고 맹세하였는데, 그 맹세처럼 이후로 그는 작품 속에서 눈에 띄는 두드러진 활약을 거의 벌이지 않고 있다.

서서가 이후에 『삼국지연의』 세계에서 얼굴을 드러내는 것은 두 번뿐이다. 첫 번째는 건안 13년, 조조가 대군을 이끌고 남하하여 유비가 머무르는 신야에 공격을 해왔을 때 그는 조조의 명을 받아서 항복을 권유하는 사자로서 유비와 조우하고 있다. 이때 그는 유비에게 우선 조조의 공격의 화살을 피하고서 서둘러서 이동하는 게 좋을 것이라고 권고하고 있다.(제40회) 두 번째는 '적벽대전' 시기에 그도 또한 조조의 신하로 참전하였는데, 미리 패배를 예견하고서 훗날 유비의 또 다른 책사가 되는 방통龐統(봉추)의 조언을 받아들여 재빨리 전쟁터를 떠난 것으로 되어 있다.(제48회) 이때를 마지막으로 서서는 『삼국지연의』 세계에서는 거의 자취를 감추고 만다. 어떻든 간에 서서는 앞서 유비를 떠나갈 적에 그에게 맹세했듯이 조조를 위해서는 일체의 협력을 거부하게 된다.

요컨대 『삼국지연의』에서 서서가 담당한 최대의 역할은 유비 곁을 떠나가면서 앞서 수경 선생 사마휘가 언급했던 '봉추'에 해당하는 인물인 제갈량을 유비에게 천거하는 일이었다. 겸해서 말하면 정사 「제갈량전」에서는 서서와 제갈량은 함께 유비를 섬겼는데, 건안 13년(208년) 유비군이 '장판교 싸움'에서 조조군에게 패했을 적에 서서의 노모가 조조의 인질이 되었기 때문에 서서는 조조의 진영으로 떠나갔다고 되어 있다. 『삼국지연의』에서는 이러한 상황을 다시 고쳐서 서서의 역할을 제갈량을 천거하는 인물 정도로 한정함으로써 작품의 주역인 제갈량의 등장을 한층 더 빛나게 부각시키고 있다.

삼고三顧의 예가 가지는 의미

와룡강臥龍岡의 초옥에 숨어 살았던 제갈량의 처소로 유비, 관우, 장비 세 사람이 함께 세 차례나 방문하여서 마침내 만나게 되었다는 내용의 '삼고초려三顧草廬'[2]의 일화는 아마도 『삼국지연의』를 전혀 읽어본 일이 없는 사람일지라도 잘 아는 고사일 것이다. 사마휘의 추천을 시초로 전제가 되는 삽화를 몇 차례 중복하면서, 한껏 기대를 부풀려놓은 뒤에 마침내 『삼국지연의』 후반부의 주역인 제갈량이 이야기 세계에 등장하는 것이다.(제37, 38회)

그런데 '삼고초려'는 과연 역사적 사실일까? 당시 제갈량의 나이는 불과 27세였고, 그보다 20세나 연장자인 유비가 실제로 그렇게까지 했겠는가고 이를 의문시하는 사람들도 있다. 역사적 사실로 보는 근거로서는 훗날 제갈

---

2) 달리 삼고모려三顧茅廬라고도 한다.

량 자신이 지은 문장인 「출사표出師表」에서 '세 번씩이나 신을 초려로 찾아오시어' 운운하는 대목이 등장하는 사실을 우선 들 수 있다. 다음으로 정사 「제갈량전」에 '유비는 대략 세 차례 방문을 한 끝에 드디어 만났다'라고 기술되어 있는 기사를 들 수가 있다. 『삼국지연의』에서는 여러 우여곡절을 거쳐, 한껏 기대를 부풀려놓은 뒤에 마침내 유비의 소원이 이루어져 제갈량과 대면하는 단계에 이르게 되는데, 이것은 슈퍼스타 제갈량이 등장하는 장면을 돋보이게 하려는 서사적인 각색인 것이다. 어쨌든 배송지의 주를 살펴보아도 적어도 제갈량 쪽에서 먼저 유비를 찾아간 것이 아니었다는 점은 분명하다 하겠다.

이렇듯 제갈량과의 만남은 유비에게는 결정적인 전기가 되었다. 그러나 그 실현은 단순히 천명으로서 주어진 것은 아니었다. 유비의 '삼고초려'는 제갈량의 친구인 최주평崔州平과 맹공위孟公威, 나아가서는 장인인 황승언黃承彦에 대해서조차도 '아마도 (이 인물이) 공명 그 사람이 아닌가?'라는 기대를 품었을 정도로 깊고도 강렬한 의도로 추진되었던 일이다. '삼고초려'는 유비 자신이 그야말로 '강철 같은 의지'로 자신이 나아갈 길을 개척해가는 모습이라

해도 과언이 아니라고 하겠다. 이것이야말로 그때까지 도망치는 것, 양보하는 것을 모토로 삼아왔던 그가 영웅으로서의 자신의 본래 면모를 분명히 드러내 보였던 과감한 행동이라 하겠다.

마술사 제갈량

『삼국지연의』에서 제갈량은 참으로 화려한 슈퍼스타이다. 때로는 외교사절로서 화려한 언변을 구사하기도 하고, 때로는 마술사 못잖은 초능력을 과시하기도 하는 등 문자 그대로 다방면에 걸쳐 대활약을 벌이면서 볼거리를 가득 제공하고 있다. 특히 『삼국지연의』에서는 초능력자이자 마술사로서의 제갈량의 이미지를 크게 강조하고 있다. 예를 들면 '적벽대전'에서는 칠성단을 쌓고 기도를 올리거나, 화공에 반드시 있어야 할 동남풍을 불러일으킨다든지(제49회), 유비가 오나라를 공격했다가 대패를 당했을 적에는 추격해오는 오나라 군대 사령관 육손陸遜을 미리 설치해놓은 마방진魔方陣 안으로 유인하여 쩔쩔 매게 만드는 등(제84회), 참으로 요사스러운 기운을 풍기는 마술사의 모습 그 자체이다. 또한 『삼국지연의』에서의 제갈량은 죽음이 임박했을 적에도 북두성北斗星에 빌어서 연명延命하고자 하는 주술적 의식을 행하고 있는 것이다.(제103회) 이들 장면은 민간 예능의 세계에 널리 퍼져 있던 제갈량의 형상을 계승하는 한편 마음껏 서사적 환상을 부풀려서 창작해낸 것으로, 참으로 오싹하면서도 화려하게 빛나는 것이라 하겠다. 같은 책사지만 오나라 주유에게는 전혀 신비성이 부여되지 않았고, 처음부터 끝까지 제갈량을 돋보이게 해주는 역할로 일관하고 있다.

그러나 초능력자라면 어떤 적이라도 간단히 해치울 수 있겠지만, 한편으로 역사적 사실을 바탕으로 하는 『삼국지연의』에서는 반드시 그렇지는 않았다. 예를 들어 위나라를 향해 시작했던 북벌北伐의 싸움에서 제갈량이 얼마나 고전했는가를, 큰 틀에서는 역사적 사실을 그대로 가져다가 묘사하고 있다. 군사 책략가로서 제갈량은 신중하면서도 합리적인 인물이며, 위험이 뒤따르는 모험은 결코 벌이지 않았다. 『삼국지연의』에서는 그러한 군사 책략가로서의 제갈량의 실상과 어마어마한 초능력의 소유자인 제갈량의 이미지가 혼재해 있는 것이다.

사실 제갈량이 가장 자신 있는 분야로 여겼던 것은 행정
방면이었는데, 정치가이자 행정가로서 그는 초일류의 능
력의 소유주였다. 겸해서 말하면 그를 법과 형벌을 중시
하는 이른바 '법가'로 보려는 설도 있을 정도이다. 촉나라
왕조가 수립된 후에 승상이 된 제갈량이 정치와 경제 체제
를 정비하고 든든한 기반을 구축해놓았기 때문에 변변치
않은 후주 유선劉禪이 통치하면서도 그가 사망한 뒤에도
약 30년 동안이나 촉나라는 존속할 수 있었다.『삼국지연
의』에서도 제갈량이 뛰어난 행정가로서 얼마나 탁월하게
촉나라 백성의 마음을 사로잡았는가를 이 또한 역사적 사
실을 토대로 해서 묘사해내고 있다. 요컨대『삼국지연의』
에서 제갈량은 초현실적인 마술사인 동시에 예리한 현실
감각을 지녔던 군사 책략가이자 정치가였다는 식으로, 일
인 다역으로 무엇이든 할 수 있는 이상화된 슈퍼맨과도 같
은 존재였다.

제갈량이 꿈꾸었던 것은

　　그렇지만 역사적 사실로 살펴보아도 제갈량의 사람됨은

철저히 현실적인 면과 매우 낭만적인 면이 공존하고 있다.

건안 12년(207년), 삼고초려의 예로써 제갈량을 방문했을 즈음 유비는 화북 지역에서 쫓겨나 형주를 통치하던 유표에게 몸을 의탁한 식객에 지나지 않던 존재였다. 반면에 조조는 이미 북중국을 제패하였고, 오나라의 손권도 강동 지역의 기반을 굳건히 하면서 착실히 세력을 확대나가고 있었다. 두 사람 모두 한 치의 땅도 없었던 유비와는 비교가 되지 않는 엄청난 존재였다. '천하삼분의 계책'(첫머리에 인용함)에서 제갈량은 북쪽은 '하늘의 때'(천시天時)를 얻은 조조가 차지하고, 남쪽은 '지리의 이점'(지리地利)을 차지한 손권의 것이므로 유비는 '인심'(인화人和)으로써 도모해야 할 것이라고 주장하는데, 이것은 뒤집어 말하면 '(유비에게는) 인심 이외에는 아무것도 없다'라는 것을 의미한다. 북중국을 제패하고 이제부터 남쪽을 정벌하려는 조조에 비하면 무에 가까운 상태의 유비 편에 가담하는 일이 얼마나 불리한 것인가를 총명한 제갈량이 몰랐을 리가 없었다.

그럼에도 불구하고 어째서 제갈량이 성공이냐 실패냐는 하늘에 맡기고서 유비에게 자신의 전부를 걸고 그의 책사가 되었던 것인가? 우선적으로 그가 설령 조조의 휘하에 들어갔다고 하더라도 조조 진영에는 순욱을 비롯하여 실적이 뛰어난 참모들이 즐비했으므로, 아마도 젊은 그가 나설 기회가 별로 없었을 것이라는 극히 현실적인 상황 판단이 있었으리라고 생각된다. 그 점에서 책사가 부족했던 유비 진영에서라면 마음껏 자신의 능력을 발휘할 수 있을 것으로 생각했으리라. 아울러 말하자면 훗날 제갈량의 최대 라이벌이 되는 사마의司馬懿[3]는 제갈량이 유비의 책사가 되었던 다음 해(건안 13년)에 조조를 섬기게 되는데, 당시 조조 정권하에서는 앞날을 예측할 수 없는 신참내기에 불과했다. 그런데『삼국지연의』에서는 제갈량이 등장하자마자 얼마 안 있어 사마의라는 이름이 얼핏 나타나고 있다.(제39회)[4] 이것 또한 대단히 교묘한 복선 장치의 설정이라 하겠다.

그것은 그렇다 치고 제갈량이 유비에게 자신을 맡겼던 것은 단지 현실적인 상황 판단뿐만이 아니라 그에게는 유비가 모든 것을 걸고서 자신을 찾아주었던 그 마음씨에 감복하여 발 벗고 도와주려는 '의협 정신'과 유비와 함께 위

---

3) 제갈량보다 두 살 연하이다.
4) '조조는 사마의를 문학의 책임자로 삼았다'라는 구절이 나온다.

대한 꿈을 실현해보고자 하는 낭만주의가 있었던 것 역시 틀림없는 사실이다. 처음으로 대면하는 유비에게 제갈량은 거침없이 '천하삼분의 계책'을 피력하는데, 여기에서 유비가 나아갈 길은 형주와 익주益州[5]를 지배하고, 이를 발판으로 삼아 천하를 도모하는 것이라고 주장하였다.

이러한 제갈량의 구상은 유비가 죽은 뒤에 그가 감행했던 대국 위나라에 대한 도전과 북벌에서도 여전히 이어진다고 해야 할 것이다. 제갈량에게 북벌을 서둘러 감행케했던 동기는 두 가지였다고 생각된다. 첫째는 촉나라라는 소규모의 지방정권에 연연해하다가는 언젠가는 위나라의 압박을 받아서 점점 약체가 되어갈 뿐이므로, '공격이 최대의 방어'라는 듯이 선제공격을 감행하려는 현실적인 상황 판단이었다. 또 다른 하나는 이루지 못할지라도 끝까지 천하 통일의 꿈을 실현코자 위나라에 끊임없이 도전하려는 위대한 낭만주의였다. 유비와의 만남으로부터 북벌에 이르기까지 제갈량은 시종여일하게 냉철한 현실주의자인 동시에 장대한 낭만주의의 구현자라고 하겠다. 그러한 제갈량의 모습은 『삼국지연의』에서 보여주는 견실한 군사

---

5) 촉蜀을 가리킴.

책략가이자 행정가인 동시에 초능력을 지닌 마술사라는 일인 다역의 이미지와 함께 서로 중첩되는 바가 있었다.

유비의 혜안

그렇다고는 하지만 유비가 자신보다 스무 살이나 어린 제갈량을 영입하여 책사로 삼아 전적으로 신뢰하면서 모든 일을 일임했던 일은 과연 영웅으로서 사람을 알아보는 안목이 있었기 때문이라 하겠다. 유비에게는 그 시점에서 전열을 재정비하지 않으면 이대로 끝날지도 모른다는 초조감이 있었으므로, 형주의 뛰어난 인재로 평판이 자자했던 제갈량에게 자신과 자신의 군단의 미래를 걸어야만 했다.

그러나 부하들 가운데 특히 의형제였던 관우와 장비는 유비가 경험도 일천한 젊은 애송이인 제갈량을 존중하는 의미를 이해하지 못하고 매우 언짢아했다. 정사 「제갈량전」에서는 유비가 '내게 공명이 필요한 것은 마치 물고기에게 물이 필요한 것과 같다'고 알아듣게끔 타이르자, 두 사람은 곧 납득하고 더 이상 이의를 달지 않게 되었다고 간결하게 기술하고 있다. 한편으로『삼국지연의』에서는 관우와 장비가 젊은 책사인 제갈량에게 경의를 표하기에 이르는 경위를 화려하게 각색을 더하면서 생생하게 묘사하고 있다.

　제갈량이 유비 진영의 책사로 영입된 직후에 조조의 명을 받은 하후돈이 10만의 군대를 이끌고 유비가 있던 신야 땅으로 쳐들어온다. 이때 유비는 제갈량에게 전권을 위임하고서 맞서 싸우려 하였지만, 애초에 관우와 장비를 비롯한 장수들의 반응은 다음과 같은 것이었다.

　'"우리가 모두 적군과 싸우러 나가는 동안 군사께서는 뭘 하실 겁니까?'라고 관우가 물었다.
　'나는 오직 이곳 현성縣城을 지킬 것이오'라고 제갈량이 답했다.
　'우리는 모두 목숨을 걸고 싸우는데, 당신은 뭐라고 집안에서 편히 있겠다는 것인가? 참 좋은 말씀이외다'라고 장비는 껄껄 웃었다.
　'여기에 주공께서 하사한 검과 인이 있다. 명령을 어기는 자는 참하리라'고 제갈량은 말한다. (중략)
　장비는 흥 하고 코웃음을 치면서 나가려고 하였다. 관

우는 장비에게 '우선은 그의 계책대로 일이 들어맞나 안 들어맞나를 지켜봐야 하지 않겠는가? 그 후에 가서 따져도 늦지는 않을 것이다'라고 하고 둘이서 떠나갔다." (제39회)

그러나 제갈량의 작전은 볼 만하게 들어맞았고, 하후돈의 대군을 격파하고 승리를 거두게 되자 관우와 장비의 태도는 일변하고 만다.

"관우와 장비는 '공명孔明은 참으로 영걸이로다'라고 서로 말했다. 몇 리쯤 못 가서 미축麋竺과 미방麋芳이 군사들을 이끌고 작은 수레 한 대를 호위하고 오는 것이 보였다. 그 수레 안에 한 사람이 단정히 앉아 있으니 다름 아닌 공명이었다. 관우와 장비는 말에서 뛰어내려 수레 앞에 엎드려 절하였다." (제39회)

관우와 장비는 유비와 동세대이므로 역시 제갈량보다는 스무 살 정도 연장자이다. 이 장면에서는 천군만마를 호령하던 그들이 이 사람은 굉장하다고 인정하자마자 자신들의 고집을 버리고 심복하는, 정말이지 호걸다운 상쾌함이 선명하게 드러나고 있다. 제갈량도 보기 드문 책사이지만, 젊은 그를 이의 없이 인정한 관우와 장비도 호걸 중의 호걸이라고 할 수 있는 까닭이다. 이것은 정말로 마음에 드는 장면으로 『삼국지연의』의 서사적 수법의 설득력이 두드러져 보이는 대목이다. 겸해서 말하자면 이러한 하후돈과의 싸움은 역사적 사실은 아니었고, 제갈량이 책사로서의 수완을 발휘해서 관우와 장비를 놀라게 하는 과정을 인상적으로 부각하기 위한 픽션인 것이다. 이 대목 전후의 전개에는 역사로부터 소설이 발생하는 과정이 여실히 드러나고 있고, 이로써 끝없는 흥미가 솟아나는 것이다.

제갈諸葛 일족의 향방

『삼국지연의』에서는 언급하고 있지 않지만 제갈량이 유비를 섬기게 된 데에는 또 하나의 의미가 있다고 하겠다. 그의 장인인 황승언은 형주 지역의 유력한 호족이었다. 황승언의 딸은 너무도 추녀여서, 그녀와 결혼했던 제갈량은 '공명의 아내 고르는 것을 흉내 내지 말라. 바로 아승阿

承[6]의 못생긴 딸을 얻게 된다'는 익살스러운 노래에서 조롱의 대상이 될 정도였다. 그러나 사실 그녀는 매우 총명한 여성으로 제갈량의 둘도 없는 반려가 되었다. 게다가 제갈량은 장인인 황승언의 후원에 힘입어 형주 지역의 토착 호족층의 지지를 얻으면서, 뛰어난 인재로서 명성을 떨치게 된다. 그런 의미에서 유비는 제갈량을 휘하에 두게 됨으로써 형주 지역의 유력 호족층의 지지까지도 확보하게 되었던 것이니 참으로 일석이조의 효과를 거두게 되었다. 무슨 일을 하든지 간에 자금이 필요한 법이어서 당시의 영웅들도 많든 적든 자산가의 후원을 받고 있었음에 틀림없다. 유비의 경우는 서주 시대에 참모로 삼았던 미축麋竺의 집안이 자산가였으며, 실제로 그의 후원자였던 것으로 추정된다. 미축의 누이가 유비의 부인[7]이 되었던 일도 이러한 저간의 사정을 암시하고 있다.

그런데 주지하는 바와 같이 제갈량에게는 형제가 있었고, 『삼국지연의』에도 등장하고 있는데, 제갈량의 초인적 활약에 비하면 비교적 수수한 존재였다. 맏형인 제갈근諸

6) 황승언을 가리킴.
7) 미부인麋夫人을 가리킴.

葛瑾은 손권의 브레인으로 성실한 인물이지만 『삼국지연의』에서는 동생인 제갈량에게 농락당하면서 허둥거릴 뿐 그다지 존재감이 없었다. 아울러 제갈근의 아들인 제갈각諸葛恪은 아버지와는 대조적으로 재기발랄하고 매우 약삭빠르며 영리한 인물로서 손권의 지극한 총애를 받았다. 그는 손권의 사후에 오나라의 실력자가 되는데, 결국에는 흘러넘치는 재주가 화가 되어서 권력투쟁의 와중에서 살해당하고 만다.(제108회)

한편 제갈량의 동생 제갈균諸葛均은 형인 제갈량이 유비의 '삼고초려'에 응하여 초막을 떠나면서 '너는 이곳에서 몸소 농사에 힘쓰되, 부디 논밭을 황폐하게 하지 말아라. 내가 공업을 이루는 때에는 나는 반드시 돌아와 살리라'(제38회)고 타이르고 있는데, 그 후에 작품 세계에서는 전혀 모습을 나타내고 있지 않다. 『삼국지연의』에서는 가끔 가다가 제갈균처럼 잊혀져버리는 캐릭터가 존재한다. 형 제갈량의 그림자같이 조용히 초막에서 살아가는 제갈균의 어렴풋한 이미지에는 떨쳐버리기 힘든 여운이 감돌고, 그의 전도에 관심이 쏠리는 것이다.

7. '서사' 세계의 인기인, 장비와 조운

- 장판교長坂橋 **싸움**

"한편 문빙文聘은 군사를 거느리고 조운趙雲을 추격하여 장판교에까지 이르렀다. 앞을 보니 장비는 호랑이 같은 수염을 곧추세우고 고리눈을 부릅뜨고 장팔사모 창을 비껴 잡고서 다리 위에 말을 딱 세우고 있는 것이 아닌가?

(중략)

조조는 이러한 보고를 받고서 급히 말을 타고 진의 후방에서 달려왔다. 장비가 고리 같은 눈을 부릅뜨고 바라보니, 다가오는 적의 후군後軍이 보이는데 그 중에 청라일산靑羅日傘과 모월旄鉞과 정기가 나타났다 숨었다 하는 광경을 보고 의심 많은 조조가 친히 왔던 것이라 짐작하고서 소리를 높여 크게 외친다. '나는 연나라 사람 장익덕張翼德이다. 감히 목숨 걸고 나와 싸울 자가 있느냐?' 우렛소리 같은 그 소리를 들은 조조의 군사들은 모두 다리를 부들부들 떨었다. (중략) 조조는 장비의 굉장한 기세에 겁을 먹고서 자못 물러나고 싶은 생각이 들었다. 장비는 조조의 후군이 이동하는 것을 보고 장팔사모 창을 짚고서 다시 외친다. '싸우지도 물러가지도 않으니 도대체 어떻게 된 것이냐?' 그 외침 소리가 끝나기도 전에 조조의 곁에

있던 하후걸夏候傑은 간담이 찢어져 말에서 쿵 하고 굴러
떨어졌다. 이에 조조는 말머리를 돌려서 달아났고, 장수
들도 일제히 우와 하며 서쪽을 향해 달아났다." (제42회)

대륙의 한가운데, 형주荊州

제갈량을 책사로 영입한 유비는 마침내 전망이 열리게
되었지만, 그때에 느닷없이 닥쳐온 커다란 위기에 휩쓸리
게 되었다. 건안 13년, 조조가 대군을 이끌고서 형주를 노
리고 남하해왔던 것이다. 유비 일행은 필사적으로 도피를
시도하지만, 조조의 정예 병력에게 맹추격을 당해서 이내
처절한 백병전이 벌어지게 된다. 이 대목이야말로 유비
휘하의 맹장들이 필사적으로 힘을 다해 싸우는 상황을 생
동하게 묘사하는, 『삼국지연의』에서 손으로 꼽는 볼 만한
장면인 '장판교 싸움'인 것이다.

조조의 거점인 화북 지방은 군웅의 주된 싸움터로서, 연
이은 전란으로 말미암아 끔찍할 정도로 황폐해졌다. 한편
으로 형주 지방은 대륙의 한가운데 배꼽과 같은 곳으로 전
란에 휩쓸리지 않아 비교적 평온하였다. 이 때문에 인재

들이 쉽게 모여들어서 왕찬王粲과 같은 당시 저명한 시인
조차 형주 땅에 몸을 의탁하고 있었다. 이렇듯 평온하였
던 형주가 정세가 일변하여 동란의 와중에 휘말리게 되었
다. 원소와 치른 격전을 승리로 이끌고, 화북 더 나아가 북
중국을 제패한 조조가 대군을 이끌고 남하하면서, 우선 형
주를 점령하고 나아가 강동 지방에 진출하고자 했다.

광대한 대륙

  한마디로 남하한다고 했지만 당연한 이야기로 중국 대
륙은 엄청나게 광대하다. 북중국을 장악한 조조가 근거지
인 업鄴[1])으로부터 기병과 보병으로 이루어진 수십만의 대
군을 이끌고 남하하여 강남 지방으로 쳐들어갔던 일은 상
상을 절하는 규모의 대원정이라고 할 수 있다. 조조군의
장병 대다수는 북방 출신으로 멀고 먼 강남 지방으로 진
격하는 것은 마치 미개지에 발을 들이는 것과 같은 일로
생각되었다. 북쪽과 남쪽은 사용하는 말조차 당연히 서로
달라서 의사소통조차 지극히 힘들었다.

---
1) 허베이성 린장臨漳현 서남쪽.

부언하자면 당시 변경 일대에서는 각각 다른 민족들과 뒤섞여 사는 것이 당연한 일이었으며, 그 결과 잡혼雜婚으로 말미암은 혼혈도 많았다. 오나라 근처에는 산월山越로 불리는 이민족의 혈통이 들어와 있었으며, '벽안자염碧眼紫髥', 곧 '푸른 눈에 붉은 수염'으로 묘사되는 손권 역시 남방 이민족의 피가 섞였을 가능성이 충분히 있었다. 시대가 조금 내려가지만 도연명陶淵明의 중조부 도간陶侃 역시 아무래도 남방 이민족 출신이 아닌가 하고 의심하는 사람도 있다. 훗날 제갈량이 정벌에 나서는 운남雲南 지역도 역시 남방 이민족의 땅이었다. 한편 마초의 아버지인 마등馬騰의 경우에는 뚜렷하게 북방 이민족인 강족羌族의 피가 흐르고 있는 것이다.

사실 '한민족漢民族'과 '이민족'이 분명하게 구별되고, 민족의식이 뚜렷하게 제기되는 시기는 근세인 송대 이후부터다. 그때까지는 한민족인가 아닌가의 여부가 '정통성'을 보장하는 요점이 되지 못했다. 예를 들면 시대가 상당히 내려오는 당 왕조의 이씨李氏 왕실은 북방 이민족 출신이었는데, 이것이 문제가 된 적은 없었다. 중국 대륙을 지배하는 자가 곧바로 한민족이 된다고 하는 식의, 느슨한 사고방식이 통용되었다. 본래 삼국지 세계의 지도자들의 경우 손권 이외에 자신을 한 왕조의 후손으로 자처했던 유비는 말할 것도 없이 조조 또한 한민족이었다는 것은 분명한 사실이었다.

이민족의 피가 섞이게 되면 손권의 경우처럼 용모에 여러 가지 변화가 일어나게 된다. 용모라고 하면『삼국지연의』에서는 앞서 보았듯이 외견과 풍모가 중요한 포인트로서, '용모가 괴위魁偉한 것', 곧 '체격이 장대하고 훤칠한' 것이 긍정적인 이미지로 받아들여지는 것이다. 귀가 커다란 유비, 새빨간 얼굴에 아름다운 수염의 관우, 고리눈에 호랑이 수염을 한 장비의 삼인조는 그러한 의미에서도 빼어난 존재였다.

후계자 다툼의 시작

이야기를 다시 되돌리면 조조가 대군을 이끌고 남하하기 시작할 무렵에 때마침 형주의 통치자인 유표劉表가 병사하고 만다. 실은 유표에게는 말 못 할 고민이 있었다. 후처인 채부인蔡夫人이 장남인 유기劉琦를 제쳐놓고 자신의 소생인 차남 유종劉琮을 후계자로 내세우려고 기승을 부렸던 것이다. 이리하여 죽음을 목전에 둔 유표는 유비를 불러다가 다음과 같이 당부하였다.

"(유표는 말한다.) '나의 병은 이미 고황膏肓에 들어 머지않아 죽을 것이므로, 특히 아우님[2]에게 내 아들[3]을 돌봐달라고 부탁하고 싶소. 내 아들이 워낙 못나서 아마도 아비의 업을 계승하지 못할 것이오. 그러니 내가 죽은 후에 아우님이 이 형주를 다스려주었으면 합니다.' 유비는 울면서 절하고 대답한다. '제가 있는 힘을 다하여 조카님을 도우리다. 어찌 감히 두 마음을 품겠습니까?' (제40회)

또다시 인애仁愛와 의로움을 으뜸으로 내세우는 유비가 연출하는 답답한 장면이다. 이윽고 유표가 숨을 거두자 장남 유기가 형주를 떠나 있는 기회를 틈타서 채부인은 유언장을 위조하여 자기가 낳은 유종을 후계자의 자리에 앉히게 된다. 얼마 안 있어 조조의 군사들이 쳐들어오자 깜짝 놀란 유종은 싸움도 하지 않고 항복하는 길을 선택하

---

2) 유비를 가리킴.
3) 유기劉琦를 가리킴.

고 만다. 이러한 저간의 사정을 전혀 몰랐던 유비는 이때에 과감하게 형주를 빼앗아야 한다고 주장하는 제갈량의 의견에 대하여, 그래서는 죽은 유표를 볼 면목이 없다고 고집하면서 귀를 기울이려고 하지 않았다. 이리하여 유비 일행은 닥쳐오는 조조군을 피하기 위해 장강長江을 건너서 남하하여 강릉江陵4) 쪽으로 필사적으로 도망쳐야 하는 처지가 되고 말았다.

백성과 함께 피난길에 오르다

　여기서 주목할 사항은 조조의 진공에 겁을 먹은 신야新野와 번성樊城 등 형주 북부의 백성 10여만 명이 도망치는 유비 일행을 따라 나섰다는 사실이다. 물론 군대 단독으로 움직이는 편이 신속하게 이동할 수 있었겠지만 유비는 그렇게 하지 않고 백성들을 함께 데리고 가는 쪽을 선택하였다. 이것은 정사에도 기록되어 있는 역사적 사실이다. 『삼국지연의』에서는 백성을 차마 포기할 수 없다는 유비에게 지고 만 제갈량 등이 백성들을 이동시켰던 상황에 대

---

4) 후베이성 장링江陵현.

해 다음과 같이 묘사하고 있다.

　　"제갈량은 먼저 관우를 시켜 강가에 가서 배들을 마련케
하고, 손건孫乾과 간옹簡雍에게 명하여 성안을 돌아다니며
외치게 하였다. '조조의 군대가 곧 쳐들어올 것이다. 고립
된 이 성을 오래 지킬 수 없으니, 떠나고자 하는 백성들은
즉시 함께 강을 건너도록 합시다.' 신야와 번성 두 고을의
백성들은 일제히 큰 소리로 '우리는 죽더라도 사또[5]님을
따라가겠소'라고 외치고서, 그날로 통곡하면서 피난길을
떠났다. 젊은이는 노인을 부축하고 어린 것을 팔에 안고
서, 남자와 여자가 줄지어 강을 건너가니 양쪽 언덕에서
통곡 소리가 끊이지를 않았다." (제41회)

　　그러나 백성들을 데리고서 느릿느릿 이동해서는 조조
군에게 따라잡히는 것은 시간문제였다. 그래서 부하 장수
들은 아무래도 백성들을 포기하고 앞길을 재촉해야 한다
고 진언했지만, 유비는 '큰일을 하려는 자는 반드시 인간
을 근본으로 삼아야 하니, 지금 백성들이 나를 의지하는데
어찌 그들을 버릴 수 있겠는가'라고 눈물을 흘리면서 말할

---

5) 유비를 가리킴.

뿐이었다. 이렇듯 유비가 자신의 이상주의를 내세우면서 괴로워하는 사이에 예상했던 대로 일행은 조조군에게 결국 따라잡히고 말았다.

조운趙雲이 크게 활약하다

곧바로 조조의 정예군과 유비 군단은 격돌하게 되었고, 백성들까지 휘말려서 일대 난전이 벌어지게 되는데, 그 결과는 참담하기 그지없었다. 요컨대 '피난하는 백성들의 울부짖는 소리가 하늘과 땅을 진동하였고, 화살에 맞거나 창에 찔려서 남편을 버리고 아내를 두고 달아나며 갈팡질팡하는 이들의 수효는 이루 다 헤아릴 수가 없었다'(제41회)고 하는 형편이었다. 장수들도 뿔뿔이 흩어져서 필사적으로 포위망을 뚫고 혈로를 열었다. 이때에 유기에게 구원을 요청하기 위하여 우선 관우가, 뒤이어서 제갈량까지 먼저 출발하는 바람에 유비를 호위하면서 죽기 살기로 싸울 이는 장비와 조운 정도였다. 여기서 등장하는 '장판교 싸움' 장면은 『삼국지연의』에서도 특히 손에 땀을 쥐게 할 정도로 긴장감 넘치는 명장면이다.

그중에서도 특히 부각되는 것은 조운이 분투하는 모습이다. 난전을 치르는 와중에서 모습이 사라져버린 유비의 처자를 찾아서 단기필마로 적군의 포위망 한가운데로 뛰어들어가, 닥치는 대로 베어 넘어뜨리고 맹렬하게 분투하며 대활약을 벌였다. 이윽고 간신히 유비의 외아들로서 아직 젖먹이였던 유선[6]을 발견하자 곧 아기를 품에 안고 떼 지어 오는 적병들을 물리치면서 포위망을 돌파해 유비가 있는 곳으로 급히 달려갔다. 그처럼 조운이 마치 아수라와 같이 전투하는 모습을 다음과 같이 묘사하고 있다.

"종진鍾縉과 종신鍾紳 두 형제가 조운의 앞길을 가로막고서 우르르 달려들었다. 조운이 창을 잡고서 잽싸게 찌르니 종진이 먼저 큰 도끼를 휘두르며 막아내었다. 두 말이 이리저리 스치며 3합이 채 못 되어서 조운이 종진을 찔러 말 아래로 거꾸러뜨리고, 혈로를 뚫고서 달아났다. 배후에서 종신이 화극을 손에 들고 추격하여 말 엉덩이에 닿을 정도로까지 쫓아와서 조운의 갑옷 뒤에 화극의 그림자가 비쳤다. 그 순간 조운이 말머리를 홱 돌려서 서로의 가슴과 가슴이 맞부닥치게 됐을 때였다. 조운이 왼손에 든

---

6) 아명은 아두阿斗였다.

창으로 화극을 막으면서, 오른손으로 번개같이 청홍검을 뽑아 내리치니 종신의 투구로부터 머리까지가 단번에 두 조각이 났다. 이렇게 종신이 말에서 굴러 떨어져 절명하니, 나머지 군사들은 뿔뿔이 흩어져 달아나버렸다." (제42회)

참으로 혼자서 몇 사람의 역할을 해내는 맹활약상으로 피가 끓고 힘이 넘치는 명장면이다. 조운이 분전하는 광경에 몹시 감동을 받았던 조조는 '참으로 범 같은 장수로다. 내 그를 사로잡아 휘하에 두고 싶도다'(제41회)라고 칭찬하였을 정도였다.

조운은 여포같이 미남 장수는 아니었지만 홀딱 반할 정도로 씩씩하고 시원스러운 호남자였다. 굉장히 위기에 강해서, 그만 옆에 있으면 괜찮다는 생각이 들 정도였다. 조운이 유비와 처음 만났던 것은 그가 아직 공손찬을 섬기고 있던 무렵이었는데, 당초부터 그들은 서로 떨어질 수 없다는 생각을 품게 되었다. 그러나 실제로 조운의 염원이 이루어져 유비 휘하의 부장이 되었던 시기는 그로부터 약 10년 후인 건안 6년(201년), 유비가 조조에게 쫓겨서 남하하고, 관우가 다섯 관문을 돌파해서 유비가 있던 곳으로 되돌아왔을 무렵이었다. 파괴력은 있지만 허점이 많았던 관우와 장비와는 뭔가 좀 다른, 안정감이 넘치는 조운이 가세함으로써 유비 군단은 일거에 중량감이 늘어났다고 할 수 있다.

구조된 유선

조운은 전쟁터를 여기저기 누비면서 두 부인 가운데에서 감甘 부인(유선의 생모)을 구출했지만, 유선을 돌보고 있던 미麋 부인은 이미 심한 중상을 입어 자신이 거치적거리는 짐이 될 것을 두려워한 나머지 유선(아두)을 조운에게 넘기자마자 물 없는 우물 속으로 몸을 던져 죽어버렸다. 이리하여 조운은 유선을 품에 끌어안고서, 필사적으로 혈로를 열어 탈출하였다.

조운이 가까스로 구출해낸 유선을 부친인 유비에게 바치자, 뜻밖에 유비는 유선을 땅바닥에 팽개치듯 하면서 '이놈아, 네놈 때문에 하마터면 내 소중한 대장 하나를 잃을 뻔했구나!'(제42회)라고 욕을 퍼부었다. 이것을 듣자마자 조운은 감격의 눈물을 흘리면서 '제가 오장육부를 땅에 흩뜨릴지라도 주공의 이 은혜에 보답할 길이 없습니다'(제

42회)라고 맹세하는 것이다. 전한 시대 고조 유방劉邦은 피신하던 도중에 마차의 무게를 줄이기 위해 자신의 자식을 발로 차서 떨어뜨렸다는 이야기가 전한다. 이것은 자신이 살기 위해서라면 자식이라도 태연히 죽게 내버려둘 수 있다는, 유방의 본심의 발로라고 생각된다. 그러나 유비의 이 같은 모습은 아마도 짐짓 포즈를 잡은 것이라고 하겠다. 전위의 죽음을 애도하며 통곡하는 포즈를 취했던 조조에 못잖게 유비 또한 부하 장수의 마음을 사로잡는 데 매우 능란했던 것이다. 그러나 조운이 이렇듯 목숨을 걸고서 구해냈음에도 불구하고 이후 유선이 사리를 분간하지 못할 정도로 어리석은 군주였다는 사실은 참으로 아쉬운 점이 없지 않다.

그런데 조운이 주역으로 활약하는 명장면은 많이 있는데, 또 한 가지 정도 인상적인 장면을 예로 들어보기로 하자. 훨씬 후대인 건안 24년(219년), 한중漢中 쟁탈전 당시의 장면이다.

"조운이 크게 외마디 소리를 지르며 창을 잡고서 말을 달려가 와 하고 열 겹 스무 겹의 포위망에 돌입하여 좌충

우돌하니 무인지경을 휩쓰는 듯했다. 그의 창이 그의 몸 주변을 돌면서 번득번득 움직이는 모습은 배꽃이 춤추는 듯, 번쩍이는 창끝은 흰 눈이 흩날리는 듯했다. (중략) 조조는 높은 곳에서 이 광경을 보고서 놀라서 여러 장수들에게 물었다. '저 장수가 누구냐?' 그중에서 알아보는 자가 있어 대답하였다. '바로 상산 조자룡입니다.' '옛날 당양當陽 장판교의 영웅이 아직도 건재하구나'라고 조조가 말하면서, 급히 명령을 내렸다. '그가 가는 곳마다 가벼이 대적하지 말라고 하여라.'" (제71회)

사랑스러운 난폭자 장비

'장판교 싸움'에서 조운에 못잖은 맹활약상을 보인 것은 독자에게 친숙한 '고리눈에 호랑이 수염을 한' 장비였다. 장비가 큰 소리로 일갈하면 조조군은 일제히 몹시 수그러들었고, 너무도 무서운 나머지 말에서 떨어지는 자도 있었다고 할 정도의 대단한 위력을 지니고 있다. (첫머리에 인용) 정말이지 용맹무쌍한 장비다운 명장면으로서, 이 대목의 『삼국지연의』의 묘사에서는 민중에게 사랑받았던 서사물의 임장감臨場感이 생생하게 재현되고 있다. 여기에서도

『삼국지연의』의 묘사는 아직 조심스럽고 소극적인 데가 있으나, 서사물 텍스트인『신전상삼국지평화』에서는 장비가 일갈하자 어쩜 장판교가 무너져버렸다고 묘사되어 있는 것이다.

재담꾼들은 장비가 보여주는 이러한 명장면을 어떻게 연기하였을까? 관우가 화웅의 목을 베는 장면에서 재담꾼들 중에는 이른바 '침묵의 기예'로 대지를 뒤흔드는 울림을 표현해내는 자도 있었다는 이야기를 앞에서 한 적이 다. 겸해서 말하자면 청대 초기에 활동한 오천서吳天緖라는 재담꾼은 이 장면에 이르면, 다리를 무너뜨릴 정도의 장비의 큰 목소리는 도저히 흉내 낼 수 없다고 생각해서, '다만 입을 크게 벌리고 눈을 크게 뜨고서, 손으로 흉내만 낼 뿐 한마디 말이 없었다'[7]고 하는 극치의 기예를 보여줬다고 기술되어 있다. 청중의 상상력을 북돋기 위해서 '침묵의 기예'를 구사하는 명재담꾼의 고심의 정도가 어떠했는가를 엿보게 해주는 이야기라고 하겠다.

---

7) 이두李斗가 지은 『양주방화록揚州畫舫錄』 권12에 있는 기사임.

8. 지력을 모두 동원한 총력전

- 적벽 싸움

"'이 제갈량이 비록 재주는 없으나, 일찍이 이인異人을 만나 『기문둔갑천서奇門遁甲天書』[1]를 전수받은 일이 있어서, 가히 비와 바람을 부를 수 있소. 만일 도독都督[2]께서 동남풍이 필요하다면 남병산南屛山에 대를 하나 세워서, 그 이름을 칠성단七星壇이라고 하지요. (중략) 그러면 내가 단 위에 올라가 술수를 부려 3일 동안 밤낮 없이 크게 동남풍을 빌어 불게 하여 도독의 싸움을 돕겠으니, 생각이 어떠하십니까?'라고 제갈량이 말했다.

'3일 밤낮은 고사하고 하룻밤만 큰 바람이 불어줘도 대사를 너끈히 이룰 수 있소. 다만 싸움이 목전에 와 있으므로 시일을 늦춰서는 안 됩니다'라고 주유가 답했다.

'그럼 11월 20일 갑자甲子 날에 큰 바람을 일으켜, 22일 병인 날에 바람이 멎도록 하면 어떻겠습니까?'라고 제갈량이 물었다.

주유는 이 말을 듣자 크게 기뻐하며 벌떡 일어나더니 곧장 명을 내려 500명의 정예 병사를 뽑아 남병산에 보내어 단을 쌓게끔 하였다." (제49회)

---

1) 방술의 일종인 기문둔갑에 대해 기술한 신비로운 서적이라는 뜻.
2) 주유周瑜를 가리킴.

손권의 존망의 고비

조조는 유비를 축출하고서, 결국에는 유표의 후계자인 유종과 그의 친모인 채부인을 살해함으로써(제41회) 형주를 손아귀에 넣고 나서는 차츰 본격적으로 강동 지역의 오나라를 향해 진격을 시작하였다. 여기에서 오나라의 손권은 조조의 대군에 정면으로 대항할 것인가, 아니면 강동 지역을 바치고 항복할 것인가라는 절체절명의 선택의 기로를 맞이하게 된다.

손씨 일족은 본래 강동 출신이지만 초대 손견의 경우는 확실한 근거지를 확보하지 못한 채 뜻밖의 죽음을 당하게 된다. 그 뒤를 이은 장남 손책은 '젊은 패왕'이라고 일컬어지듯이 노도와 같은 기세로 강동의 각 지역을 공략하였는데, 이번에도 또한 요절하고 말았다.(본서 5장 참조) 실제로는 손책이 사망한 시점에서 강동 지역에서 완전히 점령하였던 영토는 의외로 적어서, 장강 하류 유역의 5군3) 정도에 지나지 않았다.

그러므로 형 손책의 뒤를 이은 손권이 수행한 중요한 과업 중의 하나는 건안 8년(203년), 장강 중유역中流域의 강하

---

3) 회계會稽, 오군吳郡, 단양丹陽, 예장豫章, 여릉廬陵의 5군을 가리킨다.

군江夏郡[4]에 진을 치고 있던 유표의 부장 황조黃祖(부친 손견의 원수이기도 하다)를 무찔렀던 일이었다. 이 전투가 한창 벌어지던 와중에 황조 휘하의 장수인 감녕甘寧이 손권에게로 투항함으로써 전황이 일거에 손권에게 유리하게 변했다.(제38회) 감녕은 태사자와도 유사한 '의협'의 인간이었는데, 황조에게 냉대를 받으면서 화가 치밀어 속을 끓이던 차에 마침내 손권에게로 투항하였다. 겸해서 말하자면 감녕은 이후로 오나라 군대의 핵심적인 장수의 한 사람이 된다. 이렇듯 새로운 세력을 흡수하면서 손권은 차츰 장강 중유역까지 판도를 넓혀갔던 것이다.

사실상 흙수저로 자수성가했다고 보아도 좋을 유비와 환관의 수양아들의 자식이라는 '비루한' 태생적 한계를 오히려 지렛대로 활용했던 조조와는 달리, 손권은 처음부터 '3대째'라는 간판을 짊어지고 출발하였다. 특히 장소張昭를 위시한, 손책 정권 이래로 조정에 참여한 원로 문신들의 발언권이 강했던 관계로 좀처럼 손권 자신의 뜻대로 일을 진행해갈 수는 없었다.

---

4) 허베이성 신주新州현 서쪽.

전쟁이냐, 평화냐

그러한 오나라의 속사정을 간파하였던 것인지, 조조는 손권에게 다음과 같은 격문을 보내고 있다.

"내가 요즈음 황제의 명을 받고 칙지勅旨를 받자와 죄인의 정벌을 행하고 있다. 우리 군기軍旗를 남쪽으로 돌리매 유종劉琮은 스스로 결박하고서 항복하였고, 형주와 양양의 백성은 위풍을 따라 귀순하였다. 이제 백만의 씩씩한 병사와 천여 명의 장수를 거느리고서 장차 장군5)과 강하江夏에서 만나 사냥을 하고, 함께 유비를 토벌하여 땅을 똑같이 나누어 길이 동맹을 맺고자 하노라. 사세만 관망하지 말고 속히 답장을 주시오." (제43회)

항복을 하겠는가 아니면 전면 대결을 벌이겠는가? 나(조조)에게 붙겠는가 아니면 유비 쪽에 붙겠는가? 이러한 조조의 협박에 대해 친히 즉결할 만한 권위가 없었던 손권은 우선 신하들의 의견을 통일시켜야만 했으므로, 오나라 조정에서는 중신들의 격렬한 논의가 벌어졌다. 이전에 조조가 손권에게 '자식을 인질로 보내라'고 위협하고 공갈했을

---

5) 손권을 가리킴.

적에 조조의 뜻을 따라야 한다고 주장했던 장소 일파의 문신 집단은 이번에도 마찬가지로 즉각 항복론을 주장하고 나섰다. 반대편에서는 황개 등 역전의 무신들 대다수가 철저 항전을 주장하고 나섰다. 이리하여 조조와의 타협을 주장하는 문신파와 맞서 대결할 것을 주장하는 무신파가 격렬하게 대립하는 양상이 벌어졌다.

요컨대 오나라의 문신들은 시종일관 소극적이고 타협적이었으며, 몹시도 자기 보신주의적 태도였다고밖에 할 수 없다. 물론 실전에 참가하지 않는 문신들이 죄다 그러했다고 하는 것은 아니었다. 예를 들면 조조의 책사였던 순욱은 문신 중의 으뜸가는 인물이었는데, '관도의 전투'가 벌어졌을 적에 나약성을 보이는 조조에게 '지금이야말로 천하를 건 승패가 갈리는 때이다'라고 독려하는 등(제30회), 겁을 먹고서 곧장 세력 있는 쪽에 빌붙으려는 오나라의 문신들과는 전혀 딴판인 문신도 있었던 것이다.

제갈량과 주유의 대결

그런데 이렇듯 이구동성으로 투항을 외치는 오나라 문

신 집단에 홀로 맞서서, 왜 대항해 싸우지 않는가라고 '세치의 능란한 혀'를 활용해 청산유수 같은 언변으로 차례차례 그들을 논파해갔던 인물이 다름 아닌 제갈량이었다. 제갈량은 조조 진영의 상황을 보고한다는 명목으로 손권의 브레인 노숙魯肅의 인도를 받아 유비의 사자 격으로 손권의 근거지인 시상柴桑[6]에 단신으로 뛰어들었다. (제43회) 오나라의 문신들은 의기 왕성한 제갈량을 굴복시킬 요량으로 우선 문신의 우두머리 격인 장소가 유비는 스스로를 악의樂毅와 관중管仲에 견주었다는 제갈량을 군사로 기용하였음에도 어째서 조조의 군대가 한 차례 공격해왔을 뿐인데도 대패하여 몸 둘 곳이 없는 처지가 되고 말았는가 하고 악의적으로 따져 물었다. 이것을 첫 질문으로 하여 교대로 돌아가면서 제갈량에게 말싸움을 걸었다. 제갈량은 이에 아랑곳하지 않고 껄껄 웃으면서 하나하나 그들을 논파해간다. 이렇듯 그가 잇따라 상대방 논적을 설복시키는 광경은 참으로 통쾌하기 그지 없는 대목으로 『삼국지연의』에서 제갈량이 주역인 명장면의 하나이다.

그런데 조조에게서 타협할 것인가 대결할 것인가의 양

---

6) 장시성 주장九江시 서남쪽.

자택일을 강요받고 점점 궁지에 몰린 손권은 오국태吳國太[7]에게서 형인 손책이 임종할 즈음에 '외정外政에 대해 결정하기 어려운 문제가 생기면 주유와 상의하라'라는 유언을 남겼던 것을 떠올리고는 퍼뜩 짚이는 바가 있어서 조금 떨어진 파양鄱陽[8]에 주둔하고 있던 주유를 불러올렸다.

주유는 본래 손책의 죽마고우로서 손책이 자립하여 거병했던 당초부터 일치 협력함으로써 강동을 제패하는 원동력이 되었다. 손책의 사후에는 동생 손권을 보좌하면서 오나라 정권을 지탱해왔던 것이다. 주유는 천재적인 군사 전략가이면서 『삼국지연의』에서는 손꼽히는 미남자이기도 한 인물로, 참으로 오나라의 영웅이라고 할 수 있었다. 그는 종래로 장소 등의 문신들과는 견해를 달리하여서, 조조와 대결하는 노선인 주전론을 주창해왔다.

손권이 결단할 것인가의 열쇠를 쥔 주유의 견해는 어떤 것이었나? 주전론의 최선두에 섰던 노숙은 제갈량과 함께 주유를 찾아가 그의 의견을 타진했던 바, 주유는 뜻밖에도 곧바로 항복해야 한다고 단언하는 것이었다. 노숙이 이에

---

7) 손책의 둘째 부인. 손권 생모의 친정동생으로 언니를 따라 시집와 함께 손책을 섬겼음.
8) 장시성 포양현 동북쪽.

반론을 제기하여 두 사람은 언쟁을 벌이는데, 그러한 광경을 바라보던 제갈량은 냉소를 짓다가 이윽고 입을 열자마자 '공근公瑾[9] 나리가 조조에게 항복하고자 하는 것이 시의에 합당한 일이오'라고 말하였다. 뒤이어 그는 화가 나서 안색이 변한 노숙을 거들떠보지도 않고서 장차 닥쳐올 화를 피하려면 '두 사람을 작은 배에 태워서 장강 기슭까지 보내면 될 것이니, 조조가 그 두 사람을 얻기만 하면 백만의 대군은 모두 갑옷을 벗고 깃발을 말아 들고 물러갈 것이오'라고 말을 이었다. 그 두 사람이 도대체 누구냐는 주유의 물음에 제갈량은 다음과 같이 대답하였다.

"본래 여색을 좋아했던 조조는 오래전부터 강동江東의 교공喬公에게 두 딸이 있어, 큰딸 이름은 대교大喬요, 작은딸 이름은 소교小喬인데, '침어낙안沈魚落雁'[10]과 '한월수화閑月羞花'[11]의 절세미인이라는 소문을 듣고서 일찍이 다음과 같은 소원을 세웠다고 합니다. 곧 '내 소원 하나는 천하를 평정하여 황제가 되는 것이요, 다른 하나는 강동의 대교·소교 두 여인을 얻어서 동작대銅雀臺에 두고서 만년

---

9) 주유의 자.
10) 물고기가 살랑거리거나 기러기가 내려앉는 듯한 아름다운 자태라는 뜻임.
11) 달도 빛을 잃고 꽃도 무색하리만큼 아름다운 모습이라는 뜻임.

을 즐겁게 보내는 것이다. 그렇게 할 수 있다면 죽어도 여한이 없겠다'고 했답니다. (중략) 장군[12]께서는 어째서 그 교공이라는 이를 찾아가 천금을 주고서 그 두 딸을 사서 사람을 시켜서 조조에게 보내주시지 않으십니까?" (제44회)

이것은 말할 것도 없이 제갈량의 책략이었다. 제갈량은 두 명의 미녀 가운데 대교는 손책의 처요, 소교는 다름 아닌 주유의 처라는 사실을 잘 알고 있으면서도 짐짓 모르는 체하며 주유를 도발하였던 것이다. 어쩜, 조조는 자신의 아내를 노리고 있었던 것인가. 욱하고 화가 치민 주유는 제갈량의 도발에 넘어가서, '늙은 역적 놈이 나를 너무도 모욕하는구나'라고 하면서, 이내 생각을 바꾸어서 조조와 전면 대결하리라고 결의하였다고『삼국지연의』에는 기록되어 있다.

광대 역할을 분담시키다

말할 것도 없이『삼국지연의』는 여기에서도 온갖 방법으로 허구적 상상력을 부풀리고 있다. 명색이 유능한 책

---

12) 주유를 가리킴.

사라는 사람이 누군가 자신의 미인 아내를 노린다는 이야기를 듣는 순간에 입장을 싹 바꾼다는 따위의 일은 있을 수도 없으며(물론 역사적 사실도 아니다), 이만저만 황당무계한 것이 아니라 하겠다. 이것은 『삼국지연의』가 주유를 일종의 광대역으로 꾸미기 위해 의도적으로 창작해낸 일화라고 해야 하겠다. 이후에도 주유는 몇 차례나 제갈량의 속임수에 넘어가고, 조롱당하고, 선수를 빼앗기고 하다가 마침내 최후에는 분사憤死하고 마는 것이다. 이러한 주유의 형상은 그에게 광대의 배역을 할당해서 제갈량을 돋보이게 하는 들러리로 만들려는, 『삼국지연의』의 의도적 조작에 의해서 만들어진 것이다.

또한 앞에서 예를 든 것처럼, 『삼국지연의』에서는 제갈량이 열석해 있던 문신들을 논파했던 것으로 되어 있으나, 이 또한 정사 「주유전」에 실려 있는 내용대로라면, 실은 항복하자는 입장을 취했던 문신들을 설복했던 것은 제갈량이 아니라 주유였다. 아울러 이 당시 손권의 발언도 흥미롭다. 주유의 주전론을 받아들인 손권은 조조가 두려워했던 상대는 원소, 원술 두 사람과 여포와 유표, 그리고 자신이라고 언급하고 있다. 유비 따위는 모습을 볼 수가 없는 것이다. 주유의 견해에도 조조 측이 불안해하는 요소로 마초와 한수韓遂의 이름은 거론되지만, 유비에 대해서는 별다른 언급이 없었다. 유비와의 협력을 적극 추진했던 것은 노숙이며, 주유는 별달리 관여하고 있지 않았다.

그것은 그렇다 치고 주유는 실제로는 대분발하여 장소 등의 문신을 논파하고서, 오나라의 총력을 동원해 조조와의 군사적 대결을 실현시켰음에도 불구하고,『삼국지연의』에서는 그가 행한 발언을 모두 제갈량이 한 발언으로 바꿔치기하고 있다. 이후에도『삼국지연의』에서는 주유를 시종여일 제갈량에게 쩔쩔매는 광대역으로 각색하고 있다. 주유가 이 사실을 알았다면 (자신에 대한) 이런 지나친 처사에 그야말로 반드시 '분사憤死'하고 말았을 것이다.

더욱이 이 일화에는 또 하나의 허구적 장치가 깔려 있다. 주유가 '조조가 대교·소교를 얻고자 한다는 무슨 증거라도 있소?'라고 힐문하였을 적에 제갈량은 그 증거로 조조의 아들인 조식曹植이 지었다는「동작대부銅雀臺賦」라는 작품을 들면서 전문을 암송해 보이고 있다. (제44회) 이 작품 속에 '이교二喬[13]를 동남쪽에서 데려와 아침저녁으로

---

13) 대교大喬와 소교小喬를 가리킴.

함께 즐기리라'14)는 두 구절이 있는데, 그러한 구절이 바로 그렇다고 언급하였다. 조식이 창작하였던 이 작품 자체는 실재하였고, 정사 「진사왕식전陳思王植傳」에 실려 있는 배송지의 주『위기魏紀』에 작품 전문이 인용되어 있다. 그러나 여기에서는 문제가 되는 '이교를 동남쪽 땅에서 데려와, 아침저녁으로 함께 즐기리라'는 두 구절이 보이지 않는다. 이 또한 『삼국지연의』의 서사적 전개에 부합하기 위한 대담한 창작 또는 조작이라고 볼 수 있다. 참으로 공을 많이 들인 허구적 장치라고 하지 않을 수 없다.

그렇다면 도대체 어디에서 이러한 발상이 유래되었던 것일까? 조조가 이교에 눈독을 들였다는 내용의 전설은 이미 만당 시인 두목杜牧의 칠언 절구 「적벽」에 '동풍이 주유를 위해 편들지 않았다면, 깊은 봄 동작대에 이교는 갇혔으리라'15)는 구절에서도 보듯이 상당히 오랜 시기부터 널리 퍼져 있었던 것으로 추정된다. 그러므로 이러한 대목 역시 『삼국지연의』 작자의 창작이라고 하기보다는 옛날부터 민중 세계에서 전승돼오던 이야기를 토대로 해서 한층

---

14) 원문은 '攬二喬於東南兮, 樂朝夕之與共'.
15) 원문은 '東風不與周郞便, 銅雀春深鎖二喬'.

더 교묘하게 각색을 더했던 것이라고 보아야 할 것이다.

스토리 전개에 풍요함을 더하는 노숙

『삼국지연의』에서 주유는 이렇듯 손쉽게 제갈량의 책략에 놀아나고 말지만 정작 조조와의 결전을 결심하고 난 이후에는 자신보다 한수 위인 제갈량을 어떻게 해서든 배제하려고 애쓰게 된다. 형인 제갈근에게 동생을 회유하도록 설득해보라고 하고, 심지어는 '화살 10만 대를 열흘 안에 조달하라'(제46회)고 터무니없는 요구를 하기도 한다. 그러나 제갈량은 노숙의 도움을 받아서 열흘은커녕 사흘이 안되어서 화살을 갖다 바치니, 주유는 다시금 발을 동동 구르면서 분해하는 처지가 되고 말았다.

이 대목에서 흥미로운 것은 노숙이라는 존재이다. 본래 재력가의 자제 출신인 노숙은 대범하고 사람이 호인이어서, 제갈량은 언제나 그를 구슬려 삶아서 잘 부려먹었다. 이와 같은 노숙이라는 존재와 캐릭터가 『삼국지연의』의 서사 전개에서 커다란 효과를 거두고 있다 하겠다. 농락당하고서 발끈하는 주유, 그러한 상대의 모습을 위에서 내려다보며 냉소하는 제갈량, 이 두 사람 사이에서 갈팡질팡하는 무골호인 노숙이라는 구도가 참으로 절묘하였고, 주유와 제갈량 사이에 노숙이 존재함으로써 스토리 전개에 변화와 풍요함을 더하고 있다.

애초에 노숙을 손권에게 천거했던 이는 다름 아닌 주유였다.(제29회) 그때 주유는 노숙의 대범함과 의협심을 칭찬하고 있다. 주유는 거소居巢[16]현의 수령이었을 무렵에 수백 명의 장병들을 거느리고서 노숙의 고향 땅에 들렀던 일이 있었다. 이때에 재산가였던 노숙은 식량 부족으로 골치를 앓던 주유를 위해서 집 안의 두 쌀 창고 가운데 한 곳을 인심 좋게 개방하여 마음껏 쓰라고 내어주었다. 노숙의 의협심이 이런 정도라고 주유가 손권에게 설명해주자 손권은 크게 기뻐하면서 곧바로 노숙을 측근의 브레인으로 기용하였던 것이다. 주유는 결코 흥분하는 법 없이, 언제나 여유 있고 대범한 노숙의 장점을 누구보다도 잘 알고 있었다. 그렇기 때문에 임종에 즈음해서 자신이 죽고 나거든 노숙을 군사 책임자로 임명했으면 한다고 천거하였다.

제갈량과 주유 사이에서 갈팡질팡하는 노숙에게는 별

---

16) 안후이성 차오후巢湖시 동북쪽.

반 볼 만한 장면은 없었다. 그는 또한 허풍쟁이라고 장소 등의 문신에게서는 경원당하였지만, 『삼국지연의』의 독자들에게는 대단히 호감이 가는 존재라고 할 수 있다.

서사적 구성에서 보자면 노숙이 온갖 국면에서 갈팡질팡하는 모습을 반복해 보임으로써 스토리 전개가 길어지고, 독자의 기대가 뒷날로 미루어지는 효과를 가져왔다고 할 수 있다. 옛날 동화에 흔히 보이는 경우로 패턴이 유사한 에피소드를 거듭하여 반복함으로써 서서히 핵심에 다가가는 것이 이야기의 상투적인 수법이라고 할 수 있다. 또한 『삼국지연의』의 경우, 사람 좋은 노숙이 이리저리 움직여줌으로써 슈퍼스타인 제갈량의 교활함을 아마도 작자의 의도에 반하는 형태로 뜻하지 않게 확연히 끌어내주고 있다. 그러한 의미에서도 노숙은 실로 재미있는 캐릭터이다.

참고로 정사에 실린 「노숙전魯肅傳」에 따르면 그는 『삼국지연의』에서 흔히 주어지는 역할에서와 같이, 언제나 제갈량에게 감쪽같이 속아 넘어가는 무골호인이 아니라 지극히 명쾌한 전략의 주창자였다. 그 전략이란 손권과 유비가 협력하여 조조에 맞선다는 것이다. 이것은 제갈량의 전략과도 큰 줄거리에서는 합치하는 내용이다. 『삼국지연의』에서는 제갈량이 주역의 위치를 점하고, 노숙은 조연에 머물러 있는데, 이에 관해서 배송지가 정사 『삼국지』 「오서吳書」의 「노숙전」에 흥미로운 주석을 달고 있다. 그것은 대체로 다음과 같은 내용이다.

"유비와 손권이 힘을 합쳐서 조조의 강남 진출을 저지한다는 것은 모두 노숙에게서 나온 계책이었다. (중략) 그런데도 「촉서蜀書」 「제갈량전」에서는 '제갈량이 연형連衡의 방략을 손권에게 이야기하자 손권은 크게 기뻐하였다'고 되어 있다. 「촉서」의 기술 방식에 따르면 이렇듯 오나라와 촉나라가 연형하는 계책은 제갈량이 발의한 것이 된다. (중략) 이러한 「오서」와 「촉서」가 동일한 인물이 쓴 것이면서도 이런 식으로 어긋나고 있다. 역사 기술의 근본에 어긋나는 것이라 하겠다."

그렇다면 제갈량에게 공을 돌리기 위해 주유와 노숙의 평가할 만한 장점들을 모두 제갈량의 것으로 바꿔치기한다는 『삼국지연의』의 조작은 다름 아닌 촉나라 출신의 역사가로, 정사 『삼국지』의 저자였던 진수陳壽로부터 이미 시작되었던 것이라고 할 수 있다.

우여곡절을 겪고서 손권과 유비가 손을 잡고 조조의 대군에 맞서 치렀던 '적벽대전'은 『삼국지연의』 세계의 획을 긋는 대사건이었다. 실제의 전투는 예상외로 싱겁게 결말이 나버렸지만, 『삼국지연의』의 작자는 결말에 이르기까지의 경위를 상당 부분 허구를 섞어가면서도 제갈량, 주유, 노숙 등 책사들의 지략 싸움에 초점을 맞춰 묘사하고 있는데, 바로 이러한 점에서 여타의 전기戰記 문학과는 다른 재미를 자아내고 있다.

화공작전

이리하여 기나긴 프롤로그를 거쳐서 마침내 장강을 끼고서, 적벽赤壁[17]에 진을 친 공칭公稱 100만의 조조 대군과 주유가 거느린 겨우 2만의 오나라 군대가 대결하는 장면이 등장하게 된다. 강의 북쪽 기슭에는 조조의 수군이 전선戰船을 도열시켰고, 그 배후에 대기하던 육군도 철벽같은 태세를 구축하고 있는 등 문자 그대로 위용이 넘치는 대규모 진영이었다. 한편 남쪽 기슭에 진을 친 오나라 군

---

17) 후베이성 푸치蒲圻현 서북쪽.

대는 전군에 싸우려는 의욕이 고조되어갔지만, 아무래도 수적으로 압도적인 열세였던 까닭으로 상당히 과감한 작전을 쓰지 않는 한 승산이 전혀 없었다.

그래서 두드러진 활약을 하는 이가 손견 이래의 오나라 숙장宿將인 황개黃蓋였다. 어느 날 밤 황개는 남몰래 주유의 장막을 찾아와 대담한 제안을 하였다. 자신이 투항한다는 취지의 밀서를 보내어 조조를 방심하게 만든 뒤에 순식간에 발화하는 재료를 가득 실은 열 척 정도의 전선을 이끌고서 조조 수군의 선단에 접근하여 불을 질러 공격하는 화공작전을 펴야 한다는 주장이다. 이러한 위장투항 작전의 신빙성을 높이기 위해서 주유와 황개는 합심하여 한바탕 연극을 벌이기로 한다. 이리하여 주유가 여러 사람의 면전에서 황개를 호되게 욕하고서, 발가벗겨서 곤장을 100대나 때렸기 때문에 황개는 피투성이가 되어 기절해버리고 만다. 물론 주유의 군영에는 조조 쪽의 스파이가 잠입해 있었고, 이러한 구타 사건의 정보도 이내 조조의 귀에 들어가게 되었다. 이에 황개는 몰래 사람을 시켜서 밀서를 보내어, 조조에게 투항을 자청하였는데 이러한 공작은 곧장 효과를 나타냈다. 그토록 의심이 많던 조조

마저도 덜컥 속아서, 황개의 투항 요청을 그대로 받아들이고 말았다. (제46, 47회)

황개가 온몸을 내던져 버텨낸 덕분에 기습에 의한 화공 작전의 실행자는 결정이 되었지만, 이러한 작전을 더욱 효율적으로 실현키 위해서는 매우 조심스럽게 사전에 만반의 준비를 갖추어야 했다. 『삼국지연의』는 여기서 화려하게 2가지 에피소드를 포함시키게 된다.

첫째는 이른바 '연환계連環計'에 관련된 에피소드이다. 북방 출신 병사가 많다는 조조군의 약점은 그대로 강남의 풍토에 적응치 못하고, 아울러 수전水戰에도 익숙지 못하다는 결점으로 이어진다. 이미 이 시기에 조조의 수군에는 병자가 속출하고 있었다. 이러한 상황에 착안한 계략이 '연환계'이며, 이것을 주유에게 제안했던 이가 '복룡伏龍', 즉 제갈량과 병칭되었던 형주의 일재逸才인 봉추鳳雛, 곧 방통龐統이었다. 참고로 방통은 이 무렵 때마침 적벽의 전쟁터 근처에 칩거하고 있었다. 주유의 사자로 찾아온 노숙에게 방통은 다음과 같이 이야기하였다.

"조조의 군사를 격파하려면 화공으로 공격해야 합니다.

그러나 장강의 수면에서 한 배에만 불이 붙으면, 나머지 배들은 다 사방으로 흩어져 달아나고 맙니다. 조조에게 '연환계連環計'를 써서 적의 모든 배를 한데 비끄러매놓도록 해야만 비로소 성공할 수 있습니다." ^(제47회)

이리하여 교묘하게 기회를 포착해서 조조와 회견을 가졌던 방통은 조조의 수군 진영에 질병이 만연한 것은 배가 흔들리기 때문이므로 선박을 안정시켜야 한다고 하면서, 개개 선박의 '뱃머리와 배꼬리를 쇠고리로 한 줄로 연결해 묶고서, 그 위에 넓은 철판을 깔면, 이 배에서 저 배로 사람은 말할 것도 없고, 말을 타고도 달릴 수가 있습니다'라고 진언하였다. 군사들 중에 병자가 속출하는 것에 속을 끓이던 조조는 그럴듯한 이러한 의견을 덥석 받아들여서, 곧바로 공사에 착수해서 수군의 모든 선박들을 단단히 한 줄로 묶어놓았다. 이로써 오나라 군대의 화공작전의 성공률은 단번에 높아졌다. 조조가 이렇듯 연환계에 넘어오는 정황을 확인하자마자 방통은 이내 조조에게 작별을 고하고서 달아나버린다. 앞서 언급했듯이 서서가 방통을 조우했던 것은 바로 이때였다. 그렇다 치더라도 황개의 위장투항에 간단히 걸려들거나, 방통의 꿍꿍이가 있는 제안을 그대로 받아들이는 등, 이 대목 전후에서의 조조의 모습은 너무나도 단순하고 상대방 속셈에 대한 수읽기도 얕아서, 간웅으로서의 위엄은 어디로 사라졌는가 할 정도로 초라한 꼬락서니를 보이고 있다.

그런데 이렇듯 조조를 함정에 빠뜨린 '연환계'를 내걸고서, 봉추 곧 방통이 마침내 무대에 등장하는데, 그는 이 대목에서는 중요한 역할을 담당하지만, 이후로는 『삼국지연의』에서의 역할이 약간은 모호한 캐릭터로 일관한다. 방통은 용모가 추하고 괴상했기 때문에, 손권의 미움을 샀고 끝내 기용되지 못해서 이윽고 유비의 진영으로 가게 된다. 그러나 유비도 처음에는 이 진기한 추남이 '봉추'임을 알아차리지 못하고서 그를 쌀쌀맞게 대하고 있다. 『삼국지연의』에서는 일반적으로 '생김새가 장대하고 훤칠한' 인물은 존중을 받았지만, '생김새가 추하고 괴상한' 인물은 기피대상이 되었던 것이다. 그렇지만 유비는 이내 볼품없는 외모와는 정반대인 방통의 능력과 진가를 알아보고서 그를 제갈량에 버금가는 책사로 후대하게 되었다. 제57회 『삼국지연의』에서는 이 일을 적벽 전투가 있은 지 3년 뒤인 건안 16년(211년) 5월에 있었던 것으로 묘사하고 있다.

그로부터 반년 후에 책사 방통은 유비를 수행해 촉蜀 땅을 공략하기 위해 출발했고, 햇수로 4년의 기간 동안 힘겨운 싸움을 거듭하다가 성도成都 함락을 목전에 두고서 어이없이 전사하고 만다. 대체로 보아서 제갈량과 비견되는 존재라는 식의 선전 표어와는 모순되게『삼국지연의』에서 방통은 활약하는 장면도 별로 없어서 존재감이 매우 희박한 인물이었다.『삼국지연의』보다 앞선 시기의 설화 계통 삼국지 이야기에서 방통은 대스타급 중 한 명이었으나,『삼국지연의』는 그러한 흐름을 의식적으로 받아들이면서도 제갈량을 핵으로 하는 이야기의 흐름 속에서 방통이라는 캐릭터를 충분히 살리지 못했던 것이라고 볼 수 있다.

'주유의 적벽 대학살'

방통의 '연환계'에 의해 조조군의 선단은 줄줄이 한 줄로 연결되었고, 이로써 황개의 기습적인 화공작전을 성공케 할 첫째 조건은 갖추어졌다. 마지막으로 남은 조건은 화공에 없어서는 안 되는 동남풍이라는 바람이었다. 참고로 적벽대전이 있었던 12월 겨울에는 동남풍이 불지 않는

것이 정상적이다. 그렇다면 어떻게 할 것인가? 여기서 등
장하는 것이 마술사 제갈량이다. 모두에 인용했듯이 동남
풍을 불러일으키기 위해, 제갈량은 위엄스럽게 기도의 의
식을 거행하였다. 그러자….

"이날 점차 밤으로 접어드는데, 하늘은 맑아서 바람 한
점 불지 않는다. 주유가 노숙에게 말했다. '공명의 말이
틀렸도다. 한겨울에 어찌 동남풍을 얻겠소.' 노숙이 '내
생각으로는 공명이 틀린 말을 했을 리가 없다고 생각합니
다'라고 하였다. 밤 삼경(저녁 10시부터 오전 1시까지의 사이)이
가까울 무렵 갑자기 바람 소리가 울리는가 싶더니 깃발이
흔들리기 시작하였다. 주유가 장막 밖으로 나가서 보니
놀랍게도 깃발이 서북쪽을 향하여 나부끼고, 삽시간에 동
남풍이 불어대기 시작하였다.
　주유가 깜짝 놀라며 말하였다. '제갈량은 천지조화의 이
치를 알고 귀신도 측량할 수 없는 술법을 지녔으니 이자
를 살려뒀다가는 언젠가 우리 동오東吳의 화근이 되고 말
것이다. 장래의 근심을 없애기 위해서는 시급히 제갈량
을 죽여야 할 것이다."(제49회)

　그러나 주유의 생각쯤은 미리 꿰뚫어보았던 제갈량은

사전에 수배해서 마중 나온 배를 잡아타고서 지체 없이 오나라를 벗어나 유비의 진영으로 되돌아가버렸다. 또다시 주유의 패배였다.

어쨌든 이렇게 하여 연환계와 동남풍 등 화공작전을 위한 모든 조건이 갖추어졌다. 그 뒤는 항복을 가장한 황개가 화선火船 수십 척을 끌고서 조조의 수군에게 화공작전을 개시하는 일뿐이다. 이후의 전투의 양상에 대해서는 다음의 인용문으로 대신하기로 하자.

"조조가 중군中軍에 진을 치고서, 장강의 건너편을 바라보니 달이 떠올라 수면을 환하게 비추니, 참으로 만 마리 황금 뱀이 물결을 희롱하는 듯하였다. 조조가 바람을 쐬며 크게 웃으면서 이로써 평생의 뜻이 이루어지는 것이라고 만족해했다. 그런데 갑자기 병사 하나가 손가락으로 가리키며 '남쪽에서 한 무리의 돛단배가 은은히 바람을 타고서 이곳으로 옵니다'라고 하였다."(제49회) (중략)

"강남에서 온 배들이 조조의 수채에서 2리 정도 되는 거리에 정지하자, 황개黃蓋가 칼을 번쩍 들어 신호를 했고, 앞서 가던 배들이 일제히 불을 내질렀다. 불은 바람의 기세를 타고 바람은 강한 불길을 도와서, 쏜살같이 배들이 돌진하니 그 연기가 하늘에 가득히 퍼졌다. 이렇듯 20척의 화선이 조조의 수채 안으로 들이닥치니, 수채 안에 있는 조조의 배들은 순식간에 모두 불이 붙었으나, 모두 다 쇠고리로 서로 단단히 비끄러매여 있었기 때문에 흩어져 달아날 수도 없었다. 이때 맞은편 동쪽 기슭에서 화포 소리가 울리는가 싶더니 사방에서 화선이 일제히 쇄도하면서, 빈틈없이 불을 질렀다. 장강의 수면에는 불이 강풍에 타올라 퍼지면서 주변 일대가 온통 시뻘건 불길에 휩싸여서 하늘과 땅이 새빨갛게 변했다."(제49회) (중략)

"그런데 이날 장강의 수면은 온통 불길에 휩싸이고 함성이 천지를 진동하는 와중에 왼편은 한당韓當과 장흠蔣欽 두 장수가 군사를 거느리고 적벽강 서쪽으로부터 와서 공격하고, 오른편은 주태周泰와 진무陳武 두 장수가 군사를 거느리고 적벽강 동쪽으로부터 와서 공격하였다. 중앙에서는 주유가 정보程普와 서성徐盛 그리고 정봉丁奉과 함께 본진의 함대를 거느리고서 일제히 공격해왔다. 불길은 군사의 호응에 따라 타올랐고, 병사는 불의 힘을 입었으니, 이것이야말로 참으로 '삼강三江의 수전水戰이요 적벽의 대학살(오병轟兵)'이라 하겠다. 창에 찔려 죽은 자, 화살에 맞아 죽은 자, 불에 타 죽고 물에 빠져 죽은 자 등등 조

조군의 사상자는 헤아릴 수가 없었다."(제50회)

조조의 대군은 이렇듯 눈 깜짝할 새에 완전히 궤멸해버리고, 주유가 이끌었던 오나라 군대가 기적적인 대승리를 거두었다. 부언하자면 정사『삼국지』에 실린 조조의 전기「무제기武帝紀」에서는 조조의 대패로 끝나버렸던 이러한 적벽대전에 대해서 '공(조조)은 적벽에 도착하여 유비와 싸웠지만 싸움에서 지고 말았다. 그때 역병이 크게 유행하여 수많은 관리와 사졸이 죽었다. 그래서 군대를 철수시켜 되돌아왔다'고 기록하고 있을 뿐이다. 이러한 내용은 원문에서는 겨우 22자에 불과할 뿐이다. 저자 진수는 조조의 자손이 세웠던 위나라의 계통을 잇는 서진西晉의 사관이었으므로 조조에게 흠이 될 사실의 기술은 삼가고 있는 것이다. 이러한 결함을 보충이라도 하려는 듯이 진수는「제갈량전」과「주유전」등에서 적벽대전의 양상을 자세히 서술하고 있다.『삼국지연의』는 정사에 여기저기 흩어져 있는 역사적 사실을 바탕으로 하면서도 마음껏 허구적 상상력을 동원해서 적벽대전을 일대 드라마로 꾸며내었던 것이다.

9. 의절義絶의 인간, 관우

- 화용도華容道의 만남

"'우리가 작별한 이래로 장군[1]께서는 별고 없으시오?'

관우 또한 몸을 굽혀 답례하고서 '저는 우리 군사[2]의 명령을 받고서 이곳에서 승상[3]을 기다린 지 오래되었소'라고 답하였다.

'나는 싸움에 패하고 위기에 몰려, 일이 이 지경에 이르러 더 이상 벗어날 길이 없소. 부디 장군께서 그 옛날 우리의 정의를 헤아려주시게'라고 조조가 말했다.

'아주 옛날 제가 승상에게서 커다란 은혜를 입었으나 당시에 안양顔良과 문추文醜를 참하여 백마白馬 땅에서의 위기를 풀어드렸으니 이미 그것으로 은혜는 갚은 셈입니다. 오늘 일은 사사로운 정으로 공사를 폐할 수는 없습니다'라고 관우가 말하였다.

'장군이 옛날 다섯 관소를 지나면서 나의 장수를 죽인 일을 기억하시오? 대장부는 자고로 신의를 중히 여기는 법이외다. 더욱이 장군은 『춘추』에 조예가 깊으시니, 유

---

1) 관우를 가리킴.
2) 제갈량을 가리킴.
3) 조조를 가리킴.

공지사庾公之斯가 자탁유자子濯孺子를 뒤쫓던 고사[4]를 모르시지는 않겠지요'라고 조조가 말했다.

관우는 본래 의리를 태산보다도 무겁게 여기는 사람이었으므로 옛날에 조조에게서 수많은 은혜를 입었던 일, 더욱이 또한 떠나오면서 다섯 관소의 길을 막는 수장守將들을 참했을 적에 조조가 달리 책망치 않았던 일을 생각하니, 어찌 마음이 동요하지 않을 수 있겠는가? 더구나 조조의 군사들이 무서워 벌벌 떨면서 눈물을 흘리고 있는 모습을 보니 측은한 마음이 더하였다. 그래서 관우는 말머리를 돌려서 수하의 병사들에게 '너희는 흩어져서 길을 비켜라'라고 명했다. 그것은 분명히 조조를 살려 보내겠다는 뜻이었다. 조조는 관우가 말을 돌리는 것을 보고서는 이내 장수들과 함께 우르르 달아나버렸다. 관우가 말을 돌려 세웠을 적에 조조는 이미 장수들과 함께 포위망을 돌파하고 난 뒤였다.

관우가 크게 소리를 지르니 조조의 남은 병사들은 모두 말에서 내려 땅에 엎드려 눈물을 흘리므로 관우는 더욱더

---

[4] 춘추시대 정鄭 나라의 활 잘 쏘는 자탁유자가 군사를 거느리고 위衛나라를 공격했다. 그러나 자탁유자는 위나라 유공지사에게 패하여 달아나는데 부하가 말하였다. '위나라의 활 잘 쏘는 유공지사가 뒤쫓아오니 큰일 났습니다.' 자탁유자가 여유 있게 대답했다. '유공지사는 내 제자에게서 활을 배운 사람이다. 그러니 그는 스승의 스승 뻘인 나를 쏘지는 않을 것이다.' 과연 유공지사는 스승의 스승 뻘인 자탁유자를 해치지 않았다고 하는 고사를 가리킨다.

측은한 마음을 금할 길이 없었다. 관우가 머뭇거리고 있을 바로 그때에 조조의 장수 장요가 말을 달려 쫓아왔다. 이 모습을 보자 옛날 서로 친하게 지낸 온갖 일이 또한 생각나서 길게 탄식을 하고서, 마침내 한 사람도 남김없이 보내주고 말았다." (제50회)

조조는 '적벽'에서 왜 패했나?

조조는 어째서 적벽대전에서 패배하였는가? 조조군에는 북방 출신의 장병들이 대다수를 차지했는데, 그들은 강남의 풍토에 적응하지 못했고, 익숙지 않은 수전에 대비하는 동안 앞서 언급했던 「무제기」에서 보듯이 쇠약해진 나머지 픽픽 역병으로 쓰러졌고, 수많은 사망자가 발생했던 일도 분명히 패배를 초래한 커다란 원인이었다고 추정된다.

그 위에 조조 자신이 명확한 비전이 없는 채로 북중국을 제패한 여세를 몰아 공격 방향을 남쪽으로 돌려서 강남 지방으로 쳐들어갔다는, 정세에 대한 최종적 대처가 허술하였으며, 바로 그 점이 화근이 되었던 것이라고도 할 수 있다. 물론 조조에게는 '천하 통일'이라는 원대한 목표 또는 야망이 있었던 것은 틀림없는 사실이었다. 그러나 이 시점에서도 조조는 여전히 순욱 등과 같은 청류파 출신 브레인의 전략을 수용하여, 원칙상으로는 후한 왕실의 헌제의 후견자라는 입장을 견지하고 있었다. 그렇다면 설령 강남 지방 공략에 성공해서 '천하 통일'을 달성했다 하더라도 그러한 '천하'의 주인은 이 또한 명분상으로는 어디까지나 후한의 헌제이며, 조조는 그늘에 묻힐 수밖에 없는 존재가 되는 것이다. 명실상부하게 천하를 통일하는 자는 누구인가? 그런 중요한 점을 모호하게 내버려둔 채 서둘러 강남 공략을 시작했던 것에 조조의 착오와 약점이 있었으므로 뜻밖의 큰 패배를 초래하고 말았다고도 생각할 수 있다. 그러한 의미에서 『삼국지연의』에서 적벽대전을 앞에 두고서 판단력이 흐려져 간특한 영웅답지 않게 실수를 반복하고, 머리가 둔해졌다고 볼 수 있는 추태를 드러내는 조조의 모습을 재미있고도 우스꽝스럽게 묘사하는 점은 의외로 정곡을 찔렀다고도 할 수 있다.

그러나 적벽대전에서의 이러한 패배를 계기로 조조는 변신하여서, 적당한 때가 오면 '명분'을 얼마든지 내버릴 자세를 보이기 시작한다. 참담하게 대패를 당했다고는 하나 그것은 원정 전쟁을 치렀던, 먼먼 벽촌이라고 불러야할 강남 지방에서 일어났던 일이므로 자신의 지배하에 있던 북중국에는 아무런 영향도 끼치지 못했다. 조조로서는 어쨌든 북쪽으로 돌아가기만 하면 전열을 재정비하는 것은 극히 용이한 일이었다. 그렇지만 조조는 이후에도, 적벽 전투가 있은 지 4년 후인 건안 17년(212년)에 몸소 대군을 이끌고서 오나라를 공격했던 '유수구濡須口 전투'(제61회)를 비롯하여 몇 차례나 군대를 파견해서 강남 지방 공략을 시도했지만, 모두 실패로 끝나고 말았다. 결국 그는 단 한 차례도 장강을 건너지 못했다.

한편 오나라의 손권은 적벽대전에서 거둔 기적적 승리에 힘입어 자신의 권력 기반을 공고히 다지고, 그에 따라 국력도 상승세를 탔다. 그러나 신중하기 그지없는 손권은 여세를 몰아서 중원에 공격을 가하는 따위의 일은 꿈도 꾸지 않았다. 이것이 '강동의 군사를 일으켜 전쟁터에서 이기고 지는 승패를 결정하고서 천하를 겨루는 싸움을 하는'(손책이 손권에게 남겼던 유언. 제29회) 것을 자신이 잘하는 일로 자부했던, 저 '젊은 패왕' 손책이라면 승리의 여세를 몰아서 과감히 북상했을 것이고, 이후 삼국지 세계의 전개도 크게 달라졌을지 모른다는 식의 뭔가 아쉬움을 남기는 것이다.

단가행短歌行의 장면

조조는 적벽의 결전을 앞두고 있던 어느 날 밤, 장강에 배를 띄워놓고서 휘하의 장수들을 모아놓고 큰 배 위에서 성대한 술잔치를 베풀고는 낭랑하게 자작의 노래를 한 곡조 뽑았다. 이것이 저 유명한 「단가행」이다. 기분이 썩 좋았던 조조가 즉흥으로 지었던 작품으로 되어 있는데, 노래 안에 패배를 암시하는 듯한 불길한 구절도 들어 있어서, 휘하의 신하 하나가 이 문제를 지적하자 기분이 몹시 상한 조조는 그 신하를 느닷없이 삼지창으로 찔러 죽어버린다.(제48회) 이래서는 모처럼 성공을 기원하는 축하연의 잔치도 흥이 식어버렸고, 불길한 분위기에 휩싸인 채로 축하연이 파하고 말았다.

「단가행」은 조조의 대표작으로 일컬어지지만 사실은 『시경』의 시구를 그대로 인용한 대목도 보이는 등 아무래도 즉흥시답게 아무렇게나 지은 곳도 눈에 띈다. 게다가

이 노래는 즉석에서 관현에 얹어서 노래로 불렸던 것으로, 대체로 의미 내용보다는 음과 리듬 같은 음악적 요소 쪽이 중시되는 편으로, 소리에 의한 연상에 따라 고전의 시구가 그대로 인용된 것이라고 추정된다.

이제까지 언급하지 않았지만『삼국지연의』에 한하지 않고 중국의 고전 장편소설에서는 이때다 하는 대목에서 으레 시가 삽입되는 것이 관례였다. 이렇듯 삽입되는 시는 그때까지 전개된 스토리를 총괄하면서 한층 기분을 북돋우는 역할을 담당하는 것이다. 겸해서 말하면『삼국지연의』의 경우, 이들 삽입시에는 예를 들면 두보杜甫가 제갈량을 소재로 읊었던 작품을 그대로 인용한 경우와『삼국지연의』의 작자가 스스로 작품을 짓는 경우(저명한 시인의 작품이라고 칭하는 경우도 있다)가 있는데, 작품 됨됨이로는 말할 것도 없이 전자의 경우가 현격하게 뛰어난 편이다.

장편 백화소설에 나타나는 이러한 삽입시는 본래 모태인 설화 삼국지에서 이야기가 굴곡 없이 계속되면 단조로워지고, 청중 역시 싫증을 내기 십상이므로 재담꾼이 흥을 돋울 요량으로 소리를 높여 노래하거나 낭송하면서, 강약과 완급을 조절했던 스타일을 그대로 답습한 것이다. 재담꾼에게는 이것이 자신의 목소리를 들려주는 대목이라고 할 수 있다.

화용도에서의 만남

그런데 적벽대전에서 대패를 당한 조조는 패배한 병력을 이끌고 달아나는 처지가 되고 말았는데, 가는 곳마다 길을 막고 나선 무리가 그때까지 전혀 등장하지 않았던 유비 쪽 병력이었다. 조조가 패주하는 탈출 경로를 미리 내다보았던 제갈량이 조운, 장비, 미축, 유봉劉封, 유기 등을 순번대로 출발시켜 물샐틈없이 배치해놓고서 조조 일행을 매복하며 기다리게 하였던 것이다. 이 대목에서의 제갈량은 너무나도 미래를 내다보고 있어서, 약간 의심스럽기는 하지만, 그것은 그렇다 치고 제갈량은 개개 장수를 배치하면서 처음에는 굳이 관우를 빼고자 하였다.

"이때 관우가 시종 곁에 있었지만, 제갈량은 거들떠보지도 않았다. 관우는 참다못해서 큰 소리로 물었다.

'내가 형님을 모신 이후로 오랜 세월을 싸워왔건만 아직까지 한 번도 남에게 뒤처진 적이 없었소. 그런데 오늘 대적大敵을 상대하는 마당에 군사는 나에게 임무를 맡기시지 않으니 이것은 대체 어찌 된 일이오?'

제갈량은 웃으면서 대답했다. '관운장 나으리는 나쁘게 생각하지 마시오. 내가 본래 귀공에게 가장 요긴한 관소를 맡아달라고 할 생각이었으나 좀 뭣한 사정이 생겨서 감히 가라고 못 하게 되었소.'

'어떤 사정이 생겼다는 것이오. 바라건대 일러주시오.'라고 관우가 말했다.

'옛날에 조조가 장군을 극진히 대우했으므로, 장군으로서는 당연히 조조에게 보은하지 않으면 안 될 것 아니겠소. 조조가 패배하면 반드시 화용도華容道(후베이성 젠리監利현 북쪽) 길로 도망칠 것인데, 만일 장군이 가면 필시 조조를 놓아줄 것이니, 그래서 감히 보내지를 못하는 것이외다'라고 제갈량이 답했다.

'군사께서는 너무 걱정을 하십니다. 그 당시 조조가 참으로 나를 극진히 대우했으나, 내가 이미 안양과 문추를 참하고서 백마 땅 포위를 풀어주어 은혜를 갚았소. 오늘 조조와 만난다 해도 어찌 놓아주겠습니까?'

'만일 장군이 놓아주면 어찌 할 테요?'

'군법대로 처벌을 받아야 하지 않겠습니까?'라고 관우가 답했다.

'그렇다면 여기 서약서를 쓰시오.'

관우는 이내 서약서를 써주고서 '만일 조조가 화용도로 오지 않으면 어찌 할 테요?'라고 물었다. '나도 서약서를 써서 장군에게 주리다'고 하니 관우는 크게 기뻐하였다."

(제49회)

제갈량은 관우가 조조를 결국은 놓아주고 말 거라는 사실 등을 미리 알고 있었다. 그러나 그는 염려하는 유비를 향해 '제가 밤에 천문을 보니 역적 조조는 아직 죽을 때가 아닙니다. 그럴 바에야 관운장 나으리를 보내어 조조에게 자비를 베풀 기회를 주도록 할 것이니 이 또한 아름다운 일이 아니겠습니까?'라고 하면서, 굳이 관우를 출발케 했다. 이런 정도로까지 앞날을 예측하는 제갈량은 도리어 밉살스러운 인상을 준다고 하지 않을 수 없다. 참으로 '과유불급過猶不及[5]'이라고 해야 할 것이다.

이후에 전개되는 장면은 '화용도의 만남'이라고 일컬어지는, 『삼국지연의』에서 손꼽히는 명장면의 하나이다. (첫머리에서 인용함) 제갈량에게 서약서까지 써가면서 출진했음에도 관우는 역시 굶주림에 지쳐서 만신창이가 된 조조 일

---

5) 정도를 지나침은 미치지 못함과 같다는 뜻으로, 중용中庸이 중요함을 이르는 말.

행을 놓아줘버리고 만다. 의로움의 인간인 관우의 깨끗하고도 근본적인 부드러움이 두드러지게 눈에 띄는 멋진 장면이다. 조조와 관우가 얽히는 장면에서는 육친의 정을 능가하는 유비와의 깊은 관계와도 또한 다른 형태로, 인간 상호 간 그리고 사나이끼리의 상쾌한 신뢰관계가 표현되고 있다. 그 극점이라고 해야 할 '화용도' 장면은 기백이 넘치는 필치로 힘차게 묘사가 이루어져서, 루쉰과 왕궈웨이王國維도 절찬하고 있는 대목이다. 본래 관우에게 호의적인 작자 나관중은 관우와 일체화될 정도로 깊은 애정을 담아서, 이렇듯 희유한 명장면을 창작해낸 것이라고 생각된다.

이 장면에서 조조는 일찍이 자신이 인간적으로 반했던 관우를 향해 '우리가 작별한 이래로 장군께서는 별고 없으시오?'(제50회)라고 말을 걸고 있다. 그들이 얼굴을 맞대하는 것은 건안 5년(200년), 관우가 조건부로 투항했던 조조의 곁을 떠난 이래의 일이므로 실로 8년 만이라고 하겠다. 만감이 교차하는 조조의 이러한 대사는 참으로 감동적인데, 실은 조조는 관우에 대해서 이와 동일한 대사를 또 한 번 반복하고 있다. 이때로부터 11년 후인 건안 24년, 관우는 서로 손을 잡은 조조의 위군魏軍과 손권의 오군吳軍에게 협공을 당해 무기도 모두 떨어져서, 손권에게 사로잡혀 죽임을 당하고 말았다. 후환을 두려워한 손권은 참수한 관우의 머리를 조조에게 보냈는데, 이와 대면한 조조가 관우의 머리를 향해 동일한 대사를 말하고 있다. (제77회. 본서 11장 참조) 원한을 품고 죽은 관우는 조조와의 대면을 경계로 무서운 재앙신이 되어서 조조에게 들러붙어서, 저승길로 데려가는 것이다.

관우는 호용무쌍豪勇無雙의 화신처럼 간주되었지만, 사실『삼국지연의』에서는 그가 등장하는 다이내믹한 전투 장면은 그리 많이 보이지는 않는다. 관우의 용맹스러운 장수로서의 모습이 선명하게 묘사되는 대목은 제5회에 나오는 동탁의 부장 화웅을 목 베는 장면(여기서 실제 전투의 구체적 묘사는 나타나지 않는다), 제25회와 제26회의 '백마전투'에서 원소의 부장인 안양과 문추를 참수하는 장면, 제27회의 다섯 관문의 여섯 장수를 참수하는 장면 정도가 전부이다.『삼국지연의』의 작자는 관우의 아수라 같은 용장으로서의 모습을 묘사하는 것보다 이 '화용도의 만남'의 장면에서 가장 현저하게 보이듯이, 관우를 '의협의 논리'를 체현하는 위대한 '의인義人'으로서 그려내는 일에 더욱 중점을 두고 있는 것이다.

관우는 『삼국지연의』의 막후의 주역이라고도 불러야 할 중요한 캐릭터인데, 덜렁대는 무법자 장비나 안정감이 뛰어난 조운 등과는 달리 시종여일하게 그 이미지에는 언제나 깊은 비장감이 감돌고 있다. 관우는 건안 19년(214년) 유비군의 주력이 모두 형주로부터 촉 땅으로 이동하고 난 후에도 수하의 군사를 데리고 사령관으로서 형주의 거점에 잔류해서 오나라와 대치 국면을 지속하였다. 이로 말미암아 앞서 보았듯이 싸움에 져서 죽음에 이르게 되는 것이다. 그 정도로까지 유비와 제갈량에게 절대적으로 신뢰받았던 의협義俠의 화신인 관우는 주력군과 떨어져서 단독으로 행동하는 경우가 많아서, 그러한 고립무원의 위상이 더욱더 그의 비장감을 더해주고 있다고 할 수 있다.

10. 비단의 마초馬超, 대활약 - 오호대장五虎大將 총출동

"이에 마초, 방덕龐德, 마대馬岱는 말 탄 군사 100여 명을 거느리고서 바로 본진을 쳐서 조조를 사로잡으려고 했다. 조조는 난군亂軍 중에서 정신을 못 차리다가 '붉은 전포戰袍를 입은 놈이 조조다'라고 서량군西涼軍이 외치는 소리를 듣고서 말 위에서 황급히 붉은 전포를 벗어버렸다. 다시 '수염 긴 놈이 조조다'라고 외침 소리가 들려오자 놀라서 황급히 허리에 찬 칼로 수염을 싹둑 잘라버렸다. 그런데 서량 군사 중에서 어떤 자가 조조가 수염을 잘랐다는 사실을 일러바치니, 마초는 사람을 시켜서 '수염 짧은 놈이 조조다'라고 큰 소리로 외치게 했다. 이 소리를 들은 조조는 깃발을 찢어 머리를 싸매고서 달아났다. (중략)

조조가 한창 달아나는데 등 뒤에서 말 탄 장수가 쫓아왔다. 돌아보니 다름 아닌 마초였다. 좌우의 장수도 마초가 뒤쫓아오는 것을 보자 조조를 내버리고서 각자 필사적으로 달아났다. 마초가 큰 소리로 외쳤다. '조조야, 달아나지 말아라.' 조조는 놀란 나머지 말 채찍을 땅바닥에 떨어뜨렸다. 순식간에 마초는 쫓아와서, 뒤에서 창을 찔렀다. 조조는 나무 사이로 요리조리 달아나며 도망쳤는데, 마초가 힘껏 찌른 창이 나무에 박히는 바람에 서둘러 창을 뽑았으나 조조는 이미 멀리 달아나버렸다." (제58회)

위연魏延·**황충**黃忠**의 등장**

　동맹관계를 맺고서 조조군을 격파한 후에 형주의 지배
권을 놓고 손권과 유비의 관계는 급속히 악화돼간다. 어
떻게 해서라도 자립의 거점을 확보하고자 했던 유비는 제
갈량의 계략에 의해 주유의 약점을 찔러서 교묘하게 양양,
남군南郡을 빼앗았다. 이로써 형주의 통치자였던 유표의
장남 유기를 추대해서 오나라로부터 잠시간 빌려온다는
명목을 내세워 형주의 지배권을 계속 유지하였다. 더욱이
조운, 장비, 관우를 파견하여 형주 남부의 4군, 즉 영릉零
陵, 계양桂陽, 무릉武陵, 장사長沙를 공략했지만, 이러한 싸
움의 와중에서 위연과 황충이 유비의 휘하로 들어오게 된
다.(제53회)

　당시에 위연과 황충은 모두 장사태수 한현韓玄을 섬겼
는데 두 사람의 처세술은 완전히 대조적이었다. 일찍이
유비 일행이 조조군에게 쫓겨서 달아나던 도중에 유종이
다스리던 양양 땅을 지나가려 했지만 거부당한 일이 있
다. 이때 유종 휘하의 장수였던 위연은 유비에게 양양을
탈취하게끔 일행을 성안으로 끌어들이려 했지만 일이 잘
진척되지 않았다. 이 때문에 위연은 도망쳐서 장사의 한

현에게 가서 몸을 의탁하였다. 마침 그곳으로 관우가 쳐들어왔으므로 위연은 마침 잘되었다 싶어 모반을 일으켜, 한현의 수급을 가지고서 관우의 진영으로 냅다 달려갔던 것이다.

그런데 관우가 위연을 유비와 제갈량에게 데려가 소개하자, 제갈량은 당장 끌고 가서 참수하라고 위병에게 명하였다. 이때 놀라는 유비에게 제갈량은 '그 녹을 먹으면서 자기 주군을 죽였으니 불충한 것이며, 주군의 땅에 살면서 그 땅을 남에게 바치는 것은 불의한 것입니다'라 하고, 더욱이 위연의 뒷머리에 반골反骨[1]이 있어 장래에 반드시 배반할 상이므로 당장 죽여서 장차의 화근을 막는 것이 좋겠다고 주장하였다. 그러나 유비의 중재로 결국 위연은 용서를 받고서 유비 휘하의 장수가 되었던 것이다. (제53회)

제갈량이 완강하게 위연을 처형하기를 주장했던 것은 그의 치명적인 약점이 분명히 드러났기 때문이다. 위연은 분명히 무용이 뛰어나고, 인재가 부족했던 유비 군단의 귀중한 전력의 일원이었지만, 애석하게도 언제나 자의식이 지나치고, 자신의 역할을 인식하고 움직이는 것이 불가능

---

1) 튀어나온 뼈를 말함.

한 타입이었다. 위연은 훗날 제1차 북벌을 행할 적에 자신의 작전이 채택되지 않았다는 이유로 은근히 제갈량을 무시하게 되었고, 제갈량이 죽자 마침내 반기를 들기에 이르렀다. 이 시점에 이르러서 후환을 남기지 않기 위해 그를 처형해야 한다고 했던 제갈량이 선견지명이 있었음을 엿볼 수 있다. 이야기 전개로부터 보자면 이 대목에서 위연의 '반골'에 대해 언급함으로써『삼국지연의』는 미리 복선을 깔아놓고서 위연의 말로가 어떠할 것인지를 암시하고 있다.

한편 마찬가지로 귀순했다고는 하지만 황충의 경우는 주군인 한현이 잔인하고 횡포하였음에도 불구하고 최후까지 배신하는 일은 없었다. 장사에 쳐들어온 관우와 직접 대결을 벌이면서, 상호 간에 성실한 인품을 서로 인정하는, 감칠맛 나는 장면도 연출하였다. 그는 노장이었는데도 이후 유비 진영의 듬직한 중심인물로 활약할 것임을 예감케 하는 스토리 전개가 이루어지고 있다. (제53회) 황충은 예를 갖춘 유비의 요청에 응하여 귀순하였고, 유비 진영의 장수가 되는데, 이후 그가 가장 돋보이는 명장면은 건안 24년(219년) 조조와 한중 지역의 패권을 놓고 싸움을 벌이던 와중에 (그의 안위가) 걱정되어 제지하는 제갈량에게 노인네 취급을 하지 말라고 분연히 항의하고서, 법정法正과 함께 출진하여 조조 진영에서 으뜸가는 맹장인 하후연을 일도양단하는 대목이다. 조금 이야기가 앞서나가지만 그 대목을 인용해보기로 하자.

"어느덧 정오가 지나자 하후연의 군사들은 지쳐서 날카로운 기상이 시들어, 대부분 말에서 내려서 휴식을 취하였다. 이를 본 법정法正이 붉은 기를 들어 휘저으니, 태고太鼓와 각적角笛 소리가 일제히 일어나고, 함성이 주위를 뒤흔들었다. 황충黃忠은 단기로 앞장서서 말을 달려 쳐들어갔는데, 그 기세는 하늘을 무너뜨리고 땅을 뒤덮을 듯한 형세였다. 하후연은 어쩔 줄을 몰라 당황해서 허둥대고 있는 사이에 황충은 어느덧 앞까지 쳐들어와, 우렛소리같이 큰 소리로 꾸짖었다. 하후연은 미처 맞서 싸울 겨를도 없이 황충의 보검이 떨어지는 순간 머리부터 어깨까지 썩 하고 두 동강이 나버렸다." (제71회)

이 당시 황충은 이미 나이가 70세가 다 되어가는 고령이었다. 그는 이렇게 스스로 화려하게 '노익장의 힘'을 과시해 보이고 있다.

유비가 손부인孫夫人에게 장가들다

유비가 형주에 자리 잡고서 차츰 세력을 강화해가는 상황을 목전에 두고서 손권은 애를 태우고 있었다. 때마침 유비 측이 표면상의 명목으로 내세웠던 유기가 사망했던 정황을 기회로 삼아 손권은 노숙을 파견해서 형주의 반환 교섭에 임하게 했다. 그러나 제갈량은 사람 좋은 노숙을 살살 구슬려넘겨서, 거꾸로 촉 땅의 공략에 성공하면 형주를 반환한다는 식의 서약서를 노숙이 얼떨결에 받아들고서 돌아가게 되는 형국이 되고 말았다. 이 때문에 부아가 치민 주유는 부인(감부인甘夫人)과 사별한 지 얼마 되지 않은 유비에게 손권의 누이2)를 시집보내자는 방안을 제안하였다. 그 속내는 당시 오나라의 근거지였던 남서南徐3) 땅으로 유비를 유인하여 정식으로 혼례를 올리기 전에 그를 옥중에 유폐하려는 계략이었다. 이렇게 해서 유비를 인질로 잡고서 형주를 반환하게끔 만들고자 했던 것이다.

주유의 이러한 시도는 결국 그의 생각 따위를 모두 꿰뚫어보고 있던 제갈량의 주도면밀한 만반의 준비와 손권의

2) 손권의 이모제姨母弟임
3) 장쑤성 전장鎭江시.

모친인 오국태吳國太[4]의 협력 등으로 말미암아 무위로 돌아가고 만다. 이리하여 유비와 손부인은 부부의 연을 맺게 되었는데, 실은 이 손부인은 특출할 정도로 과감한 성격의 맹렬 여성이었다. 『삼국지연의』에서는 주유의 입을 빌려서 '용감무쌍하며, 주변에 모시는 수백 명의 시녀들도 늘 허리에 칼을 차고 있으며, 방 안에는 여러 무기가 놓여 있는 등 남자도 그 용기를 따르지는 못할 것이다'(제54회)라고 그녀의 면모를 소개하고 있다. 혼례를 치르던 날 밤에도 유비가 신방으로 들어가려고 하자 '휘황한 등불 아래 창과 칼의 무기가 가득하고, 도검을 허리에 찬 시녀들이 양쪽으로 죽 늘어서 있었다'(제54회)는 식이어서 유비는 질겁을 하고 말았다. 그러나 사실은 손부인은 유비를 마음에 들어했고, 정략결혼이었지만 내외간에 금실이 좋은 편이어서, 후에 유비가 손권에게서 달아날 적에도 그녀는 그와 행동을 같이하였다. 손부인은 이렇게 생각하면 결코 뒤로 물러서는 법이 없는, 늠름하고도 독립적인 여성이었다.

　『삼국지연의』의 교정자인 모종강毛宗崗이 '창과 칼이 번쩍이는 진열陣列 가운데에서 때로는 붉은 치맛자락이 날

───────────

4) 실제로는 손권의 친모의 동생임.

리고, 휘날리는 깃발의 그늘 아래에는 항상 아름다운 여인의 얼굴이 비치도록 함으로써, 이 책은 영웅호걸전과 미인전美人傳을 합쳐서 한 권의 책으로 꾸며놓은 듯했다'(「독삼국지법讀三國志法」)라고 서술하고 있듯이, 『삼국지연의』세계에는 의외로 강렬하게 인상적인 수많은 여성들이 등장하고 있다. 특히 손부인과 같이 늠름하고 독립적으로 싸운다든지, 또는 여포를 사로잡았던 초선처럼 강한 의지를 바탕으로 가냘픈 여성의 모습을 보인다든지, 유형은 가지가지이면서 꿋꿋한 자세를 보이는 여성들의 활약이 두드러진다. 이 시대에는 여성도 또한 강하지 않으면 생존할 수 없었다고도 볼 수 있다.

젊은 미녀뿐만 아니라 인생 경험을 쌓은 중년 여성 중에서도 놀랄 만한 인물들이 등장하고 있다. 손권이 자신의 누이를 정략적 도구로 활용하는 데 대해 분노하면서도, 도리어 유비의 인품에 반한 나머지 적극적으로 손부인과의 결혼을 성사시키는 오국태가 우선 그렇다. 다음으로 조조의 가짜 편지에 속아서 자신을 찾아온 자식의 나약함에 화를 내면서 기어코 목매 죽은 서서의 모친 역시 그러한 예이다. 또한 작품의 피날레 가까이 등장하는 유비의 손자

유심劉諶의 아내 최부인崔夫人 역시 의지가 굳센 열녀였다. 위나라의 공격을 받아서 촉나라가 멸망 직전의 처지에 놓였을 때, 투항하기보다는 자결하려는 남편을 격려하기 위해서 그녀는 남편에 앞서서 스스로 목숨을 끊었다. 이렇게 살펴보면『삼국지연의』세계에서는 남성이 낙담하거나 나약해지거나 할 적에 자극을 주어 활력을 주거나 정신을 차리게끔 하는, 굳센 의지를 지닌 여성들이 많았다. 또한 부상한 자신이 거추장스러운 짐이 될 것을 두려워한 나머지 유비의 외아들 아두阿斗를 조운에게 맡기자마자 스스로 우물에 투신해 자살해버린 미부인의 경우도 잊어서는 안 될 것이다.

그렇다고 하더라도『삼국지연의』세계에 등장하는 인물 가운데 여포 이외에는 여성과 얽히는 경우는 거의 보이지 않고, 모친과 자매에 대한 언급은 있어도 배우자에 관한 기술은 매우 드물었다. 지도자인 유비, 조조, 손권의 경우에는 후계자의 문제가 있었던 연유로 정사에도 정처나 측실에 대한 언급이 보이지만, 관우나 장비 같은 인물은 배우자의 존재 여부조차 확실한 사실은 알 수가 없다. 조운도 형주 남부의 계양桂陽군을 함락시키고 난 후에 유비

가 이제 결혼하는 것이 어떻겠냐고 권유하자, '처자 따위
는 없어도 괜찮습니다'라고 일언지하에 거절하고 있다. (제
54회) 단지 앞에서 언급했듯이 제갈량만은 형주 호족 황승
언의 총명한 딸과 결혼하고, 금실 좋은 부부로 해로했다는
사실이 기술되어 있다. 이와 같은 예외가 있기는 했지만
『삼국지연의』 세계는 기본적으로 배우자를 중심으로 하는
사생활 관련 부분은 묘사하지 않음으로써, 한층 더 '남성
세계 서사'의 분위기를 강렬하게 드러내고 있는 것이다.

또 다른 미남 장수 금마초錦馬超[5]

　건안 15년(210년) 말에 이르러 『삼국지연의』 세계에서 제
갈량에게 항상 농락당해왔던 주유가 하늘을 향해 '저를
이 세상에 내놓고서 어째서 또 제갈량을 세상에 보냈습니
까?'(제57회)라고 탄식하면서 마침내 세상을 하직하였다.
향년 36세였다. 이리하여 손권에게 남겼던 그의 유언에
따라 노숙이 그의 뒤를 이어 오나라의 군사 책임자에 임명
되었다. 유비와 제갈량에게 호의적이었던 노숙이 오나라

―――――――――――――
5) '비단 같은 마초'라는 뜻으로 마초가 미남자였던 이유로 붙인 별명임.

의 전면에 나섬에 따라 그동안 손권과 유비 사이에 야기되었던 일촉즉발의 긴장 상태가 조금은 완화되었다. 그러나 두 사람은 여전히 물밑에서 격렬한 밀당을 하면서도 한편으로 그럭저럭 동맹관계를 유지해나가는 그런 형편이었다.

이러한 상황을 염두에 두고서 조조는 재차 강남을 공략해볼 요량에서 우선 이전부터 불온한 움직임을 보였던 서량의 마등을 제거하여 후환을 없애고자 결심한다. 참고로 마등은 동탁을 토벌한 직후 혼란의 와중에서 이각, 곽사의 행패를 막기 위해 맹우 한수와 함께 거병하였던 군웅의 한 사람이었다.(제10회) 그는 또한 헌제의 밀지를 받았던 동승董承과 뜻을 함께한 적도 있었다. 건안 16년, 조조는 이러한 마등을 허도許都로 불러올려 살해하려고 했는데, 낌새를 알아차린 마등은 선수를 쳐서 조조의 살해를 기도하였다. 그러나 일이 사전에 들통나는 바람에 마등은 생포되어 참살당하고 말았다. 아버지를 대신해 서량을 지키고 있던 아들 마초는 아버지의 참변 소식을 듣고서는 조조에 대한 원한이 뼈에 사무친 나머지 아버지의 맹우 한수와 함께 아버지의 복수를 위해 거병하고서 조조에게 도전장을 던졌다.

덧붙여 말하자면 마초가 처음 등장한 것은 상당히 이른 시기로 초평初平 3년(192년), 이각과 곽사를 토벌하기 위해 마등이 장안 땅을 공격했을 때의 일이다.

"마등馬騰과 한수韓遂가 말 머리를 나란히 하여 나오면서 이몽李蒙과 왕방王方을 가리키며 꾸짖었다. '누가 나가서 나라를 배신한 저 역적 놈들을 사로잡겠느냐?' 말이 채 끝나기도 전에 얼굴이 관옥冠玉 같고, 눈은 유성과 같고, 호랑이 같은 체구에 원숭이 같은 팔, 배는 표범 같고 허리는 늑대같이 생긴 젊은 장수가 손에 긴 창을 들고서 날쌘 말에 올라타고 진영 가운데에서 나는 듯이 달려왔다. 이 장수야말로 마등의 아들 마초이니, 자는 맹기孟起였다. 이제 나이가 열일곱 살이었으나 대적할 이가 없을 정도로 용맹하기 짝이 없었다." (제10회)

자못 사람들의 이목을 사로잡는 화려한 젊은 무사의 모습이다. 『삼국지연의』세계에서 누구도 이의를 달지 않을 정도로 미남 장수로 인정받는 이는 여포와 여기서 등장하는 마초 정도라 하겠다.[6] 본래 '호랑이 같은 체구에 원숭

6) 경극에서는 주유, 손책, 순욱 등도 미남자로 등장하는 경우가 있다.

이 같은 팔, 배는 표범 같고 허리는 늑대 같다'고 하면 몇 몇 동물의 강인하고 민첩한 요소들을 한데 모아 엮은 형상으로, 좀처럼 이미지가 떠오르지 않는 데다 지금의 독자들에게 여간해서 순순히 '미남자'로 받아들여지기는 분명히 힘들다고 하겠다.

그로부터 19년의 세월이 흘러 점차 강대해진 마초는 복수의 일념에 불타서 조조의 앞길을 용맹스럽게 가로막고 나선다. 그러한 그의 모습은 '태어나면서부터 흰 분을 바른 듯 얼굴이 희고, 입술은 단사처럼 붉고, 허리는 가늘고, 어깨는 딱 바라지고, 목소리는 웅장하고, 힘은 흘러넘쳐 용맹함 그 자체였다. 마초는 하얀 전포에 은으로 만든 갑옷[7]을 입고, 손에는 긴 창을 잡고 진영 앞에 말을 타고 서 있는'(제58회) 형상이었는데, 그 모습을 보는 순간 언제나 용자에 마음을 빼앗기는 조조는 자기도 모르게 내심 멋있다고 감탄하고 말았다.

참고로 정사에서는 마초가 반역을 일으켰으므로 마등이 죽임을 당한 것으로 기록되어 있다. 그러나 '아버지의 복수'를 행한다는 대의명분을 내세움으로써, 마초의 싸움

---

7) 자신이 복상중임을 나타내는 차림새임.

에 정통성을 부여할 수 있는 데다 스토리 전개상으로도 재미가 고조되므로 『삼국지연의』에서는 사건의 순서를 뒤바꿔놓은 것으로 보인다.

마초, 원통하기 그지없다

이러한 조조와의 싸움에서 마초가 보여주는 용전분투하는 모습은 참으로 볼 만한 것으로, 조조의 코앞까지 육박해서 싸우는 등의 다이내믹한 약동감이 넘치고 있다. 이 대목 근처가 『삼국지연의』에서 마초가 보여주는 최고의 명장면이다. (첫머리에 인용함) 그중에서도 '호치虎痴'라는 별명으로 불렸던 조조의 맹장 허저와 벌이는 일기필마의 대결 장면은 힘과 힘이 격돌하는 박력감이 대단한 경우라 하겠다.

"조조가 여러 장수들을 돌아보며 말했다. '마초의 용맹이 여포에 못지않구나.' 그 말이 끝나기도 전에 허저許褚가 말을 몰아 칼을 휘두르며 달려나갔다. 마초는 허저를 창으로 맞이하여 서로 어우러져 싸운 지 100여 합에도 승부는 나지 않았고, 말이 지쳐서 비틀거렸다. 그래서 각자 자기 영채로 돌아가 말을 바꿔 타고서 다시 출진하여 또 한 번 100여 합을 싸웠으나 역시 승패가 나지 않았다.

허저가 울화가 치밀어서 진영으로 나는 듯이 돌아와서는 갑옷과 투구를 벗어버리고 근육 덩어리 벌거숭이 알몸으로 칼을 잡고 말에 올라타고 달려가서 마초와 결전을 벌였으므로 양쪽 군사 모두가 크게 놀랐다. 두 사람이 또 싸운 지 30여 합에 허저가 분발하여 칼을 들어서 마초를 내리쳤다. 마초는 선뜻 몸을 피하면서 허저의 명치끝을 노리고서 냅다 창을 찔렀다. 허저는 칼을 버리고 창을 움켜잡았다. 두 사람이 말 위에서 서로 창을 빼앗으려고 실랑이를 벌이는데, 허저의 힘이 세어서 딱 하는 소리와 함께 창의 자루를 두 동강이 내어버렸다. 이리하여 두 사람은 각각 창 반 동강이를 잡고서 말 위에서 서로 난타전을 벌였다.

조조는 허저에게 혹시 무슨 일이 생길까 봐 겁이 나서 하후연과 조홍에게 모두 나가서 마초를 협공하도록 명했다. 방덕과 마대는 조조의 진영에서 두 장수가 일제히 달려오는 것을 보고서 좌우익의 철기병을 지휘하여 일제히 달려나가 종횡무진으로 무찌르면서 난전을 벌이니 조조의 군사는 큰 혼란에 빠졌다. 허저는 팔뚝에 화살 두 대를 맞았고, 여러 장수들은 황급히 영채로 달아났다. 마초

는 그대로 물가까지 쳐들어가니 조조 군사의 태반이 죽거
나 부상을 면치 못했다." (제59회)

　가는 곳마다 대적할 이가 없는 마초의 기세에 그 대단한
조조도 죽는 소리를 내며 '저 마초 놈이 죽지 않으면, 내가
죽어도 눈을 감지 못하리라'고 푸념을 할 정도였다. 그러
나 애석하게도 개인적 무용에서는 무적을 자랑하는 마초
의 결점은 지략이 모자라는 편이었고, 그러한 결점을 보완
해줄 유능한 참모가 주변에 없었다. 이 때문에 마초는 자
못 뭔가 비밀이 있는 듯 '(중요한 내용은) 먹으로 지워버린 (조
조의) 편지'를 일부러 한수에게 보냈던, 조조의 민완한 참
모 가후賈詡의 얍삽한 계략에 너무나도 간단히 넘어가버
렸다. 그 결과 한수와 사이가 틀어진 뒤에 결국 조조에게
격파당하고 말았다. 마초에게는 그와 같은 안타까운 맹장
의 이미지가 따라다니는 것이다.
　그 후에 마초는 조모8)가 강족羌族 출신이었다는 연고로
강족 지역으로 피신해서 강족과 동맹관계를 맺고서 차츰
반격을 꾀하였다. 그러나 최후에는 조조의 맹장 하후연에

_____
8) 부친 마등의 모친.

의해 궁지에 내몰렸고, 눈앞에서 처자를 비롯한 일족 전원이 참살을 당하고 마는 참으로 비참한 지경에 이르게 된다.(제64회) 이리하여 마초는 뼛속 깊이 한을 품고서 종제인 마대馬岱와 휘하의 방덕龐德 등과 함께 한중에 의거하던 장노張魯의 휘하로 도망쳐가게 된다. 이때가 건안 18년 봄의 일이었다.

여담이기는 하지만 앞서의 인용문에서 서량의 강력한 기마군단이 조조군을 습격하는 모습은 단연 압권이라 할 만하다. 당시에 기마군단뿐만 아니라 일반적으로 말은 전투에 불가결한 요소였는데, 여하튼 살아 있는 생물이므로 장기간에 걸친 행군이나 전투의 경우에 장수는 같은 말을 계속해서 탈 수는 없었고, 도중에 여러 번 말을 갈아탔을 것으로 추정된다. 그러므로 가능한 한 다수의 말을 확보하는 것이 급선무였다. 이에 따라 말의 여물을 보급하는 일도 병사의 식량 보급과 마찬가지로 중요한 일이어서, 『삼국지연의』에서는 반드시라고 해도 좋을 만큼 말의 여물과 관련된 기술이 자주 눈에 띈다. 이렇게 보면 관우의 애마 적토마는 조조에게서 선물받은 시점으로부터 계산해보아도 관우가 죽을 때까지 거의 20년에 걸쳐서 한시도 곁을 떠나지 않고 고락을 함께했던 것이 되고 만다. 이 또한 말할 것도 없이 『삼국지연의』가 창작해낸 픽션의 기색이 역력하다 하겠다. 그러나 허구라고는 하나 관우가 죽자 여물을 입에 대지 않고서 주인의 뒤를 따라가는 적토마의 가련한 이미지에는 말할 것도 없이 독자의 심금을 울리는 그 무엇이 있다고 해야 할 것이다.

촉으로 향하는 유비

그런데 마초를 격파하고 난 뒤 조조는 점점 위세를 더해 갔는데, 이때 다음의 표적은 바로 자신이 될 거라며 지레 겁을 먹었던 이가 바로 서량에 인접한 한중 태수 장노였다. 도교 계통의 신흥종교 오두미교五斗米敎의 교조인 장노는 조조의 공격에 대비한 전열을 강화하기 위해, 인접한 촉(익주益州)에 대한 공격을 획책하기 시작했다. 이러한 낌새를 눈치챈 촉의 통치자 유장은 본시 유약한 성격의 소유자로서 불안에 쫓긴 나머지 능변의 부하인 장송張松을 조조에게 파견하여 어떻게든 자신을 편들어주기를 설득하였다.

그러나 힘들이지 않고서 촉 땅을 손에 넣을 수 있다는, 구미가 당기는 제안임에도 불구하고 조조는 장송을 쌀쌀맞게 박대하고 물리쳐버린다. '장송은 이마가 튀어나오고, 머리는 뾰족하고, 코는 납작하고, 이는 드러나고, 키는 땅딸보로 5척이 못 되었으나, 목소리는 큰 종소리나 징소리처럼 우렁찼다'(제60회)고 묘사되는, 장송의 궁상스럽고 못생긴 용모가 탐탁지 않은 데다 잘난 체하는 건방진 말투나 공격적 태도에도 화가 났던 것이다. 조조 자신이 두뇌 회전이 빨랐던 타입이었던 관계로 본래 자신과 동일한 타입으로, 매우 약삭빠르고 요령이 좋으면서 게다가 그것을 과시하는 듯한 재사형의 인물을 싫어했던 것이다. 예를 들면 그의 휘하에 양수楊修나 공융 같은 인물이 바로 이러한 타입이었으며,[9] 장송 역시 그러했던 것이다.

　이리하여 조조에게 냉대받고 쫓겨난 장송은 내친걸음에 형주의 유비의 형편을 살피러 갔는데, 전후 사정을 파악하고 있던 제갈량은 미리 사람을 보내 마중하고 정중하게 대접하였다. 유비와 회견했던 장송은 이런 인물이야말로 촉을 족히 다스릴 만한 총명한 군주감이라고 감심한 나

---

9) 결국 두 사람 모두 조조에게 처형당하고 말았다.

머지 온갖 언사를 동원해 극구 촉 땅을 공략할 것을 권유하고, 이어 촉 지방의 상세한 지도까지 바쳤다.

촉에 되돌아온 장송의 설득이 주효해서, 얼마 되지 않아 유장은 법정을 사자로서 파견해서, 유비에게 장노를 토벌하기 위한 구원병을 요청하였다. 덧붙여 말하자면 촉 내부에서는 이러한 장송의 친구인 법정, 그리고 법정과 동향인 맹달孟達 등이 애초부터 유비가 촉 땅을 차지해야 한다는 장송의 계략에 찬동하는 입장이었다.

그런데 이러한 요청을 받았던 유비는 여느 때처럼 한漢 왕조의 동일한 왕족의 일원인 유장을 구원한다는 명분을 내세우면서 공격하는 것을 주저하였다. 이윽고 방통이 다시 재촉을 하자 유비는 마침내 결단을 내리고서, 책사 방통과 부장으로 위연, 황충 등을 데리고 촉으로 향하게 된다. 건안 16년(211년) 겨울의 일이었다. 사실 이때 유비의 촉 공략을 수행했던 이들은 이진 그룹의 책사와 부장이었으며 주력인 제갈량, 관우, 장비, 조운 등은 모두 형주에 남아 있었다. 이것은 만에 하나 사태가 여의치 못해 철군할 경우에 대비해 거점을 확보해두기 위한 조치였다. 후에 황제의 자리에 올랐던 유비가 관우의 원수를 갚기 위해서 촉에서 형주로 출정하고자 했을 때에 제갈량과 조운이 촉에 그대로 남았던 사례도 이것과 동일한 의미를 지니는 것으로 이해할 수 있다.

　문관과 무관 가릴 것 없이 유장 휘하의 대다수 신하들은 유비에게 맥없이 항복하는 것을 달가워하지 않았다. 유비군은 촉군의 만만찮은 저항에 부딪쳐서 3년에 걸쳐 고전을 거듭한 끝에 간신히 수도 성도의 북서쪽에 위치한 낙현 雒縣까지 공략했지만, 이곳에서 촉 공략의 최대 공로자라고 할 수 있는 책사 방통이 어이없이 전사하고 말았다. (제 63회) 뼈아픈 희생을 치러가면서 촉 땅에 대한 공략이 막바지 단계에 이르렀을 적에 관우를 형주에 후진으로 남겨 두고서 제갈량, 장비, 조운 등 주요 멤버들이 군대를 몰고 촉으로 출발해서 총력을 기울여 최후의 공략에 참여했던 것이다.

　부언하자면 앞서 언급했듯이 촉 내부에서 처음부터 유비 쪽에 가담했던 것은 장송, 법정, 맹달 등 세 사람이었는데, 그들 가운데 장송은 유장을 배신했다는 사실이 들통이 나서 살해당하고 말았다. 맹달도 결국은 줏대 없는 변절자라는 씁쓸한 뒷맛을 남기고 있다. (본서 11장 참조) 오직 법정만은 제갈량에게도 그 능력을 인정받아서 훗날 조조군과 벌인 한중 쟁탈전에서도 황충을 보좌하면서 활약하는 등 유비의 촉나라 정권의 중요한 존재가 되었다.

마초가 가세하고, 유비는 성도로 향하다

유비 진영이 세력을 키워감에 따라 촉의 장수들은 속속 투항하였고, 점차 목이 졸리는 듯한 궁지에 몰린 유장은 휘하 장수들의 권유를 받아들여 원수 관계였던 한중의 장노에게 구원병을 요청하게 된다. 이러한 요청에 응하여 구원병을 끌고서 나타난 이가 패잔하고서 장노에게 몸을 의탁하고 있던 마초였다.

유비는 가맹관葭萌關을 공격해온 마초 및 마대의 맹렬한 군세에 대경실색했는데, 그즈음에 관우는 형주에 있었고, 조운 또한 다른 곳에 출진해 있었으므로 믿을 데라고는 장비밖에 없었다. 어쨌든 상대는 용맹무쌍한 마초였다. 이 중차대한 시기에 장비의 투지를 불러일으키기 위해 제갈량은 하나의 꾀를 생각해내어 유비에게 일부러 '이제 마초가 가맹관을 침범했으니 아무도 대적할 이가 없습니다.

형주로 사람을 보내어 관운장 나리를 불러와야만 비로소 마초를 대적할 수 있을 겁니다'(제65회)라고 고했다. 단순한 장비는 이내 이러한 제갈량의 도발에 넘어가 분기탱천한 채로 출진하여 마초와 장렬히 싸움을 벌여 그의 진격을 완벽하게 막아내었다.

이후에도 제갈량은 얄미울 정도로 사람의 심리를 환히 꿰뚫어보면서 작전을 짜나갔다. 이리하여 마초와 계속 적대하는 일은 상책이 아니라고 판단하자 이내 장노의 측근에게 뇌물을 써서 마초를 진퇴양난의 궁지에 몰아넣어서, 계획대로 그가 어쩔 수 없이 투항하게끔 하였다. 장비를 격동시키고, 마초를 함정에 빠뜨려 궁지로 몰아넣는 등 마음먹은 대로 거리낌 없이 행동하는 맹장들을 장중에 쥐락펴락하는 이 대목에서의 제갈량의 형상은 정말로 책사답고 교활하다고 말할 수 있을 정도이다.

덧붙여 언급하자면 제갈량의 대리로 마초의 진영으로 파견되었던 이로 이회李恢라는 인물이 있다. 그는 당초 유비의 세력을 촉으로 끌어들이는 일에 결사반대했는데 유장이 자신의 의견을 받아들이지 않자 실망한 나머지 유비에게 투항한 경력의 소유자였다. 그는 '월나라 서시西

施[10)]에 대해 아무리 남을 잘 헐뜯는 사람이라도 그녀의 미모를 감출 수는 없는 법이고, 제나라의 무염無鹽[11)]은 아무리 남을 잘 칭찬하는 사람이라도 그 추함을 덮을 수가 없다'(제65회)라고, 교묘한 비유를 들어서 마초의 설득에 임했다. 전설의 미녀인 서시가 될 것인지, 아니면 유명한 추녀인 무염이 될 것인지를 선택하라는 것이다. 이 이상 실패를 거듭하면 망신살이 뻗쳐서 장래에 영원히 사람들의 입방아에 오르내리게 될 것이라고 마초를 압박하고 나섰다. 마초는 그의 말에 마음이 동해서 유비에게 귀순하기에 이르렀다.

이렇듯 마초가 가세함에 따라 성도를 포위하는 유비군의 위세는 더욱 성대해져서, 겁을 먹은 유장은 이제는 끝장이라고 체념하고는 성도를 유비에게 넘겨주었다. 이로써 유비는 숙원을 이루고 마침내 촉 땅의 통치자가 될 수 있었다. 관우, 장비와 도원에서 의형제를 결의하고 후한 말엽의 난세에 출사표를 던지고 나선 지 30여 년 남짓, 간난신고를 거듭한 끝에 마침내 확실한 자립의 거점을 확보

---

10) 춘추 말기를 대표하는 미인으로 월나라 사람임.
11) 전국시대 제나라 무염 지방의 이름난 추녀임.

하게 된 것이다. 때는 건안 19년(214년), 유비의 나이는 이미 54세에 이르러 있었다.

오호대장 총출동하다

유비 진영의 형주 방면 총사령관으로서 형주에 잔류하였던 관우는 성도 포위전의 와중에 마초가 투항하였고 유비가 그를 극진히 후대하고 있다는 소식을 듣자, 갑자기 라이벌 의식에 불타서 유비와 제갈량에게 편지를 보냈다. 그 내용은 촉 땅에 들어가서 마초와 무예를 겨루고 싶다는 요청이었다. 유비는 곤혹스러워했는데, 관우의 남다른 프라이드 의식을 익히 알고 있었던 제갈량은 그 문제의 처리를 떠맡고 나서서, 다음과 같은 답장을 보내어 관우의 분을 조심스럽게 사그라뜨렸다.

"(제갈량이 듣건대) 장군께서는 맹기孟起[12]와 무예를 겨루고 싶다고 하셨으나, 제가 보건대 비록 마초가 용맹은 출중하나 경포黥布와 팽월彭越[13] 따위에 불과합니다. (마초는)

---

12) 마초의 자.
13) 두 사람 모두 전한 고조 유방 휘하의 용맹한 장수임.

장익덕張翼德[14] 나리와 함께 서로 앞을 다투는 인물이 될 지언정, 미염공美髥公[15]의 천하에 비할 바 없는 걸출함에는 미칠 수가 없습니다. 지금 귀공은 형주를 지키시는 임무를 맡고 있는데 그 책임이 막중합니다. 만일 촉 땅에 와 있는 동안에 형주에 무슨 변고라도 일어난다면 그 죄는 더할 나위 없이 클 것입니다. 제발 장군은 이 점을 밝게 살피기 바랍니다.'

관우는 서신을 읽고 나자 수염을 쓰다듬고 웃으면서 '공명 선생이 내 마음을 잘 아는도다'고 말하고서, 그 서신을 모든 참모들에게 보여주었다. 이리하여 촉 땅으로 들어갈 뜻을 접어버렸다." (제65회)

보는 바와 같이 관우는 천연스레 '마초는 당신에게 도저히 상대가 안 된다'고 추켜세우는 제갈량의 말을 곧이곧대로 받아들여 대만족하였으므로, 정말이지 천진난만하다고밖에 할 수 없는 것이다. 이것은 의에 살고 의에 죽는 비장한 관우에게도, 자못 호걸다운 명랑하고 유머러스한 일면이 있다는 것을 보여주는 유쾌한 에피소드이다. 참고로 이 일화는 정사 「관우전」에도 이미 실려 있는 역사적

14) 장비를 가리킴.
15) 관우를 가리킴.

사실이다.

본래 관우의 남다른 프라이드는 특별히 눈에 띌 정도는 아니었다. 건안 24년, 유비가 조조와 다툰 한중 쟁탈전에서 승리를 거두고서 한중왕漢中王이 되었을 적에 가장 유력한 5인의 장수 즉 관우, 장비, 마초, 황충, 조운에게 '오호대장'이라는 칭호를 부여하였다. 관우는 오호대장의 첫째가는 자리를 부여받았음에도 그 멤버의 면면에 대해 이야기를 듣자 화를 내면서 아무리 해도 유비의 사자 비시費詩가 가져온 인수印綬[16]를 받으려고 하지 않았다. 장비는 자신의 동생이고, 조운은 오랫동안 유비를 모셨으니 동생과 진배없고, 마초는 대대로 내려오는 명문 집안 출신이므로 자신과 동렬의 지위에 선다 해도 괜찮지만, 늙은 졸개인 황충 따위와는 동렬에 서고 싶지 않다는 것이 그가 내세우는 이유였다. 그때 비시가 다른 장수와 달리 관우는 한중왕 유비와 일심동체이므로 관직이나 벼슬의 높고 낮음을 따져서는 안 된다고 설득하자, 감동을 받은 관우는 솔직히 자신의 잘못을 인정하고서 그 자리에서 인수를 받았다. (제73회) 이 대목 또한 앞서 제갈량의 경우와 마찬가

16) 관리가 쓰는 도장과 도장에 달린 끈.

지로 관우의 자존심을 교묘히 자극한 비시의 작전이 주효했던 것이다.

그런데 이러한 오호대장이란 칭호는 정사에는 보이지 않으니 어디까지나 『삼국지연의』의 창작이다. 정사에서 이 다섯 장수의 전기를 한 권에 모아서 실었던 관계로 생겨난 사례로 생각된다. 정사에서의 배열 역시 관우, 장비, 마초, 황충, 조운의 순서로 되어 있는데, 기실 순서가 왜 이렇게 되어 있는가는 그 근거가 불명하다. 본래 공적이 컸다고 할 조운이 왜 맨 마지막에 자리하고 있는지도 이유를 잘 알 수가 없다. 유비를 모셨던 순서(이 기준이라면 마초가 맨 마지막이다)도 아니고, 연령순(이 기준이라면 황충이 첫째다)도 아니라 하겠다. 단지 이러한 순위가 그들의 사망 순서와 일치하는 것은 분명한 사실이다.

그 때문인지 어떤지는 알 수 없지만 참으로 안타깝게도 『삼국지연의』 세계에서 제1세대의 주요한 등장인물들은 유비가 촉을 지배하고 난 이후로 그다지 사이를 두지 않고서 차례차례로 서사의 세계로부터 퇴장하기 시작하는 것이다.

11. 대륙의 건조한 바람과 '종말'의 시작
- 영웅들의 죽음

"그런데 백제성 영안궁永安宮에 있던 유비는 병이 들어 일어나지 못한 채, 점차 병세가 악화되어갔다. 장무章武 3년(223년) 4월에 이르러서는 병세가 스스로 중증임을 자각하였고, 아울러 관우와 장비 두 동생을 잊지 못하고서 통곡하였기 때문에 병세가 더욱 심해지는 형편이었다. 두 눈이 잘 보이지 않게 되어 시종하는 좌우의 사람도 보기 싫어하여 꾸짖어 멀리하고서는 홀로 침상에 누워 있었다. 그런데 홀연 음습한 바람이 일어나더니 등불을 너울너울 흔들다가 훅하고 꺼지는가 싶더니 다시 밝아졌다. 바라다보니 희미한 등불 그림자 아래 두 사람이 서 있는 것이 아닌가? 유비가 노하여 '짐은 마음이 편하지 않아서 잠시 물러가라고 했거늘 어째서 또 왔느냐?'고 꾸짖었다. 그래도 물러가지 않으므로, 그제야 일어나서 자세히 바라보니 오른쪽에 있는 이는 관우요, 왼쪽은 장비였다. 유비가 크게 놀라서 물었다.

'두 아우는 그래 죽지 않고 살아 있었느냐?'

'신들은 사람이 아니며 귀신이올시다. 옥황상제께서 신 두 사람이 평생 신의를 지킨 일을 기특히 여기시어 칙명을 내려 특히 신령으로 승격시켜주었습니다. 머잖아 형님도 저희 동생들과 함께 만나게 될 것입니다'라고 관우가 답했다.

유비는 두 아우의 손을 잡고서 목 놓아 통곡하다가, 문득 놀라 깨어보니 두 사람의 모습은 이미 사라져버렸다."

(제85회)

유비, 한중을 차지하다

건안 19년(214년), 유비가 촉 땅을 차지했을 무렵에 조조는 헌제의 정처 복후伏后의 쿠데타 계획을 무난히 진압한 뒤 복후를 처형하고 대신 자신의 딸을 황후 자리에 앉힌다. 더욱이 그다음 해에는 장노를 항복케 하고서 한중을 평정하는 데 성공한다. 마초가 유비군과 싸우기 위해 출정한 사이에 병에 걸려 하릴없이 한중에 남아 있던 휘하의 방덕龐德이 조조에게 투항한 것이 바로 이때의 일이다.(제67회) 이리하여 목전의 현안을 해결 지은 조조의 위세는 점점 더해져, 건안 21년 5월 '위공魏公'에서 '위왕魏王'으로 지위를 격상시킴으로써 황제의 자리까지는 거우 한 걸음 정도 남아 있을 뿐이었다.(순유가 조조가 위왕으로 스스로 지위를 격

상시켰던 일에 반대해서, 분사憤死하기까지의 전후 사연에 대해서는 본서의 4장을 참조할 것)

한편으로 손권은 조조가 한중에 주둔하고 있는 틈을 노려서 조조의 강남 공략의 거점인 합비合肥를 급습하였다. 그러나 합비를 지키던 장요의 장렬한 분전에 힘입어 공격이 실패한 데다, 조조가 몸소 대군을 이끌고 손권이 진을 친 유수구濡須口로 쳐들어왔기 때문에 싸움을 이어가는 것을 단념하고 조조와 강화를 하기에 이른다. (제67회)

이로부터 2년 후인 건안 23년 7월, 촉의 내부 정세도 안정되었으므로 유비는 여전히 조조의 세력하에 있던 한중 땅에 우선 장비와 마초를 출정케 하고, 이어서 제갈량과 함께 그 자신이 몸소 대군을 이끌고 출정하였다. 한편에서 조조는 우선 하후연, 조홍, 장합張郃 등 백전노장의 장수들을 보내 맞아 싸우게 하고, 이어서 그도 또한 몸소 한중 땅으로 향하였다. 이리하여 양군은 격돌하게 되었고, 격렬한 한중 쟁탈전이 시작되었다. 이 전투는 시종일관 유비 진영의 압도적 우세 속에 전개되었다. 그중에서도 한번 크게 분발하여 적의 맹장 하후연을 참수했던 노장 황충이 보인 눈을 휘둥그렇게 할 정도의 대활약(본서 10장 참조), 기세를 올리다가 위기에 빠진 황충을 단기필마로 돌진해 조조군의 철벽 포위망을 뚫고서 구출해내고(본서 8장의 인용문 참조), '상산常山 사람 조자룡은 온몸이 다 간 덩어리더라'(제71회)라고 칭송되었던 조운의 분전 등에 힘입어 유비군은 점차 승기를 탔고, 조조 진영은 반대로 점차 패색이 짙어져갔다. 다음에 인용하는 대목은 그러한 전황하에서 조조와 유비가 전쟁터에서 직접 대결하는 장면이다.

"문기門旗 아래에 말을 세운 조조는 양쪽에 용봉龍鳳의 정기를 죽 늘어세우고 군고軍鼓를 세 번 울리게 하고서 할 말이 있다고 유비를 불러내었다. 유비가 유봉劉封과 맹달孟達 그리고 촉의 모든 장수들을 거느리고서 말을 타고 나오니, 조조는 말채찍을 들어서 크게 꾸짖었다.

'유비야! 너는 은혜도 모르고 의리도 잃고서 조정에 활을 겨누는 역적이 되었구나!'

유비가 대답하였다. '나는 대한大漢의 종친으로서 천자의 분부를 받아 역적을 치는 것이다. 너야말로 위로는 황후를 시해하고 멋대로 왕이 되어 천자의 의장을 도둑질해서 사용하고 있으니 그러고도 역적이 아니면 뭣이냐?"(제72회)

이 장면에서 등장하는 유비는 평소의 온화하고 인군仁君다운 모습은 어디론가 사라져버리고, 맞대놓고 조조를 매도하는 등 어지간히 으름장을 놓고 있다 하겠다. 이후에도 조조는 유비군의 맹공에 애를 태우다가, 한중 땅 따위는 '계륵(닭갈비)'이라고 스스로에게 되뇌면서 철군할 것을 결심한다. 이리하여 한중은 마침내 유비의 수중에 떨어지게 되었다. 이렇듯 한중 쟁탈전에서 거둔 대승리는 그동안 방황과 좌절을 거듭하면서 계속 패배하기만 했던 유비의 인생에서 가장 빛나는 장면이다. 이러한 휘황찬란한 승리를 발판으로 삼아서 건안 24년 4월 유비는 제갈량 등의 제안을 받아들여 '한중왕漢中王'에 즉위하였다.

장수 조인曹仁과의 싸움

그러나 호사다마라고나 할까, 호시절은 한때뿐 오래 못 가는 법이었다. 최초로 비운을 맞았던 이는 제갈량을 비롯해 주요 멤버들이 모두 촉에 들어간 이후 형주에 잔류했던 관우였다.

관우는 여러 차례 형주의 반환을 요구하는 손권에 대해

서 고압적인 태도로 임하면서 조금도 양보하지 않았다. 때마침 유비가 한중왕에 즉위한 일에 격노했던 조조는 손권의 진영으로 사신을 보내어 관우가 진을 치고 있는 형주를 탈환하게끔 살살 마중물을 부었다. 그러자 손권은 짐짓 양다리를 걸치고서 우선 관우의 반응을 떠볼 요량으로 자기 아들과 관우 딸의 혼담을 꺼내보았다. 그러나 관우는 '내 호랑이 딸을 어찌 개자식에게 시집보낼 수 있겠는가?'(제73회)라고 하며 혼담 자체를 쌀쌀맞게 거절해버렸다. 발끈한 손권은 마침내 조조와 손을 잡았고, 일의 첫 시작으로 조조 측의 형주 북부 군사 거점인 양양과 번성에 주둔하던 장수 조인에게 관우를 공격하도록 획책하였다.

이러한 정보를 사전에 알게 된 유비는 제갈량의 작전에 따라 관우로 하여금 선수를 쳐서 먼저 북상해서 조인이 있는 번성을 급습하도록 명하였다. 얼씨구나 하며 출격했던 관우는 처음에는 성공적으로 쾌조의 진격을 해나가면서 순식간에 양양을 함락시켰고, 마침내 조인이 성을 지키고 있는 번성을 겹겹이 포위하고서 들입다 공격해대었다. 그러나 조인 역시 조조 군단 내에서 으뜸가는 맹장인 만큼 이러한 절체절명의 위기에도 굴하지 않고 끈기 있게 버티고 버티면서 구원 병력이 와주기를 기다렸다. 이때에 조조의 명을 받고 구원을 위해 달려갔던 이들이 조조 군단의 창립 멤버의 하나로 베테랑 장수였던 우금于禁과 마초 휘하의 부장에서 전신하여 조조에게 투항한 지 얼마 되지 않았던 신참 장수인 방덕이었다.

관우는 이들 구원군도 수공으로 공격을 가해 무참하게 격파해버리니, 이 와중에 진퇴양난에 빠진 우금은 맥없이 항복하고 말았다. 그에 반하여 방덕은 필사적으로 싸웠고, 관우에게 생포된 후에도 단호히 항복을 거부하고 참살당하기에 이른다. 이러한 소식을 전해들은 조조는 '우금이 나를 따라다닌 지 30년이나 되었는데, 위기에 처해서는 도리어 방덕만도 못할 줄 어찌 예상이나 했겠느냐!'(제75회)라고 거듭 탄식하였다.

우금은 분명히 조조 진영의 베테랑 부장이었지만 어디까지나 주전급이 아닌 이진 그룹에 속한 장수로 총대장으로 대규모 전투에 임했던 경험은 가지지 못했다. 관우에게 맹공을 당하며 궁지에 몰렸을 때 그러한 경험 부족이 최악의 형태로 표출된 것이다. 그에 반하여 방덕은 예전의 주군인 마초가 유비 진영에 있었기 때문에 조조 진영에 있으면서도 미묘한 입장에 처해 있었다. 그가 스스로 자원하여 우금이 지휘하는 구원군의 선봉대장에 임명되었을 적에도 우금이 의혹을 품고 방덕을 배제해주도록 조조에게 진언했던 일도 그러한 조조 주변의 분위기를 드러내고 있다. 이런 상황에서 방덕은 분기하여 관을 준비하고서 결사의 각오로 출진하였던 것이다. 그러므로 방덕 자신은 이런 판국에 이르러 아무리 관우에게 회유당하면서도 두 번 다시 항복의 굴욕을 당하느니 차라리 죽는 편이 나을 것이라고 판단했음에 틀림없다. 고락을 함께한 마초와 어쩔 수 없이 몌별하고서 조조에게 투항했던 방덕은 마땅히 죽을 장소를 찾고 있었던 것처럼 보였으며, 그의 마음속에는 아마도 복잡한 심사가 소용돌이치고 있었을 것이다.

관우, 맥성麥城으로 달아나다

이렇듯 조조가 파견한 구원 병력도 손쉽게 격파함으로써 관우의 위세는 점점 높아갔지만, 번성을 공격하는 도중에 오른쪽 팔뚝에 독화살을 맞았던 시점으로부터 차츰 그의 앞길에도 암운이 드리우기 시작하였다. 화살에 맞은 상처 자체는 다행히 명의 화타華佗가 독이 침범한 뼈를 긁어내는 수술을 행한 덕분에 완치할 전망이 서게 된다. 수술할 당시에 관우는 한편으로 술을 마시고, 바둑을 두면서 아무렇지도 않게 격심한 통증과 출혈을 수반하는 대수술을 견뎌냈다. 그러한 관우의 호담한 자세에 경탄한 화타는 '군후君侯께서는 참으로 천신이십니다'(제75회)라고 절찬하였다.

화살에 맞아 생긴 상처는 이렇게 치유되었지만, 얼마 지나지 않아 관우의 운명은 결정적으로 암전 상태로 바뀌었다. 우선 관우가 총력을 기울여 북상했던 틈을 타서 노숙[1]의 후임 군사 책임자로 취임했던 여몽呂蒙이 젊고 명석한 육손陸遜과 협력하여 주도한 계획[2]을 세워서 형주에 있던 관우의 거점을 모두 탈취하였다. 게다가 조인을 구원하러 왔던 맹장 서황徐晃의 분전으로 전세가 불리해졌을 무렵에 농성하던 조인 역시 때가 좋다고 반격에 나섰기 때문에 관우군은 모조리 궤멸하고 마는 것이다. 참고로 서황은 장요와 마찬가지로 관우와 아주 가까운 친구였는데, 전

1) 이보다 2년 전인 건안 22년에 사망하였다.
2) 이른바 '여몽의 계책'이라고 불렸다.

쟁터에서 대면했을 적에 옛날의 우정을 끄집어내었던 관우에 대해서 서황은 '오늘은 국가를 위한 일이라, 사사로운 개인의 정 때문에 공사를 버릴 수는 없소!'(제76회)라고 하고서, 이유 여하를 불문하고 공격을 시작하게 된다. 앞서 의리와 정의情誼 때문에 화용도에서 조조를 놓아주었던 관우의 경우와는 이 또한 대조적으로 단호한 체념이라고 해도 좋을 태도인 것이다.

이리하여 결국은 관우는 위군과 오군의 협공을 당해 패주하면서 패잔군을 이끌고 맥성[3]으로 달아나는 궁지에 처하고 만다. 관우의 부장 요화廖化[4]가 맥성까지 쳐들어온 오군의 물샐틈없는 포위망을 뚫고서 상용上庸에 진을 치고 있었던 유봉과 맹달의 진영에 달려가 구원병을 요청하였다. 그러나 그들은 어물쩍대면서 움직이려고 하지 않았다.(뒤에서 언급함) 이리하여 관우는 고립무원의 처지에서 죽느냐 사느냐의 결의로 관평과 함께 맥성을 나와 전투를 벌였지만 결국 오군에 의해 생포당하고 말았다.

---

3) 후베이성 당양當陽시 동남쪽.
4) 본서 5장 참조.

고립하는 관우

『삼국지연의』에서도, 역사적 사실에서도 관우는 유비가 입촉入蜀한 이후에는 한 차례라도 만났다는 낌새는 없었다. 제갈량의 '천하삼분의 계책'의 시점으로부터 형주는 촉과 더불어 중요한 거점으로 인식되었다. 아마도 제갈량은 이곳과 한중 땅으로부터 중원의 위나라로 쳐들어가는 작전을 펴려고 했겠지만, 그렇게는 못 한다고 하면서 조조와 손권 두 사람이 손을 잡고서 저지하였던 것이다. 이때 유비군의 주요 장수들은 모두 촉에 있었고, 관우가 자기 뜻대로 움직일 수 있는 병력은 너무나도 빈약하였다.

관우의 발목을 잡았던 것은 미축의 동생 미방糜芳과 부사인傅士仁[5]이었다. 미방은 초기부터 관우를 섬겼음에도 불구하고 형인 미축과는 딴판인 소인배였다. 이러한 미방과 부사인은 본래 조인을 공격할 적에 선봉대장에 임명되었는데, 출진을 앞둔 전날 밤 화재를 일으켜 무기, 식량, 여물을 태워버리는 실책을 저지르고 말았다. 격노한 관우는 이들을 형주에 잔류케 하는 한편 이후에 또다시 실책을 범하면 엄벌에 처할 것이라고 선언했으므로 그들은 내심

---

5) 정사에서는 '사인士人'으로 나옴.

관우를 원망하였다. 관우가 출진하고 난 후에 부사인은 공안公安, 미방은 남군南郡을 수비하는 임무를 맡았다. 그러나 이러한 저간의 사정 때문에 여몽의 공격이 시작되자마자 이들은 앞다투어 단박에 항복해버렸다. 이로 말미암아 관우는 형주의 거점을 상실해버려서 돌아가려야 돌아갈 데가 없는 처지가 되고 말았다.

맥성에 도착한 관우가 요화를 파견해서 마지막 구원병을 보내줄 것을 상용上庸의 유봉과 맹달에게 요청했지만, 이들 또한 도무지 어떻게 할 도리가 없는, 비겁하기 그지없는 자들이었다. 유봉은 그래도 양부인 유비의 의제이기도 한 관우를 죽게 내버려둘 수는 없다고 조금은 고민했지만, '한중왕(유비)이 처음 장군(유봉)을 양자로 삼았을 적에 관공은 기뻐하지 않았다'(제76회)라는 맹달의 이야기를 듣고서는 결국 구원병 보내는 것을 단념하고 만다. 참고로 유비가 유봉을 양자로 삼았을 적에 관우는 '형님께서는 이미 아들이 있는데 또 명령螟蛉[6]를 들일 필요가 있겠습니까? 후에 반드시 시끄러운 일이 일어날 것입니다'(제36회)라

---

6) 명령은 벼명충나방의 유충인데, 기생벌 나나니가 명령을 잡아다 나나니 유충의 먹이로 만드는 것을 보고서 옛날 사람들은 나나니가 산란을 못 하여 명령을 양자로 키운다고 착각함. 이에 따라 수양아들이나 양자의 뜻으로 쓰임.

고 하면서 심하게 반대하였다. 이것이 복선으로 깔리면서 훗날의 사건 전개와 멀찌감치 아귀를 맞추고 있는 것이다. 참으로 용의주도하면서 교묘한 스토리 전개라고 하겠다.

맹달은 앞 장에서 언급했듯이 장송, 법정과 함께 촉 내부에서 애초에 유비의 촉 땅 공략을 도왔던 인물이었는데, 이후에 맹달은 관우를 구원하지 않았다는 과오 탓에 엄벌에 처해질 것을 두려워하여 위나라에 투항하고 만다. 그러나 9년 후인 태화太和 2년(228년), 위나라에서도 처지가 군색해져서 다시 제갈량과 연락을 취해 촉나라로 복귀하려고 시도했지만, 결국 사마의의 공격을 받아 죽고 만다.(제94회) 배신에 배신을 거듭한 끝에 스스로 자기 무덤을 팠던, 참으로 뒷맛이 씁쓸한 인물이라고 할 수밖에 없다.

부언하자면 유봉은 맹달이 위나라에 항복했을 때 군대를 이끌고 가서 공격했지만 패배해서 성도로 도망쳐 돌아왔다. 이때 유비는 그가 관우를 구원하지 않았다는 것을 힐책해서 그 자리에서 참살하고 말았다.(제79회) 한편으로 관우를 배신하고 여몽에게 항복했던 미방과 부사인은 유비가 관우의 보복을 위해 오나라에 출정했을 적에 마충馬

忠[7]의 수급을 선물로 들고서 유비의 진영으로 달려가 용서를 빌었지만, 유비는 단호히 거부하고서 스스로 칼을 뽑아 두 사람을 참살하였다. (제83회)

관우를 배반하여 죽음으로 몰아넣은 자들은 이런 식으로 결국은 모두가 비참한 최후를 맞이하게 된다. 관우를 편애하는 『삼국지연의』의 작자는 그들의 불쌍한 최후를 빠짐없이 기록하고, 필주筆誅를 가하고 있는 것이다. 한 가지 사실을 더 부언하자면 관우의 사자였던 요화는 유봉과 맹달에게서 구원 요청을 거부당하자 통곡하면서 촉의 유비에게로 서둘러 달려갔다. 그 후로 그는 촉군의 중요한 장수가 되었고, 촉나라가 멸망할 때까지 일선에서 활약한 것으로 되어 있다.

죽을 장소를 찾아서

이야기가 좀 앞질러가지만 이렇게 보면 관우는 나약해 빠진 부하들에게 근거를 맡기고서 구원을 위한 전열도 정비하지 못한 채 서둘러 출정한 모양새가 되고 만다. 이것

---

7) 관우를 생포했던 오나라 장수로 뒤에 나온다.

은 촉나라가 인재가 부족했다는 것을 방증하는 것이다. 하물며 이 당시의 상대는 조인이었다. 조인은 조운과 마찬가지로 위기 때 저력을 발휘하고, 어떠한 상황에서도 자신의 임무는 완수해내는, 진정한 프로 정신을 지닌 장수였다. 관우가 아무리 용맹무쌍하다고 해도 어중간한 전술로 맞설 수 있는 상대는 아니었다. 그러한 조인을 아슬아슬한 벼랑 끝까지 몰아세웠던 것이므로 관우 역시 대단한 장수라고 해야 할 것이다. 그러나 애석하게도 아군의 전력에는 한계가 있고, 전투가 길어지면 속속 새로운 원병을 보내오는 조조군을 상대하는 것이 힘겨워져 더 이상 버텨낼 수 없게 되었던 것으로 추정된다. 거기에 오나라가 한몫 끼어들면서 형주의 거점을 모두 빼앗기고 약점을 잡히는 꼴이 되는 바람에, 그토록 대단한 관우라 할지라도 어찌 해볼 도리가 없게 되고 말았던 것이다.

건안 13년, 장판교의 전투 당시에 유비군은 조조군의 예봉을 피해 강릉 땅을 향해 남하하였는데, 강릉의 북쪽인 당양當陽의 장판교 부근까지 추격해온 조조의 정예군에게 덜미를 잡혀 격전을 치르게 되었다. 맥성은 이 당양이라는 곳의 바로 남쪽에 위치해 있었다. 이 당시 관우 자신은 강하江夏의 유기에게 구원을 요청하기 위해 출발해서, 유비 일행과는 따로 행동을 취하였는데, 번성에서 필사적으로 남하하여 맥성에 다다랐을 무렵에 관우의 뇌리에는 아마도 예전의 유비 일행이 도피하던 루트에 대한 기억이 선명히 떠올랐을 것으로 추정된다. 당시에 유비 일행은 계속 달아나고 또 달아나서 간신히 탈출로를 뚫을 수 있었다. 그로부터 11년, 관우도 이미 나이가 60세가 다 되어가는 몸이어서, 오랜 세월 전쟁터를 누벼왔던 그 자신으로서는 더 이상 두려운 대상 따위는 아무것도 없었을 것이다. 이리하여 그는 마치 죽을 장소를 찾는 것처럼, 양자 관평을 데리고서 200명 남짓한 병력을 이끌고서 맥성에서 나와 처절한 출격을 시도하였다.

원령이 되었던 관우

그러나 맥성에서 나와 출격했던 관우는 또다시 여몽의 책략에 빠져서, 오나라 장수 반장潘璋의 부하 마충에게 생포되고 말았다. 이리하여 관평과 함께 잡혀 끌려온 관우에게 항복을 권유하지만 관우는 '이 눈알 새파란 어린놈

아, 수염이 붉은 쥐새끼 같은 놈아'라고 온갖 말로 손권을
욕하고서 마침내 참살당하고 말았다. 관우는 본래 손권
따위는 안중에 없었고, 몹시 경멸하였던 것이다. 『삼국지
연의』에서는 '때는 건안 24년 겨울 12월, 관우 나이 58세
였다'(제77회)고 기록하고 있다.

관우는 이렇게 목숨을 잃고 말았지만 『삼국지연의』에서
그가 등장할 차례는 아직 계속되었다. 관우는 죽음 직후
부터 '현성顯聖'[8]하여서, 제일 먼저 당양의 옥천산玉泉山에
서 암자를 지어놓고 사는 보정화상普淨和尙 앞에 출현하였
다.(본권 5장 및 제27회 참조) 이것을 시작으로 사후의 관우는
원수들에게는 두려운 원령, 재앙신으로 덤벼드는 한편 일
반 서민이나 아군에게는 수호신으로서 영험을 발휘한다
는 식으로, 이승과 저승을 왕래하면서 서사 세계를 술렁거
리게 만들고 있다. 두려운 원령으로 변한 관우가 최초로
제물로 삼았던 것은 다름 아니라 '여몽의 계책'을 꾸며서
그를 죽음으로 몰아넣은 장본인인 오나라의 여몽이었다.

"그래서 손권은 (공적을 위로하고) 친히 술을 따라 여몽呂蒙

---

8) 신으로서 모습을 드러내는 일을 말한다.

에게 주었다. 여몽이 잔을 받아 마시려다가 갑자기 술잔을 내던지고 한 손으로 손권의 멱살을 움켜잡고 소리를 지르며 꾸짖었다.

'이 눈알 새파란 어린놈아, 수염이 붉은 쥐새끼 같은 놈아! 내가 누군지 알아보겠느냐!'

모든 장수가 대경실색하여 황급히 손권을 구하려는데, 여몽은 손권을 밀어 쓰러뜨리고 뚜벅뚜벅 앞으로 걸어가 손권의 자리에 털썩 앉더니, 두 눈썹을 치켜세우고 두 눈을 둥글게 부릅뜨며 큰 소리로 꾸짖었다.

'내가 황건적을 격파한 이래 30년 동안 천하를 종횡으로 누비다가, 돌연 너의 간계에 빠져 목숨을 잃고 말았다. 내가 살아서 너의 살을 씹지는 못한다마는 죽어서 마땅히 여몽 놈의 혼을 추격하리로다. 나는 바로 한 수정후壽亭侯 관운장이다.'

손권은 대경실색하여 황망히 모든 장수들과 군사를 거느리고서 단을 내려서서 절을 하였다. 바라보니 여몽은 땅바닥에 쓰러졌는데 온몸의 일곱 구멍에서 피를 쏟으며 죽어 있는 것이 아닌가!" (제77회)

관우의 원령이 여몽에게 빙의하는 충격적인 장면이다. 정사의 「여몽전」에 따르면 여몽은 몸이 허약해서 관우가 살해당한 직후에 발병하였고, 손권의 극진한 간병을 받았지만 얼마 안 있어 사망한 것으로 되어 있다. 관우를 죽음으로 몰아넣은 작전을 지휘했던 당사자가 이렇듯 급살 맞아 병사했으므로 당시부터 '이것은 관우의 지벌이 아닌가!'라는 소문이 돌았던 것도 불가사의한 일은 아니었다. 이러한 소문 또는 억측이 시간이 지남에 따라 전설이 되어서『삼국지연의』가 성립하기 훨씬 이전부터 널리 유포되어 있던 것으로 추정된다.『삼국지연의』는 이토록 오래도록 전승되어왔던 관우 원령 전설을 더욱 드라마틱한 형태로 서사 세계로 편입시킨 것이라고 할 수 있다.

그런데 손권은 관우를 죽인 일로 유비의 원한을 사는 것을 두려워한 나머지 원한의 창끝을 다른 곳으로 돌릴 요량으로 관우의 목을 나무 상자에 넣어서 조조에게로 보낸다. 그때의 광경을『삼국지연의』는 다음과 같이 묘사하고 있다.

"조조가 나무 상자를 받아서 뚜껑을 열어보니 관우의 얼굴이 살아 있는 것 같았다. 조조가 웃으면서 물었다. '그래 운장 귀공은 우리가 작별한 이래로 별고가 없으신가?' 그 말이 끝나기도 전에 관우의 목이 입을 딱 벌리고 눈알

을 이리저리 움직이며 머리카락과 수염이 모두 빳빳이 일
어서므로 조조는 그만 기겁하여 기절해버렸다. 측근의
관리들이 황급히 부축하여 일으키자 조조는 한참 뒤에야
겨우 깨어나서 모든 관리들을 돌아보며 말했다.

'관 장군은 참으로 하늘의 신인神人이로다.'"(제77회)

'우리가 작별한 이래로'라는 말은 조조가 화용도에서 관
우에게 건넸던 대사와 동일하다. 이 이후로 조조는 재앙
신이 되었던 관우 원령의 지벌을 입어서 차츰 쇠약해져갔
던 것이다.(본장 9장 참조)

이렇듯 관우는 『삼국지연의』에서 현세로부터 퇴장하
고 난 후에도 원령이 되어 종종 모습을 드러내게 된다. 이
것은 관우의 부재를 차마 받아들일 수 없는 나머지 어떻
게 해서든 그를 서사 세계에 머물게 하고자 원했던 작자
및 독자의 바람에 의한 의도적 조작이라 해도 무방할 것이
다. 그가 (『삼국지연의』의) 숨은 주역이라고 불리는 것도 당연
한 일로서 삼국지 세계에서 관우가 차지하는 역할의 크기,
그리고 그의 존재가 내뿜는 자력의 크기는 헤아릴 수 없을
정도라고 하겠다.

종말의 시작

　『삼국지연의』세계는 관우가 죽는 대목(제77회)에서 커다랗게 전환하기 시작한다. 관우의 죽음은 서사적 전개에 있어서 '종말의 시작'을 고하는 지표라고 해도 좋을 것이다. 우선 관우의 뒤를 따라가듯이 조조가 사망하고 만다.(제78회) 악몽과 두통에 시달리던 조조는 명의 화타가 개두술開頭術을 하면 치유할 수 있다고 보증했음에도 관우와 친밀했던 화타가 수술을 핑계로 자신을 살해하려는 것이 아닌가 의심해 도리어 화타를 체포·투옥하고 만다. 그 결과 화타는 옥중에서 사망하였고, 조조의 병세는 악화일로를 치달았다. 이리하여 조조는 일찍이 그가 참혹하게 죽였던 헌제의 정처 복伏 황후의 망령을 필두로 잇따라 엄습하는 환각과 악몽에 시달리다 마침내 이 세상을 하직하였다. 때는 건안 25년(220년) 정월, 향년 66세였다. 그렇다 해도 손책이든 조조든 둘 다 소문난 합리주의자들이『삼국지연의』세계에서는 모두 다 괴이한 현상에 시달리다가 죽는 것으로 되는 스토리도 기묘한 이야기 전개라 하겠다.

　연강延康 원년(220년) 10월, 조조의 사후 채 9개월이 지나지 않은 시점에서 그의 아들 조비는 수완 좋게 책략을 꾸며, 후한의 헌제에게 형식적으로 선양禪讓을 받고 즉위[9]하면서 위 왕조를 수립하였다. 조비는 도저히 (황제 즉위라는) 최후의 단계를 결심하지 못했던 아버지 조조가 지녔던 굴절과 망설임 등과는 애초부터 무연하였다. 이러한 정보를 획득한 제갈량은 마찬가지로 보기 좋게 절차를 밟아, 다음 해 4월 유비를 왕좌에 즉위케 하여 촉 왕조를 창립하였다.

복수전에 나선 유비

그러나 유비 자신은 황제가 되어서도 의형제 관우가 손권에게 죽임을 당한 일에 대한 분노로 치가 떨려서 도무지 즐겁지가 않았다. 그래서 어떻게든 오나라를 공격해 손권에게 복수해야만 직성이 풀릴 것이라고 우겨대면서 제갈량의 제지에도 아랑곳하지 않았다. 보다 못한 조운이 나서서 '한 왕조의 역적[10]에게 복수를 하는 것은 공적인 일이지만, 형제를 위한 보복은 사적인 문제이오니 바라옵건대 천하를 소중히 여기소서'(제81회)라고 충간했지만, 유비

---

9) 문제文帝로 즉위하였다.
10) 위나라의 조조를 가리킨다.

는 '짐이 아우의 원수를 갚지 못한다면 비록 만리강산을 차지하여도 귀할 것이 무엇인가?' 하고 일축할 뿐이었다. 이 대목에서의 유비는 평소의 온화한 인군의 태도는 내팽개쳐버리고, '도원결의' 무렵으로 되돌아간 듯 협기俠氣에 충만하고 거친 박력이 흘러넘치고 있다.

그러한 유비보다도 더욱 격분하였던 이는 또 한 명의 의형제인 장비였다. 유비가 정리情理를 다한 제갈량의 설득에 약간 동요하는 내색을 보이자 장비는 유비의 다리를 붙잡고 울면서 '폐하는 이제 임금이 되시더니 벌써 도원의 맹세를 잊으셨습니까? 둘째 형님의 원수를 어째서 갚지 않으십니까?'(제81회)라고 끈질기게 하소연하였다. 그런 이야기까지 듣자 유비도 더 이상 왈가왈부하지 않고 중신들의 만류도 물리치고서 곧장 오나라에 대한 공격을 시작하는 단계로 접어든다. 그런데 가장 중심인물이라고 할 장비가 출정하기 직전에 측근 부하에게 살해당하고 마는 사건이 벌어지고 만다. 장비는 늘 유비에게서 주의를 받았음에도 불구하고 술에 취하면 부하를 채찍으로 때리는 악습을 고치지 못했다. 이 때문에 부하의 원한을 샀고, 술에 엉망으로 취해 자다 어이없게 암살당하고 말았다. 때는

촉나라 장무章武 2년(222년)[11]으로 향년 55세였다. 정말이
지 허점투성이의 호걸인 장비답게 느닷없고 엉뚱한 죽음
이라고 하겠는데, 정작 곤란했던 것은 유비였다.

두 아우를 잃고서, 두 날개를 잃은 듯한 심정이 된 유비
는 복수를 위한 일전이라고 투지를 불태웠다. 아울러 이
것은 『삼국지연의』의 완전한 창작이지만 두 사람의 대역
으로 흰색 전포[12]에 은색 갑옷을 입은 관우의 아들 관흥關
興과 장비의 아들 장포張苞를 수행케 하고서 무턱대고 군
대를 진격시켰다. 당초에 전황은 유비 쪽에 압도적으로
유리하였지만, 얼마 후에 여몽과 함께 관우를 죽음으로 몰
아넣었던 육손이 손권에게 발탁되어 오군의 총사령관에
임명되어 전선의 전면에 나서고부터는 날이 갈수록 열세
로 바뀌어갔다. 그리고 마침내 작전상 치명적 실수를 범
함으로써 대패를 당하고서 목숨만 겨우 부지한 채 백제성
白帝城으로 도피하는 처지가 되고 말았다. (제84회) '효정猇亭
전투'로 불리는 이 싸움은 백전노장 황충이 전사한 것을
필두로 해서 감정에 치우쳐 출정했던 유비에게는 결국 아

11) 위나라의 황초黃初 3년에 해당함.
12) 상복의 상징.

무런 이익이 없는 전투가 되고 말았다. 요컨대 이러한 참담한 대패는 관우, 장비와 더불어 후한 말의 난세를 헤치며 질주해왔던 유비가 몸을 던진 마지막 의식이었다고 해야 할 것이다.

제1세대의 퇴장

오나라에서 퇴각한 뒤에 유비는 몸 상태가 나빠졌고 점차 병세가 악화되어 침상에서 일어날 수 없게 되었다. 그러던 어느 날 혼자 침상에 누워 있는데 관우와 장비의 망령이 나타난다.(첫머리에 인용함) 관우가 '머잖아 형님도 저희 동생들과 함께 만나게 될 것입니다'라고 고하고 있듯이, 그들은 유비를 맞이하러 왔던 것이다. 유비, 관우, 장비 세 사람 사이에는 이승과 저승의 경계를 초월해서 '같은 해 같은 달 같은 날에 함께 죽기를 원한다'는 도원에서의 맹세가 여전히 살아 있었고, 그들은 같은 날에 죽지는 못했지만 궁극적으로는 서로 운명을 함께하며 손을 맞잡고서 저승으로 떠나가야 하는 것이다. 인생 가장 마지막 시기에서 유비에게는 촉 왕조도, 제위도, 제갈량을 위시한 중신들도 부차적인 것에 불과하였고 가장 중요한 것은 다름 아닌 의형제인 관우와 장비, 그들과 맺었던 도원의 맹세였다. 명예도 지위도 내팽개처버리고 오직 도원에서의 맹세를 위해 목숨을 바치고자 하는 유비는 또한 의협 중의 의협이라고 할 수 있겠다. 임종을 앞두고서 유비는 제갈량을 불러서 다음과 같이 당부하고 있다.

"(유비가 말했다.) '그대의 재주는 조비曹丕보다 열 배나 뛰어나니, 반드시 나라를 편안히 하여 마침내 큰일을 성취할 것이다. 만일 짐의 아들(유선)을 도울 만하거든 도와주었으면 한다. 만일 재능이 없다면 그대가 몸소 성도의 주인이 되도록 하라.'

제갈량은 이 말을 듣자 온몸에 땀이 흐르고 손발을 둘바를 몰라서 눈물을 흘리며 엎드려 말했다.

'저는 진심으로 고굉股肱의 신으로 힘을 다하고, 충의와 정절을 바치고, 마지막에는 목숨을 바치고자 합니다.'"(제85회)

이리하여 유비는 성도에 남아서 성을 지키고 있던 태자 유선에게 남기는 유언장을 써서 제갈량에게 건네고, 둘째 아들 노왕魯王 유영劉永과 셋째 아들 양왕梁王 유리劉理를 침상 베갯머리로 불러서 '너희 형제 세 사람[13]은 모두 승상을 아버지로 여기고 섬기되 태만히 해서는 안 된다'(제85회)고 간곡히 타이르고서는 숨을 거두었다. 때는 촉 장무章武 3년(223년) 4월로 향년 63세였다.

유비의 죽음과 앞서거니 뒤서거니 하면서 위나라에서는 장요, 서황, 조인, 그리고 촉나라에서는 마초 등등『삼국지연의』세계의 제1세대라고 불러야 할 명장들이 차례차례 유명을 달리하였다. 덧붙여서 오나라에서는 감녕이 유비가 오나라를 공격할 적에 전사하였다. 따지고 보면『삼국지연의』세계의 영웅과 명장들 가운데 손책이나 주유처럼 요절한 경우는 극소수이며, 그들 대다수는 골육상쟁의 격전을 헤쳐가면서 노경에 이를 때까지 씩씩하게 살아남았고 현역으로 활동하다 조용히 퇴장하였던 것이다.『삼국지연의』는 그렇게 사라져가는 그들의 모습을 새삼스레 영탄하는 법 없이 담담하게 아무렇지도 않은 듯이 기술해가고 있다.

『삼국지연의』의 서사 세계는 제119회와 제120회에서 촉, 위, 오나라 순으로 삼국이 모두 멸망해가는 과정의 전

---

13) 유선, 유영, 유리 세 형제를 가리킨다.

말을 묘사하는 것으로 막을 내리고 있다. 그러나 이 종막 부분 역시도 감정의 과잉이나 영탄하는 태도와는 무관하며,『삼국지연의』의 작자는 역사적 사실에 기반하면서 세 나라 최후의 군주들의 모습을 건조한 필치로 묘사해내고 있다. 여기에서는 '사건의 종말'에 대한 근본적으로 드라이한 작가의 멘탈리티가 느껴진다고 하겠다.

12. '웃음'에 의탁된 '역사'

- 삼국의 종언

"이튿날 유선은 친히 사마소司馬昭의 관저를 찾아가 감사의 뜻을 표했다. 사마소는 잔치를 베풀어 대접하는데 먼저 위魏나라 음악과 춤을 보여주었다. 촉나라의 관리들은 모두 추연히 슬픈 모습이었는데, 유선만은 희색이 만면하였다. 이어서 사마소가 촉나라 출신 악사에게 촉나라 음악을 연주케 하니, 지난날 촉나라 관리들은 모두 눈물을 흘리는데 유선만은 태연하게 웃고 있었다. 술이 얼근히 취했을 무렵 사마소가 가충賈充에게 말했다. '사람이 저토록 무심할 수 있는가? 설령 제갈량이 살아 있다고 하더라도 저런 사람을 보좌하여 언제까지고 안정되게 할 수는 없었을 것이다. 하물며 강유姜維로서는 어찌 할 수가 없을 것이다.'

그리고 나서 유선에게 '조금은 촉나라가 그립지 않습니까?'라고 물었다. 유선이 '이곳이 즐거우니 촉나라는 그립지 않습니다'라고 대답하였다. 잠시 후에 유선이 화장실에 가자, 극정郤正이 복도까지 뒤따라와 울면서 말했다. '폐하는 어찌하여 촉나라가 그립지 않다고 답하셨습니까? 만일 이후 진공晋公[1]이 다시 묻거든 부디 눈물을 흘리시면서 〈선조의 무덤이 멀리 촉 땅에 있으므로 서쪽 하늘을 바라보면 자연 슬퍼지고, 촉을 생각하지 않는 날이 없습니다〉라고 대답하십시오. 그러면 진공은 반드시 폐하를 석방하여 촉으로 되돌려보낼 것입니다.'

유선은 단단히 명심하고서 다시 연석으로 돌아가서 술에 좀 취했을 무렵 사마소가 또다시 물었다. '조금은 촉 땅이 그립지 않습니까?' 유선은 극정이 일러주던 말 그대로 답하면서 울려고 했지만 눈물이 나오지 않으므로 그만 눈을 감아버린다. 사마소가 다시 되물었다. '어째서 극정이 하던 말과 같습니까?' 유선은 눈을 홉뜨며 사마소를 빤히 바라보며 말하였다. '참으로 그러합니다.' 사마소와 좌우의 사람들은 모두 유선을 바라보며 와 하고 웃었다. 사마소는 이때부터 유선의 성실성을 믿고서 전혀 의심하지 않았다." (제119회)

'출사표出師表'

제1세대 스타들이 차례차례 퇴장해감에 따라『삼국지연의』가 창출해낸 독자적인 세계의 휘황찬란함이 바래기 시

---

1) 사마소를 말함.

작했다. 사건을 대강 좇아가면서 서사의 '종말'을 살펴보기로 하자.

　이들 제1세대에게서 바통을 이어받아 홀로 서사 세계에 남아 있던 빅스타 제갈량은 유비의 사후에 혼자서 촉나라의 대들보를 떠받치고서 분투하였다. 그는 우선 오나라와 악화되었던 관계를 회복하려고, 재차 동맹을 체결한 다음에 촉나라의 행정, 경제, 군사 등 내정 방면을 정비하고 국력을 기르는 일에 전념하였다. 이것이 성과를 거두어서 촉나라의 행정 기반이 공고해질 무렵 남방 이민족 추장인 맹획孟獲이 반란을 일으켰기 때문에 제갈량은 정벌에 나선다. 맹획을 힘으로 억누르기보다는 진심에서 우러나 귀순시키는 쪽을 목표로 했던 제갈량은 '칠종칠금七縱七擒[2]'을 통해서 맹복을 심복케 하는 결과에 이르게 된다. 『삼국지연의』는 제87회부터 제90회에 이르기까지 휘하의 마왕들을 하나하나 보내어 저항을 계속하는 맹획과 그들을 능가하는 압도적 마술로 상대를 쩔쩔 매게 만드는 제갈량의 마술 전쟁의 양상을 몹시 재미있고 우습게 묘사하고 있다. 이 대목은 설화의 세계에서 오래도록 전승되어왔던

---

2) '칠금칠종七擒七縱'이라고도 하며 '일곱 번 생포했다가 일곱 번 놓아준다'는 뜻임.

초능력자, 마법사로서의 제갈량의 이미지를 한껏 살리고 있다. 대체로 마법 설화의 분위기가 강해서『삼국지연의』의 여타 부분의 묘사와는 톤이 무척 다른 편이다.

어쨌든 맹획을 심복시킴으로써 남방 정벌에 성공하였고, 후환을 제거한 제갈량은 위나라 황초 7년(226년), 위의 황제 조비가 사망하고 아들인 조예曹叡가 황제에 즉위하는 교체기의 틈을 노려서 숙원이었던 위나라에 대한 도전인 북벌을 단행하려는 결의를 굳히게 된다. 이리하여 제갈량은 후주 유선에게 '출사표'를 바치고 출정의 결의를 표명하게 되는 것이다. 이 '출사표'야말로 고금천지의 명문이라고 하겠다.

이 문장은 격조 높게 다음과 같이 시작하고 있다.

"신 제갈량은 아뢰나이다. 선제[3]께서 창업을 하셨으나 나라의 기틀을 반도 세우지 못하신 채 중도에서 세상을 떠나시고, 이제 천하는 셋으로 나뉘어 우리 익주益州는 피폐疲弊[4]해 있는바, 이는 참으로 나라가 망하느냐 존속하느냐 하는 갈림길에 선 위급한 때입니다."

---

3) 유비를 가리킴.
4)『삼국지연의』에서는 '피폐罷弊'로 되어 있다.

이어서 후계자 유선에 대한 여러 충고를 세심하게 기재한 뒤에 제갈량은 자신과 유비의 만남에서 현재에 이르기까지의 과정을 회상하고 있다. 그리고 유비에게 깊은 감사를 바치는 동시에, 바로 그러한 이유 때문에 숙적인 위나라와 싸워야만 한다는 단호한 결의를 다음과 같이 표명하고 있다.

"이제 남방은 이미 안정됐고 군사와 무기도 충분히 마련되었으므로 마땅히 전 군을 거느리고 북쪽을 정벌하여 중원을 평정해야 합니다. 바라는 것은 신이 노둔하나마 있는 힘을 다해 간악하고 흉악한 무리들을 없애고 한나라 황실을 다시 일으켜 옛 도읍 낙양으로 돌아가는 일입니다. 이것이 신이 선제께 보답하고 폐하께 충성하기 위해 마땅히 해야 할 직분이옵니다."

그리하여 제갈량은 이러한 필생의 명문을 진심 넘치는 감개를 담아서 다음과 같이 끝맺고 있다. (제91회)

"신은 폐하의 은혜를 받고 너무나 감격하였습니다! 이제 멀리 떠나면서 표문을 올리려 하니 눈물이 앞을 가려

무슨 말씀을 드려야 할지 모르겠습니다."

북벌에 나서는 제갈량

제갈량이 북벌을 감행하는 이러한 선언에 대해 유선은 제갈량의 건강을 염려하여 만류하였고, 태사 초주譙周는 천문 현상을 관찰했던바 시기적으로 북벌의 때가 아니라는 등 그럴싸한 이유를 들어 반대하였다. 초주는 천문에 밝고 점복에 능하다고는 하지만 오나라의 장소와 마찬가지로 항상 (위나라에) 항복해야 한다는 입장을 주장하는 문신이었다. 결과적으로 제갈량의 북벌이 성공치 못한다는 예측은 정확했지만, 애초부터 승리가 예정되어 있는 전쟁만을 하는 것이라면 언제까지라도 역사는 변하지 않을 것이고, 서사물로서도 전혀 흥미를 끌지 못할 것이다.

제갈량은 물론 이들의 의견을 일절 받아들이지 않고 북벌에 종군할 여러 장수를 선발·배치하는 한편 촉나라의 국내 행정체제를 확고히 정비해놓은 다음에 군사 거점인 한중 땅으로 진격하였다. 기실 당초에 제갈량은 이미 노장 반열이었던 조운을 종군 장수 명단에서 배제하였는데,

이러한 조치에 격분한 조운은 제발 자신이 선봉에 서게 해 달라고 하면서, 그렇지 않으면 돌계단에 머리를 부딪쳐 죽을 것이라고 항의하였다. 이러한 외고집에 제갈량도 두 손 두 발을 다 들고서 마침내 양보해서 조운을 선봉장으로 임명하였다. 이러한 제1차 북벌은 결국 제갈량의 애제자였던 마속馬謖이 치명적인 작전상 실수를 저지르는 바람에 위군에 패배하여 부득이 철수하기에 이르렀다. 이때 조운은 패잔군을 능란하게 통솔해 철군하였고, 손실을 최소한으로 줄였다.(제95회) 늙었다고는 하지만 역시 백전노장 명장인 조운은 물러날 때에도 두드러진 수완을 보이면서 타의 추종을 불허하였다.

제갈량의 북벌은 촉의 건흥建興 5년(227년)에 감행되었던 제1차 북벌을 필두로 하여 건흥 12년(234년), 오장원에서 위나라의 총사령관 사마의와 대치하던 중 진몰陣歿하는 시기까지 햇수로 8년, 도합 5회[5]에 이르고 있다. 이 기간 동안 제갈량은 후방으로부터의 식량 보급이 원활히 이루어지지 않는 등 갖가지 난관에 직면하면서도 결코 북벌을 포기하지는 않았다. 그는 식량 운반용의 목우木牛와 유마

5) 위나라가 먼저 걸어온 싸움까지 포함하면 모두 6회이다.

流馬를 고안하는 등 아이디어를 짜내 문제를 해결하면서, 불퇴전의 결의로 위나라에 계속해서 도전하였다. 『삼국지연의』에서는 제91회부터 제102회에 걸쳐서 제갈량이 감행한 이러한 북벌 과정의 전말을 상세히 묘사하고 있다.

종말을 향해 가는 서사 세계

제갈량은 이렇듯 숙원인 북벌을 진행하면서 일인 다역의 대활약을 벌이지만, 서사적 관점에서 보자면 다채로운 등장인물들이 불꽃을 튀겼던 『삼국지연의』의 전반부에 비해서 제갈량의 독무대라고 해도 좋을 후반부는 현격하게 캐릭터가 부족하다는 느낌이 강한 편이다. 제갈량의 라이벌 사마의는 얼마간의 박력은 있는 캐릭터이기는 하지만, 그 밖의 인물들은 모두 제1세대에 비하면 스케일이 작고 매력이 부족하다.

촉나라의 장수를 봐도 사정은 마찬가지인데, 제1세대의 유일한 생존자인 조운이 제1차 북벌 후 얼마 안 있어 죽자 촉군의 진용은 일거에 적막해진다. 제갈량의 유언을 따르지 않고 반기를 들었던 위연은 논외로 치더라도 제1차 북벌에서 촉군에게 항복하고 그 이후로 제갈량의 훈도를 받으면서 촉나라의 중심 장수가 되었던 강유姜維에게도 관우, 장비, 조운과 같은 묵직한 존재감은 없었다. 또한 사마의가 쿠데타를 일으킨 뒤에 촉나라에 투항했던 하후패夏侯覇[6]도 역사적 사실에서는 흥미로운 존재이지만,『삼국지연의』의 캐릭터로서는 어딘가 꽉 와 닿지가 않는 편이다.

　일반적으로 등장하는 것만으로도 가슴을 두근거리게 만들 정도의, 씩씩하고 늠름한 장수들이 모두 사라진 관계로 싸움도 대체로 모략 중심으로 전개되었고, 가슴이 후련해지는 일기필마의 대결보다는 '서로 죽고 죽이는' 집단전의 양상을 보이게 된다. 서사의 전개 자체도 종반을 향해 나감에 따라 점차 빨라져서, 마지막 2회 분량 정도는 30년 정도의 시기를 한데 모아 기술하는 등의 연유로 대단히 생략된 어투로 변하고 마는 것이다. 처음에는 이야기할 에피소드가 산더미처럼 많아서 일 년 정도 분량의 사건을 여러 회에 걸쳐서 전개해나갔던 것을 생각하면 서사 세계가 얼마나 쪼그라들고 말았는가를 실감하지 않을 수 없는 것이다.

---

6) 하후연의 자식.

이렇게 되면 『삼국지연의』 세계가 개막하던 초기의, 독자를 두근거리게 만들던 화려한 분위기는 죄다 사라져버리고, 아무래도 적막한 '종말'의 그림자가 비치게 된다. 서사 세계로부터 한 사람 한 사람 영웅들이 퇴장해버리고, 고군분투하던 제갈량도 차츰 병들고 쇠약해져간다. 이렇듯 시대는 지나가고 서사 세계도 종막에 다다르는 법이라는 진실이 읽는 독자에게도 뼈저리게 전해져오는 것이다. 이야기는 시작이 있고, 상승기가 있고, 이윽고 절정기가 있지만… 그래도 마지막에는 결국 끝나지 않으면 안 되게 마련인 법이다.

한漢의 승상, 하늘로 돌아가다

제갈량은 건흥建興 9년(231년) 제4차 북벌 시점부터 사망한 조진曹眞의 후임으로 위군 총사령관이 되었던 사마의를 몇 차례나 바짝 쫓아 궁지에 몰아넣었지만 결국 최종 승리를 거둘 수는 없었다. 마지막으로 출정했던 제5차 북벌에서 사마의를 절체절명의 궁지까지 몰아넣었으면서도 놓치고 말았을 적에 제갈량은 '일을 도모하는 것은 사람이지만 일을 이루는 것은 하늘에 달려 있다'(제103회)고 개탄하고 있다. 사마천도 억세게 운이 좋았다고 해야 할 것이다.

구사일생으로 살아난 사마의는 지구전에 돌입하여 제갈량이 아무리 도발하여도 한 귀로 듣고 한 귀로 흘리면서 굳건히 지키기만 할 뿐 맞서 싸우려 하지 않았다. 이렇듯 오장원에서 장기간 대치하는 동안 제갈량은 지병이 재발하여 죽음이 다가왔음을 깨닫게 된다. 그래서 그는 진막陣幕 안에 제단을 만들고서 7일에 걸쳐서 북두성에 빌어서 연명을 청하는 주술적 의식을 거행하였다. 그곳에 설치된 '주등主燈'이 기도를 올리는 7일 동안 꺼지지 않으면 일기一紀, 곧 12년의 수명을 연장할 수 있고, 꺼지면 죽을 수밖에 없었다.

"한편 제갈량은 장중에서 이미 여섯 번째 밤을 이어서 기도를 드리며, (생명을 점치는) 주등主燈의 불빛이 몹시 밝은 것을 보고서 마음속으로 기뻐했다. 강유가 장막 안에 들어가보니 때마침 제갈량은 머리를 풀고 칼을 짚고서 강

罡[7]을 밟고 두斗[8] 위를 걸으면서 조심스럽게 장군성將軍星을 소생시켰다. 그때 갑자기 진영 밖에서 함성이 들려오므로 사람을 보내어 무슨 일인가 알아보게끔 하려는 순간 위연魏延이 장막 안으로 황급히 뛰어들면서 고했다. '위군魏軍이 쳐들어왔습니다.' 위연이 빠른 걸음으로 함부로 걷는 바람에 그만 주등에 부딪쳐 불이 꺼지고 말았다. 제갈량은 검을 집어 던지고서 탄식하면서 말하였다. '죽고 사는 것은 천명이라[9] 기도한다고 되는 일이 아니다.' 위연은 너무나 황공해서 땅바닥에 꿇어 엎드려 용서를 빌었는데, 격노한 강유는 검을 뽑아서 위연을 죽이려 하였다."(제103회)

위연의 무작스러운 행동으로 말미암아 연명의 희망마저 사라져버리게 된 제갈량은 차가운 가을바람이 불어대는 오장원에서 마침내 위독한 상태에 빠지고 만다. 이리하여 측근에게 자신의 죽음을 공표하지 말고, 목상을 만들어 사마의의 눈을 속이도록 명하였다. 아울러 위연이 반역할 것을 미리 내다보고서 사전에 주도한 대책을 세우고, 10년 후의 촉나라 정권의 인사에 관해서도 적확한 지시를

---

7) 별 이름으로 북두성의 딴 이름임.
8) 별 이름.
9) 『논어』「안연」편에 '死生有命'이라는 말이 나옴.

해두었다. 그리고 나서 조용히 눈을 감았다. 때는 건흥 12년234년 가을 8월, 향년 54세였다.

그 후의 위나라와 오나라

제갈량의 사후에 소설의 서사 세계는 일사천리로 오직 종말을 향해 갈 뿐이어서, 사마씨司馬氏가 사마의 이래로 3대 4인[10]이 노력하여 위 왕조를 찬탈하여 세운 서진西晉 왕조가 마침내 삼국을 멸망시키고 천하를 통일하기에 이르는, 삼국지 세계의 종막까지 한걸음에 내닫는다.

제갈량의 사후에 라이벌이었던 사마의는 요동 지방에서 반란을 일으킨 공손연公孫淵을 정벌하는 한편 강대한 군사력을 장악하게 되었고, 경초景初 3년(239년), 위나라 제2대 황제 명제明帝 조예曹叡의 사후에 어린 조방曹芳이 즉위하자 조상曹爽[11]과 함께 황제의 보좌역이 되었다. 그러나 조상은 점차 사마의를 경계하고 되었고, 그 때문에 사마의는 마침내 실권으로부터 멀어져 배제되고 만다. 이에

---

10) 1대인 사마의, 사마의의 아들인 2대 사마사와 사마소, 그리고 사마소의 아들인 3대 사마염 4명을 가리킨다.
11) 사마의의 예전의 상관이었던 조진曹眞의 아들.

대하여 억척스러운 사마의는 일부러 노쇠한 체하며 조상을 방심케 하는 등 노회한 책략을 구사하였고, 때가 오기를 기다리며 눌러 있기를 10년 남짓 하였다. 그러다 가평嘉平 원년(249년) 드디어 쿠데타를 일으켜 조상 일당을 일망타진하여 제거해버린다. 이후로 사마씨는 사마의로부터 장남인 사마사司馬師에게로, 다시 차남인 사마소司馬昭에게로 끊어지지 않고서 이어지면서 위나라의 실권을 장악하였다. 이렇듯 권력을 손아귀에 쥔 사마씨 일족은 조방曹芳[12]을 폐위시킨 뒤에는 고귀향공高貴鄕公 조모曹髦, 조모가 반란을 도모했던 후에는 조환曹奐과 같은 식으로 차례차례 꼭두각시 황제를 옹립하였다. 이들 가문의 지나친 전횡을 참지 못하고서 감로甘露 2년(257년), 정동대장군 제갈탄諸葛誕[13]이 오나라와 손을 잡고서 사마씨를 타도하기 위해 거병했으나 허무하게 실패로 끝나고 말았다. 결국 위나라에서는 명제明帝의 사후에 이같이 약 20여 년에 걸쳐서 심각한 권력투쟁과 내분이 이어졌고, 그 결과 촉과 오나라에 대해서 눈을 돌릴 여유가 없었다.

---

12) 제왕齊王 조방을 말함.
13) 제갈량의 족제族弟에 해당함.

이러는 동안 오나라에서는 손권이 위나라 태화 3년(229
년) 즉위하여 오 왕조를 세웠고, 이어서 가평 4년(252년)에
71세의 나이로 사망할 때까지 권력을 장악하였지만, 만년
에는 눈에 띄게 쇠약해져서 실정이 두드러지게 되었다.
이런 사정 때문이기도 하지만 『삼국지연의』 세계에서 오
나라의 존재감도 급속히 희미해져갔다. 손권의 사후에 오
나라는 후계자 문제로 분규를 거듭하였고, 가까스로 손권
의 삼남인 손량孫亮이 겨우 열 살의 나이로 즉위했지만, 물
론 명목상의 황제에 불과하였다. 아울러 손씨 일족인 손
준孫峻이 눈엣가시와 같았던 실력자 제갈각諸葛恪[14]을 제
거하여 실권을 장악하고 나서 전횡을 일삼았다. 손준의
사후에는 역시 일족인 손침孫綝이 권력을 휘두르자, 젊고
총명했던 황제 손량은 더 이상 참을 수가 없어서 손침을
살해할 계획을 꾸몄지만 사전에 누설되는 바람에 폐위당
하고 말았다. 이어서 손권의 육남 손휴孫休가 즉위하여 노
장인 정봉丁奉의 힘을 빌려 간신히 손침을 제거하고서 한
시름을 놓았지만, 기실 이 손휴라는 인물 역시도 정치적
능력이 없는 인물이었다. 위나라 감로 3년(258년), 손휴가

14) 제갈량의 형 제갈근의 아들로 제갈량의 조카임.

병사하고서 뒤이어 황제의 자리에 올랐던 이가 오나라 최후의 황제인 손호孫皓였다.

유선, 항복하다

이렇듯 위나라와 오나라에서 골육상쟁의 격렬한 권력투쟁이 거듭되었던 것에 비해 촉나라는 비교적 평온했다. 유선은 무능한 황제였으며, 환관 황호黃皓를 지나치게 총애하는 등 눈에 거슬리는 면도 분명히 있었다. 그러나 그러한 황호조차도 기껏해야 국한된 분야에서만 해악을 끼칠 뿐이었지 결정적으로 정국을 좌지우지하는 것 같은 최악의 사태까지는 이르지 않았다. 본시 지배욕과 권력욕이 희박했던 유선에게는 시끄러운 사태를 일으킬 에너지도 없었고, 한편으로 제갈량이 설계했던 견고한 내정 기구에는 애초부터 어리석은 황제나 사악한 환관 무리가 자의적으로 개입할 여지 따위가 별로 없었다. 게다가 다행스럽게 위나라와 오나라도 오랫동안 국내적으로 분규가 계속되었기 때문에 험준한 지세에 의존한 촉나라는 한층 평온무사하게 존속할 수 있었다.

그러한 상황하에서 촉나라 연희延熙 16년(253년)[15], 제갈량의 사후에 장완蔣琬, 비위費褘에 뒤이어 촉나라의 군사책임자가 되었던 강유姜維는 제갈량의 유지를 받들어 어떻게든 중원을 탈환하기 위해 여러 차례 북벌 원정군을 출정시켰지만 거둔 성과는 생각보다 시원찮았다. 위나라 군대를 거느리고 맞서 싸운 등애鄧艾에게 저지를 당하거나, 또는 가까스로 등애를 궁지에 몰아넣었을 때에는 황호의 방해를 받아 실패하는 등 결국 성공에는 이르지 못하였다.

강유가 답보 상태에 머물러 있는 동안 위나라에서는 사마소가 반대세력을 완전히 제거하고서 권력을 강화하고, 경원景元 4년(263년)[16] 드디어 본격적으로 촉나라 공략을 단행하여, 종회鍾會와 등애에게 대군을 이끌고 두 편으로 나누어서 촉나라로 쳐들어가게 한다. 먼저 성도에 도달했던 쪽은 음평陰平의 험준한 낭떠러지 절벽을 넘어가서 고난의 행군을 강행하였던 등애였다. 무서워 벌벌 떨던 유선은 싸움도 해보지 않고서 간단히 항복해버리고 만다.(제118회) 이리하여 실로 순식간에 촉나라는 멸망하고 말았

---

15) 위나라 가평 5년에 해당한다.
16) 촉나라 염흥炎興 원년에 해당한다.

다. 유비가 촉 왕조를 세운 지 42년째 되던 해, 제갈량이
죽고 나서 29년이 지난 후의 일이었다.

강유의 최후의 도박

촉나라 공략의 공로자인 등애는『삼국지연의』에서는 젊
고 유능한 장수로서 묘사되고 있는데, 실제로는 이 당시
이미 상당한 연령에 달했던 것으로 추정된다.[17] 그는 본래
문신이었는데 군사적 재능도 겸비했기 때문에, 후에 정서
장군征西將軍에 임명되어 위나라의 서부 방면군을 이끌고
최전선에서 강유의 진격을 저지하는 역할을 성공적으로
완수하였다. 참고로 덧붙이자면 함곡관 서쪽의 남안南安,
농서隴西, 기산祁山 방면에 거주하는 소수민족 사이에는
두고두고 이후까지도 '등애 신앙'이 존재했고, 수많은 돌
비석들이 세워져 있었다고 한다.『삼국지연의』에서는 소
수 정예 병력을 이끌고 과감하게 산을 넘는 것으로 묘사되
고 있는데, 그의 위명은 이미 충분히 떨쳤던 것이다.

그러나 이러한 등애도, 별도의 루트를 통해 거의 동시

---

17) 일설에는 68세라는 주장이 있다.

에 촉나라에 쳐들어왔던 종회도 모두 시원하고 산뜻한 느낌은 부족한 인물들이다. 그들은 촉나라 공격의 공로를 혼자서 독차지하려고 서로 상대방의 발목을 잡던 끝에 결국 둘 다 목숨을 잃는 처지가 되고 만다. 종회의 부친 종요鍾繇는 조조 정권의 당당한 실세였는데 아들인 종회는 재주는 있지만 음험하고 경박한 인물이었다. 그는 촉나라의 존속을 꾀하는 강유와 은밀히 손을 잡고서 우선 등애를 실각시키는 데 성공한다. 출신 계층도 자신보다 낮고, 항상 깔보았던 등애에게 선수를 빼앗기는 것은 도저히 참을 수 없는 일이라고 여겼는데, 그러한 종회 역시 자신의 오만함 때문에 신세를 망치고 만다. 등애를 제거하고 기분이 좋아진 그는 강유와 힘을 합쳐 무모하게도 사마소에게 반기를 들었지만 이내 완파되어 강유와 함께 죽임을 당하고 마는 것이다. 이때 강유는 하늘을 우러러 '나의 계책이 성공하지 못하니 이것도 천명이다'라고 절규하고서 스스로 목을 찔러 자살하고 말았다. (제119회)

등애와 같은 인물과 손을 잡아도 성공 가능성은 거의 난망하다고 여겼지만, 오직 촉나라의 존속만을 원했던 강유는 실오라기 같은 가능성에도 필사적으로 매달렸던 것이다. 이들과는 대조적으로 군주인 유선은 아무 망설임도 없이 태연하게 항복의 길을 선택했으므로 달리 또 무슨 말을 하겠는가? 유선에게 항복할 것을 강력하게 권했던 인물은 예의 항복론자였던 초주譙周였다. 이 때문에 후세의 촉나라를 편애하는 이들로부터 초주는 촉 멸망의 원흉으로 간주되어 미움을 사게 되었다. 사실은 정사『삼국지』의 저자 진수는 바로 이 초주의 제자였는데, 며느리가 미우면 손자까지 밉다는 식으로 애꿎게도 그에게 불똥이 튀어서 이후로 진수는 까닭 없는 비판과 비난을 뒤집어쓰는 처지가 되고 말았다.

　그런데 항복한 유선은 이윽고 위나라 수도 낙양으로 거처를 옮기게 된다. 그런데도 그는 멸망한 촉나라를 그리워하며 슬퍼하는 일도 없었고, 자신을 정중히 대우해주는 사마소에게 솔직하게 감사해하면서, 즐겁게 싱글벙글거리며 연회에 참석하는 형편이었다. (첫머리에 인용함) 그러한 유선의 너무나도 태평하게 웃어대는 철없는 모습에 그 대단한 사마소조차도 아연실색해서, 속으로 완전히 질려버렸던 것은 아니었을까?

최후를 장식하는 일화

촉나라가 멸망한 지 2년째 되는 해인 위나라 함희咸熙 2
년(265년), 사마소가 병사하고 장남 사마염이 후계자의 자
리를 계승하였다. 사마염은 지체하지 않고 곧바로 위나라
마지막 황제 원제元帝 조환에게서 격식에 따라 선양을 받
아 황제에 즉위해 무제武帝가 되어 서진西晉 왕조를 세우
게 된다. 이리하여 촉에 뒤이어 위나라도 멸망하게 되었
다.

한편 오나라 마지막 황제 손호가 즉위한 것은 그 전년
의 일이었다. 왕조 말기에는 으레 포악한 유형의 군주가
나타나는 법인데 이 손호라는 황제도 바로 그런 인물이었
다. 손호는 본래 두뇌가 명석하고 분별력도 있었던, 상당
히 우수한 소질을 지니고 있었다. 에너지를 좀 더 건전하
게 불태울 수 있는 시대에 태어났더라면 할아버지인 손책
정도까지는 아니어도 그 나름의 활약이 가능했을는지도
모른다. 그러나 아깝게도 내분이 진흙탕 싸움으로 치닫던
말세에 군주가 되었던 그는 미친 듯이 주색과 사치에 탐닉
하였고, 신하의 간언을 듣기는커녕 마음에 들지 않으면 신
하의 눈을 도려내거나 살가죽을 벗겨서 참혹하게 죽이는

짓을 서슴지 않았다. 이렇듯 자포자기의 어두운 충동에 질질 끌려가는 듯 에너지를 폭발시키며 온갖 포악한 짓을 다한 끝에 결국 신하와 백성 모두에게서 버림받는 신세가 되고 말았다.

여기서 한 모금 청량제와 같이 등장하는 것이 오나라의 육항陸抗과 서진의 양호羊祜의 일화이다.(제120회) 그들은 최전선에서 대치하면서도 상호 간에 서로를 존중하고, 우정과도 비슷한 교분을 키워나갔다. 서진도 위나라를 멸망시킨 지 얼마 되지 않았던 터라 내치에 몰두하느라 무리를 하려 하지 않았던 탓에 결국 그 두 사람이 실제로 싸우는 일은 거의 없었다. 적군과 내통하는 것이 아닌가 하고 손호에게서 의심을 사게 된 육항이 좌천되자, 양호는 오나라로 쳐들어갈 것을 진언하게 된다. 그러나 이미 태평세월에 익숙해진 중신들의 반대에 부딪쳐 사마염은 그의 말을 들으려고 하지도 않았다. 이로 말미암아 양호는 두예杜預에게 뒷일을 부탁하고 숨을 거두고 만다. 이러한 양호와 육항의 일화는 서사의 전개를 좌우할 만한 것은 못 되지만, 수많은 영웅들이 활약했던 서사 세계의 맨 끄트머리를 장식하는, 적과 아군을 초월하는 상쾌한 관계성을 보여주는 이야기로 특히 클로즈업되었던 것이다.

양호의 후임으로 형주 방면군 총사령관이 되었던 두예는 함녕咸寧 6년(280년), 오나라에 총공세를 펴서 이미 대들보가 기울어진 오나라로부터 손쉽게 항복을 받아낸다. 참고로 이 두예라는 인물은 뛰어난 군사 전략가인 동시에 걸출한 역사학자였다. 그가『춘추좌씨전春秋左氏傳』을 엄밀한 방법론을 통해서 체계적으로 해석한 저술인『춘추경전집해春秋經傳集解』는 고금의 명저로 평가받고 있다.

삼국의 멸망

항복하고서 낙양으로 이송되어 사마염 앞에 끌려나온 손호의 태도는 유선과는 완전히 대조적이었다. 그는 타고난 반골 정신을 노골적으로 드러내었고, 사마염 그리고 서진의 중신들과 임기응변하면서 솜씨 좋게 논쟁을 벌였다.

"손호孫皓는 정전에 올라가 머리를 조아리고 진나라 황제[18]를 뵙는다. 황제가 앉을 자리를 주면서 '짐은 이 자리

---

18) 사마염을 가리킴.

를 마련해놓고 경을 기다린 지 오래노라'라고 말했다. 손호가 '신도 남방에서 또한 이런 자리를 마련해놓고 폐하를 기다리고 있었습니다'라고 답했으므로 진나라 황제는 크게 웃었다. 다시 가충이 손호에게 향하여 '듣건대 귀공이 남방에 있으면서 항시 사람의 눈알을 뽑고, 낯가죽을 벗기기 일쑤였다고 하던데 그건 어떤 형벌에 해당하는 것이었나요?'고 물었다. 손호가 대답하였다. '남의 신하된 자로 자기 임금을 시해하거나 간계를 부리는 불충한 자들에게 그런 형벌을 내렸을 뿐입니다'라고 대답하였다." (제 120회)

이것은 사마소의 심복이었던 가충이 주군에 해당하는 위나라의 고귀향공 조모를 시해했던 일을 통렬히 빈정대면서 대답한 것이었다. 이미 항복을 한 군주가 생사여탈의 권한을 쥐고 있는 상대방에게 뻣뻣하게 나오며 이런 정도로까지 말하는 것을 보면 손호도 어지간히 배짱이 두둑한 인물이라고 할 수 있겠다.

마지막으로 오나라도 망하였고, 결국 삼국은 어느 나라도 천하 통일을 완수하지 못한 채 멸망하고 말았다. 『삼국지연의』는 '천하대세란 통일된 지 오래되면 반드시 분열되고, 분열된 지 오래되면 반드시 통일되는 법이다'라고 제1

회의 첫머리에 실린 제사題辭를 교묘히 각색한 끝맺음 말을 통해서 서진에 의한 천하 통일의 시대가 되었음을 명시하면서 막을 내린다. 참고로 제1회의 첫머리에 실린 제사는 '천하대세란 분열된 지 오래되면 반드시 통일되고, 통일된 지 오래되면 반드시 분열하는 법이다'라고 난세가 도래할 것임을 암시하는 내용이었다. 이리하여 볼 만하게 수미가 상응하게 하면서 『삼국지연의』의 파란만장한 서사 세계는 끝을 맺는 것이다.

그렇다 치더라도 '일치일란一治一亂'이라고 일컬어지듯이 분열의 시대와 통일의 시대, 난세와 치세가 서로 번갈아 온다는 『삼국지연의』의 첫머리와 끄트머리에 실린 이 말은 참으로 암시적이라고 하지 않을 수 없다. 역사적 사실에서 그 후로 천하를 통일한 서진 왕조도 오래가지 못하고 멸망했기 때문이다. 라이벌을 음모로써 차례차례 제거하고 권력을 장악했던 사마씨의 수법은 상쾌한 것과는 전혀 관계가 없는 편이었다. 의분義憤과 야망이 뒤섞인, 솔직하고도 거친 난세의 에너지가 보이는 약동감 따위는 눈을 씻고도 찾을 수가 없었다. 애초부터 퇴폐의 씨앗을 품고 있었던 서진은 골육상잔의 '팔왕八王의 난'을 계기로 멸망의 길로 접어들었다.

역사를 장기 지속의 관점에서 보자면 삼국의 정립鼎立으로부터 잠시 후의 서진의 통일, 이어서 남북조 대립이라는 식의 이른바 위진남북조 약 400년간은 대체로 분열의 힘이 작용한 시대였다고 할 수 있다. 거시적으로 보자면 후한 멸망 후에 수·당 시대에 이르기까지 본격적인 천하 통일의 기운은 좀체 돌아오지 않았다. 이렇듯 장기간에 걸친 분열의 시대에는 유능한 정치가, 유력한 무장, 소수의 영웅이 등장하면 그로써 모든 것이 해결되고 사회가 안정된다는 식의 갈등 해결은 있을 수 없었다. 물론 영웅들은 세상의 변화에 전력을 다해 대응하려 했지만, 역사의 주기는 한 개인의 생애를 훨씬 넘어서는 사정권에서, 새로운 세계의 존재 양상을 제시하려 했다고 보아야 하지 않을까? 다만 끊임없이 밀려오는 역사의 거대한 파고를 넘어서서 이러한 영웅들의 이야기가 지금에 이르기까지 수많은 사람들을 끊임없이 매료하는 것은 어째서일까? 애초에 한정된 시간 속에서 최선을 다해 살아간다는 것의 의미를 어느 시대, 누구에게나 깨우쳐주고, 생각하게 해주기 때문이 아닐는지도 모르겠다.

유선의 웃음이 그리고자 하는 것

엄청난 유혈을 수반한 희생을 치른 후에 삼국 모두가 종말을 맞이하게 되지만, 『삼국지연의』의 독후감에는 불가사의하게도 참혹한 느낌은 그다지 남아 있지 않다. 그렇게 느끼는 주된 이유 중의 하나는 후주 유선을 묘사하는 방식에 있지 않을까 생각한다. 영웅과 호걸이 대활약하는 서사 전개로부터 보자면 유선은 전혀 쓸모가 없는 캐릭터라 하겠는데, 그러나 그에게는 감상이나 눈물과는 무연한, 불가사의한 명랑함이 존재하는 것이다.

유선에게는 위대한 부친에 대한 동경(또는 반발심)도, 새삼스레 천하 통일을 도모하려는 야망도 일절 없었다. 자기주장이 강했다면 후견인인 제갈량에게 반발도 했겠지만, 유선은 무조건 제갈량에게 의지하였을 뿐이다. 한편 제갈량 또한 그 점을 이용해서 나라를 빼앗으려는 생각 따위는 조금도 없었던 식으로, 상호 간에 잘 맞았던 덕분에 유비 사망 후에도 촉나라는 이후 40년이나 더 명맥을 유지할 수 있었던 것이다. 후세에 제갈량은 지극히 성실한 책사의 이미지로 이상화되어 이야기되고 있다. 그러나 제갈량의 입장에서 보자면 전면적으로 '(일을 자신에게) 죄다 내맡기는' 유선을 일부러 폐위시킬 필요도 없었고, 차라리 자신의 의지대로 움직일 능력도 없는 그를 대의명분[19]으로 내세우며 모시는 편이 그 자신이 군주가 되어 쓸데없는 역풍을 맞는 편보다 만사를 뜻대로 할 수 있다고 느꼈을지도 모른다. 약간은 양상이 다르다고는 하지만 조조가 헌제를 (제거하지 않고서) 등에 업고자 했던 정치적 판단과도 동일한 의미를 지닌다고도 말할 수 있겠다. 유선보다 헌제 쪽이 영리했던 만큼 조조가 제갈량보다 좀 더 '애를 먹었을' 테지만 말이다.

촉나라는 험준한 지세로 둘러싸인 소국으로서 인접한 오나라와 동맹을 맺고 유능한 관료를 길러서 내정을 굳건히 한다. 아울러 국방상으로는 수도 성도와 북서 및 북동 방면의 국경지대를 엄중히 방비하고, 남방의 소수민족을 위무해둔다. 이렇게 하면 위나라가 정색해서 정말로 쳐들어오지 않는 한 촉나라는 우선은 평화를 누릴 수 있다고 하겠다. 그러나저러나 제갈량이 죽은 뒤 30년의 기간 동안 촉나라는 눈이 팽팽 돌 정도로 황제가 바뀌었던 위나오나라와 달리 내내 유선 1인이 황제 자리를 계속 유지했

---

19) 후주 유선을 가리킴.

으며, 너무나도 손쉽게 항복했던 까닭에 나라가 멸망할 적에도 별달리 유혈 사태도 없었다. 또한 그 후에 낙양으로 이송되었던 유선 자신도 첫머리에 인용했던 대목에서 보듯이 안락한 생활을 누렸던 것이다.[20]

이와 같은 촉나라의 결말에는 위나 오나라 같이 피비린내 나는 처참함은 전혀 없었고, 안심케 하는 측면이 분명히 있었다. 앞에서도 언급했듯이 유선은 분명히 암우暗愚한 군주였지만, 자신의 손으로 누군가를 죽였거나 누군가를 총애하여 권력투쟁을 야기한 일도 없었다. 차라리 아무 일도 하지 않음으로써 황제 자리를 계속 유지할 수 있었다. 유선이 즉위한 이후 항복할 때까지 의식적으로 이와 같은 처신을 했던 것이라면 그는 어리석음을 가장한 지극히 총명한 인물이었다고 하겠다. 물론 유선은 그런 정도의 큰 인물은 못 되었고, 단지 그것이 그의 생긴 그대로의 자연스러운 모습이었을 뿐이었다. 그러나 이렇다 할 행위를 하지 않았음에도 불구하고 항상 신하들의 도움을 받아왔다는 사실은 유선에게도 역시 부친 유비와 일맥상통하는 요소가 있었음을 보여주고 있다. 강렬한 리더십을

---

20) 사마소는 유선을 안락공安樂公에 봉하였다.

발휘하지 않았는데도 유비에게는 관우나 장비를 비롯한 뛰어난 호걸들이 목숨을 걸고 따를 만큼 불가사의한 매력이 있었다. 그러한 아버지 유비에게서 용맹함, 격렬함, 의협심 등을 죄다 빼버리면 아들 유선이 되는 것이라고 해도 지나친 말은 아닐 것이다.

어쨌든 항복한 상대방 앞에 끌려나와서 싱글벙글 웃어대는 유선의 철없는 모습은 삼국 모두가 멸망하는, 본래는 비극적이어야 할 『삼국지연의』 세계의 끝막에 어이없고도 희극적인 분위기를 연출하고 있다. 유비도, 관우도, 장비도, 조운도 그리고 물론 제갈량도 너 나 할 것 없이 모두가 필사적으로 싸운 끝에 가까스로 획득한 근거지인 촉 땅. 그러한 촉나라가 멸망했는데도 유선은 아무런 감흥도 없는 듯, 단지 기분 좋게 웃으면서 '이곳21)에 있는 것이 즐거워서 촉나라 생각이 나지 않습니다'라고 태연하게 대답할 뿐이었다. 이것은 으레 눈물범벅의 결말이 되리라는 예상에 명백히 골탕을 먹이고 있는 것이다. 이런 식으로 결말을 짓는 장편소설의 경우는 아마도 세계 문학사에 유례가 없다고 해도 좋을 것이다. 여기에는 몇 차례나 왕조의 흥

---

21) 낙양을 가리킨다.

망을 경험했던 장구한 역사를 가진 중국에서 생겨난 서사물 특유의 짐짓 정색을 하는 밝은 달관이 도사리고 있다. 유선 그 자신은 정말이지 암우한 인물이었을 뿐일는지 모르지만, 그의 웃음을 작품의 끄트머리에 배치했다는 사실에서 일치일란一治一亂, 통일과 분열, 탄생과 멸망을 끝없이 반복하는 중국 역사에 대해 결코 영탄하는 법 없이, 똑똑히 응시하려는 『삼국지연의』 작자의 투철한 시선을 간취할 수 있는 것이다.

『서유기西遊記』편
- 거대한 요괴 테마파크

1. 천지를 휘젓고 다니는 슈퍼 원숭이
- 손오공孫悟空 등장

"바로 이 화과산花果山 꼭대기에 신기한 바윗돌이 하나 서 있었다. (중략) 이 선석仙石은 천지가 개벽한 이래 하늘과 땅의 영기와 일월의 정기를 받으며 오랜 세월을 감응하는 동안 차츰 서로 통하는 영기가 서리더니 마침내 그 속에 선포仙胞가 생겼다. 그리고 어느 날 바윗돌이 쪼개지고 갈라지면서 둥근 공처럼 생긴 돌알을 한 개 낳았다. 그 돌알은 바람을 쐬더니 그 즉시 돌 원숭이로 변했는데, 오관을 모두 다 갖추었고, 팔다리까지도 멀쩡하게 생겼다. 이 돌 원숭이는 그 자리에서 기어 다니고 걸어 다닐 줄 알고, 사방을 향하여 절을 하였다. 그때 눈망울에서 두 줄기 금빛 광채가 쏘아져 나와 하늘나라에까지 뻗쳐 옥황상제 하느님[1]을 놀라게 하였다." (제1회)

설화에서 서사로

『서유기』도 또한 『삼국지연의』와 마찬가지로 재담꾼에

---

1) 정식 칭호는 옥황대천존현궁고상제玉皇大天尊玄穹高上帝이다.

의한 설화에서 생겨난 작품이다. 최초에는 아마도 손오공 설화, 삼장법사三藏法師 설화라는 식으로, 각각의 캐릭터에 관한 이야기가 따로따로 전승돼오던 것이 송대에 일단 『대당삼장취경시화大唐三藏取經詩話』[2]로서 하나의 서사물로 통합되었다가, 그 후에 이『대당삼장취경시화』가 재담의 텍스트인 화본話本으로 통용되게 되었다.

『서유기』도 이 화본을 모태로 생겨난 것이다. 특히 삼장법사와 관련된 삽화 따위를 보면, 화본에 수록된 이야기를 그대로 전용하는 사례도 많고, 재담의 세계에서 인기가 있었던 유명한 에피소드를 의도적으로 채택하고 있음을 알 수 있다. 『서유기』에 있어서『대당삼장취경시화』는 마치 『삼국지연의』와『삼국지평화』의 관계와 같다 하겠다. 이 경우와 마찬가지로 서사물의 원형이 되었던 텍스트는『수호전』에도 존재하였다.

저자로 지목되는 오승은吳承恩(1504?~1582?)에 의해 화본이 정리되고, 본격적인 서사물의 형태로 굳어진 것은 명대 중기로 상당히 시대가 내려오고 나서의 일이었다. 그래서

---

2) 중국 송나라 때의 이야기책. 3권으로『서유기』의 조본으로 평가받는데, 당나라 고승 현장이 천축에서 경전을 가지고 온 일에 대한 내용이다.

인지 괴물과 요괴가 어지러이 등장하는 초현실적 내용임
에도 불구하고 문장은 문법적으로 잘 정리되어 있고, 상당
히 읽기 쉬운 작품이 되었다. 물론 지문이 대부분 문언文
言으로 씌어 있는『삼국지연의』와 비교해보면 백화白話소
설적 특성이 두드러진다고 하겠으나, (문장을) 대폭 손보았
다는 것은 분명하다. 예를 들어『수호전』과 비교해보아도
월등히 읽기 쉬운 것은 틀림없는 사실이다.『수호전』에는
『서유기』보다 재담의 흔적이 강하게 남아 있고, 아직 재담
의 정비 단계에 머물러 있다는 인상이 역력하다. 아마도
재담꾼의 어투를 그대로 채용하고 있는 부분이 상당히 존
재하기 때문일 것이다.

　문장뿐만 아니라 서사적 구성에서도『수호전』의 경우는
차례차례 새로운 캐릭터가 등장하는가 싶으면 종반에 가
서는 단숨에 와그르르 퇴장해버린다는 형태여서, 좋게 말
하면 알기 쉽고, 나쁘게 말하면 엉성한 짜임새가 되고 말
았다. 그 점에서『서유기』는 서사적 구성도 매우 알기 쉽
게 짜였고, 깔끔하게 정리·완성되어 있다. 전체 작품은 3
부로 구성되어 있는데, 제1부는 화과산花果山의 돌에서 태
어난 원숭이 손오공이 심하게 난동을 부린 끝에 석가여래

에 의해 오행산五行山에 감금당할 때까지이다. (제1~7회) 제2
부는 삼장법사가 당 태종의 명령으로 서천취경西天取經³⁾의
여행을 출발할 때까지이다. (제8~12회) 이윽고 제3부에 이르
러 마침내 삼장법사, 손오공, 저팔계, 사오정 등 너무도 친
숙한 (삼장 일행의) 캐릭터가 모두 등장해서, 이들 일행이 여
정의 도중에 조우하는 요괴들을 물리치면서 천축天竺⁴⁾으
로 가는 여행을 마치 한 편의 로드 무비처럼 서술하고 있
다. (제13~100회)

『서유기』 재미의 비밀

　　다른 4편의 소설 작품과 비교해볼 때 『서유기』의 이야기
(의 실마리)를 풀어가는 방식의 가장 두드러진 특징이 무엇
이냐면, 에피소드별로 '일화완결一話完結⁵⁾형으로 되풀이하
기' 방식으로 전체 작품이 구성되어 있다는 사실이다. 물
론 『서유기』도 『삼국지연의』와 마찬가지로 장회소설이므
로, 각 회의 끄트머리에 '그런데 이 일의 자초지종은 어찌

---

3) 서천西天은 인도의 별칭으로, 곧 '인도에 가서 불경을 구해온다'라는 뜻이다.
4) 천축天竺은 인도의 옛 이름임.
5) 하나의 에피소드 속에서 이야기가 전개되고 결말을 짓는 방식을 가리킨다.

된 것인지, (그걸 알려면) 다음 회의 설명을 들으시라'는 식으로 다음 번으로 이어지는 방식으로 쓰여 있다. 그러나 회回가 아닌 에피소드 단위로 살펴보면 각각의 독립성이 매우 높다고 해야 할 것이다. 특히 분량으로 작품의 80% 이상을 차지하는 제3부 천축으로의 여행 장면에서는 뭔가 요괴가 등장해서 삼장 일행이 절체절명의 위기에 빠질 무렵, 손오공의 활약과 석가여래·관음보살 등의 도움으로 이럭저럭 요괴를 물리치고 다음 목적지로 나아간다는 식의 기본 패턴이 반복되고 있다. 또한 제1부와 제2부에 실려 있는, 일행이 서로 조우하기 전의 에피소드에 있어서도, 각각이 '그것 자체만으로도 즐길 수 있다'는 독립성을 갖추고 있다. 이것은 '재담'이었을 단계에서는 각각 짧고 독립된 이야기로서 전승되고 있었던 것이 서로 연결되어 장편소설이 되었던 데서 비롯된 특성이다. 『수호전』도 그렇지만 『서유기』에서는 그러한 특징이 한층 두드러지게 나타나고 있다.

이와 같이 기본 패턴을 되풀이하는 방식으로 이야기를 전개해가는 것은 독자를 즐겁게 하기 위한 서사의 기본적

테크닉이다. 예를 들면 일본의 전래동화 「볏짚 부자」[6]는 볏대 한 줄기를 들고서 길을 가던 남자가 도중에 누군가와 만나서 가진 물건을 교환해서 다른 물건을 얻는다는 패턴의 반복으로 이루어져 있다. 이것은 일종의 예정 조화豫定調和[7]의 서사이므로 독자는 최종적으로는 안도감을 느끼며, '다음은 누구와 만날까?', '다음은 무엇을 얻을까?', '마지막에는 도대체 어떻게 되는 걸까?' 하며 설레는 마음으로 이야기의 전개를 즐길 수 있다. 『서유기』 작품이 가져다주는 재미 역시 바로 이러한 데서 생겨나고 있다.

손오공과 저팔계 등 친숙한 인기 캐릭터가 하늘에서 지옥으로, 바다에서 산으로 뒤죽박죽 이리저리 마구 돌아다니면서 펼치는, 두말없이 재미있는 에피소드로 가득 찬 작품 『서유기』. 그 옛날 우레와 같은 박수갈채를 보내며 재담을 즐겼을 청중들의 기분을 함께 느끼면서 작품을 읽어가보기로 하자.

---

6) 일본 고대의 설화 모음집인 『곤자쿠 설화집今昔物語集』 등에 수록되어 있는 이야기로, 가난한 어떤 사나이가 관음보살의 계시를 받고서, 자신이 가진 볏대 한 줄기로 물물교환을 시작해 점점 더 비싼 물건을 얻어 마침내 밭과 집을 얻어서 부자가 되었다는 내용임.

7) 세계는 독립된 단자로 이루어지며 미리 신에 의하여 전체의 질서 있는 조화가 정해져 있다고 보는 견해.

손오공 탄생

그런데 제1부에 해당하는 모두의 제7회 부분에서 묘사되는 이야기는, 돌알에서 태어난 슈퍼 원숭이 손오공이 용궁과 천궁의 거물들을 상대로 펼치는 무수한 난동에 대한 이야기이다. 바다 밑에서부터 하늘 끝까지 종횡무진 이리저리 내달리며 제멋대로 소동을 일으키는 손오공은 『삼국지연의』의 장비처럼 서사 세계의 슈퍼 아이돌이나 마찬가지다. 삼장법사를 만나고 나서는 완전히 성실한 인간이 아닌 성실한 원숭이로 변모해가는 손오공이지만, 서사 세계의 도입부 언저리에서는 '천궁 대소동(大鬧天宮)[8]'의 난동질을 연출해 보인다. 이를테면 '손오공 설화'라고 해야 할 이러한 부분은 『서유기』가 성립되기 훨씬 이전부터 독립된 이야기로서 민중이 즐겨왔던 것이라 하겠다.

천지일월의 힘을 한데 그러모아, 화과산의 '선석'에서 태어난 돌 원숭이 오공은(첫머리 인용 부분), 산중을 이리저리 날아다니며 맨몸의 원숭이들과 무리를 지어 즐겁게 살고 있었다. 그러던 어느 날, 문득 발견한 개울물의 발원지를 찾아 거슬러 올라가다가 깊은 용소를 발견하게 된다. 솜

---

8) 천궁을 뒤엎고 일대 소란을 부린다는 뜻임.

씨를 겨룰 요량으로 폭포 속으로 뛰어들었는데, 그곳에는 멋지게 돌로 만든 저택들과 꽃과 나무가 무성한 별천지, '복지동천福地洞天 화과산 수렴동水簾洞'이 펼쳐져 있는 것이 아닌가! 이것은 안성맞춤이라고 여기고서 무리와 함께 그곳에 정착한 손오공은 이윽고 원숭이들의 대왕, 곧 '미후왕美猴王'으로서 이삼백 년 동안이나 향락을 누리며 놀고 지내는 나날을 보내게 되었다.

그런데 이 미후왕이 어느 날 갑자기 눈물을 뚝뚝 흘리면서 이 즐거움도 지금 한때일 뿐 언젠가는 저승의 염라대왕에게 가야만 한다면서, 유한하고도 덧없는 목숨을 한탄하기 시작했다. 그러자….

"원숭이의 무리 속에서 긴팔원숭이 한 마리가 불쑥 튀어나오면서 큰 소리로 외쳐 아뢰었다. '대왕[9]께서 그리도 앞날을 걱정하시다니, 이는 실로 도심道心이 싹트는 징조인가 하옵니다. 이 세상의 오충五蟲[10] 가운데 저승의 염라대왕께서도 손을 대지 못하는 것이 세 가지 있다 하옵니다.'

---

9) 손오공을 가리킨다.
10) 옛날 사람들이 다섯 가지로 나눈 동물의 총칭. 우충羽蟲은 깃털 달린 날짐승, 모충毛蟲은 털 달린 길짐승, 갑충甲蟲은 껍질 달린 거북이 종류나 곤충, 인충鱗蟲은 비늘 달린 물고기 종류, 인류는 벌거숭이 동물로 보아 나충裸蟲이라고 했다.

'그 세 가지란 것이 무엇이냐?'고 후왕猴王이 물었다. '불佛과 선인仙人, 그리고 성인입니다. 이 세 존재는 윤회를 벗어나 불생불멸不生不滅하옵고, 천지자연과 더불어 수명을 같이한다 하옵니다'라고 긴팔원숭이가 대답했다. 후왕이 다시 물었다. '그럼 그 세 존재가 어디에 살고 계시다더냐?' '염부閻浮[11] 세계의 깊은 산속 오랜 동굴에서 산다고 하옵니다'라고 긴팔원숭이가 답했다. 그 대답을 듣고서 후왕은 크게 기뻐하며 말했다. '나는 내일 너희와 작별하고 산을 내려가, 바다 구석 하늘 끝닿는 데까지 두루 돌아다녀서라도, 반드시 이 세 존재를 찾아뵙고 불로장생하는 법을 배워 염라대왕의 화에서 벗어나야겠다.'"(제1회)

이리하여 오공은 불로장생술을 익히기 위해 스스로 쌓아올린 원숭이 왕국을 떠나 수행의 여행길에 오르게 된다.

불로장생하는 몸이 되다

그 뒤로 팔구 년 동안 불로장생술을 전수해줄 스승을 찾아 편력을 계속한 끝에 만난 이가 선인 수보리조사須菩提祖師였다. 간신히 뵙게 된 조사에게 넙죽 엎드려 굽실굽

---

11) 불교에서 인간 세계를 일컫는다.

실 머리를 조아려, 마침내 제자로서 입문을 허락받은 오공은 스승에게서 '손오공'이라는 법명까지 받게 되어 뛸 듯이 기뻐하였다. 이후 물긷기, 청소하기, 온갖 예의범절 등을 익히며 몇 년씩이나 묵묵히 수행에 힘썼다.(제2회) 이러한 성실함은 대단한 것으로 훗날 불경을 구하러 가는 취경取經의 여정에서 삼장법사의 성실한 종자가 되는 손오공의 모습을 예감케 해준다. 손오공에게는 애초부터 엉터리 투성이인 속에서도 '목적을 향해 난제를 풀어가는' 착실한 면모가 있었으며, 죄장罪障을 짊어진 자가 그것을 씻기 위해 일부러 고난을 뚫고나가는 '통과의례(Initiation)[12] 여행'의 구성을 취하는 『서유기』라는 작품에 참으로 잘 어울리는 캐릭터라고 해야 할 것이다.

그런데 점차 스승의 허여를 받으면서, '일흔두 가지 변화술법'[13]을 전수받은 손오공은 구름을 타는 근두운筋斗雲의 술법, 수중을 자유롭게 다니는 폐수閉水의 술법, 솜털을 잘게 씹어 불어 분신을 만드는 신외신身外身의 술법 등의

---

12) 본문에서는 '이니시에이션Initiation'으로 되어 있으나 여기서는 '통과의례'로 옮긴다. 통과의례란 사람이 태어나서부터 죽을 때까지 거치게 되는 탄생, 곧 성년, 결혼, 장사葬事 등에 수반되는 의례를 말하는데, 이후 사람의 일생 동안 어떤 일을 하거나 새로운 상태로 넘어갈 때 꼭 거쳐야 하는 일이라는 의미로 확대하여 쓰인다.
13) 온갖 모습으로 둔갑하는 72종의 지살수地煞數 변화술법.

도술을 잘 쓸 수 있게 되었고, 그 덕택에 대단한 신통력을 얻게 되었다. 완전히 불로장생의 몸이 되었던 것이다. 그런데 스승의 문하를 떠나서 동료 원숭이 무리가 기다리는 '화과산 수렴동'으로 복귀하고 나서는 손오공은 정신이 해이해져서 제가 하고 싶은 대로 행동하였다. 처음에 한 일은 부하 원숭이들을 괴롭히던 '혼세마왕混世魔王'을 요술로 퇴치한 것이었다. 이로써 스스로를 주위 동굴에 사는 요괴와 마왕들의 우두머리로 자처하게 되면서 손오공은 자신에게 적당한 무기가 없다고 하고서는 동해 용궁으로 쳐들어갔다. 그리고는 용왕에게서 신축자재한 비보秘寶인 '여의금고봉如意金箍棒'을 가로채었고, 갑옷투구가 없다고 하고서는 용왕의 세 형제로부터 이것도 건네받았다. 급기야는 신통력을 발보이며 우마왕牛魔王을 비롯한 마왕들과 '일곱 의형제'라 칭하기 시작하는 형편이 되었다.

그런 손오공의 꿈속에 어느 날 찾아온 이가 있었으니 저승사자였다. 마침내 이승에서의 손오공의 수명이 다하였다고 하면서 자분자분 포박해서 끌고 가려고 하니, 물론 순순히 말을 들을 리가 만무한 손오공이었다. 여의봉을 휘둘러서 난동을 부린 끝에 살아 있는 모든 부류의 수명을 기재한 '생사부'를 손에 넣고서 멋대로 고쳐버리고, 자신을 비롯해 동료 원숭이들까지도 죄다 불로불사하게 만들어버렸다.

　　"원숭이 부류에는 따로 명부가 있었으므로, 손오공이 명단을 들고 직접 들춰 보니 '혼魂'이라는 글자 제1350호에 이르러 간신히 손오공이라는 이름 석 자가 나오는데, '천산天産의 돌 원숭이, 수명은 342세, 천수를 다하기로 되어 있음'이라고 씌어 있었다. 오공은 웃으며 말했다. '나도 내 나이가 얼마인지 모르는데 말야. 내 이름 석 자를 지워버리고 말아야겠다. 붓을 가져 오너라.' 판관이 황급히 붓을 대령하므로, 오공은 붓에 먹물을 잔뜩 찍어서 장부를 손에 들고서는 자기 이름은 물론이요, 원숭이 부류에 이름이 적힌 것은 죄다 지워버리고 말았다. 그리고 장부를 내던지면서 '이제 다 되었군, 다 되었어! 이제부터 너희들의 간섭을 받을 까닭이 없으렸다'라고 말하였다. 그러고 나서 손오공은 여의봉을 휘두르며 저승을 빠져나갔다."(제3회)

손오공, 천상계에서 대소동을 일으키다

　　손오공이 일으킨 대소동을 견디지 못한 용왕과 염라대

왕은 마침내 천상계의 수장인 옥황상제에게 사정을 호소하였다. 우선은 장로인 태백금성太白金星의 조언을 받아들여 손오공을 회유하여 천상계에 귀순시키기로 하였던 옥황상제가 그에게 내린 벼슬은 필마온弼馬溫[14]이라는 직책이었다. 요컨대 말을 관리하는 집사로 천상계에서도 맨아래 말단의 변변치 못한 자리였다.

처음에는 그것도 모르고 기쁨에 겨워 열심히 일했던 손오공은 이윽고 낌새를 채고서는 격노해서 천상계를 뛰쳐나가는가 싶었더니 이윽고 귀왕鬼王 등을 수하에 거느리고서 '제천대성齊天大聖'이라고 자칭하고서는 다시금 일대 소동을 벌였다. 이러한 손오공을 조복調伏시키고자 옥황상제는 탁탑이천왕托塔李天王[15]과 그 아들 나타태자哪吒太子를 파견했지만 한심하게도 맥없이 패하고 말았다. 다시금 옥황상제는 태백금성의 진언을 받아들여 이번에는 '제천대성'의 직분으로 손오공을 초안招安하고서는 이른바 '유관무록有官無祿', 곧 벼슬은 주지만 녹봉은 주지 않는 것으로 해서 천상계에서 평생 고용하는 것으로 방침을 정했다.

---

14) 중국 민담에서 원숭이는 말의 역병을 물리친다 하여서 '피마온避馬瘟'이라 일컫는데, 이것을 벼슬 이름으로 전용한 것임.
15) 비사문천毘沙門天의 다른 이름임.

이러한 대우에 기분이 아주 좋아져서, 한가로이 천상계를 여기저기 놀러 다니는 손오공의 모습을 보고서 옥황상제는 그가 노상 심심파적으로 제멋대로 놀러 다니게만 해서는 안 되겠다고 생각했다. 옥황상제는 그래서 손오공에게 복숭아 동산인 '반도원蟠桃園'의 관리를 맡아달라고 하였다. 그러나 동산을 지키는 토지신이 손오공에게 이곳의 복숭아에는 세상에 다시없는 신비스러운 효능이 있어 그것을 먹으면 불로장생할 수 있다고 넌지시 귀띔해준다. 이야기를 들은 손오공은 참지를 못하고 기회를 엿보아서 동산의 복숭아를 닥치는 대로 먹었고, 더 나아가 서왕모西王母가 주최한 '반도회蟠桃會'라는 잔치에 멋대로 잠입해 술을 닥치는 대로 마셔버렸다. 게다가 천상계의 최상층부인 도솔궁兜率宮에까지 함부로 들어가 태상노군太上老君이 만들어놓은 금단金丹을 깡그리 먹어치우는 지경에까지 이르렀다.

머리끝까지 화가 난 옥황상제는 재차 토벌군을 일으켜 출동시켰지만, 이미 불로장생술을 몸에 익힌 손오공에게는 10만의 천병天兵은 조금도 걱정거리도 못 되어서, 여의금고봉을 휘두르고 자유자재로 변화술을 사용하며 대소동을 계속 연출하였다. 결국 태상노군의 비밀 병기 '금강탁金剛琢[16]'에 얻어맞고서 사로잡히기는 했지만, 여하튼 손오공은 선도복숭아와 금단을 하도 많이 먹은 덕분에 '(아무리) 칼로 찍어도, 도끼로 잘게 다져도, 벼락을 때려도, 불로 태워도 긁힌 상처 하나 입힐 수가 없는'(제7회) 육체가 되어 있었다. 그래서 결국 단약을 굽는 데 쓰는 '팔괘로八卦爐'에 집어넣어서 내리 49일을 굽고 졸였지만 손오공의 육체는 아무렇지도 않았고, 단지 연기에 그을려서 '화안금정火眼金睛[17]'이 되었을 뿐이다. 도대체 어찌 해야 손오공을 혼내줄 수 있겠는지, 더 이상 쓸 방법이 없구나… 하는 지경에 이르러, 마침내 옥황상제는 서방西方으로 사신을 보내어 석가여래에게 도움을 청하게 된다.

오행산五行山 아래에 갇히다

서방의 뇌음사雷音寺에서 행자를 거느리고 왔던 석가여래는 손오공의 모습을 보고서는 가가대소하면서 물었다.

---

16) 달리 금강투金剛套로도 불린다.
17) '흰자위가 시뻘겋게 핏발이 서고, 눈동자는 샛노랗게 변색되었다'는 뜻임.

"'네가 불로장생술과 변화술법 말고 또 무슨 도술이 더 있기에 천궁의 영성靈城을 빼앗겠다는 거냐?'고 석가여래가 물었다.

　제천대성이 대답하였다. '도술이야 얼마든지 있고 말고요! 나는 72가지 도술을 지녔고, 미래영겁에 걸쳐서 불로장생할 수도 있소. 근두운筋斗雲을 타면 십만팔천 리를 단숨에 날아갈 수도 있소. 이러고도 내가 천궁 옥황상제의 보좌에 앉을 자격이 없단 말이오?' 석가여래가 다시 말하였다. '나하고 너하고 내기를 해보자꾸나. 네가 근두운을 타고서 내 오른 손바닥을 빠져나갈 재주가 있다면 네가 이긴 것으로 쳐주마.'"(제7회)

　이러한 내기의 결과는 주지하다시피 근두운을 한번 타고서 세상의 끝까지 날아갈 작정이었지만, 여전히 부처님 손바닥 안이었다는 것으로 손오공의 완패로 끝나고 만다. 이리하여 일대 소동을 피운 슈퍼 원숭이는 마침내 석가여래의 다섯 손가락이 변하여 생긴 오행산 밑에 눌려서 갇혀버리고 마는 신세가 되었다.

2. 지옥에서의 일은 어떻게
- 태종太宗의 지옥 유람

"두 사람[1]이 이렇게 얘기를 나누고 있는데, 저쪽에서 검은 옷을 입은 동자가 쌍쌍이 깃발과 보개寶蓋를 받쳐 들고 나타나더니 큰 소리로 외쳐 불렀다. '염라대왕께서 모셔오라 합니다.' 이리하여 태종은 최판관과 두 동자와 함께 앞으로 걸어나가니, 가는 길에 거대한 성곽이 나타났다. 성문 위에는 커다란 팻말이 하나 걸려 있는데, 금빛 글씨로 '유명지부귀문관幽冥之府鬼門關'이란 일곱 글자가 씌어 있었다. 검은 옷을 입은 동자는 깃발을 흔들면서 태종을 인도하여 성안으로 들어가서 길거리를 따라 계속 걸었다. 뒤따라 걷는 태종에게 누군가 외치는 소리가 들려왔다. '세민이 왔다! 세민이 왔다!' 돌아보니, 길가 한쪽에서 죽은 아버지 이연李淵과 자기 손에 죽임을 당한 형 이건성李建成, 그리고 처형되었던 아우 이원길李元吉이 나타나, 이건성과 이원길이 때려죽일 듯이 달려드는 것이 아닌가! 태종은 피할 겨를도 없이 그들에게 멱살을 잡혀 쩔쩔매고 있는데, 다행스럽게 최판관이 엄니를 드러내고 으르렁대는 청귀靑鬼를 불러내어 그들에게 호통을 쳐서 물리

---

1) 당의 태종과 지옥의 판관 최각崔珏을 가리킨다.

처준 덕택에 가까스로 **빠져나올 수 있었다.**"(제11회)

기상천외한 세상 천상계

제1부의 전개에서 이미 명백해졌듯이『서유기』의 세계는 참으로 융통무애해서, 돌에서 원숭이가 태어나는가 하면, 요괴와 용왕과 선인이 차례차례 등장하는 등 굳이 말하자면 '무엇이나 존재하는' 세계이다. 참고로 제1부의 7회 분에서는 '인간'은 거의 등장하지 않는데, 실재의 인간들이 속속 등장하는『삼국지연의』에 비교하면 그 에스에프SF적이라 할 '인공성'이 두드러진다고 하겠다. 물론『서유기』에도 삼장법사나 당태종 같은 실존했던 인물이 등장하고, 실화를 바탕으로 만들어진 부분도 존재한다. 그러나 다른 4편의 소설이 현실(역사적 사실)을 토양으로 하면서, 그 위에 허구를 배양한 것이라면,『서유기』는 토양 자체를 인공적으로 만들어놓은 사례라고 하겠다.

특히 그러한 인공성을 강하게 실감케 하는 것이 천상계의 기상천외한 구조이다. 불로장생의 금단을 굽는 태상노군과 선도의 정원을 가꾸는 여신 서왕모 등 도교적인 신들이 등장하는가 하면, 불교적 존재라 할 석가여래와 관음보살 등도 극히 자연스러운 형태로 옥황상제 앞에 나타나듯이, 참으로 '무엇이나 존재한다'는 것이『서유기』에 등장하는 천상계이다.

'천天'이라는 관념은 본래 중국에서는 옛날 도교가 성립하기 훨씬 이전부터 있었는데, 불교나 기독교와 같은 인격신, 유일신과는 구별되는, 우주 전체의 원리와 같은 것이다.『서유기』에서 하늘의 한가운데에는 옥황상제(도교), 서방에는 석가여래(불교)라는 식으로 서로 공존하면서 천상계를 함께 지킨다는 식의 설정이 되어 있는 것과 같다 하겠다. 요컨대『서유기』천상계의 구조는 민중들 사이에 널리 퍼져 있는 도교와 불교에 관한 지식을 솜씨 좋게 포섭하고 조화시켜서, 여러 세계가 공존할 수 있는 구조가 되어 있는 것이다.

현세도 천상계도 관료 사회

이와 같은 천상계에도 히에라르키Hierarchie, 곧 계층이 존재한다고 보는 것이 또한 흥미로운 사실이다. 극락세계에 계층이 있다고 하는 것은 불교적 사고방식인데, 그것이 도교적 세계관과 뒤섞인 것으로 추정된다.

본래 중국 신선사상에서 현세는 천상계 및 이계異界와 동떨어진 것이 아니라 오히려 서로 연결된 것이라는 이미지가 강하다. 현세에 요컨대 중국이 중심에 자리하고 있다면 천상계는 그 상층에, 이계는 동일한 평면상에 연속된 공간으로 존재하고, 각각의 공간 사이에 넘을 수 없는 간극 따위는 존재하지 않는다. 그와 같은 일종의 잇닿아 있다는 감각을 지녔던 관계로 중국에서는 천상계와 이계에도 현실 세계와 마찬가지로 관료 사회적인 히에라르키가 있다고 보는 발상이 현저한 것이다.

『서유기』에도 천상계는 옥황상제를 정점으로 하는 히에라르키(관료제도)를 갖춘 국가와 같은 형태로 묘사되는데, 이것은 최정상에 황제를 두고 있는 현실 세계의 이미지를 그대로 투영한 것이다. 현세와 마찬가지로 이러한 천상계의 관료제도 견고하기 짝이 없어서, 그것이 너무도 답답하다고 싫어한 나머지 일부러 천상계로 승천하지 않았다는 신선의 이야기가 있을 정도이다. 예를 들면 동진東晉 신선 사상가 갈홍葛洪의 저작인『포박자抱朴子』3권「대속對

俗」 편에는 '선인 중에는 승천하는 자도 있는가 하면, 지상에 머무르는 자도 있다'고 하면서, 잠시 지상에 머물고자 하는 경우는 불사약인 금단을 반 정도 마시면 된다고 쓰여 있다. 이를 실천했던 팽조彭祖라는 선인은 '천상계에는 신분이 높은 관리와 위대한 신들이 많고, 갓 선인이 된 자는 지위가 낮아서 섬겨야 할 상대가 많고, 여간 수고스럽지가 않다'(앞 책 같은 곳)고 하여서, 아득바득대며 승천할 필요는 없다고 생각해서, 그 결과 '800년 남짓'을 지상에서 머물렀다고 한다. 아무리 보아도 관료제도가 사회 구석구석까지 고루 퍼져 있던 전통 중국 사회 특유의 발상으로 참으로 흥미로운 내용이다.

『서유기』의 경우는 천상계의 거주자들이 중앙 관료라고 한다면, 지방 관료 격으로 있는 것이 지상계 각지를 수호하는 '토지신'이다. 중국에서는 지금도 각지에 사당을 두고 이들 토지신에게 제사를 올리고 있다. 토지신의 기원은 반드시 도교적인 것은 아니지만 『서유기』에 국한해 본다면 옥황상제의 지배하에 있는 존재로 규정되어 있다. 그러나 『서유기』에 등장하는 토지신의 대다수는 침략자인 요괴들에게 자신들의 토지를 순순히 빼앗기는 한심한 존재이다. 이윽고 손오공이 요괴들을 퇴치해주면 '감사합니다' 운운하며 예를 표하면서 뻔뻔스럽게 나오는 모양이 유머러스한 느낌조차 주는 것이다.

'삼장三藏의 진경眞經'을 구하는 여행

그런데 작품으로 다시 돌아가면, 손오공이 석가여래에 의해 오행산 기슭에 감금당하고 나서, 하계에서는 어느덧 500년의 세월이 흘러가버렸다. 사대부주四大部洲[2]를 둘러보고 석가여래가 제자들에게 이르기를, 네 주 가운데 동방에 있는 남섬부주에만 악이 창궐하고 있다고 하였다. 이에 '삼장의 진경'만 있다면 선을 권장할 수 있을 거라고 하면서 보살들에게 다음과 같이 말한다.

"나는 이것[3]을 동녘 땅으로 보내고자 하나, 애석하게도 그곳의 중생들이 지극히 우둔하여 참된 진리의 말씀을 비

---

2) 동승신주東勝身洲, 서우화주西牛貨洲, 남섬부주南贍部洲, 북구로주北俱蘆洲의 4주를 가리킨다. 불교적 우주관이나 세계관에서는 세계는 이 4주로 이루어져 있다고 한다.

3) 삼장三藏의 진경眞經으로, 삼장은 『경장經藏』, 『율장律藏』, 『논장論藏』의 세 가지 불교 경전을 말한다.

방하고, 우리 법문의 요지를 모르고, 유가瑜伽의 정종[4]의 깨우침을 소홀히 하고 있다. 나는 어떻게 해서든 법력이 있는 자를 뽑아서 동녘 땅으로 보내 선지식善知識[5]을 찾아내어 그자로 하여금 천산만수를 넘어서 내가 있는 이곳으로 찾아와서 진경眞經을 가져가게 하고 싶은 것이다. 그래서 그 진경을 동녘 땅에 길이 전하여, 저 어리석은 중생에게 불도를 권장하면 그 결과는 태산보다 더 큰 복연福緣이요, 바다만큼이나 깊은 선사善事가 될 것이다. 자, 누군가 동녘 땅으로 가줄 사람이 없겠는가?" (제8회)

'동녘 땅'은 여기서는 대당제국이 있는 곳을 가리킨다. '선지식', 곧 불교의 훌륭한 지도자를 찾아내어, 당나라에서 천축까지 온갖 역경을 극복하면서 불경을 얻으러 가는 여행을 하게끔 해서, 공덕을 쌓는 동시에 홍법弘法의 능력을 부여한다는, 『서유기』의 주요한 스토리가 여기에서 발생하게 된다.

---

4) 유가瑜伽는 yogat의 음역어로 명상을 통한 불교의 수행법을 가리킨다. 여기서는 석가모니로부터 대대로 이어져 전해온 종지宗旨를 터득하는 것이 유가의 정종임을 뜻하고 있다.
5) 지혜와 덕망이 있고 중생들을 교화할 만한 능력이 있는 승려를 가리킨다.

관음보살의 예비 조사

이렇게 되자 다음 문제는 그러한 여행을 누구에게 시킬 것인가 하는 것이다. 어떻든 필시 고생할 것이 분명한 여행, 아니 그보다 고난에 맞닥뜨리고 극복해내는 일 자체가 목적이라고 할 여행이므로 예사내기로는 감당할 수 없을 터였다. 취경取經의 여행길에 대한 사전 답사도 겸해서 여행을 맡길 적임자를 물색하는 역할을 맡고 나선 이가 관음보살이었다. 석가여래의 명을 받은 관음보살은 이후로는 비호하는 역할을 맡아 취경의 여행길을 계속 지원하게 되는 것이다.

서방에서 당나라를 향해 혜안惠岸 행자를 데리고 여행길에 나섰던 관음보살은 도중에 불경을 가지러 갈 주인공을 수행할 종자 역할을 맡게 될 면면들과 조우하게 된다. 우선 도도히 강물이 흘러가는 대하 유사하流沙河에서 보장寶仗을 손에 쥔 수괴水怪가 튀어나온다. (제8회) 수괴는 눈앞에 있는 이가 관음보살임을 알게 되자 머리를 조아리며 신세타령을 시작하였다. 그는 본시 천상계에서 옥황상제를 수행하던 권렴대장捲簾大將이었는데, 반도회 연회 때 손이 미끄러져 유리잔을 깨뜨렸다는 죄로 하계로 쫓겨나고 말았다는 것이다. 지금은 유사하를 지나가는 나그네들을 모두 잡아먹으면서 살아가고 있다. 그런데 이 수괴가 어떻게든 죄업을 씻고 싶다면서 불문에 귀의하기를 청하는 것이다. 그래서 관음보살은 그에게 수계授戒 의식을 베풀고 '사오정沙悟淨'이란 법명을 주었다. 그리고는 서방으로 불경을 가지러 가는 스님이 지나가기를 그곳에서 기다리라는 분부를 내리고서 앞길을 서둘러 떠났다.

다음으로 도착한 복릉산福陵山 산꼭대기에서 쇠스랑을 들고서 나타난 것은 돼지 형상의 요괴였다. 그 요괴 또한 상대가 관음보살임을 알게 되자 머리를 조아리고서 하소연을 하였다. 자신은 본래 천하天河에 살던 천봉원수天蓬元帥로 술 취한 김에 월궁 항아嫦娥[6]를 희롱했다는 죄목으로 하계로 쫓겨났는데, 잘못 짚어서 돼지의 형상으로 태어나게 되었다고 호소하였다. 산속 동굴에 살고 있는 여인의 데릴사위로 들어가 살았는데, 아내가 죽는 바람에 하릴없이 이제는 사람이나 잡아먹으면서 살고 있다는 것이었다. 관음보살은 여기서도 수계하고 '저오능猪悟能'이라는 법명을 주는 한편 불경을 가지러 가는 이를 기다리라고 분부하

6) 달의 여신을 가리킴.

였다. 이 대목 언저리는 바로 앞서 말한 '되풀이하기'의 패턴이다. 다음으로 출현한 것은 화재를 일으켜 야명주夜明珠를 태워버린 탓으로 벌을 받게 된 용왕의 태자로, 이 또한 언젠가 불경을 가지러 가는 이가 나타나거든 백마로 변하여 그를 태우고 서방으로 가서 공을 세우라는 분부를 내렸다. 그러고 나서 관음보살과 혜안 행자는 다시 걸음을 재촉하였다.

그리고 마침내 최후로 구출되는 이가 오행산 기슭에 갇혀 있는 손오공이었다. 불문에 귀의할 것을 맹세한 손오공에게도 언젠가 종자 역할을 맡으라고 당부하고서는, 드디어 두 사람은 당나라의 장안 땅에 들어가게 되었다.

늙은 용왕의 치졸한 꾀

무대가 장안으로 바뀔 무렵에 이야기도 바뀌어서, 일단 관음보살 일행은 자취를 감추고 이른바 '태종의 지옥 유람'의 설화가 등장한다. 이것은 '천궁 대소동(大鬧天宮)'의 손오공 설화와 마찬가지로 본래 독립된 이야기로 당대唐代로부터 전설로서 알려져 있었다. 우선은 그 개략적인 내용을 살펴보기로 하자.

어느 날 장안 땅 강가에서 한 어부가 어느 나무꾼을 상대로 자랑 삼아 이야기하기를, 서문 거리의 원수성袁守誠이라는 점쟁이가 백발백중이어서, 그의 예언을 좇아서 그물을 치면 물고기를 잔뜩 잡을 수 있다고 자랑하였다. 이 이야기를 듣고서 노발대발한 이가 다름 아닌 수중 세계를 관장하는 용왕이었다. 제멋대로 수족水族 물고기들을 다 잡게 할 수는 없다고 생각한 그는 선비 차림으로 변장하고서 점쟁이 집을 정탐하러 나섰다. 아무리 용한 점쟁이라도 날씨에 관한 일이라면 비를 관장하는 용신龍神인 자신을 당해낼 수 없으리라고 여긴 그는 시치미를 떼고서 그 점쟁이에게 내일 날씨를 알아봐달라고 하니 점쟁이는 술술 다음과 같이 답하였다. '내일 진시辰時(7~9시)에는 구름이 덮이고, 사시巳時(9~11시)에는 천둥 번개가 치며, 오시午時(11~13시)에 비가 내리기 시작하여, 미시未時(13~15시)에는 비가 그칩니다. 강우량은 도합 석 자 세 치에 마흔여덟 방울이 됩니다.'(제9회) 그런데 그 직후에 옥황상제에게서 수정궁의 용왕에게 칙명으로 전해내려온 문서에 적힌 시각과 강우량이 놀랍게도 그 점쟁이의 예언과 조금도 어긋나지 않았다. 용왕은 혼비백산하여 이자는 보통 사람이 아니라고 혀를 내둘렀지만, 이대로는 부아가 나서 견딜 수 없다고 하면서 시각과 강우량을 조금씩 어긋나게 해서 비가 내리게끔 하였다.

그러고 나서 다음 날에 '예언과 맞지 않다'고 트집을 잡아서 점쟁이 집에 가서 행패를 부릴 무렵에 점쟁이는 그 선비가 용왕 본인이라는 사실 등을 진즉에 눈치 채고 있었다. 그래서 그는 거꾸로 '옥황상제의 명을 어기고서 제멋대로 변경을 가한 벌로서 당신은 내일 정오에 참수를 당할 것이다'라고 용왕에게 단언하였다. 또다시 혼비백산하여 놀라 자빠진 용왕은 점쟁이에게 울며 매달리면서 다음과 같이 도움을 청했다.

"(원수성이 말했다.) '내게는 당신을 살려줄 능력이 없소. 다만 한 가지 당신이 죽었다가 환생할 길을 가르쳐줄 수는 있소.' '그럼, 그 방법이라도 가르쳐주시오'라고 용왕이 애원했다. '당신은 내일 정오에 속계俗界의 관리인 위징魏徵에게 끌려가 참수형을 당하게 될 것이오. 그 목숨이 아깝거든 황급히 서둘러서 당의 태종께 달려가서 통사정을 해보시오. 위징은 태종 밑에 승상으로 있는 신하이므로, 태

종께 살라달려고 빌면 반드시 무사할 수 있을 것이오'라
고 원수성이 말했다."(제10회)

    이러한 이야기를 들은 용왕은 두말없이 태종의 꿈속에
인간의 모습으로 나타나 눈물을 흘리며 목숨을 구걸하였
고, 태종에게서 도와주겠다는 약속을 받아내었다. 그다음
날 태종은 위징을 궁전으로 불러들여 바둑판을 놓고서 대
국을 하면서 약속된 시간을 어영부영 넘기려고 하였다.
그러나 그것은 엄연한 천명이므로 딱 정오가 되자 위징은
갑자기 바둑판에 엎드리더니 코를 골며 잠이 들었고, 바로
꿈속에서 용왕의 머리를 베어버렸다.

    그날 밤 용왕이 잘린 목을 들고 꿈속에 나타나 저주의
악다구니를 쓰는가 싶더니 태종은 이미 베개에서 머리도
들 수 없을 정도로 중병에 걸려서 남은 목숨이 이레뿐이라
는 진단이 내려지고 만다. 서무공徐茂功, 진숙보秦叔寶, 호
경덕胡敬德[7] 등의 중신들이 애를 써서 태종을 괴롭히는 귀
신 유령을 쫓아버리려 했지만 결국 하릴없이 태종의 임종
을 기다릴 뿐이었다.

---

7) 세 사람 모두 역사적으로 실재했던 인물이다.

지옥 유람을 시작하다

마침내 임종이 가까워지자 위징은 태종에게 한 통의 편지를 건네면서, 죽은 뒤에 태종이 풍도酆都 지옥에 도착하거든 반드시 살아생전 자신과 의형제로 지냈던 판관 최각崔珏이라는 이에게 그 편지를 건네주라고 신신당부한다. 그렇게 하면 그 최각이라는 이가 기필코 태종의 혼백을 이승으로 되돌려보내 줄 것이라고 일러주었다. 이리하여 태종이 편지를 품속에 간직하고서 저승에 발을 들여놓은 순간 다정스레 소리치면서 달려오는 사람이 있었는데 다름아닌 판관 최각이었다. 최각은 위징의 편지를 읽어보고서는 반드시 태종을 인간 세상으로 되돌려보내겠다고 약속을 하고서 안내역을 맡고 길을 나섰다. 지옥의 입구의 모습은 첫 머리에 인용한 부분 그대로이다. 참고로 실재의 태종 이세민李世民은 스스로 제위에 오르기 위해 태자였던 형을 죽이고, 아버지에게 양위를 강요했던 일 등 양심에 켕기는 구석이 많았던 인물이었다.

이윽고 명계의 시왕十王[8]이 있는 삼라전森羅殿에 도착

---

[8] 10명의 염왕閻王으로 진광왕秦廣王, 초강왕楚江王, 송제왕宋帝王, 오관왕伍官王, 염라왕閻羅王, 평등왕平等王, 태산왕泰山王, 도시왕都市王, 변성왕卞城王, 전륜왕轉輪王의 10명을 말한다.

한 태종은 앞서 참수당한 용왕의 고소로 재판을 받게 되었다. 재판 결과 태종에게는 잘못이 없음이 판명되었고, 이어서 염왕은 판관 최각에게 생사부와 천자의 재위 기한을 기재한 천록대장天祿臺帳을 살펴보라고 명하였다. 명을 받들어 조사를 행하던 판관 최각은 그만 깜짝 놀라고 말았다. 거기에는 재위 기간이 뜻밖에도 '정관貞觀 13년'으로 되어 있어서, 결국 그 시점에서 태종의 목숨은 끝나는 운명으로 정해져 있었다. 그러나 판관 최각은 '부랴부랴 큼지막한 붓에 짙은 먹물을 듬뿍 찍어서 13년一十三年의 일一자 위에 두 획을 덧붙여 써넣고서는, 장부를 가져다가 바쳤다.' 두 획을 덧붙이면 '33년三十三年이 되는 것이니, 판관 최각이 기지를 발휘하여 그 후로 20년을 보태어 태종의 수명을 늘어나게 만들었다.

간신히 무죄 방면이 되어 풀려난 태종은 인간 세상으로 되돌아가게 되면 시왕에게 호박을 보낼 것을 약속하고, 최각의 뒤를 따라서 명부冥府, 곧 저승의 지옥을 유람하면서 양계陽界로 되돌아오는 길을 밟기 시작하였다.[9]

---

9) 죽었다가 되살아나는 것을 환양還陽이라고 한다.

돈만 있으면 지옥의 귀신도 부릴 수 있다

그러나 이렇게 시작한 지옥 유람은 배음산背陰山 뒤에 있는 십팔층 지옥과 내하교奈何橋[10] 등 어디나 할 것 없이 죄다 수많은 귀신들이 사람들을 후려치고, 망자의 귀신들이 피투성이가 되어 통곡하는, 문자 그대로 아비규환의 지옥을 여행하는 것이었다. 태종이 무서워 벌벌 떨면서 왕사성枉死城[11]까지 다다랐을 무렵에 '이세민이 왔다!', '내 목숨을 돌려다오!' 하고 외치는 망자 귀신들의 고함 소리가 들려왔다. 머리통이 날아간 귀신들에 둘러싸여 비명을 질러대는 태종을 향해 최각은 다음과 같이 말해주었다.

"최판관이 말했다. '폐하, 저 사람들은 모두 (폐하께서 행하신) 64차례의 남정북벌과 72차례의 반란을 토벌하는 전쟁터에서 희생당한 여러 왕자와 우두머리들의 망령입니다. 모두가 억울하게 죽은 원혼이오나, 망해亡骸를 거두어주는 이도, 공양을 올리는 이도 없어서 성불成佛하지 못하고 있습니다. 또한 용돈이나 노잣돈마저 없어 모두 외롭고 가난한 아귀들이 되고 말았습니다. 폐하께서 다소나마

---

10) 내하교의 '내하'라는 말은 '기왕에 저지른 죄는 어찌할 수 없다'라는 뜻이다.
11) 왕사성의 '왕사'는 '억울하게 죽었다'라는 뜻이다.

돈을 융통해서 저들에게 주신다면 제가 어떻게든 구해드리겠습니다.' 그 말에 태종이 반문했다. '과인이 빈 몸으로 여겨 왔으니, 어떻게 돈을 가지고 있겠는가?' 최판관이 다시 말했다. '폐하, 양간陽間¹²⁾에 아직 살면서 돈을 얼마 정도 이 명부冥府의 관청에 맡겨놓은 자가 있습니다. 폐하의 명의로 계약을 하시고 제가 보증을 선다면 그자에게서 한 곳간 정도의 금전을 빌려서 저 아귀들에게 나누어 주실 수 있사오니, 그렇게 하면 놈들도 이곳을 통과시켜 줄 것입니다.' 태종이 물었다. '그 사람이 누구요?' 최판관이 답했다. '하남성 개봉부開封府 사람으로 성명을 상량相良이라 합니다. 상량은 이 저승에 13군데 곳간에 금은으로 돈을 가지고 있습니다. 폐하께서 그자의 돈을 빌려 쓰셨다가 이승으로 돌아가시고 나서 갚아주시면 되지 않겠습니까?' 태종은 매우 기뻐하면서 자신의 명의로 돈을 빌리기를 원했다. 이리하여 차용증을 써서 최판관에게 건네고 곳간 한 군데 분량의 돈을 빌려와서, 태위를 시켜서 모조리 풀어서 아귀들에게 나누어주었다." (제11회)

에워쌌던 아귀들은 이렇듯 돈을 받자 순순히 물러났고, 간신히 풀려난 태종은 위수渭水 강물 속을 잠수해서 이승으로 되돌아오게 되었다. 문자 그대로 '돈만 있으면 지옥

---

12) 인간세계를 가리킨다.

의 귀신도 부릴 수 있다'는 것이었다. 절묘할 정도로 현실적이고 현세적인 지옥의 묘사 방식이 극히 중국적이고 재미를 느끼게 해주는 대목이라 하겠다.

　돈을 주고서 수명을 늘린다는 설화는 이러한 '지옥 유람' 이야기뿐만 아니라, 육조六朝 시대의 '지괴소설志怪小說' 이래로 흔히 있어왔던 갈래다. 예를 들면 『수신후기搜神後記』 권 4에 보이는, 전염병으로 죽었던 남자가 자기를 데리러 온 저승사자에게 아내의 금팔찌를 뇌물로 주고 환생해서 집으로 되돌아왔다는 이야기 등이 그 대표적인 예이다. 저승사자에게 뇌물을 주면 소생하게 되지만, 뇌물을 쓰지 않으면 그대로 지옥행을 면할 수 없다는 것이므로 참으로 노골적인 블랙유머라고 할 수밖에 없다. 망자의 영혼을 위해 '지전紙錢', 곧 종이돈을 태워서 공양을 드리는 관습에도, 지옥에서도 통하는 것은 역시 돈이라는 참으로 현실적인 발상이 작용하고 있는 것이다. 천상계가 관료 사회라면 지옥에는 뇌물이 횡행한다. 이렇듯 어른이 읽게 되면 히물히물 웃을 것 같은 이야기가 도처에 깔려 있는 것이 『서유기』 세계에 볼륨감을 키워주고 재미를 증폭시켜주었다.

『풍도지옥鄭都地獄』의 세계

이와 같은 지옥 유람의 이야기에서 특히 주목되는 것은 태종과 그 중신들, 그리고 그들에게 살해당한 태종의 형제들을 묘사하는 방식이 너무도 생생하다는 점이다. 이러한 이야기의 원형은 그의 사망 직후, 동시대 당나라에서 이미 생겨났는데, 여기에는 민중의 기억에 각인된 태종의 이미지가 짙게 투영되어 있었다. 당나라 시대의 원형적인 작품으로 오늘날 남아 있는 것은 돈황변문敦煌變文[13]의 「당태종입명기唐太宗入冥記」이며, 아울러 당대의 걸출한 화가 오도자吳道子도 이러한 태종의 지옥 유람의 장면을 묘사한 그림[14]을 남기고 있다.

중국 설화에 흔히 등장하는 지옥으로는 동쪽의 태산지옥泰山地獄과 태종이 갔던 서쪽의 풍도지옥을 들 수 있다. 어느 지옥이나 명대의 백화 단편소설집인 『삼언三言』등에도 종종 등장하는 것이다. 이 두 군데 지옥도 인간 세계와 잇닿아 있는 공간으로 설정되어 있다. 태산지옥의 형상은 육조시대 이래 존재하던 것으로 산둥성에 있는 영산, 태

---

13) 돈황에서 발견된 당나라 시대의 불교적인 내용의 강창講唱 문학 작품을 일컫는다.
14) 오도자는 「지옥변상도地獄變相圖」라는 걸작을 남기고 있다.

산의 산속 깊숙한 곳에 있다고 되어 있다. 이에 반하여 풍도지옥이 등장하는 것은 훨씬 시대가 내려와 송대 이후에 이르고 나서부터이다. 풍도 또한 본래 쓰촨성에 실재하는 지명인데, 송대 이후로 여기에 조직화된 지옥이 존재한다는 인식이 널리 퍼지게 되었다. 참고로 풍도는 천국에 해당하는 '천작부天爵府'와 정연하게 여덟 부문으로 나뉘는 지옥인 '보략옥普掠獄'의 두 층위로 이루어졌다고 한다. '태종의 지옥 유람' 설화의 원형은 당나라 시대에 형성되었지만, 그 태종이 풍도지옥의 유람을 행하는 『서유기』의 이야기 전개는 송대 이후의 지옥관을 수용했던 것이다.

흥미 깊은 것은 지옥 역시 천상계와 마찬가지로 여러 계층으로 나뉘어 있다는 사실이다. 여덟 부문으로 이루어진 풍도지옥의 경우는 종적인 층첩 구조가 아니라, 평면적으로 늘어서 있는 구조를 채택하고 있는 듯하다. 『삼언』에 수록된 저승 방문 설화 「풍도를 노니는 호모적胡母迪 시를 읊다遊酆都胡母迪吟詩」[15]에 따르면 풍도지옥은 우선 고문 도구의 차이에 따라서 '풍뢰옥風雷獄', '화차옥火車獄', '금강옥金剛獄', '명령옥溟泠獄'의 네 군데로 나뉘는데, 남송의 진

---

15) 『고금소설』 제32권에 수록되어 있다.

회秦檜와 같은 극악인極惡人은 몸뚱아리가 산산조각 분쇄되었다가 다시 소생해서 이 네 군데 지옥을 영원히 일순하지 않으면 안 되는 것으로 설정되어 있다.

또한 『서유기』에 실린 태종의 지옥 유람에는 머리 붉은 적발귀赤髮鬼, 얼굴이 시커먼 흑검귀黑臉鬼, 쇠머리 귀신 우두귀牛頭鬼, 말대가리 귀신 마면귀馬面鬼 등의 옥졸이 등장하여 여러 고문 도구를 사용해 망자의 영혼을 괴롭히는 형상이 묘사되고 있다. 이것은 일본에서 예로부터 전해오던 지옥의 악귀 이미지와도 상통하는 것인데, 아마도 당나라 이후 중국에서 일본으로 전래된 것으로 추정된다.

어쨌든 이렇게 작품의 개막 부분에 손오공이 소동을 벌였던 천상계와 태종이 유람한 지옥이라는 두 군데 이계異界를 우선 한 세트로 배치한 다음에 작자는 이후 『서유기』세계에서 펼쳐지는 거대한 이계로의 여행에 독자를 이끌고 간다. 참으로 교묘한 서사적 짜임새라고 말할 수 있다.

당 태종, 인간 세계로 돌아오다

그런데 현세로 돌아온 당 태종은 자신이 되살아난 데에 감사하는 마음에서 사람을 시켜 저승의 시왕들에게 호박을 바치게 하고, 한편으로 허난성 개봉부로 상량을 찾아가 빚진 돈을 갚도록 하였다. 그러나 상량은 현세에서는 가난뱅이 물장수에 불과했는데, 가난한 살림에도 이리저리 변통해서 보시를 하거나 지전을 사다가 불살랐다. 그것이 본인도 알지 못하는 사이에 저승에서 재물로 쌓여갔던 것이다. 그래서 태종이 아무리 빌린 돈을 갚는다고 말해도 단지 머리를 조아리기만 할 뿐 돈을 결코 받으려 하지 않았다. 그래서 태종은 그 돈으로 상량을 대신해서 대상국사大相國寺라는 사찰을 세우도록 하고, 상량 내외의 공덕을 기리도록 하였다. 이리하여 절이 완공되자 그것을 기념하여 온 나라에 포고문을 내걸고서 승려들을 초빙하여 외로운 원혼과 아귀들을 초도超度하는 법요를 거행하게 되었다. 이렇듯 모인 스님들 가운데 덕행이 가장 뛰어난 스님으로 뽑혀 나온 이가 현장玄奘, 곧 삼장법사三藏法師였다.

이렇게 보면 '태종의 지옥 유람'이라는, 민중에게 잘 알

려진 전설이 단지 지옥이라는 다른 세계를 소개할 뿐만 아
니라 『서유기』 작품 전체의 주요 캐릭터를 불러내는 계기
로 활용되고 있음을 알 수 있다. 누구나 잘 알고 있는 이야
기를 활용해서, 이것을 실마리로 서사 세계를 전개해가는
것이므로 이 또한 교묘하게 고안해낸 짜임새라고 해야 할
것이다.

3. 뒤늦게 등장하는 주역, 삼장법사三藏法師
- 서천으로 불경을 구하러 가는 여행길에 오르다

"관음보살을 태운 상서로운 구름이 점점 멀어지는가 싶더니 눈 깜짝할 사이에 황금색 빛도 보이지 않게 되었다. 문득 바라보니 공중에서 종이쪽지 한 장이 펄럭펄럭 떨어져 내리는데, 거기에는 게송偈頌[1] 몇 마디가 또렷이 적혀 있었다. (중략) 태종은 이 게송을 읽고 나서 그 즉시 모든 승려들에게 '법회는 잠시 중지하겠다. 짐이 사람을 시켜 『대승경大乘經』을 가져오고 나서, 다시 진심을 다하여 거듭 선과善果를 닦도록 하겠노라'고 명을 내렸다. 군신들 가운데 이 명령을 따르지 않을 자는 없었다. 태종은 즉시 절간 안에 있던 승려들에게 물었다. '누군가 짐의 뜻을 받들어 서천으로 가서 부처님을 뵙고서 경을 구해올 용기가 있는 이가 없는가?' 미처 말이 다 끝나기도 전에 곁에서 현장법사玄奘法師가 선뜻 나서더니 예를 올리고서 말했다. '빈승貧僧이 재주는 없사오나 견마지로를 다 바쳐서 폐하를 위해 진경을 얻어다가, 우리 임금의 천하 강산이 영원토록 견고해지기를 기원하겠나이다.' 태종은 크게 기뻐하면서 앞으로 나아가 손수 법사를 부축해 일으키면서

---

[1] 부처의 공덕을 찬양하는 노래.

말했다. '법사가 충성을 다하여 머나먼 여정을 두려워하지 않고 산을 넘고 물을 건너서 가주겠다면, 짐은 이 자리에서 그대와 의형제를 맺겠노라.'"(제12회)

실재 세계의 현장, 허구 세계의 현장

주지하듯이 삼장법사 현장은 역사적으로 실재했던 인물이다. 당나라 제2대 황제 태종의 정관 3년(629년), 현장은 불교 사상을 본고장에서 배우기 위해 국금國禁을 어기고 단신으로 천축(인도)을 향해 떠났다. 천신만고 끝에 인도에 도착해서 여러 해에 걸쳐 연찬을 거듭하였고, 장안에 돌아왔던 것이 정관 19년(645년)의 시기였다. 이러한 현장의 서천취경西天取經, 곧 인도로 불경을 구하러 갔던 여행에 대해서는 제자인 혜립慧立이 저술한『대당대자은사삼장법사전大唐大慈恩寺三藏法師傳』에 상세히 기록되어 있다. 또한 현장 자신도『대당서역기大唐西域記』를 저술하여 인도로의 여정에서 얻었던 견문을 전해주고 있다. 이러한 여행의 일화가 민중 예능의 소재가 되어 설화와 희곡 가운데 거듭해서 다루어지는 사이에 여러 허구적인 환상이 첨가되었고,

『서유기』의 원형이 차츰 형성되었던 것으로 추정된다.

전인미답의 여행에 과감하게 도전했던 실재의 현장과는 전혀 다르게,『서유기』의 삼장법사는 참으로 연약하고 손오공의 도움 없이는 천축에 도달할 수도 없는, 미덥지 못한 존재였다. 여기에는 마치『삼국지연의』의 유비와 마찬가지로 소설 작자의 의도적인 수정이 가해진 것으로 보아도 좋을 것이다. 삼장법사는『서유기』세계에서는 '십세十世에 걸쳐 계율을 어긴 적이 없다', 요컨대 10회 동안 죽음과 환생을 되풀이하면서 한 차례도 계율을 범한 일이 없다는, 깨끗하고도 고귀한 존재라는 사실이 자주 강조되고 있다. 이러한 묘사 방식은 실재했던 현장에 대한 경의를 강력하게 반영했던 것으로 보인다.『서유기』의 삼장법사는 외모도 아름답고, 순수함과 청정함의 결정과도 같은 존재이다. 그러나 그러한 정갈함이 도리어 화가 되어 삼장법사의 인육을 먹으면 불로불사가 가능하다고 해서 여행길에 요괴들이 죄다 덤벼드는 상황이 되고 말았다. 손오공 등 종자들과는 달리 유일하게 삼장법사만은 '범태육신凡胎肉身[2]', 곧 전대의 기억도 초능력도 전혀 지니지 못한

---

2) 사람의 몸에서 태어난 보통 사람의 몸. 환골탈태나 화신化身이 아닌 몸을 이른다.

'보통 사람'이었던 관계로 자력으로 요괴들과 싸울 수가 없어서 항상 위험한 궁지에 몰리는 신세가 되었다.

'강류화상江流和尙 설화'로부터

삼장법사까지 포함해서 함께 서방의 인도로 여행하는 일행은 모두 전생轉生을 거쳤던 존재들이다. 게다가 항아를 희롱했던 저팔계, 천상계의 그릇을 깨버렸던 사오정, 야명주夜明珠를 태워버렸던 용왕의 태자, 천상계에서 일대 소동을 일으켰던 손오공 등 그들은 각자 전대에 무언가 죄를 저질렀고, 인도로 불경을 구하러 가는 여행은 그러한 죄를 속죄하려는 통과의례로서 자리매김될 수 있는 것이다. 그중에서도 손오공은 가장 죄가 크다고 할 수 있다. 그들은 모두 전생 후에도 과거세의 기억을 잃지 않고 자신의 죄장罪障을 자각하고서, 속죄하기 위해 이 여행에 참가했다는 사실을 잘 이해하고 있었다,

삼장법사도 물론 이 점에서는 예외가 아니어서 스스로 자각하지는 못했으나 마찬가지로 전대에 범했던 죄를 속죄할 요량으로 이 여행에 나섰던 것이다. 사실은 삼장법

사는 전대에 '금선자金蟬子'라는 석가여래의 고제였는데, 석가여래의 설법 도중 건방진 태도를 보였다는 죄로 벌을 받고 하계로 떨어져 전생을 거듭하게 되었다.

삼장법사의 출생에 얽힌 내력은 이것만은 아니었다. '태종의 지옥 유람'과 마찬가지로 독립된 형태로 설화의 세계에서 전승되어왔던 「강류화상江流和尙[3] 설화」로 불리는 작품이 있는데, 이것이 삼장법사의 출생을 말해주는 전설로서 『서유기』에 편입되었던 것이다. 그 대강의 줄거리는 어느 젊은 부부가 여행 도중 강상江上의 도적에게 습격을 당해, 궁지에 몰린 아내는 갓 태어난 아기를 강물에 떠내려 보냈는데, 마침 금산사金山寺의 어느 승려에게 발견되어 구원되었다. 이 아이가 성장하여 강류화상, 곧 삼장법사가 되었다고 하는 것이다. 태어나자마자 이내 버려졌던 아이가 나중에 위대한 인물로 성장한다는 패턴 자체는 옛날이야기에 흔히 보이는데, 이것 또한 민중에게 잘 알려진 설화를 서사 세계에 도입해 활용한 사례라고 하겠다.

그런데 앞서 언급했듯이 손오공 일행은 모두 전대의 기억을 지닌 채로 윤회전생하고 있음에도 불구하고 삼장법

---

3) '강물 따라 흘러왔다'는 데에서 강류江流화상이라는 이름을 얻었다고 한다.

사만은 '범태육신'으로 환생하기 이전의 기억을 몽땅 잃어버렸고, 보기 드물게 고귀한 덕을 지녔음에도 초월적인 존재는 아니었다. 슈퍼 원숭이 손오공에 비하면 철저하게 '범태'인 삼장법사는 너무나도 허약하고, 도리어 멍청하다는 인상조차 주고 있는 것이다. 이것은 사실 작품에 있어서 매우 중요한 것이며,『삼국지연의』에 있어서 중심인물인 유비가 '아무것도 하지 않았기' 때문에 바로 주위의 장수들이 빛나 보이듯이,『서유기』에서는 중심인물인 삼장법사가 '아무것도 할 수 없었기' 때문에 그를 수행하는 손오공 일행이 대활약을 할 수 있다는 식의 짜임새가 되어 있다. 이것은『수호전』에서도 마찬가지로서 중국 고전소설의 하나의 패턴이라고도 할 수 있다. 그러므로『서유기』에서는 '덕망 높고 고결한 존재'임을 강조하는 동시에 갖가지 형태로 삼장법사가 범태육신을 지닌 인간이라는 점을 묘사하고 있다. 작품을 읽어가는 과정에서 그러한 재미를 차츰차츰 음미해보기로 하자.

관음보살 현현하다

　그런데 관음보살은 태종이 개최한 수륙대회水陸大會[4]의 단주檀主로서 일찍이 석가여래의 고제[5]였던 강류화상이 뽑혔다는 사실을 알게 되자, 이 사람이야말로 인도로 불경을 구하러 가는 여행을 맡을 최적임자라고 크게 기뻐하였다. 이리하여 관음보살은 제자 혜안 행자와 함께 거렁뱅이 스님 행색으로 변장하고서 장안에 들어가 석가여래에게서 받은 금란가사金襴袈裟 한 벌과 구환석장九環錫杖 한 자루를 팔려고 돌아다녔다. 그곳에 마침 당나라 조정에서 제일가는 불교 옹호론자였던 재상 소우蕭瑀의 행차가 지나가게 되었다. 그 자리에서 누더기를 걸친 스님들이 예사내기가 아님을 알아차린 소우는, 이와 같은 가사와 석장을 현장법사에게 주어야 한다고 태종에게 진언한 결과로 이것들은 무사히 삼장법사에게로 전해지게 되었다. 이윽고 가사를 몸에 걸치고 석장을 손에 잡은 현장의 모습은 장엄하여서, 이를 본 태종을 비롯한 문무백관은 모두 기뻐하였고, 거리의 백성들도 '정말로 훌륭한 스님이로다! 진

---

4) 수중과 육상의 중생들에게 음식을 베푸는 불교의 대법회.
5) 삼장법사 현장을 말한다.

정 나한이 강림하시고 살아 있는 보살님이 속세에 내려오신 듯하구나!'(제12회)라고 입을 모아 찬양하고 그 평판은 나날이 높아가는 형편이었다.

이렇게 해서 맞이했던 수륙정회 당일에 관음보살과 혜안 행자는 현장법사의 덕을 확인해보고자 거렁뱅이 스님의 행색으로 법회에 참석하였다. 한바탕 불경을 외는 송경誦經이 끝을 맺자 관음보살이 나서서 큰 소리로 고함을 쳤다. '이보게 화상! 당신은 소승 교법만을 설하고 있는데, 대승 교법은 얘기할 줄 아시는가?' 그 말을 듣고서 마음속으로 크게 기뻐한 현장법사는 단 아래로 내려와서 관음보살에게 가르침을 청하게 된다. 그때 절을 순찰하던 관원들이 법회를 어지럽혔다는 이유로 관음보살 등을 체포하여 태종 앞에 끌고 가게 되는데, 관음보살은 다음과 같이 이야기하고 있다.

"(관음보살이 말했다.) '저 법사의 강론은 소승의 가르침이니, 이렇게 해서는 망자를 천도하여 하늘에 오르게 할 수 없습니다. 빈승에게 있는 부처님의 삼장三藏 대승 불법이라면 망자들을 구제해 고계苦界로부터 해탈시켜 무한한 수명을 누리게 할 수 있습니다.' 태종은 그 말을 듣자 희색이 만면하여 물었다. '그 대승 불법은 어디에 있는 것인가?' '대서천大西天에 있는 천축국天竺國 대뇌음사大雷音寺, 우리 석가여래께서 계신 곳에 있습니다. 그것은 온갖 원한의 매듭을 풀어줄 수 있으며, 불의의 재난을 사라지게 할 수 있습니다'라고 관음보살이 대답하였다. '그대는 그 대승 교법을 기억하고 있는가?'라고 태종이 물었다. '기억합니다'고 관음보살이 답했다. 태종은 크게 기뻐하며 분부를 내렸다. '이 스님을 인도하여서 단상에 올려 모시고 부디 설법을 부탁드리도록 하라.' 관음보살은 목차木叉 행자를 데리고서 훌쩍 단상 위로 올라갔는데, 그대로 상서로운 구름을 타고서 하늘 꼭대기까지 오르자마자 비로소 대자대비관세음보살大慈大悲觀世音菩薩의 본 모습을 드러내었다." (제12회)

태종은 본 모습을 드러낸 관음보살에 감격해서 열심히 예배를 올렸고, 또한 구름을 타고서 멀어져가는 관음보살이 남긴 게송의 구절을 보고서는, 그 자리에서 현장에게 인도로 불경을 구하러 가는 머나먼 여행길에 오를 것을 명하게 되었다. (첫머리 부분 인용문)

'서두를 떼는 일'의 중요성

　『서유기』의 중심인물이면서도 작품 본문에서 삼장법사의 등장은 의외로 늦은 편으로, 제9회(판본에 따라서는 제12회)에 이르러서야 비로소 모습을 드러낸다. 인도로 불경을 구하러 가는 여행의 전 단계로 손오공 설화와 태종의 지옥 유람 설화를 배치해놓았던 관계로 당연한 현상이기는 하지만, 그래도 주목할 만한 현상이라 하겠다. 사실은 이야기의 전개가 상당히 이루어진 시점에 중심인물이 비로소 등장하는 사례는 『서유기』에만 국한되지 않고 중국 고전소설 전반에 흔히 나타나고 있다. 예를 들면 『수호지』에서도 양산박의 우두머리 송강宋江이 등장하는 것은 제18회에 이르러서다. 그러한 단계에 이르는 서두 부분으로서 108명 호걸의 한 사람인 노지심魯智深을 주인공으로 하는 설화(제3~7회) 등이 배치되고, 서서히 중심인물 송강이 등장하는 분위기를 돋운다는 식으로 장치가 되어 있다. 노지심 설화도 손오공 설화와 마찬가지로 설화문학에서 독립된 형태로 전승되던 이야기이며, 이것이 후에 『수호지』 세계 안으로 편입되었던 것이다. 또한 『삼국지연의』에서도 주요 인물의 하나인 제갈량은 작품 전개가 중반 단계인 제38회에 이르러서야 비로소 등장한다. 참고로『삼국지연의』의 모태가 되었던『삼국지평화』에서는 유비가 등장하는 전 단계로서 영웅들의 전생轉生 이야기가 장황하게 첨부되어 있다. 장편소설에만 국한되지 않고 마찬가지로 설화를 모태로 하는 백화 단편소설에서도 대부분의 경우에 작품의 서두에 '입화入話[6]', 곧 '맛보기 이야기'[7]로 일컬어지는 에피소드가 배치되는 짜임새로 되어 있다.

  이처럼 장편, 단편을 가릴 것 없이 본격적으로 작품의 줄거리가 시작되기 전에 이른바 '서두'를 떼는 관례는 설화세계에 있어서 재담꾼의 어투를 답습한 영향이었다고 추정할 수 있다. 재담을 시작해도 처음에는 청중이 다 모이지도 않고, 분위기도 어수선하므로 곧장 본론으로 들어가기에는 아무래도 모양새가 안 좋다고 하겠다. 그래서 우선 어떤 형태로든 본론과 관련되는 이야기, 요컨대 '맛보기 이야기'를 서두에 깔고 시작하면서, 차츰 현장 분위기를 돋우고서, '지금 이야기는 송대의 고사인데, 사실은…'과 같은 식으로 본론에 연결시키고, 재담꾼 자신도

---

6) 달리 '점화墊話'라고도 하는데 재담이나 이야기에서 서두를 떼는 것을 말한다.
7) 재담 따위에서 서두를 떼는 짤막한 토막이야기를 가리킨다.

천천히 팔을 걷어붙이고 이야기를 시작했다고 생각된다. 장편소설에 있어서는 손오공 설화나 노지심 설화가 그러한 '맛보기'에 해당하고, 작품의 도입 부분은 이를테면 일종의 도움닫기와 같은 것이므로, 주요 인물들은 여간해서는 등장하지 않았다.

시대가 내려와서 청대 중기에 완성된 『홍루몽』에 이르면, 서두에 놓는 맛보기 이야기가 5회 정도 계속 이어지는 것은 여타의 장편소설과 마찬가지이지만, 이러한 서두 부분이 상당히 난해해지는 경향을 보인다. 따지고 보면 중국에만 국한되지 않고 프랑스의 『레미제라블Les Misérables』을 비롯한 유럽의 장편소설에서도 작품의 도입부가 매우 길어서 읽기 어려운 경우가 많은 것처럼 생각된다. 그러나 이렇듯 기나긴 도입부를 넘어서서 읽어나가면 급작스럽게 재미를 느끼게 된다. 이렇게 보면 동서양을 불문하고 장편소설을 읽는 데 최대의 난관은 기실 최초의 도입부를 뛰어넘어서 작자와 함께 '도움닫기'를 할 수 있는가의 여부에 달려 있다고 할 수 있겠다.

드디어 불경을 구하러 서천으로의 여행을 시작하다

어찌 되었든 삼장법사가 가까스로 여행에 나선 것은 제 13회에 이르러서이다. 이로부터 불경을 구하러 서천으로 가는 여행을 묘사하는 제3부가 시작된다. 그런데 여기 제 13회에서 일어나는 사건은 이후의 여행을 상징하는 듯한 사건들뿐이므로 대충 한번 확인해두기로 하자.

삼장법사는 처음에는 생신生身의 종자 두 사람을 데리고 꼭두새벽에 말을 타고서 의기양양하게 출발했지만, 날이 채 밝기도 전에 곧바로 산속에서 길을 잃고 만다. 게다가 느닷없이 발을 헛디뎌서 세 사람은 말과 함께 동굴 속으로 떨어지고 말았다.

"삼장법사는 당황해서 어쩔 줄을 모르고, 종자들은 겁에 질려 떨고만 있었다. 무서워 벌벌 떨고 있는 판에 다시 동굴 안쪽에서 고함치는 소리가 들려왔는데, 큰 소리로 '저 놈들 잡아라, 붙잡아라'라고 외치는 것이 아닌가! 그러자 일진광풍이 휘몰아치는가 싶더니 오십, 육십 마리나 되는 요괴들이 우르르 나타나서, 삼장과 일행들을 모조리 붙잡아 끌고 갔다. 삼장법사는 벌벌 떨면서도 곁눈질로 훔쳐보니, 눈앞의 단상 위 상좌에 흉악스럽기 짝이 없는 마왕

하나가 앉아 있었던 것이다." (제13회)

삼장법사가 나아가는 길에는 반드시 요괴가 있다는 식
의 판박이 패턴의 시작이라 하겠다. 인장군寅將軍이라는
마왕은 때때로 찾아오는 검둥이 괴물 웅산군熊山君과 뚱뚱
보인 특처사特處士와 함께 눈 깜짝할 사이에 종자 두 사람
과 말 한 마리를 깡그리 먹어치워 버린다. 삼장법사는 결
박당한 채로 벌벌 떨고 있을 뿐이었다. 그곳에 불쑥 어디
선가 조력자가 나타난다.

"절체절명의 순간, 어디선가 노인 하나가 불쑥 나타나
더니, 지팡이를 짚고서 삼장법사가 쓰러진 곳으로 다가왔
다. 옆에 와서는 손길을 한번 휙 던지자 밧줄이 모조리 끊
어졌다. 노인이 삼장법사의 얼굴에 숨결을 한 모금 불어
넣어 주자 삼장법사는 이내 정신을 차리게 되었다." (제13
회)

이렇듯 위기에 빠지는 순간 반드시 조력자 내지 원조자
가 나타난다고 하는 것도 판박이 패턴이다. 이 대목에서

는 태상노군太上老君[8]이 노인으로 변신하여 도와주러 온 것이었다. 이후에는 우선 손오공 등의 종자들이, 그래도 상대하기 버거울 때에는 태상노군과 관음보살, 산신령과 천신川神 등 토지신들이 차례차례 번갈아들며 나타나서는 절체절명의 위기에 빠진 삼장법사를 구해주었다.

그런데 겨우 목숨을 건진 삼장법사가 혼자서 험준한 산길을 숨차서 허덕거리며 걷고 있노라니 그의 앞에 유백흠劉伯欽이라는 남자가 나타나게 된다. 그는 부근에서 사냥꾼으로 살아가는 산사람이었다. 그는 삼장법사에게 호의를 베푸는 한편 별안간 나타난 호랑이를 순식간에 해치우고서는 삼장법사를 자기 집인 산장으로 초대해주었다.

유백흠의 산장에 도착하자 아무튼지 식사를 하게 되었다. 참고로 『서유기』 세계에서는 식량 문제가 상당히 비중을 차지하고 있고, 특히 '재식齋食', 곧 고기를 삼가고 채식만을 하는 정진精進 요리에만 한정되는 삼장법사의 식사를 어떻게 조달할 것인가가 기나긴 여정에서 손오공 등의 종자들을 괴롭히는 커다란 골칫거리였다.

그것은 그렇다 하고 호랑이 고기를 대접해주는 유백흠

---

8) '노자'를 높여 일컫는 칭호임.

에게 삼장은 이렇게 이야기했다.

"삼장이 말했다. '태보[9] 어른, 너무 근심하지 마시고 먼저 드시지요. 빈승은 사나흘쯤 먹지 않아도 배고픔을 견딜 수 있습니다. 그저 정진의 재계齋戒만 깨뜨리지 않았으면 합니다.' '굶어 죽으면 어쩌시려고요?'라고 유백흠이 물었다. '태보 어른 덕택으로 맹수들 틈에서 살아난 몸입니다. 설령 굶어 죽는 한이 있더라도 호랑이의 밥이 되는 것보다야 낫지 않겠습니까?"(제13회)

이렇듯 삼장법사는 자못 덕망 높은 고승답게 발언하고 있지만, 실은 그 후로는 삼장법사는 언제나 '배가 고프다'고 하면서 손오공 등의 골치를 썩였다. 배가 고픈 것은 인간의 본성으로, 여기서는 삼장법사가 '범태육신'임을 강조하는 모티프라고 할 수 있겠다.

이튿날 삼장법사가 독경을 행하며 추선공양追善供養한 것이 효험이 있어, 유백흠의 망부의 혼령이 지옥에서 벗어나서 가족들의 꿈속에 나타나서 삼장법사에게 감사드리라는 말을 남기고서 환생하였다는 이야기가 등장한다. 이

---

9) 유백흠의 별명은 진산태보鎭山太保임.

와 같은 '소생과 환생'의 이야기도 작품 내내 등장하는데, 이에 대해서는 다음 장에서 살펴보기로 하자.

이로써 간신히 삼장법사는 제1난을 통과하게 되는데, 석가여래가 정해놓은 통과의례는 여하튼 전부 제81난까지 있었다. 오직 하나씩의 난관을 통과해가는 여행이 이렇게 해서 시작되었다.

그런데 삼장법사를 배웅해주었던 유백흠은 산의 중턱쯤에 이르러 여기서부터는 당나라 영토가 아니므로 부디 혼자 가서야 한다고 하면서 작별을 고하려고 한다. 그 이야기를 듣고서 삼장법사는 가슴이 두근거려 견딜 수가 없었다.

"삼장은 마음속으로 깜짝 놀라서, 손을 휘휘 저어서 옷을 집자마자 유백흠의 소맷자락을 잡고서 눈물을 흘리며 작별을 아쉬워했다. 둘이서 정중하게 작별 인사를 나누고 있는 바로 그 순간에 산 밑에서 우레 같은 목소리로 누군가가 고함을 질러댔다. '우리 사부님이 오셨구나! 우리 사부님이 오셨다!' 삼장법사는 어리둥절해했고, 유백흠은 멍하니 서 있기만 했다." (제13회)

삼장법사의 첫 번째 종자인 돌 원숭이. 곧 손오공이 석산石山 아래에서 외치는 소리였다. 이 장면을 필두로 삼장법사를 수행할 종자 일행에 관음보살이 정해놓았던 면면들이 차츰차츰 불경을 구하러 인도로 가는 여행길에 가세하기 시작하였다.

4. 전생轉生, 변신, 소생 - 종자 일행, 총집합

"관음보살님께서 제 말씀대로 따라주시겠다면 이 도사 녀석의 모습으로 변신해주십시오. 저는 이 선단仙丹 한 알을 먹어치워서 좀 더 알이 굵은 선단으로 변할 것입니다. 관음보살님께서는 이 쟁반에 선단 두 알을 담아서, 그 요괴한테 가서 생신 축수를 하시되 알이 굵은 놈을 골라서 그놈에게 권하십시오. 그 녀석이 선단을 한입에 삼켜버리면 제가 곧장 그놈 뱃속에서 한바탕 사고를 치겠습니다. 그래도 놈이 금란가사[1]를 내놓으려 하지 않을 적에는 이 손오공이 그놈의 오장육부를 뽑아서라도 기어코 가사 한 벌을 짜놓고야 말겠습니다. (중략)

그 요괴가 선단 알약[2]을 막 삼키려 하자, 그 알약은 스르르 뱃속까지 내려갔다. 손오공이 뱃속에서 정체를 드러내고 땅고르기를 하듯이 발을 동동 구르니 요괴는 땅바닥을 데굴데굴 굴러가며 고통스러워했다. 관음보살도 본래 모습을 드러내고서 요괴를 엄하게 다그쳐서 가사를 가져오게 하였다. 손오공은 그때 이미 콧구멍을 통해 밖으로 빠져나와 있었다."(제17회)

---

1) 삼장법사가 석가모니에게서 받은 것이다.
2) 손오공이 변한 알약을 가리킨다.

심성을 가라앉힌 원숭이[3] 정도에 귀의하다

그런데 이제부터는 손오공, 용왕 아들(백마), 저팔계, 사오정의 순서로 여행 동행자의 진용을 갖추게 된다. 앞서 언급했듯이 최초에 삼장법사와 조우해서 제자가 되는 이는 손오공이다.

손오공도 처음에는 '천상계 대소동' 당시의 옛 면모를 버리지 못하고 있었다. 너무도 쉽사리 살생을 하는 바람에 삼장법사에게 꾸지람을 들으면 몽니를 부렸고, 이내 삼장을 버려두고 근두운을 타고 떠나버리는 등 제멋대로 행동하였다. 그러나 관음보살의 화신인 노파가 출현해서, 삼장법사에게 손오공을 마음대로 조종하게 해주는 '긴고아緊箍兒'를 전달한 이후로는 양상이 완전히 변하게 된다. 긴고아는 주문[4]을 외우면 꽉 조여드는 조임테가 박혀 있는 두건이다. 이후에 이러한 긴고아를 쓰게 된 손오공은 결국 삼장의 뜻을 거스르지 못하게 되어서 완전히 성실한 존재로 탈바꿈하여 미덥지 못한 삼장법사를, 관음보살을 도움을 받아가며 힘껏 선도하고 지켜주는 역할을 해내었다.

---

3) 심원心猿을 풀이한 말.
4) 삼장법사가 손오공의 머리에 씌운 금테를 조일 때 외우는 주문을 '긴고주緊箍咒'라고 한다.

다음에 인용하는 대목은 두 번째 종자로서 용왕 아들 옥룡과 조우하는 시기에 손오공과 삼장법사가 나누는 대화이다. 삼장과 손오공 일행이 사반산蛇盤山 응수간鷹愁澗이라는 계곡의 강물에 도달했을 적에 한 마리 용이 날아와 삼장의 말을 통째로 삼켜버린 직후의 장면이다.

　　"손오공이 보고하였다. '사부님, 우리 말은 아무래도 그놈의 용이 잡아먹은 것 같습니다. 사방 어디에도 보이지 않습니다.' (중략) 삼장법사가 말했다. '그 짐승에게 먹혔다면 나는 장차 어떻게 길을 간다는 말이냐? 가련하구나. 이 천산만수 멀고 험한 길을 어떻게 가야 좋을지 모르겠구나!' 스승이 나약하게 눈물 흘리는 모습을 보고서 손오공은 화가 치밀어올라 버럭 소리를 질렀다. '사부님은 참말로 나약하기 짝이 없으십니다! 여기 앉아 계세요. 앉아 계시라니까요! 이 손오공이 그놈 용을 찾아내어서 백마를 찾아가지고 올 테니까요!' 삼장법사는 기겁을 하고서 손오공을 제지하며 말했다. '오공아! 어디로 찾으러 간다는 게냐? 그놈의 용이 살그머니 기어 들어와서 나까지 잡아먹을는지도 모른다. 그랬다가는 사람도 말도 다 잃을 텐데 어쩌면 좋겠느냐?' 손오공은 이 말을 듣자 더욱 울화통이 치밀어 우레와 같은 소리로 고함을 쳤다. '사부님은 정말 딱하십니다. 딱하세요. 말을 타고 가서야겠다면서 저를 가지도 못하게 하시니 말입니다. 그러면 이대로 짐짝만 지키고 앉아서 늙어 죽을 때까지 기다리란 말입니까?"(제15회)

'사부님'이라고는 하나 삼장법사의 행동은 한심하기 짝이 없다. 여기에서도 관음보살이 등장하여 용을 백마의 모습으로 바뀌게 하여 삼장법사의 종자로 삼도록 한다. 아울러 미덥지 못한 사부를 모시는 것을 떨떠름하게 여기는 손오공에게도 세 가닥의 특별한 '구명의 터럭'을 뒤통수에 심어주면서 좋은 말로 위로하였다. 이렇듯 관음보살은 일행의 여행을 위한 채비를 차려주고 보타락가산普陀落伽山으로 되돌아가버렸다. 이 대목을 전후해서 이미 힘껏 선도하는 손오공, 투덜투덜 불평만 늘어놓은 삼장법사라는 식으로, 주객의 위치가 서로 뒤바뀌어 손오공과 삼장법사의 주도권이 역전되는 상황을 엿볼 수 있게 된다.

저팔계의 등장

다음에 등장하는 것이 저팔계이다. 달의 여신 항아를

희롱한 죄로 하계로 쫓겨난 저팔계는 본시 구제할 길 없는
호색한이었다. 그가 손오공 일행과 조우했을 적에는 고로
장高老莊이라는 마을의 촌장 댁에 멋대로 눌러앉아 촌장의
막내딸을 채뜨려서 사위 노릇을 하고 있었다. 촌장 댁에
서 하룻밤 묵어가고자 했던 손오공에게 촌장은 저팔계를
내쫓아달라고 울며불며 매달렸다. 그래서 손오공은 앞서
말한 막내딸로 변신하여 침대에 누워 저팔계가 돌아오기
를 기다렸는데, 마침내 짧은 털에 뒤덮인 상판과 비죽 나
온 주둥이에 너울거리는 두 귀를 가진, 참으로 추악한 모
습의 요괴가 나타났다.

　"손오공은 속으로 웃으면서, '뭐야 이놈은?' 하고 생각
하면서, 맞아들이지도 않고 아는 척도 하지 않은 채, 그
저 침상에 돌아누운 채 아픈 시늉을 하며 끙끙 앓는 소리
를 냈다. 요괴란 놈은 가짜라고는 생각도 하지 못하고서
방 안으로 들어서자마자 꼭 껴안고서 입을 맞추려고 하였
다. 손오공은 속으로 웃음을 참으면서 '이놈이 진짜로 나
손오공하고 한번 놀아나보겠다는 거야'라고 생각하였다."

　(제18회)

과연 삼장 일행 가운데 유일하게 호색한인 저팔계다운 등장 방식이다. 이후에 저팔계는 이빨 아홉 달린 쇠스랑을 무기로 손오공과 싸움을 대판 벌였다. 그러나 이들이야말로 관음보살이 이전에 말했던 불경을 구하러 인도로 가는 일행임을 알아차리고서 이내 엎드려 절하면서 자신도 여행에 동행할 것을 간청하여 받아들여지게 된다. 앞서 관음보살이 이 돼지 요괴에게 부여했던 법명은 '저오능'이었다. 여기에 삼장은 비린내 나는 8종의 음식[5]을 금하고, 앞으로 소식만을 먹는 계율을 지키라는 의미를 담아서 다시금 '저팔계猪八戒'라는 법명을 지어주었는데, 이후로 작품에서는 그 명칭으로 불리게 된다.

유사하에서 사오정을 만나다

이리하여 여행의 동행자로 받아들여진 저팔계를 데리고 삼장 일행은 이윽고 폭 800리, 깊이 3,000장의 대하 유사하에 다다르게 된다. 이곳에서 수면 위로 튀어나온 요

---

5) 불교와 도교에서 금하는 음식으로 오훈삼염五葷三厭을 말한다. 오훈은 자극성이 있는 채소로 마늘, 달래, 무릇, 김장파, 실파를 가리키고, 삼염은 도교에서 금하는 고기로 기러기, 개, 뱀장어를 가리킨다.

괴가 여행에 마지막으로 가담하는 종자인 사오정이었다. 또다시 일행과 사오정의 싸움이 벌어졌고, 수중을 자유자재로 오고가는 '수괴水怪' 사오정에게 애를 먹으면서 일행은 강변 기슭에서 발이 묶이고 만다.

이 대목에서 저팔계가 참으로 지당한 의견을 제시하므로 여기서 인용해보기로 하자. 이 대목의 앞부분에서 손오공이 자신은 근두운을 타면 한 번에 날아서 10만8,000리를 날아간다고 큰소리를 치자, 저팔계는 그렇다면 굳이 힘들여 수괴와 싸우지 않고도 손오공의 구름을 한 번만 타면 될 일이 아니냐고 반문하였다. 더욱이 저팔계 자신도 구름을 타기는 하지만 '사부님은 범태육신이라 태산보다도 무거우므로', 자신의 구름으로는 도저히 태우고 갈 수가 없고, 반드시 형님[6]의 근두운이라야 태울 수 있을 것이라고 계속해서 연타를 날렸다. 독기를 품은 저팔계의 이러한 주장에 대해 손오공은 지극히 냉정한 태도로 다음과 같이 대답한다.

"내 근두운도 어차피 자네가 타는 구름과 마찬가지니,

---

[6] 손오공을 가리킨다.

단지 멀리 가느냐 못 가느냐의 차이일 뿐이라네. 자네가 사부님을 태우고 날아가지 못한다면 난들 어떻게 모셔 태우고 갈 수 있겠나? (중략) 이 수괴란 녀석은 흡입법을 써서 바람을 일으키므로 범태의 인간을 땅바닥에 질질 끌고 갈 수는 있지만 공중으로 끌고 갈 수는 없다네. 그런 정도라면 이 손오공에게는 식은 죽 먹기와 같지. 그뿐만이 아니라 은신법이나 축지법 같은 술법도 내가 못 하는 게 없지. 다만 우리 사부님은 이국땅을 고생해가며 두루 편력하지 않으면 고해로부터 벗어나실 수가 없단 말일세. 그래서 한 발짝도 옮겨 떼기도 어려운 것이라네. 나하고 자네는 그저 사부님을 호위해서 사부님의 신체와 목숨을 지켜드릴 수는 있어도, 그런 고통을 대신해드릴 수는 없다네. 또한 설령 우리가 먼저 가서 부처님을 뵙는다 하더라도 부처님은 너하고 나에게는 진경眞經을 내어주시려 하지 않으실걸세." (제22회)

손오공의 이러한 말은 그가 삼장법사의 고난에 가득 찬 '서천취경西天取經'의 여행의 의미를 완전히 이해하고 있다는 사실을 암시하고 있다. 그리고 이 시점에서 손오공은 이미 난폭한 원숭이에서 성실한 종자 원숭이로 그 이미지가 180도 변모하였던 것이다.

그런데 좀처럼 결말이 나지 않는 사오정과의 싸움에 속을 태우던 손오공은 또다시 관음보살에게 도움을 청하러 가게 된다. 그러자 관음보살은 혜안 행자에게 붉은 조롱박을 건네주면서, 우선 사오정을 삼장법사에게 대면케 해서 귀의시킨 다음에 사오정의 목에 걸려 있는 '9개의 해골'을 한 줄로 꿰어서 '구궁九宮'의 형태로 늘어놓고서, 그 한복판에 조롱박을 놓아서 법선法船[7]을 만들라고 분부하였다. 혜안이 관음보살의 명령을 그대로 시행한 결과로 사오정은 기쁜 마음으로 삼장법사의 종자가 되었고, 일행은 예의 법선을 타고서 대하를 건너갈 수 있게 되었다. (제22회)

사오정은 '갓파河童[8]'인가?

지금 언급한 '9개의 해골'의 인연담은 아래의 인용문에서 보듯이 사오정이 처음 작품에 등장했을 적에 이미 언급되고 있는 내용이다.

---

7) 고해에 빠진 중생을 건져주는 배라는 뜻으로, '불법'을 달리 이르는 말.
8) 일본의 민담이나 전설에 나오는 물속에 산다는 어린애 모양을 한 상상의 요괴.

"보살님, 저는 이곳에서 숱하게 많은 사람을 잡아먹었습니다. 이때까지 불경을 가지러 가는 사람이 몇 번인가 있었습니다만, 모조리 저한테 잡아먹히고 말았습니다. 잡아먹은 사람의 머리는 모두 이 유사하流沙河에 던져버려서 물밑에 가라앉히곤 했습니다. 이 강물은 거위 깃털조차 뜨지 않는 곳인데, 다만 불경을 가지러 갔던 아홉 사람의 해골만은 가라앉지 않고 물 위에 떠 있는 것이었습니다. 나는 신기하게 생각해 그 해골 9개를 끈으로 한 줄로 꿰어두고서 심심할 때에 장난감으로 가지고 놀았습니다. 그래서 불경을 가지러 가는 사람이 더 이상 여기로 오지 않을까 모르겠습니다. 그렇게 되면 제 앞날도 그르치게 되는 것이 아닐까요?"(제8회)

9개의 해골을 한 줄로 꿰어서 장난감으로 가지고 노는 사오정의 형상은 매우 섬뜩한 것이다. 이러한 인연담의 배경에 있는 것은 삼장법사의 전신인 '금선자'가 하계로 쫓겨난 뒤에 아홉 번에 걸쳐 환생을 거듭해 취경取經의 여행에 나섰지만 성공치 못하고서, 이번이 열 번째의 환생으로서의 여행이라는 전설이다. 이로 미루어본다면 사오정이 장난감으로 삼고 있는 9개의 해골은 어느 것이나 삼장법사가 지금의 모습으로 전생할 때까지 이전 과거 아홉 세의 것이라는 설도 있고, 사오정이 이런 해골 목걸이를 목에 걸고 있는 도상도 흔히 볼 수 있다. 이런 인연을 지닌 해골은 사오정이 종자 일행에 가담하여 유사하를 무사히 건넜을 무렵에 바람결로 변하여 사라져버리고 만다.

그러나 이러한 사오정은 불경을 구하러 가는 여행길에 나선 이후에는 오직 삼장법사를 지키는 데에만 골몰하는 손오공과, 종종 욕망에 사로잡히곤 하지만 쾌활하기 그지없는 저팔계 등에 비교하면 시종 어딘가 정체 모를 섬뜩함을 풍기는 캐릭터이다. 그가 활약하는 장면도 손가락으로 헤아릴 정도이고, 기본적으로 말이 별로 없고 단지 짐을 지고서 묵묵히 걸어갈 뿐이며, 언제나 눈에 띄지 않고 소극적이며 신중한 편이다. 그렇게 사람을 잡아먹고 살았던 어두운 과거에 얽매인 듯한 허무적인 이미지라 하겠다.

이와 같은 캐릭터인 사오정은 『서유기』 세계에서 손오공과 저팔계의 중간 위치에 자리매김하고서, 두 캐릭터 사이의 균형을 잡아주는 역할을 맡고 있다. 소설가 나카지마 아쓰시中島敦[9]가 탁월하게 지적하듯이, 세 명의 종자는

9) 일본의 소설가. 중국 고전에서 제재를 가져다가 번뜩이는 지성으로 작품을 빚어내 제2의 아쿠타가와 류노스케라고 불렸다.

각각 공격 정신의 화신인 손오공, 향락적이고 혹죽학죽인 저팔계, 허무적이고 깨어 있는 사오정이라는 식으로 각자가 전혀 다른 이미지를 지니고 있다. 항상 객관적이고 냉정한 관찰자의 역할을 담당하는 사오정은 대개의 경우 저팔계가 손오공에게 엉뚱한 트집을 잡아서 촉발되는 두 사람의 언쟁에도 으레 어느 한쪽을 편들지 않고 중립을 지키는 편이다. 삼장법사에 대해서도 마치 그림자처럼 조용히 뒤에서 따라다니며 지키는 자세를 견지하고 있었다. 진정한 의미에서 종자 내지 수호천사라고 하면 눈에 띄게 분주히 움직이는 손오공보다도 오히려 사오정의 손을 들어주어야 할는지도 모른다. 회화 쪽에서도 사오정을 그런 식으로 묘사하고 있는 작품이 다수 존재한다. 더욱이 『서유기』의 서사적 전개에서 보자면 너무나 어이가 없을 정도로 쾌활한 손오공과 저팔계만으로는 시끌벅적하기만 할 뿐 단조로워지기 십상이다. 이 지점에서 음침한 성격의 사오정이 얽힘으로써 한순간에 독자를 움칫 멈춰 세워서, 서사 전개의 주름, 곧 스토리의 그늘에 관심을 쏟게끔 하는 변화가 생겨나고, 이로써 함축성이 풍부한 서사 세계가 형성되는 것이다.

사오정은 일본에서는 흔히 '갓파(河童)'로 인식되는 경우가 많은데, 작품 원문에서는 '수괴水怪'로 되어 있으므로, '갓파' 사오정의 이미지를 만들었던 것은 일본 쪽이라고 생각된다. 참고로 중국에서는 '하동河童'이라는 이름의 요괴는 존재하지 않았고, 비슷한 요괴로 볼 수 있는 존재는 '수호水虎'라 하겠다. '수호'는 북위北魏의 역도원酈道元이 저술한 『수경주水經注』[10]에 등장하는 수중의 요괴로 서너 살의 아이의 모습[11]을 하고 있고, 몸에 비늘이 덮여 있다고 되어 있다. 이렇듯 일본의 '갓파'와 유사하게 아이 모습의 '수호'도 『서유기』에서는 어른으로 등장하는 사오정과는 분명히 형상이 다른 요괴다. 요컨대 사오정은 수호도 '갓파'도 아니라고 하겠다.

전생, 변신, 소생

'9개의 해골' 이야기에 국한되지 않고, '전생'에 관련된 인연담은 『서유기』의 도처에 허다하게 보인다. 작품에 등

---

10) 삼국 시대의 『수경水經』에 주석을 단 책임.
11) 바로 하河의 동童이라고 할 수 있다.

장하는 캐릭터의 대부분이 전생을 거쳤다고 해도 과언이 아니고, 작품의 맨 끝부분에 가면 삼장 일행은 전원이 다시 전생을 거쳐 성불成佛하는 것이다. 이런 의미에서 『서유기』는 전생에서 시작해 전생으로 끝맺는 서사물이라고 말해도 좋을 것이다.

일행을 습격해오는 요괴의 경우도 여지없이 해치우고서 정체를 밝히면 흑곰[12]이라거나, 누런 털의 담비[13]라거나, 구미호[14]라는 식으로 기실 어떤 동물이었다는 패턴이 자주 보이고 있다. 삼장 일행이 죄를 짓고 요괴로 변한 동물들과 대결해서 물리치고서, 막상 죽이려고 하면 대부분의 경우에 관음보살이 나타나서 석가여래가 있는 곳으로 데려가거나, 천상계의 그 동물의 본래 주인이 있던 곳으로 되돌려 보내거나, 아예 뭔가 청정한 존재로 다시 태어나게 하던가 하는 방식으로 끝맺음하는 것이 다반사이다. 서사 세계를 부감하는 관점에서 보자면 옥황상제나 석가여래가 굳이 동물들을 요괴의 모습으로 변신케 해서 통과의례의 과정으로 삼장 일행의 앞길을 가로막아 서게끔 하는 것

---

12) 제17회의 흑마왕黑魔王.
13) 제21회의 황풍괴黃風怪.
14) 제34회에 등장함.

이라고 보아도 좋을 것이다.

전생뿐만 아니라 변신의 이야기도 빈번히 등장한다. 손오공이 도술을 부려서 다양한 존재로 모습을 바꾸는 것은 요괴를 물리치는 상투적 수단인데, 특히 선단(첫머리에서 인용함)이나 수과水瓜(제16회) 등의 먹을 것, 또는 작은 모기(제21회)나 파리로 둔갑해서 요괴의 입을 통해 몸속으로 들어간다거나, 밀폐된 방이나 상자 속으로 틈을 통해 침입해서 그 안에서 난동을 부린다는, 이른바 '내부 교란'의 모티프가 눈에 띄게 등장한다. 어느 경우에도 손오공은 결국 다시 바깥세계로 나와서 본래의 모습으로 되돌아온다. 이렇듯 손오공은 일단 밀폐된 좁은 공간에 갇힌 뒤에 다시금 현실로 회귀하는 패턴을 반복하는 것이다. 이것은 석가여래에 의해 오행산 아래 돌 궤짝 밑에 갇혀 있었던 손오공이 삼장법사의 종자가 되어 현세에 복귀한 형태를 모방한 움직임이며, 또는 죽음과 재생의 상징이라고도 말할 수 있다. 이것은 태종의 지옥 유람 대목에서도 언급하였던, 『서유기』 세계 전체를 관통하는 전생담轉生譚이나 환혼담還魂譚의 패턴과도 이어지는 것이다.

소생한다고 약속되어 있는, 예정 조화의 서사인 관계로

『서유기』의 독자는 어떤 일이 벌어져도 주요 캐릭터는 절대로 죽지 않는다는 확신감을 가질 수 있게 된다. 본래 서천으로 불경을 구하러 가는 여행 자체가 석가여래에 의해 설정된 통과의례였던 까닭에, 바로 이러한 점이 『서유기』 세계에 일종의 게임과도 유사한 놀이감각을 부여하고 있다. 게다가 '변화'의 이야기도 빈번히 등장하면서 '현실에 존재하지 않는 무언가로 변하고 싶다'는 일종의 변신원망 變身願望[15]까지도 만끽하게끔 해주는 것이다. 이렇듯 이 세상이 아닌 융통무애한 세계를 인공적으로 만들어낸 『서유기』는 여간해서는 보기 힘든 고품질의 엔터테인먼트와 다름없다고 하겠다.

---

15) 신화와 문학을 비롯한 다양한 서사 속에 반복적으로 나타나는 변신의 모티프에서, 자신이 아닌 다른 존재가 되고 싶어 하는 인간의 근원적 욕망.

5. '저속한' 유머 - 신선·여래의 행동거지

"손오공이 그것을 보고서는 참을 수가 없어서 큰 소리로 버럭 고함을 쳤다. '보살님! 제자 손오공이 삼가 문안 인사 드립니다.' 관음보살이 대답하였다. '밖에서 기다리고 있거라.' 손오공이 이마를 조아리고 다시 말했다. '보살님, 저희 사부님께서 재난을 입으셔서, 통천하의 요괴의 정체를 여쭤보고 싶어서 찾아뵈었습니다.' 관음보살이 대답하였다. '밖에 나가 있다가 내가 나갈 때까지 기다리거라.'

손오공도 떼를 쓸 수 없어서 하릴없이 대나무 숲에서 나와 여러 천신들에게 물었다. '보살님이 오늘따라 집안일을 하고 계시는군요. 어째서 연대蓮臺에 앉지도 않으시고, 몸치장도 하지 않으시고, 뾰로통하게 숲속에 들어가셔서 대오리만을 깎고 계시는가요?' 천신들이 도리질을 하면서 대답했다. '우리도 알 수가 없습니다. 오늘 아침 동천을 나오시자마자 몸단장도 하지 않으시고, 바로 죽림 가운데로 들어가셨습니다. 또 저희에게는 여기서 대성님을 기다리게 하라 하셨습니다. 필연코 대성님을 위해서 뭔가 하고 계시리라 생각될 뿐입니다.'"(제49회)

삼장법사, 손오공을 파문하다

그런데 사오정이 가담함에 따라 멤버 전원이 갖춰진 삼장 일행은 서천으로 불경을 구하러 가는 여행을 속행하는데, 이후로는 연이어 요괴와 재난에 맞닥뜨리고 어떻게 해서든 난관을 극복해간다는 에피소드가 이어진다.

우선 처음에 아름다운 과부와 딸 셋이 사는 집에서 하룻밤 묵어가게 되었는데, 과부는 그들에게 데릴사위가 되어 달라고 애걸복걸하였다. 삼장, 손오공, 사오정은 그 자리에서 거절하지만, 저팔계만은 멍청하니 그 말에 넘어가 실컷 농락당하고서는 밧줄에 꽁꽁 결박당하고 말았다. 사실 그 과부는 관음보살의 화신으로 저팔계의 호색을 응징하려고 이러한 여난女難을 겪도록 했던 것이다. (제23회)

다음으로 만수산萬壽山 오장관五莊觀이라는 도관道觀[1]에서 벌어진 사건이다. 이곳에는 천지개벽 이래의 영목靈木이 있는데, 이 신통한 나무에는 1만 년 동안 30개 정도의 갓난아기를 쏙 빼닮은 '인삼과人蔘果[2]'라는 열매가 열린다. 이 열매의 냄새를 한번 맡기만 해도 360세, 한 개를 먹으

---

1) 도교의 사원을 가리킨다.
2) 달리 초환단草還丹이라고도 한다.

면 4만7,000년의 장수를 누릴 수 있다는 영묘한 과일이었다. 손오공은 그 도관의 주인으로 '지선地仙의 조상'인 진원대선鎭元大仙이 출타 중인 틈을 타서 인삼과 열매를 몰래 훔쳐 먹어버렸다. 그 일로 말미암아 손오공은 도관을 지키던 제자들에게 욕을 얻어먹고 격분한 나머지 나무를 뿌리째 뽑아버리고 말았다. 도관에 되돌아온 진원대선은 격노하여 삼장 일행을 붙잡은 다음 영목을 원래대로 고쳐 놓으라고 강력하게 요구하였다. 그래서 손오공은 그 영목을 되살릴 방법을 찾아다니며 조사한 결과 이 또한 관음보살이 하사한 정병淨瓶 속의 감로수를 뿌려서 겨우겨우 살려낼 수가 있었다. 일행은 이렇게 해서 가까스로 무죄 방면되었다. (제24~26회)

그다음에 출현하는 것은 '백골부인白骨夫人'이라는 강시 요괴이다. 이 요괴는 아낙네, 노파, 영감으로 모습을 바꾸어가면서 삼장법사를 속여서 잡아먹으려 했지만 그때마다 번번이 손오공에게 들켜서 실패하였는데, 결국은 손오공의 여의금고봉如意金箍棒에 맞아서 죽고 말았다.

이 대목에서 방해를 하는 것이 손오공 때문에 백골부인이 차려준 음식을 먹지 못하게 되었다고 밸이 뒤틀린 저팔계였다. 저팔계가 삼장에게 '저것은 요괴가 아니니, 손오공이 무고한 살생을 했을 뿐입니다' 운운하며 손오공에게 심하게 욕설을 퍼부었다. 그러자 삼장법사는 어찌 된 일인지 이런 고자질을 곧이곧대로 믿고서는 결국 손오공을 파문해버리고 말았다. 이리하여 손오공은 본래 자신이 살던 거처인 수렴동으로 돌아가야 하는 처지가 되고 말았다.

　"'이 원숭이 놈아! 여기에 증거[3]가 있다. 두 번 다시 네 놈을 내 제자로 인정하지 않을 것이며, 만약 네 놈과 다시 만날 일이 있다면 나는 아비지옥에 떨어질 것이다.' 손오공은 황망히 파문장을 받아들고서 말했다. '사부님, 그런 독한 맹세는 하지 마세요. 제가 가면 그만 아닙니까?' 그는 파문장을 접어서 소매춤에 넣으면서 부드러운 목소리로 말했다. '사부님, 제가 사부님을 모신 것도 관음보살님이 분부하신 것입니다. 지금 중도에서 그만두어버린다면 성과成果는 바랄 수 없게 되었습니다. 제발 이리 앉으셔서 제 큰절을 받으십쇼. 그래야만 저도 안심하고 떠날 수 있을 것 같습니다.' 그러나 스님은 등을 돌리고서 거들떠보지도 않았다. (중략)

　손오공은 스승이 아무리 해도 마음을 돌리려 하지 않는

---

3) 파문장破門狀을 가리킨다.

것을 보자, 어쩔 수 없이 떠나가기로 했다. (중략) 손오공은 분노를 억누른 채 스승과 작별한 후에 근두운을 타고서 날아가 화과산 수렴동水簾洞으로 되돌아갔다. 홀로 쓸쓸함에 잠겨 있자니 문득 물결치는 소리가 들려와서 중천에서 내려다보니 그것은 동양대해東洋大海의 거센 파도 소리였다. 그것을 바라보노라니 다시 삼장 스님 생각에 눈물이 그치지 않고 뺨을 적셨다. 그래서 갈 길을 멈추고서 쉬었다가, 한참이 지나고 나서야 겨우 출발했던 것이다."(제27회)

이 대목에서 삼장법사가 손오공을 대하는 태도는 지나치게 잔인하다고 하겠다. 진짜로 성질이 못된 쪽이 누구인지 전혀 알아차리지 못할 뿐만 아니라 손오공을 나쁜 놈인 양 매도하는 모습도 도무지 고승이라고는 할 수 없을 정도로 어리석기 그지없는 편이다. 위압적인 태도의 삼장법사와 대비됨으로써 더욱 풀이 죽은 손오공의 모습은 한층 더 동정심을 불러일으키고 있다. 사실 삼장법사는 두 번에 걸쳐서 손오공을 파문하는데 이번이 최초의 파문이었다. (두 번째 파문에 대해서는 다음 장을 참조)

황포黃袍 요괴의 난

이리하여 삼장 일행은 최강의 종자였던 손오공을 여의고 말았다. 그런데 농땡이 저팔계와 참새가슴 사오정만으로 이러한 고난의 여행을 감당할 수는 없는 일이었다. 손오공이 사라진 직후 먹을거리를 찾아 나섰던 저팔계가 으레 그렇듯 도중에 땡땡이를 부리고서, 잠을 자고 돌아오지 않는 바람에 사오정 또한 삼장법사를 홀로 남겨놓고서 저팔계를 찾으러 길을 나섰다. 그러자 그 짧은 틈새 시간에 삼장법사는 '황포 노괴黃袍老怪'라는 요괴에게 납치당하고 말았다. 실은 삼장법사에게는 '육정육갑六丁六甲, 오방게체五方揭諦, 사치공조四値功曹, 십팔호경가람十八護經伽藍' 등의 호법의 신들이 아무도 모르게 수호신으로 수행하고 있어서, 어떤 상황이 벌어져도 목숨을 잃는 법은 없다. 그렇다고는 해도 저팔계와 사오정 둘의 힘만으로는 아무리 용을 써도 황포 요괴를 상대할 수도 없었고, 삼장법사를 구출한다는 것은 도저히 불가능했다.

그러던 차에 도움의 손길을 뻗쳐주었던 이가 다름 아닌 황포 요괴의 부인이었다. 그녀는 본래 '보상국寶象國'의 공주였는데 13년 전에 황포 요괴에게 납치당하여 강제로 부부 노릇을 하고 있었다. 그녀는 삼장법사에게 보상국의 부모님께 편지를 전해달라고 부탁하면서, 결박을 풀어주는 한편으로 황포 요괴에게도 그럴듯한 구실을 둘러대어 삼장 일행 셋이 무사히 풀려나게끔 해주었다. 이리하여 삼장, 저팔계, 사오정은 성공적으로 황포 요괴의 소굴을 벗어나 이윽고 보상국에 도착했고 삼장법사는 국왕에게 공주의 편지를 전달하였다. 그러나 이제 안심이라고 생각할 겨를도 없이 미남 귀공자로 둔갑한 황포 요괴가 보상국으로 찾아와서는 삼장이야말로 요괴라고 매도하면서 삼장법사를 호랑이로 둔갑시켜버렸다. 이때 사오정은 훨씬 전에 황포 요괴에게 붙잡혀 있었고, 달리 도리가 없었던 저팔계는 용왕 아들의 변신인 백마의 권유로 결국 도움을 요청하러 수렴동의 손오공에게로 달려갔다.

   손오공이 복귀하자 그 후로는 다시금 판박이 패턴이 반복되었다. 우선 손오공은 황포 요괴의 본거지인 동굴로 숨어 들어가 순식간에 이 요괴를 궁지에 몰아넣는다. 그러자 황포 요괴는 천상계로 달아나버리는데, 기실 이 요괴의 전신은 천상계의 신장神將인 규성奎星으로 일찍이 손오공이 천상계에서 대소동을 벌였을 적에 겁을 먹고 벌벌 떨다가 도망쳐서 숨어버렸던 전력이 있었다. 이러한 규성이 여성 문제 때문에 제멋대로 하계로 내려가 요괴가 되었던 것이다. 그 상대 여성은 천상계에서 향불을 맡아보던 옥녀였는데, 매우 적극적이었던 그녀는 앞질러 하계로 내려가서 보상국의 공주로 환생했기 때문에 이윽고 규성 역시 뒤를 쫓아 하계로 내려가 원래 약속대로 그녀를 데려다가 부부가 되었다는 사정이었다. 알고 보니 얌전한 옥녀가 오히려 대단한 인물이었던 것이다. 사물의 이면에는 으레 복잡한 사정이 있다고 하는, 참으로 별스러운 이야기라고 할 수밖에 없다.

그것은 그렇다 치고 황포 요괴, 곧 규성의 뒤를 쫓아 손오공 또한 천상계로 들어가는데, 손오공을 맞이한 옥황상제는 솜씨 있게 규성을 좌천시켜버리는 처분을 내렸다.

"손오공은 옥황상제가 이런 식으로 사태의 결착을 짓는 것을 보고서 속으로 크게 기뻐했다. 그래서 옥황상제에게 절을 하면서 큰 소리로 '예예' 하고서 신들을 돌아보고서 한마디 했다. '여러분, 폐를 끼쳐서 죄송했습니다.' 신들은 웃으면서 말했다. '이 원숭이 녀석은 여전히 시골뜨

기네. 자기 한 사람을 위해 요괴를 잡아주었는데도 천은
天恩에 감사할 줄도 모르고, 그저 예예 소리만 하고서 돌
아가버리네!' 옥황상제가 한마디 던졌다. '저 원숭이 녀석
이 아무 일도 일으키지만 않는다면 천상계는 평온무사하
니 다행인 줄 알아야 하리로다.ˮ (제31회)

옥황상제에게 경의를 표하는 기색조차 없는 손오공의
불손함, 이것을 아무렇지도 않게 슬쩍 받아넘기는 옥황상
제의 자못 무사안일주의적인 대응이 웃음을 자아내게 하
는 장면이다. 천상계의 우두머리이면서도 옥황상제는 언
제나 매사에 이런 식이어서, 『서유기』 세계에서는 위엄이
라고는 전혀 찾아볼 수 없는 존재이다.

유머러스한 토지신들

어쨌든 황포 요괴를 물리치고 손오공도 복귀한 상태로
보상국을 뒤로하고서 다시 여행길에 오른 삼장 일행에게
다시금 재난이 닥치게 된다. 앞길을 막고 솟아 있는 평정
산平頂山 연화동蓮花洞에 자리 잡은 금각대왕金角大王과 은
각대왕銀角大王은 사전에 천상계에서 손오공에게 '조심하

라'고 귀띔을 해줄 정도로 강적이었다. '당나라 화상'을 잡아먹으면 불로장생할 수 있다 하므로 금각대왕이 그려준 초상화를 가지고서 은각대왕과 그 부하들은 삼장 일행이 오기를 잔뜩 기다리고 있었다. 그들은 우선 손오공의 명령으로 정찰을 나온 저팔계를 간단히 사로잡아서, 맑은 연못물에 담가놓은 뒤에 은각대왕은 늙은 도사의 모습으로 탈바꿈해서 삼장법사를 잡으러 가게 된다.

이러한 은각대왕은 역시 강적이었다. 산을 옮기는 이산도해移山倒海의 도술을 부리는 은각대왕이 수미산을 손오공의 왼쪽 어깨에, 아미산을 오른쪽 어깨에, 그리고 태산을 손오공의 정수리에 찍어 누르는 통에 그토록 강력한 손오공조차도 쓰러져 산 밑에 깔려서 파묻히고 말았다. 사오정 역시 열심히 싸운 보람도 없이 사로잡혀서, 손오공을 제외한 나머지 일행 모두는 동굴의 여러 기둥에 거꾸로 매달려 요괴에게 먹히기를 기다리는 처지가 되고 말았다.

이 대목에서 재미있는 것은 손오공을 구해주러 온 산신령과 토지신들의 반응이다. 손오공이 밑에 깔려 있는 세 산을 관장하는 그 신들은 고통 받는 삼장법사를 생각하며 울부짖는 손오공의 고함 소리에 깜짝 놀라서, 삼장법사의 수호신으로 사정을 잘 아는 오방계체의 하나인 금두게체에게 가서 상황에 대해 물었다. 그런데 놀랍게도 자신들이 산을 빌려주어 산 밑에 눌러놓은 자가 바로 저 난폭하기 그지없는 손오공이라는 것이다. 금두게체가 이들에게 손오공이 탈출하는 날에는 모두 용서받지 못할 것이라고 을러대는 바람에 산신령과 토지신들은 무서워 벌벌 떨기 시작하였다.

"'(그분이 손대성인 줄을) 정말 몰랐습니다. 정말이지 몰랐습니다. 저 요괴가 산을 옮겨놓으라는 주문을 외우는 것을 듣고서 산을 옮겨왔을 뿐입니다. 손대성이 아래에 있다고는 알 수가 없었습니다.' 금두게체가 이렇게 말했다. '겁낼 것은 없다. 형법에도 모르고 한 사람은 죄를 묻지 않는다라고 되어 있다. 우리가 꾀를 내어서 우선 놈을 풀어주어라. 그 성미를 건드려 얻어맞지 않도록 해야 한다.' '그리 해도 소용이 없을 것입니다. 나오면 또 때릴 것입니다'라고 토지신이 말했다." (제33회)

그저 무서워 벌벌 떨면서 굽실굽실 손오공에게 용서를 빌면서, 자신들은 금각대왕와 은각대왕의 요술에 부림을 당했을 뿐이라고 필사적으로 호소하는 토지신과 산신령들의 모습이 참으로 유머러스하기까지 하다.

이리하여 겁에 질린 토지신들의 도움을 받아서 가까스로 탈출한 손오공은 그 후로 '다섯 가지 보물'을 지닌 금각대왕과 은각대왕 형제와 맹렬하게 서로 싸움을 벌였고, 몇 차례나 위기의 순간을 맞으면서도 멀티플레이어적 능력을 발휘해 마침내 요괴들을 물리치고 만다. 다섯 가지 보물이란 당사자의 이름을 불러서 대답하기만 하면 그대로 병 속에 빨려 들어가 몸뚱이가 녹아버리고 만다는 붉은 호리병(홍호로紅葫蘆)과 옥으로 된 정병(호박병琥珀甁), 주문을 외우면 꽉 조여들어서 노획물이 결코 빠져나갈 수 없는 '황금승幌金繩', 요괴를 조복調伏하는 '칠성검七星劍', 아무데서나 부채질하면 천지를 태울 정도로 불을 일으키는 '파초선芭蕉扇' 등이다. 사건이 해결된 후에 이들 보물은 실은 본래 태상노군의 소유물이었고, 두 요괴는 태상노군의 팔괘로 중 금로金爐와 은로銀爐를 지키던 동자였다는 사실이 밝혀지기도 하였다. 사정을 설명하기 위해 나타난 태상노군의 설명에 따르면 '사실은 이번 일은 관음보살께서 나한테 세 차례나 부탁을 하셔서 동자들과 보물들을 빌려다가 이곳에 보내놓고 요괴로 둔갑시켜서 너희들 사제가 과연 이러한 난관을 헤치고 진정 서천으로 불경을 구하러 갈 신념이 있는지를 시험해보신 것'이라는 내용이다. (제35회) 이 이야기를 들은 손오공은 투덜거리며 욕설을 퍼붓고 있다.

"원, 보살님도 어지간히 게으름뱅이시지! (중략) 우리가 위급한 처지에 빠지게 되면 당신이 친히 와서 도와주시겠다고 하지 않았는가! 그러더니 이제 와서 도리어 요괴들을 시켜 우리를 훼방놓으시니 이것이야말로 약속 위반이고말고! 그러니 보살님이 평생 배필을 못 만나시고 홀몸으로 계신 거지 뭔가." (제35회)

홍해아紅孩兒와의 대결

이어서 하룻밤을 묵었던 보림사寶林寺에서는 오계국烏鷄國 임금의 유령이 삼장법사의 꿈속에 나타나 쉬지 않고 원한을 털어놓았다. 가뭄이 들어 대기근이 일어났을 적에 도사 한 사람이 나타나 기도를 드려 비를 내리게 해주었는데, 3년 전에 그 도사가 갑자기 자신을 떠밀어 우물에 빠뜨려 죽이고서는 대신 임금이 되었다는 사연이었다. 오계국 임금의 유령에게 요물을 퇴치해달라는 부탁을 받은 삼장법사는 손오공에게 명하여 임금의 사체를 우물물 속에서 끌어내어서 목숨을 되살린 다음에 가짜 임금을 내쫓았다. 사실은 임금을 사칭했던 도사는 본래 마왕이었던 것이다. 게다가 이 마왕은 본시 문수보살 휘하의 사자왕獅子王이었는데, 오계국 임금이 일찍이 저질렀던 죗값을 치르게 하기 위해 석가여래가 파견한 자라는 것이 이 이야기의 결론이었다.

이어서 출현한 것이 홍해아라는 요괴이다. 아이로 둔갑한 홍해아는 길가의 나무에 매달려 있는 모습으로 가장하여 삼장법사를 속이려 하였다. (제40회) 홍해아는 우마왕과 나찰녀羅刹女의 자식으로 화염산火焰山에서 300년 동안이나 수행을 쌓았다는 강적이었다. 이번에도 또한 삼장법사는 손오공의 경고를 무시하고서 매달린 아이를 도와 내려주려 한 순간 아니나 다를까 갑자기 일어난 회오리바람과 함께 간단히 납치되고 말았다. 손오공의 신통력도 이번에는 먹혀들지가 않아서, 홍해아가 일으키는 삼매진화三昧眞火의 불길에 휩싸여 인사불성이 되었던 지경에서 저팔계와 사오정의 도움을 얻어 가까스로 목숨을 부지하는 형편이었다. 움직이지 못하는 손오공을 대신해서 저팔계가 관음보살에게로 구원을 청하러 달려갔지만 또다시 홍해아가 둔갑한 가짜 관음에게 속아서 맥없이 사로잡히고 마는 등 아주 처참한 상황이 벌어지게 되었다. 부아가 치민 손오공은 홍해아의 아비인 우마왕으로 변신해 적의 본거지로 밀고 들어갔지만 그럼에도 여전히 둘 사이에 승패를 가르지는 못했다. 이리하여 드디어 관음보살이 등장할 차례가 되었다. 관음보살은 36자루 천강도天罡刀로 홍해아를 혼내주고 나서 부처에게 귀의할 것을 맹세케 한 다음 그를 자신의 제자인 '선재동자善財童子'로 삼았다. 이것으로 또 하나의 난관을 해결하게 되었다.

그다음으로 삼장 일행은 용왕의 조카가 못된 짓을 일삼는 흑수하黑水河를 그럭저럭 건너고 나서, '호력대선虎力大仙', '녹력대선鹿力大仙', '양력대선羊力大仙'의 세 도사가 제 세상인 양 설쳐대며 승려들을 몹시 학대하던 차지국車遲國이라는 나라에 도달하였다. 차지국에서 제멋대로 판치던 세 도사들은 기우祈雨, 좌선, 투시, 죽었다가 되살아나기 도술 등을 구사하며 사력을 다해서 손오공과 맞서보았으나 결국 모두 패퇴하고 말았다. 그러고 나서 이들은 원래

의 모습인 누런 호랑이, 흰 사슴, 영양으로 다시 되돌아갔
다. 이리하여 삼장 일행은 성공적으로 문제를 해결해 승
려들을 풀어주고, 서천으로 향하는 여행을 계속하였다.

통천하通天河에서의 재난

이 단계에서 맞닥뜨린 것이 강폭이 800리가 넘어 자고
로 건너간 사람이 드물다는 '통천하'라는 강이었다. 일행
은 강을 건너가려야 갈 방법이 없어서, 근처에 있는 마을
'진가장陳家莊'에 다다랐는데, 때마침 재를 올리고 있던 커
다란 저택을 찾아가 하룻밤을 묵게 되었다. 이 집의 주인
인 진징陳澄의 하소연에 따르면 이 고장에 '영감대왕靈感大
王'으로 불리는 요괴가 자리 잡고서, 해마다 동남동녀 한
명씩을 잡아서 먹어치운다는 사연이었다. 올해는 바로 이
진씨 집안 차례가 되어서 진징의 외동딸인 여덟 살 일칭금
一秤金과 진징의 아우 진청陳清의 외아들인 일곱 살 진관보
陳關保 두 아이를 제물로 바치지 않을 도리가 없게 되었다.
그래서 아이들이 아직 살아 있는 동안에 서둘러서 추선 공
양을 올리고 있다는 것이다. 그런 사정을 알게 되자 손오

공 일행이 나설 차례가 되었다. 그래서 손오공이 남자아이로, 저팔계가 고심 끝에 어떻게든 여자아이로 둔갑해서 (다음 장 참조), 영감대왕 사당의 제단 위에 잠복해 있다가, 이윽고 찾아온 영감대왕을 격퇴하는 데 성공하였다.

영감대왕은 허둥지둥 걸음아 날 살려라 하고 통천하의 물밑에 있는 궁전으로 달아나서 시무룩하니 울적해하고 있는데, 수족의 하나로 알록달록한 무늬 옷을 입은 '궐파鱖婆', 곧 쏘가리 어멈이 묘책을 생각해내게 된다. 요컨대 삼장 일행은 길을 서둘러 갈 마음이 급하므로 강을 꽁꽁 얼려서 그 위를 지나갈 수 있게 한다면, 그들 모두를 손쉽게 사로잡을 수 있으리라는 것이다. 영감대왕이 기쁜 마음으로 이러한 묘책을 사용했던바 삼장 일행은 어이없이 함정에 걸려들고 말았다. 손오공과 종자 셋은 백마와 함께 간신히 위기를 벗어났지만, 삼장법사만은 강물 밑으로 끌려 들어가서 영감대왕의 궁궐 안에 감금당하고 말았다. 손오공 일행은 삼장법사를 구출해내기 위해 영감대왕과 치열한 싸움을 벌이지만 좀처럼 승부가 나지 않았다. 이렇게 해서는 일이 해결되지 않겠다고 판단한 손오공이 도움을 청하러 관음보살에게로 날아갔더니, 관음보살은 죽림에 틀어박혀서 도통 얼굴을 보여주지 않았다. (첫머리에 인용함) 그때 관음보살은 대바구니를 짜고 있었다. 대바구니를 다 짜고 나서는, 관음은 완성된 대바구니를 손에 들고서 손오공과 함께 통천하로 날아왔다. 그리하여 대바구니를 강물 한복판에 던져넣고서 '죽은 자는 물러가고, 산 자는 걸려라'라고 일곱 차례나 게송을 읊고 난 후에 대바구니를 건져 올렸다. 그런데 보아하니 대바구니 안에는 금빛이 번쩍번쩍하는 금붕어 한 마리가 들어 있는 것이 아닌가? 영감대왕은 본래 관음보살의 연못인 연화지蓮華池에서 기르던 금붕어였다.

이리하여 영감대왕을 물리치고 난 뒤에 삼장 일행의 앞에 흰색의 늙은 자라가 출현하였다. 이 자라는 원래 통천하의 주인이었는데 영감대왕에게 조상 대대로 살던 물밑 궁전을 빼앗기고 자손들도 모두 죽임을 당했다는 것이다. 삼장 일행이 힘써준 덕분에 요괴도 내쫓았고 궁전도 되찾았으므로, 그에 대한 보답으로 자라는 일행을 등에 태우고서 폭 800리의 대하를 무사히 건네주었다. 삼장법사가 서천에 갔다가 불경을 가지고 되돌아오는 길에 다시금 보답을 하고 싶다고 하자, 자라는 다음과 같이 부탁을 하였다.

"사부님께 사례 같은 것은 바라지도 않습니다. 다만 듣자니, 서천의 불조 여래님께서는 불생불멸하시어 과거와 미래의 일을 모두 꿰뚫어 아신다고 합니다. 저는 이 통천하에서 1,300년 남짓 도를 닦고 있습니다. 비록 오래 살 수 있는 몸이 되었고 사람의 말도 이해할 수 있게 되었지만, 본래의 짐승 껍질을 벗어버리지는 못하였습니다. 사부님께서 서천에 가시거든 제발 제가 언제쯤이나 되어야 이 짐승의 탈을 벗고서 사람의 몸이 될 수 있을지, 그것 한마디만 불조 여래님께 여쭤보아 주십시오."(제49회)

삼장법사는 흔쾌히 승낙을 하고서 자라와 헤어졌다. 참고로 이 자라에 대한 이야기는 서천으로 불경을 구하러 가는 여행의 최종 단계에 관련된 중요한 복선으로 작용하고 있다는 점을 상기시켜두고자 한다.

'저속함'의 매력

이미 명백해진 것처럼 『서유기』에 등장하는 신선과 부처, 보살들은 모두 묘하게 저속한 측면이 있다. 무사안일주의적인 옥황상제가 그렇고, 말단 관리 스타일의 토지신들이 그렇고, 부쩍 힘을 내어 싸우러 나섰다가도 맥없이 지고 마는 나타태자의 경우가 그러하다 하겠다. (묘하게 귀여운 구석이 있는 나타태자는 일본에서는 그다지 알려져 있지 않지만, 중국에서는 동화 따위에 흔히 등장하는 인기 캐릭터이다.) 게다가 초능력자인 손오공도 걸핏하면 멍청한 실수를 저지르고, 덕망 높은 고승이어야 할 삼장법사조차도 어이가 없을 정도로 저속하고, 옹졸한 주제에 툭하면 화를 내고, 게다가 항상 배고프다고 징징대는 꼬락서니를 보이고 있다.

『서유기』의 서사적 구성 자체는 기상천외하고 에스에프SF풍임에도 불구하고 등장인물은 모두가 다 묘하게도 상스러운 말을 잘하는 편이다. 게다가 신령과 부처가 대거 등장함에도 불구하고 도무지 신비함이라고는 찾을 수가 없고, 무엇인가 사람 냄새를 풍기고 저속하기까지도 하다. '성스러움' 속에 이렇게 거침없이 '저속함'을 포함시키는 수법을 통해 유머러스한 낙차가 생겨나게 되는데, 이것은 물론 작자의 생각으로 서사 세계를 재미있게 만들기 위한 의식적인 조작 내지 수법이다. 이것은 대단히 성숙한 묘사 기법으로 『서유기』가 성인에게도 고품질의 독서물일 수 있는 최대의 이유라고도 할 수 있다.

그와 같은 의미에서 가장 흥미로운 것은 관음보살이라는 존재이다. 『서유기』에서 관음보살은 명백히 '여성'으로 묘사되고 있고, 초월적 힘을 갖춘 부처이면서도 때때로 그 이미지에 인간적인 너무나 인간적인 면모가 반영되어 웃음과 유머를 유발하고 있다. 손오공이 요괴를 때려죽이는 광경을 보면 일단은 무익한 살생을 하지 말라고 비난하면서도 그러한 요괴가 삼장 일행을 방해하는 패거리의 일원임을 알게 되자 '얘기가 그렇다면 어쩔 수가 없겠구나'(제17회)라고 태도를 싹 바꾸어버린다. 또한 저 홍해아가 가짜 관음보살로 둔갑했다는 이야기를 듣고서는 화를 내면서 '발칙한 놈이로다!'라고 욕을 한다든지(제42회) 하는 대목 등에서는 자못 즉흥적이고 핏대를 잘 내서 도무지 깨달음을 얻은 보살이라고는 생각할 수가 없다. 특히 흥미로운 점은 '몸치장'과 관련된 대목이다.(첫 부분에서 인용함) 이 당시에 드물게 몸치장도 하지 않았다는 것은 보통은 부지런히 화장을 하고 곱게 차려입는다는 것을 암시하는 것으로, 그렇게 보면 서사 세계를 통해서 삼장 일행을 내내 수호하는 여신적 존재인 관음보살이 한층 더 친밀하고도 귀여운 여성으로 느껴지는 것이다.

고전소설의 재미

　이렇듯 유머러스한 이야기가 절묘한 간격으로 삽입되어 있는 것을 볼 때 『서유기』가 '고전소설'로서 어른, 아이 할 것 없이 누구에게나 오래도록 인기리에 읽혀왔던 최대의 이유는 이렇게 요약할 수 있다. 곧 전체적인 서사 구조로부터 마치 음식의 고명처럼 삽입된 에피소드에 이르기까지, 각양각생의 '재미'가 넘쳐나고 있기 때문이라고 생각할 수 있다. 『서유기』에 국한되지 않고 『삼국지연의』나 『수호전』 등과 같은 중국의 백화 장편소설은 청중의 반응을 북돋는 쪽으로 형성되어왔던 설화를 모태로 하고 있고, 본래 엔터테인먼트, 더욱이 고품질의 엔터테인먼트와 다름없다고 하겠다.

　이들 작품을 '고전소설'이기 때문에 '왜 이토록 오랫동안 계속 읽혀져왔는가, 중국의 국민성과 관련된 것이 아니겠는가'라고, 그럴싸하게 파악하려는 경향마저 있어왔다. 그러나 무엇보다도 작품에 펼쳐지는 서사 세계에 시간을 초월하여 독자를 매료시키는 재미가 있기 때문에 계속 읽혀왔던 것이라고 보아야 할 것이다. 일본의 예를 들자면 일본식 만담인 라쿠고落語[4]도 고전 예능이지만, 관객은 이것을 '고전'이기 때문에 경건한 자세로 경청하기보다는 그 어투를 복잡한 구석은 빼버리고서 즐기는 쪽이 인지상정일 것이다. 중국의 고전소설, 특히 재담을 집대성한 작품도 마찬가지여서 독자에게 설교를 하고 교훈을 주려고 하기보다는 우선 독자를 즐겁게 하고 카타르시스를 주려는 쪽이 주안점이었다. 그렇기 때문에 『서유기』에서는 제1부의 손오공이 대소동을 벌이는 장면, 서천으로 불경을 구하러 가는 여정, 저팔계가 바보 같은 짓을 저지르는 장면, 또는 신령들과 부처와 삼장법사의 저속함 등등 독자들에게 스릴을 제공하거나, 절로 웃음을 터뜨리게 하는 대목이 재미의 포인트로서 주목되는 까닭이다.

---

4) 아주 우스운 내용으로 청중을 재미있게 만드는 일본의 독특한 전통적인 이야기 예술인 만담을 가리킨다.

6. '범태' 삼장과 저팔계 - 자모하子母河의 난

"(강의 물을 마시고 나서) 출발한 지 반 시간도 못 되어 삼장이 말 위에서 신음 소리를 내기 시작하며 '배가 아프다'고 말하였다. 이어서 저팔계도 '저도 배가 살살 아파요'라고 했다. 사오정도 '아까 냉수를 마셔서 그런 거 아닙니까?'라고 했는데, 그 말이 채 끝나기도 전에 삼장은 비명을 질렀다. '아이고, 배가 아파 죽겠다.' 저팔계도 '배가 아파서 견딜 수가 없네'라고 하였다. 이윽고 두 사람이 아픔을 참지 못하고 쩔쩔 매는 동안에 배가 점점 불러오는 것이었다. 손으로 문질러보니 피와 살덩어리 같은 것이 잡히는데, 쉴 새 없이 꼼지락거리는 것이 아닌가?" (제53회)

『서유기』의 트릭스터

『서유기』의 메인 캐릭터는 물론 손오공이지만, 그렇다고 손오공이 가장 매력적인 캐릭터인가 하면 반드시 그렇다고 할 수는 없다. 또한 손오공이 서사 세계 전체를 뒤흔드는 이른바 '트릭스터'적인 역할을 맡고 있는 것인가 하면 그러한 경우에도 해당되지 않는다고 하겠다. 제1부 '손오공 설화' 부분에서도 손오공은 확실히 트릭스터적인 대

소동을 벌여서 서사 세계 전체를 뒤흔들어놓고 있다. 그러나 전체적으로 보자면 '천상계에서의 대소동'에서 손오공의 난동은 '손오공은 어떻게 해서 죄를 짓고서 오행산 기슭에 감금당하게 되었는가'라는 과정을 설명하기 위한 일종의 '근거 부여'라고 할 수 있다. 이때부터 손오공이 삼장법사를 수행하여 통과의례적 여행에 나서게 되는 필연성을 제공해주기는 하나 이것은 서사적 흐름에 따른 전개이지 서사 세계를 뿌리째 흔들어서 변화시키는 유의 대소동은 아니었다. 더욱이 불경을 구하러 가는 여행길에 나선 뒤로 손오공은 확 바뀌어서, 지극히 성실한 삼장법사의 수호자로 변모하고 만다. 삼장법사를 성실하게 수행하는 종자로 손오공은 오히려 삼장법사보다도 잔소리가 심하고, 반드시 괴물을 물리치는 슈퍼맨과 같이 안정된 캐릭터가 변화해버려서, 의표를 찌르는 언동으로 관중의 갈채를 받는, 변화가 풍부한 재미와는 거리가 멀어지고 말았다. 오로지 삼장법사를 지키려는 성실함만이 전면에 두드러져 독자를 무조건 웃기려는 측면은 감소하였다.

생각해보면 『삼국지연의』와 『수호전』, 『서유기』에서는 서사 세계를 통째로 교란하고 활성화하는 '트릭스터'의 역할이 서로 다르다는 점 역시 분명히 확인되고 있다. 앞에서도 언급했듯이 『서유기』의 특징은 전래동화풍의 '예정조화의 재미'에 있는 것이고, 이런 이유 때문이겠지만 『서유기』 세계에서는 서사의 흐름이 완전히 바뀌는 분기점이 존재하지 않는다. 기승전결의 단락 구분도 없고 기起로부터 곧바로 결結로 향하는 짜임새이다. 삼장법사의 앞길에는 죄를 씻기 위한 81가지의 난관이 준비되어 있고, 난관을 하나하나 극복해가면서 마지막 골인 지점까지 일관되게 나아가는, 어떤 의미에서는 참으로 단순명쾌한 스토리 라인이다. '우리가 구구九九 팔십일八十一의 난관을 돌파하여 공을 이룰 수 있게 된다면, 그때에는 부처님도 아주 쉽게 만나 뵐 수 있을 겁니다'(제36회)라고 손오공이 갈파하듯이, 골인 지점이 사전에 확정되어 있는 이 세계에서는 교란자로서의 트릭스터의 역할도 또한 이제는 어딘가 달라졌다고 하지 않을 수 없다.

트릭스터 저팔계

그러한 의미에서 더욱 중요한 캐릭터는 삼장법사와 저

팔계이다. 둘 다 사람 냄새가 물씬 나고 저속한 편인데, 바꿔 말하자면 유약하다든가, 걸핏하면 화를 낸다든가, 하는 짓이 멍청하다든가, 속이 엉큼하다든가, 지나치게 욕심이 많다든가, 엄청나게 대식가라든가, 몹시 게으르다든가 등등의 부정적 이미지를 잔뜩 가지고 있으면서 수없이 실패를 거듭하고, 끊임없이 서사 세계를 휘젓고 뒤틀리게 만들고 있다. 그런 두 사람이야말로 바로 『서유기』 세계의 진정한 트릭스터라고 해도 좋을 것이다.

기본적으로 쾌락주의자인 저팔계는 색욕, 탐욕, 금전욕과 같은 인간적 욕망의 덩어리이며, 문자 그대로 속취를 풀풀 풍기는 캐릭터이다. 툭하면 선배 격인 손오공을 질투하여 훼방을 놓거나, 장기라고 할 험담과 고자질을 해대면서 발목을 잡는 등 지저분한 수법도 마다하지 않았다. 그런가 하면 당장의 욕망의 유혹에는 반드시 넘어가서, 이내 '밥을 먹자'라든가 '이제 돌아가자'라든가 하는 말을 으레 꺼내는 것이다. 진취적 기상 따위는 눈을 씻고 찾아도 없고, 지극히 퇴영적이다. 전혀 참고 견디려 하지도 않고 칠칠맞기 이를 데 없는 이러한 저팔계의 캐릭터는 이 또한 곰삭은 빈정거림과 유머로 흘러 넘쳐서 그 의뭉스러운 맛은『서유기』세계에서도 손꼽힐 만한 것이다. 여기서 이와 관련된 대목을 조금 구체적으로 인용해보기로 하자. 예를 들면 잠깐 동안 삼장법사와 손오공의 모습이 보이지 않자 이 돼지 요괴는 재빨리 다음과 같은 온갖 욕설을 퍼붓는다.

　　"저런 약해빠진 화상 영감! 심통꾸러기 필마온弼馬溫[1] 녀석! 줏대 없는 사화상沙和尙 녀석! 자기네들은 거기서 편안하게 앉아 있는 주제에, 이 저팔계만 귀찮게 여기저 기 돌아다니게 만들다니! 여럿이서 불경을 구하러 가서 다 같이 증과證果[2]를 얻으려고 하는 것인데도, 어째서 나 만 이 산 저 산을 순찰하며 돌아다니게 하는 거야! 하하 하. 요괴가 있는 줄 알고서 모두 꽁무니를 빼는 주제에 아직 길의 절반도 못 왔는데 이 저팔계더러 요괴가 어디 있는지를 알아오라니, 정말 분통이 터질 노릇이다! 어디 으슥한 곳에서 낮잠이나 자고서 그럴듯하게 산을 순찰하 고 왔다고 둘러대면 그만 아닌가?"(제32회)

　저팔계는 줏대 없이 빈둥대는 게으름뱅이 주제에 묘하 게도 능청맞고, 음식과 여자에 대해서는 굉장히 진지하고

---

1) 손오공을 가리킴.
2) 수행의 결과로 얻은 깨달음을 가리킨다.

탐욕스럽기까지 하다. 그래서 때때로 운 좋게 식사 대접이라도 얻어걸리는 양이면 그 게걸스러운 모습은 상상을 절한다.

"먹성 좋은 저팔계는 어떤 장소인지 따지지도 않고서 닥치는 대로 먹어치우기 시작했는데, 옥같이 하얀 쌀밥이건, 찐 떡이건, 찐 만두부터 시작해서 흰 버섯, 표고버섯, 죽순, 목이버섯, 오이, 우뭇가사리, 김, 순무, 토란, 무, 참마, 죽대뿌리 할 것 없이 날름 집어삼켜 빈 그릇을 만들어버렸다. 술도 대여섯 잔이나 들이켜고 나서는 '음식을 더 가져오너라! 술잔도 큰 것을 가져오란 말이다! 몇 잔 더 들고 나서야 각기 볼일을 보러 가지 않겠나?'라고 악을 썼다." (제54회)

식사 공양을 받을 적에도 삼장법사가 조금 먹은 뒤에는 식탐을 부리는 저팔계가 남은 음식을 죄다 먹어치우는 것이 상례이다. 이에 반해서 손오공이 식사를 하는 장면은 거의 존재하지 않는다. 손오공은 선도복숭아와 금단을 대량으로 먹었기 때문에 따로이 음식물을 섭취할 필요성이 없는 것으로 보인다.

저팔계는 쇠스랑을 무기로 싸우는 솜씨도 상당했으며,

둔갑술도 나름 능숙하게 구사하였다. 그러나 손오공과 비교하면 수준이 상당히 처진다는 사실 역시 부정할 수 없고, 어딘가 근본적으로 멍청하고 우스꽝스럽기조차 했다. 앞 장에서 인용했던 손오공이 사내아이로, 저팔계가 여자아이로 둔갑하는 장면에서도 보듯이 손오공이 순식간에 빼쏜 듯이 둔갑하는 것에 반해서 저팔계는 '얼굴 모습과 눈매는 계집아이를 닮았으나 배는 여전히 불룩하니 크게 튀어나와서 도무지 계집아이하고는 닮은 구석이 없었다'(제47회)는 식이다. 얼굴은 귀여운 여자아이인데도 배는 여전히 돼지 저팔계처럼 불룩 튀어나온 모습이라면 참으로 괴상망측하고 우스꽝스럽다고 할 수밖에 없을 것이다.

'범태육신' 삼장법사의 공감

이런 식으로 결점투성이인 저팔계에게 삼장법사는 어쩐지 공감을 느끼는 듯한 구석이 있다. 그와 관련해 '범태육신'의 삼장법사는 '오공아, 내가 오늘 하루 온종일 굶었더니 배가 몹시 고프구나, 네가 어디라도 가서 탁발로 음식을 좀 얻어오려무나'(제27회)라고 말하면서 손오공을 난

처하게 만든다. 이렇듯 삼장법사가 먹는 음식에 집착을 보이는 것은 분명히 식욕의 화신인 저팔계와도 상통하는 바가 있는 것이다. 삼장법사와 손오공, 그리고 저팔계 이 삼자의 관계가 어떠한가는 예를 들면 다음의 대목에서도 잘 드러난다.

"(걷다 보니 어느새 날이 저무니) 삼장법사는 말했다. '얘들아, 날이 또 저물었으니 어디 가서 쉬어가자꾸나!' 그러자 손오공이 대답하였다. '사부님, 그 말씀은 틀렸습니다. 출가한 사람은 '바람으로 끼니를 때우고 물가에서 자며, 달을 바라보고 누워 찬 서리 맞으며 잔다'고 하므로 가는 곳이 바로 내 집입니다. 어딘가 가서 쉬자고 하시니 무슨 말씀입니까?' 곁에서 저팔계가 끼어들었다. '형님, 생각해보세요. 형님은 홀가분한 몸으로 길을 가시니 남의 힘든 사정을 어찌 아시겠소? 유사하를 건너온 이래로 줄곧 산과 고개를 넘어왔는데 무거운 짐짝을 짊어진 동지로서 도무지 견뎌낼 재간이 없어요! 어딘가 사람 사는 집을 찾아야 합니다. 첫째 차 한잔 밥 한끼 얻어먹어야 하고, 둘째 쉬면서 기운을 되찾아야 합니다. 그래야 이치에 맞지요!'"(제23회)

이 대목은 일행 가운데 가장 칠칠치 못한 속물인 저팔계와 가장 정결한 고승이어야 할 삼장법사 사이에 의외의 공통성이 존재한다는 점을 보여주는 장면이다.

　수준 차이가 있지만 한결같이 초능력자였던 세 명의 종자들과는 달리 철두철미하게 현세적 존재인 삼장법사는 연약하기 짝이 없었고, 툭하면 울어대거나 무서워 벌벌 떨거나 하는 위인이었다. 그런 주제에 최강의 제자라 할 손오공에게는 기묘하게도 고집을 세우거나 강한 척 허세를 부리는 것이다. 그렇다고는 해도 자기 혼자서는 아무것도 하지 못했고, 요괴가 나타날 때마다 맥없이 잡혀가는 꼬락서니를 보였다. 아무리 봐도 윤회 과정에서 여러 과거세를 거쳐온 고결한 고승의 모습이라고는 할 수 없는 형편이었다. 그런데도 틀림없이 자신을 도와주러 오는 구원자가 있을 거라는 기대감에서이겠지만 묘하게도 정색을 하며 뻔뻔하게 나오는 경우도 많아서 이 또한 어중이떠중이 평범한 인간과 다를 바가 없었다. 일의 시비도 구별 못 하는, 이 뼛속 깊이 박힌 속물 근성에는 바보 멍청이라고 할 수밖에 없는 얼빠진 인상조차 주는 것이다. 특히 아무리 호되게 경을 쳐도 요괴의 화신이 새롭게 출몰할 때마다 손오공의 충고는 귓전으로 흘려버리고, 도리어 손오공을 거짓

말쟁이로 치부하고 악다구니를 해대는 저팔계 쪽을 믿어버리고 마는 그의 모습은 너무나도 안타깝고, 독자를 짜증나게 한다. 그러나 생각해보면 연약한 데다 멍청한 삼장법사가 매번 단단히 혼이 나면서도 곰비임비 요괴의 함정에 빠져듦으로써 『서유기』의 서사 세계가 전개되는 것이므로 이렇듯 그가 보여주는 연약함이야말로 『서유기』 세계를 추동해가는 관건이 되고 있다고 해야 할 것이다.

참고로 덧붙이자면 『서유기』에서 묘사되듯이 항상 식사 공양을 바라는 삼장법사의 이미지의 배경에는 실은 내력이 있다. 『서유기』에 선행하는 텍스트인 『대당삼장취경시화』에 삼장법사를 식욕 왕성한 식탐꾼으로 묘사하는 이야기가 존재하는 것이다. 이와 같은 삼장법사 대식가 전설은 면면히 전승되어서, 그가 식사 공양을 원하고, 그 때문에 손오공 등이 탁발을 하러 간 틈을 타서 요괴가 출현하고, 사건에 휘말린다는 식의 『서유기』 세계의 삼장법사의 이미지가 형성되었던 것이라 추정된다. 설화 세계에서의 삼장법사 대식가 전설은 『서유기』에서는 대체로 저팔계에게로 옮겨가는데, 앞서 본 것처럼 삼장법사에게도 명백히 그 흔적은 남아 있다. 두 사람은 '식탐이 많다'는 점에서 공통점이 있고, 이런 식으로 말하면 너무 거칠고 투박하기는 하지만, 바로 이러한 측면이 삼장법사와 저팔계 사이에 형성되는, 일견 불가해한 친밀함의 배후에 숨겨진 커다란 이유가 된다고도 볼 수 있다.

앞서도 언급했듯이 중국 고전소설에서는 중심에 위치한 인물에게는 대체로 일종의 근본적인 '나약함'이 부여되고 있다. 『삼국지연의』의 유비가 그렇고, 『수호전』의 송강 또한 그와 마찬가지이다. 이와 같은 중심인물이 보여주는 '나약함'을 극단적인 형태로 보여주는 사례가 다름 아닌 삼장법사라고 하겠다.

삼장법사와 저팔계, 임신하다

그런데 삼장법사와 저팔계의 그러한 속물 근성을 단적으로 보여주는 것이 '자모하' 장면이다. 우선은 스토리 전개를 따라가보기로 하자. 커다란 자라의 등에 타고서 통천하를 건넌 삼장 일행의 앞길에 출현할 차례가 된 요괴는 금두산金兜山의 독각시대왕獨角兒大王이었다. 갑자기 저팔계와 사오정, 그리고 삼장법사는 그것을 입게 되면 사람을 꼼짝달싹 못 하게 하는 마법의 조끼를 별생각 없이 입는 바람에 독각시대왕에게 사로잡히고 만다. 그들을 구출하기 위해서 손오공은 혈혈단신 싸움을 벌이지만 상대가 워낙 강적인지라 믿었던 무기인 여의금고봉마저도 독각시대왕에게 빼앗겨버리고 만다. '이놈의 요괴 또한 본래는 천상계에 살았던 별자리가 틀림없다'고 어림짐작한 손오공은 옥황상제에게 휭 날아가서 이천왕李天王, 나타태자, 화덕성군火德聖君, 수덕성군水德聖君 등의 진용의 협조를 얻어서 전열을 재정비하고 다시금 마왕에게 도전하였다. 그러나 마왕의 비장의 무기인 '흰빛으로 번들거리는 둥근 고리 테'의 위력 앞에 무기를 몽땅 빼앗기고, 도리어 쫓기는 신세가 되고 만다. 그렇다면 하고서 손오공은 다시금 석가여래에게로 날아가 이번에는 십팔 나한十八羅漢까지 가세하였는데도, 나한들의 무기인 '금단사金丹砂'마저도 죄다 빼앗겨버리고 말았다. 이제껏 살펴본 바와 같이 이 대목 근처는(제50~52회) 진기한 보물과 무기들의 경연장이라 할 수 있다. 천상계가 총동원되어 한바탕 난리굿을 치른 뒤에 이 독각시대왕은 본래 태상노군이 타던 청우靑牛라는 사실이 밝혀졌다. 이윽고 태상노군이 이 마왕을 조복시킴으로써 간신히 난관 하나를 해결케 되었다. 참고로 '흰빛으로 번들거리는 둥근 고리 테'는 이전에 태상노군이 손오공을 사로잡을 적에 사용하였던 무기인 금강탁金剛琢 이었다.

겨우 강적인 독각시대왕을 물리치고 길을 재촉하는 삼장 일행은 어느 작은 강물 앞에 도달하였다. 그런데 나룻 배의 뱃사공이 신기하게도 여성이었다. 일행은 이 배를 타고 강 건너편에 다다랐는데, 거기서 맑디맑은 강물을 보고서는 갈증을 느낀 듯 삼장법사와 저팔계는 무심결에 강물 한 주발을 마시고 말았다. 이것이 화를 불러서, 이윽고 두 사람은 복통으로 고통을 받기 시작하여, 순식간에 배가 불러왔다. (첫 머리의 인용문) 황급히 근처의 술 파는 주막으로 가서 주인 노파에게 도움을 청하였더니, 웬걸 진실은 다음과 같았다.

"이곳은 바로 서량여인국西梁女人國이랍니다. 나라에는 모두 여자들뿐이고 남자는 하나도 없지요. 그래서 여러 분들을 보자 반가워했던 겁니다. 당신네 사부님께서 떠마신 그 강물이 잘못된 것입니다. 그 강은 자모하子母河라고 부른답니다. 나라의 성문 밖에는 영양관迎陽館이라는 역사가 있고, 역문 밖에는 '조태천照胎泉'이라는 샘물이 있습니다. 우리나라 사람들은 나이 스무 살이 되면 저 자모하 강변에 가서 물을 마십니다. 강물을 마신 다음에는 이내 배가 아프고 수태하게 됩니다. 사흘이 지난 뒤에 영양관으로 나아가 조태천 샘물에 몸을 비춰보는데, 만일 그림자가 한 쌍으로 보이면 곧 아기를 낳게 된답니다. 당신네 사부님도 자모하의 물을 마셔서 몸이 무겁게 되신 것일 테니, 며칠 안 있어 출산을 하시게 될 겁니다. 더운 물 한두 모금 마신다고 낫지는 않습니다." (제53회)

뜻밖에도 삼장법사와 저팔계가 임신을 하고 말았던 것이다. 참으로 괴상망측하고 우스꽝스러움의 끝판왕이라고 해야 할 장면이다. 삼장법사는 '할머니, 이 근처에 어디 의원이 없습니까? 제자를 시켜 낙태약을 한 첩 지어다 먹으려 하는데, 그 약을 먹으면 태아가 떨어지겠지요'라고 말을 하였다. 그러나 노파의 설명에 따르면 그 부근의 해양산解陽山에 파아동破兒洞이라는 동굴이 있는데, 그 동굴 안의 낙태천落胎泉이라는 샘물을 마시는 것 외에 달리 방법이 없다는 것이다. 그러나 문제는 몇해 전부터 여의진선如意眞仙이라는 도사가 동굴을 차지해, 샘물을 독차지하고는 돈과 선물을 많이 주지 않으면 샘물을 나눠주지 않는다는 사정이었다. 이 이야기를 들은 손오공은 사오정과 힘을 합쳐 도사와 싸움을 벌여서, 도사를 꼼짝 못 하게 만든 다음에 샘물을 손에 넣을 수 있었다. 이윽고 구해온 샘물을 두 사람에게 마시게 하여 겨우 또 하나의 난관을 해결하였다. 이 대목에서는 보기 드물게도 사오정이 크게 활약을 하고 있다.

그러나 재난은 그 정도에서 그치지 않았다. 실은 그때부터 본격적으로 삼장법사의 여난이 시작되었다. 우선 삼장 일행이 통관 문첩을 교부받기 위해서 서량여인국의 역관을 방문했는데, 역관을 관리하는 역승에게서 보고를 받은 여왕은 그 전날 밤에 삼장법사가 오는 꿈을 꾸었다고 말을 꺼냈다. 이리하여 어떻게든 삼장법사를 신랑으로 맞이하고 싶어서 여왕은 일행을 성대하게 마중하면서 모두를 궁성으로 초대하였다. 통관 문첩을 교부받을 욕심으로 삼장 일행은 초대에 응하여 마침내 여왕을 대면하는 단계에 이르렀다.

"여왕은 새신랑의 모습을 보자 가슴이 두근거리고, 자기도 모르는 사이에 욕정이 급급하게 치밀고, 애욕이 솟구쳐 앵두 같은 입술을 열어서 애원하였다. '대당 황제의 어제 님, 이래도 저와 점봉승란佔鳳乘鸞[3]을 하지 않으시렵니까?' 삼장은 이 말을 듣자 귀까지 붉어지고 부끄러움에 얼굴을 들지 못하고 있었다. 곁에 있던 저팔계는 주둥이를 쑥 내밀고서 게슴츠레한 눈길로 흘끔흘끔 여왕을 훔쳐보았는데, 여왕은 정말이지 나긋나긋한 몸매를 가진 절색의 미인이었다." (제54회)

이런 순간에도 역시 삼장법사와 저팔계가 한 조를 이루어서 등장하는 것은 흥미로운 사실이다.

이렇듯 매력적인 여왕의 유혹은 간신히 뿌리쳤지만, 난관 하나를 통과하면 또 다른 난관이 닥쳐오는 법이니, 이번에는 여괴女怪가 삼장법사를 채어가버렸다. 여괴는 삼장법사를 농락하려고 갖은 수단으로 유혹해보았지만 삼장법사는 벽창호처럼 일절 반응하지 않고서 '순결'을 지켜냈다. 어쨌든 '범태육신'의 삼장법사가 여성과 통정하게 되면 덕망을 잃어버리고 서천으로 불경을 구하러 가는 여

---

3) '봉황을 차지하고 난새를 탄다'는 뜻으로, 남녀가 관계를 맺고서 부부가 된다는 말임.

행도 이로써 종을 치게 되므로, 삼장법사로서도 필사적으로 저항했다. 결국 걱정이 된 나머지 노파로 변신하여 상황을 살피러 온 관음보살의 설명을 듣고 나서야 이 여괴가 거대한 전갈의 요정이라는 사실을 알게 된다. 더욱이 관음보살의 조언을 들은 손오공이 천상계로 잠깐 날아가서 묘일성관昴日星官을 불러오고 나서야 겨우 여괴 전갈을 퇴치할 수 있었다.

진짜 손오공 대 가짜 손오공

삼장법사가 '범태 육신'의 티를 벗지 못했음을 보여주는 에피소드를 또 하나 들어보기로 하자. 제4장에서 서술한 바 있듯이 『서유기』에는 '변신'의 이야기가 빈번히 나오고, '(진짜와 가짜를) 몰래 바꿔치기'하는 이야기도 자주 등장하고 있다. 앞서 언급한 오계국烏鷄國의 가짜 임금의 사례에서 보듯이 요괴가 왕을 사칭하는 경우도 간혹 보이는데, 이때도 반드시 가짜가 악정을 행하는 것은 아니어서, 이 또한 『서유기』세계의 의미심장한 특색이라고 하겠다. 더욱이 요괴들은 기회를 엿보아 삼장법사나 손오공인 양 행세하거나, '어느 쪽이 진짜인지 헷갈리는' 상황을 연출하기도 한다. 여기서 주목해야 할 사실은 손오공이 언제나 가짜를 단번에 확 알아보는 것에 반하여 '범태 육신'의 삼장법사는 언제나 가짜에게 속고 마는 것이다.

여난에 휘둘려야 했던 여인국을 간신히 빠져나오는 순간 이번에는 일행의 앞길에 노상강도 패거리가 나타난다. 손오공은 또다시 사로잡힌 삼장법사를 구출하고서, 산적 일당을 여의봉으로 무참하게 때려죽였다. 그러자 삼장법사는 자신이 도움을 받았음에도 불구하고 으레 그러하듯이 '살생을 저질렀다'고 어기대어 심술을 부리며 언짢아했다. 언제나 불운은 곰비임비 겹치는 법이어서, 하룻밤 묵으며 신세졌던 집의 외아들도 산적 떼의 일원이어서 남은 패거리를 모아 떼 지어 쳐들어왔기 때문에 손오공은 주인집 아들까지 포함해서 깡그리 때려죽이고 말았다. 삼장법사는 살생을 거듭하는 손오공에게 격노하여 그에게 또다시 두 번째의 파문을 선고해버린다. 삼장법사의 노기등등한 기세에 겁을 집어먹은 손오공은 하릴없이 보타락가산의 관음보살에게로 찾아가서 울며불며 하소연하였다. (제56회)

이리하여 손오공은 낙가산에서 관음보살을 모시고 있는데, 그러는 사이에 삼장법사 앞에 손오공이 다시 나타나 여의봉 철봉으로 사부인 그를 때리고서 봇짐을 빼앗아갔다는 미스터리한 사건이 발생하게 된다. 삼장법사의 명령을 받은 사오정이 '화과산 수렴동'을 찾아가보니 틀림없이 손오공이 있기는 한데 자신을 전혀 알아보지 못하는 눈치였다. 게다가 그놈은 자기 부하들을 삼장법사와 저팔계와 사오정으로 둔갑시켜서, 자신이 주동이 되어 불경을 구하러 가는 여행에 나서겠다고 우겨댔다. 격노한 사오정이 자신의 짝퉁인 원숭이를 때려죽이자 발끈한 가짜 손오공은 여의봉으로 때리려고 달려들었고, 부하 원숭이들을 거느리고서 사오정을 빽빽이 에워쌌다.

사오정은 필사적으로 혈로를 뚫고서 탈출하였고, 그 길로 남해의 관음보살에게로 직행하였다. 그러자 놀랍게도 그곳에도 또한 손오공이 있는 것이 아닌가? 보장을 들어서 손오공을 후려갈기려는 사오정을 제지하고서 관음보살은 두 사람을 수렴동으로 파견하게 되는데, 그 후로는 이야기가 한층 더 뒤섞이고 엉클어져서 뭐가 뭔지 종잡을 수 없게 되었다. 어느 쪽이 진짜 손오공인지 분간하기 위해 관음보살이 몰래 긴고주緊箍呪를 외워보았으나 두 손오공이 모두 다 아파해서 분간할 수가 없었다. 결국 옥황상제가 요괴의 정체를 비춰 밝히는 조요경照妖鏡에 비춰보았으나 이것도 허사였다. 진짜와 가짜 손오공은 서로 치고받으면서 다시 하계로 내려갔는데, 삼장법사 역시 긴고주를 외워보았으나 관음보살조차도 이미 두 손 두 발을 다든지라, 물론 아무런 효과도 없었다. 이래서 어느 쪽이 진짜 제자 손오공인지 전혀 알아낼 도리가 없는 형편이 되고 말았다. 요컨대 이렇듯 진짜와 가짜 손오공이 벌이는 난장판 소동은 선과 악을 구별치 못하고, 막무가내로 우기면서 손오공을 파문한 바 있는, 삼장법사에게 대갚음하는 일종의 야유라고 볼 수 있다.

이런 난장판은 최종적으로 석가여래에 의해 결말을 보게 되었다. 역시 석가여래는 가짜 손오공을 간파하였고, 그 정체가 '육이미후六耳獼猴'라는 사실을 들추어내게 된다. 분노를 참지 못한 손오공은 이 짝퉁 손오공을 그 자리에서 후려쳐 죽이고서는, 석가여래에게 '저의 사부는 저를 더 이상 필요 없다고 하시니, 환속하여 살고 싶습니다'라고 하소연하였다. 석가여래는 손오공을 타이르고, 관음보

살에게 명하여 손오공을 삼장법사에게 돌려보내도록 한
다. 이때 관음보살은 삼장법사에게 다음과 같이 당부한
다.

"당나라 스님, 일전에 그대를 때렸던 놈은 '가짜 손오공'
이었던 육이미후였소. 다행히도 여래부처님께서 그놈의
정체를 알아내시고, 여기 있는 손오공이 이미 때려죽였습
니다. 그대는 이제 손오공을 다시 제자로 받아들이도록
하시오. 가는 도중에 요괴가 아직 사라지지 않았으니 반
드시 손오공의 보호를 받지 않으면 안 되오. 그래야 비로
소 영산靈山에 이르러 부처님을 뵙고서 불경을 얻을 수 있
을 것이오. 두 번 다시 화를 내거나 의심하는 일이 없도록
하시오.' 삼장은 머리를 조아리고 말하였다. '삼가 가르침
을 따르겠나이다.'"(제58회)

'범태 육신'의 삼장법사가 일시적 감정으로 손오공을 파
문했던 일에서 발단했던 가짜 대소동도 이리하여 손오공
이 삼장법사와의 관계를 회복하고서 본래 자리로 되돌아
감으로써 마침내 이러한 난관은 해결되었다.

7. 거대한 테마파크를 돌아다니는 여행
- 허구화된 요괴들

　"나찰녀는 까르르 웃어가며 입속에서 살구나무 잎사귀만 한 것을 토해내더니, 손오공[1]에게 건네주면서 말했다. '이게 바로 그 보배 아닌가요?' 손오공이 그것을 받아들었으나 도무지 믿을 수가 없어서 속으로 '이렇듯 작은 것으로 어떻게 산불을 끌 수 있단 말인가? … 아무래도 가짜인 모양이다'라고 생각했다. (중략)

　손오공은 그 틈을 타서 얼른 물었다. '이렇게 작은 것으로 어떻게 둘레가 800리가 되는 산불을 끌 수 있단 말이오?' 나찰녀는 술에 취해 거나해졌으므로 숨기지 않고서 내놓고 그 방법에 대해 설명하며 떠들어댔다. '대왕님, 서로 안 만난 지 2년밖에 안 됐는데, 밤이나 낮이나 저 옥면공주玉面公主란 년에게 정신이 홀딱 빠져서 자신의 보배조차 까맣게 잊어버리셨군요. 왼편 엄지손가락으로 자루에 붙은 일곱 번째 붉은 실을 비비꼬면서 '훅! 훅! 쉬익, 쉭!'이라고 되뇌면 금방 일 장 이 척 길이가 늘어난단 말이에요. 이 보배는 변화무쌍한 것이라 8만 리 산불이라도 딱 한 번 부채질을 하면 순식간에 꺼져버릴걸요.'"(제60회)

---

1) 이때 우마왕牛魔王으로 변신해 있었다.

도깨비집인가 RPG 게임인가

『서유기』도 후반부에 접어드는 60회 전후에 이르면 서사 전개의 패턴이 분명히 드러나게 된다. 요괴가 출현하고 삼장법사는 위기에 봉착하지만, 손오공이 존재하는 한 목숨을 잃는 법은 없고, 이윽고 신령과 부처의 도움을 받아 물리친 뒤에 요괴의 정체(대부분은 본래 천상계의 존재들)가 밝혀진다는 것이다. 5대 소설 가운데 유일하게 해피엔딩으로 끝을 맺는 『서유기』에서 삼장 일행의 이른바 '서천취경'의 여행은 애초부터 준비되어 있는 통과의례이므로, 어떠한 위기 상황에 봉착하더라도 마지막에는 구제되는 것이 관례이며, 언제나 석가여래가 자상하게 보호해주고 있는 것이다.

이것저것 온갖 방법을 동원하면서 끝없이 반복되는 요괴 퇴치는 '팔십일 난八十一難'을 처리하기 위한 장애물이며, 따라서 애초부터 에피소드의 가짓수도 정해져 있었다. 예정 조화의 결승점을 향해서 지도를 차례로 더듬어가면서 하나하나 요괴 퇴치를 실현해간다. 더욱이 삼장 일행이 겪는 수난 그 자체가 불경을 구하러 가는 목적을 달성키 위해 의도적으로 준비된 것이라면, 이것은 도깨비

집 둘러보기, 또는 온라인 RPGRole-Playing Game[2] 게임과 같은 것이라 하겠다. 요괴와의 싸움이 교착 상태에 빠지면 손오공이 신령이나 부처가 있는 곳으로 가서 조력자나 무기가 될 수단을 구해오는 점도 텔레비전 게임과 똑같다 하겠다.

여기에 또한 『서유기』에는 로드무비Road Movie[3]적 요소도 포함되어 있다. 서천으로 불경을 구하러 가는 여행 멤버는 처음부터 '삼장법사, 종자 3인, 백마 한 마리'로 정해져 있으며, 도중에 이탈하는 경우도 새로이 가세하는 경우도 없었다. 이처럼 소수의 고정된 멤버가 최후까지 여행을 계속하는 스타일은 로드무비적 수법 그 자체라고 하겠다.

『서유기』를 제재로 한 연극과 영화도 허다하게 볼 수 있다. 경극京劇의 레퍼토리에도 수많은 『서유기』 관련 공연물이 있고, 다음에 논의할 '파초선芭蕉扇' 이야기 등은 지금도 여전히 인기가 높은 극목이다. 본래 『서유기』는 대화가 많고, 삽입시도 풍부하게 포함되어 있는 데다가 곡예나 무

---

2) 게임 이용자가 해당 게임에 등장하는 하나의 인물이 되어 그 인물의 역할을 수행해나가는 역할 수행 게임을 말한다.
3) 주인공이 이동해가는 경로를 쫓아가면서 줄거리가 진행되는 방식의 영화.

용의 이미지를 연상케 하는 활극적 장면이 잇따라 전개되는 등 그 자체로 연극적 구성을 지닌 작품이라고 하겠다. 그러므로 특히 흥미진진하게 요괴를 물리치는 대목을 뽑아서 연극화하는 일은 도리어 쉬운 일이라고 할 수 있다.

영화나 텔레비전 장르에서도 『서유기』는 인기가 매우 많고, 일본에서도 여러 차례 영상물로 제작된 바 있는데, '섬약하다'든가 '수동적'이라는, 말하자면 '여성적'인 이미지가 강했던 탓인지, 일본에서는 삼장법사 역할을 대체로 여배우가 맡아서 연기하였다. 스토리 전개가 단순하고 등장인물이 한정되어 있다고 하는 『서유기』의 특성으로 미루어보면, 영상화하는 경우 기승전결을 명확히 설정해야만 하는 영화보다도 차라리 한 회당 하나의 에피소드, 곧 '1회로 완결되는' 연속 텔레비전 드라마로 만드는 편이 적합한 것처럼 보인다. 차례차례 색다른 요괴가 출현하고, 삼장 일행이 온갖 간난신고를 겪으면서 요괴를 퇴치하는 이야기를 죽 늘어놓는 『서유기』의 스타일은, 매회마다 각양각색의 강적을 물리치는 내용을 중시하는 슈퍼맨류의 연속 텔레비전 드라마의 스타일과 원래부터 강한 공통성이 있었다. 요컨대 단선적인 로드무비라 할 『서유기』는 수많은 인물을 등장시키면서 후한 말의 난세가 삼국으로 수렴되고 마지막에는 그 삼국이 멸망하기까지의 과정을 총체적으로 묘사하는 대하 장편 역사소설인 『삼국지연의』와는 서사적 구조 자체가 근본적으로 상이했던 것이다.

인공적인 테마파크

자칫하면 단조로운 되풀이로 전락해버리기 십상인 예정 조화의 이야기를 독자가 설레는 가슴으로 즐기는 작품으로 바꾸었던 원동력은 무엇일까? 결국 작품 안에 온갖 볼거리가 있으면서, 복잡하고도 환상적인 세계가 정교하게 만들어져 있기 때문이라고 하겠다. 현실 세계와 천상계와 지옥이 자유자재로 이어지는 희한하기 짝이 없는 『서유기』 세계의 구조에 대해서는 이미 제2장에서 살펴보았지만, 여기에서 새롭게 만들어졌던 것은 천상계로부터 하계로, 나아가 지옥의 밑바닥까지 연루되어 있는, 터무니없이 거대한 테마파크이다. 이 정도로 규모가 거대한 허구의 체계에 근거해 서사 세계를 창조해낸 장편소설은 달리 유례가 없으니 진실로 『서유기』의 독자적 특징이라 할 수 있다. 앞에서도 누누이 언급했듯이 성인용의 '저속한' 우스꽝스러움도 '이 세상'과 너무나 동떨어진 인공적 세계인 데다 의표를 찌르는 형태로 '현실'이 튀어나오기 때문에 그러한 재미가 더욱 두드러지는 것이다. 이 또한 깊은 생각의 산물로서 고도한 서사 기법이라고 보아야 할 것이다.

이렇듯 거대한 테마파크인 『서유기』 세계에는 대체로 비현실적이고 기괴한 요괴들이 차례차례 출현하여 괴이한 에너지를 내뿜으면서 '도량발호跳梁跋扈[4]'하고 있다. 이 세상에서 존재하지 않는 기괴한 것과 그로테스크한 것에 대한 기호 내지 도락은 중국뿐만이 아니라 '드라큘라Dracula'를 낳았던 서양이나 '요괴 에마키繪卷[5]'가 유행했던 일본에서도 폭넓게 보이는 현상이었다. 특히 중국에서는 옛날 육조시대의 '지괴소설志怪小說'을 효시로 하여 면면히 괴기怪奇 취미 내지 그로테스크한 것에 대한 편애의 계보가 이어져 내려왔다. 이윽고 당대의 전기傳奇를 거쳐서 송대 이후의 필기소설筆記小說[6]에는 유령과 요괴를 모티프로 삼은 작품들에서 그러한 취향은 절정에 이르렀다. 또

---

4) 거리낌 없이 함부로 날뛰면서 횡포를 부린다는 뜻임.
5) 설명의 글이 곁들여 있는 그림 두루마리를 가리킨다.
6) 문언으로 쓰인 단편소설을 가리킨다.

한 단편, 장편을 불문하고 백화소설에서도 이러한 기호는 뚜렷하게 보이고 있다. 참고로 『삼국지연의』와 『수호전』에서도 그러한 취향을 부분적으로나마 엿볼 수 있다. 『서유기』는 이렇듯 은밀한 괴기에의 취향을 당당하게 전면에 내세우면서, 철두철미하게 '환상적인' 서사 세계를 만들어 내었던 작품인 것이다.

'화염산火焰山에 가로막히다'

그런데 여기서 작품 줄거리의 전개로 되돌아가보자. 가짜 손오공을 물리치고 난 뒤에 삼장 일행이 가는 길 앞에 나타난 것은 화염산에 산다는 우마왕牛魔王과 나찰녀 부부였다. 그들은 앞서 등장했던 홍해아, 곧 선재동자(제5장 참조)의 부모이며, 우마왕은 손오공이 난폭한 원숭이였던 시절에 의형제 결의를 맺었던 사이였으나 지금의 마왕 부부는 손오공이 아들 홍해아를 무찔렀던 일에 대해 원망하고 있었다.

손오공이 돌아와서 멤버가 모두 갖춰진 삼장 일행이 다음으로 발을 들여놓은 곳은 몹시도 더운 나라였다. 이 지역은 온통 불길이 활활 타올라서 풀 한 포기도 나지 않거니와 설령 구리쇠 머리통에 강철 몸뚱이를 가졌더라도 흐물흐물 녹아버리고 마는 불의 산, 곧 화염산이 우뚝 솟아 있었다. 이래서는 연약한 삼장법사는 도저히 앞으로 나아갈 엄두가 나지 않았다. 손오공은 그 고장 사람에게서 '철선선鐵扇仙'이라는 신선이 '한 번 부치면 화염산의 불길이 꺼지고, 두 번 부치면 바람이 일고, 세 번 부치면 비가 내리는'(제59회) 파초선[7]이라는 보물을 가지고 있다는 이야기를 듣고는 부채를 빌리러 가게 된다. 그러나 놀랍게도 이 신선이야말로 실은 나찰녀였다. 손오공이 그녀를 찾아가자, 나찰녀는 청봉검青鋒劍을 거머쥐고서 아들의 원수를 갚는답시고 뛰어나왔다. 이리하여 금고봉을 휘두르는 손오공과 격렬한 싸움을 벌였으나 좀처럼 승부가 나지 않았다. 상대가 귀찮아진 그녀는 파초선을 들어 한 번 휙 부채질을 하자 손오공은 순식간에 5만 리 아득한 저편으로 날아가는 신세가 되고 말았다. 다행히 손오공이 날려 도착한 곳은 소수미산小須彌山이었다. 그곳에 사는 영길靈吉보

7) 금각대왕이 가지고 있던 불을 일으키는 파초선과는 명칭은 같으나 별개의 보물이다.

살이 '정풍단定風丹'이라는, 이것을 사용하면 바람에 날려 가지 않게 된다는 보물을 빌려주었으므로 손오공은 의기 양양해져서 화염산으로 다시 되돌아왔다.

이리하여 손오공과 나찰녀는 재대결을 벌이게 되는데 그녀가 곧장 파초선을 꺼내들자 손오공은 다음과 같이 말하였다.

"(손오공은 약을 올렸다.) '이번에는 먼젓번과 다를 거외다. 자, 힘껏 부채질을 해봐요. 이 손오공이 손가락 하나 까딱 한다면 사내대장부가 아니오.' 그래서 나찰녀가 두 차례 나 부채질을 해보았지만 소용없는 짓이어서, 손오공은 꿈쩍도 하지 않았다. 초조해진 나찰녀는 당황해서 보물을 거둬들이고 몸을 휙 돌려서 동굴 속으로 들어가더니 문짝을 단단히 닫아 걸었다. 손오공은 그녀가 문을 잠그는 것을 보자 좋은 생각이 떠올랐다. 그는 옷섶을 뜯고서 정풍단을 꺼내 입에 물고서, 한 마리 벌레로 둔갑해서 문틈으로 뚫고 들어가 동굴 안으로 들어갔다. 그러자 나찰녀가 '목마르다! 목마르다! 빨리 차를 가져오너라'라고 외쳤고, 시중드는 몸종이 얼른 향기로운 차를 주전자에 넣어서 철철 찻잔에 따르자, 찻잎 부스러기도 함께 찻잔에 흘러들어갔다. 옳다구나! 됐다 하고서 손오공은 '붕' 하고 날아

서 찻잎 부스러기 밑에 살짝 빠져들었다. 나찰녀는 목이
너무 탔기 때문에 찻잔을 받자마자 벌컥벌컥 죄다 마셔버
렸다. 손오공은 나찰녀의 뱃속에 들어앉자 정체를 드러
내고서 버럭 고함을 질러댔다. '형수님, 파초부채 좀 빌려
씁시다.'"(제59회)

이리하여 손오공은 여느 때처럼 '내부 교란' 작전을 통
해 재빠르게 파초선을 손에 넣고는 삼장 일행이 기다리는
곳으로 돌아가 앞으로 나아가려 하였다. 그러나 나찰녀
도 여간내기가 아니어서 실은 그 부채는 손오공 몰래 바꿔
치기한 짝퉁이었다. 화염산의 불을 끌 요량으로 부채질을
하자 불길은 도리어 더욱 격렬하게 활활 타오르는 것이 아
닌가! 난감해하는 손오공 앞에 화염산의 토지신이 나타나
진짜 파초선을 손에 넣으려면 남편인 우마왕에게 간청해
야만 한다고 충고해주었다. 아울러 토지신의 설명에 따르
면 본디 이 화염산의 불은 손오공이 (천상계에서 소란을 피울 당
시에) 태상노군의 도솔궁의 팔괘로를 발길로 걷어찼을 적
에 지상에 떨어졌던 벽돌 파편이 지금도 타고 있다는 것이
었다. 요컨대 모두에게 폐스러운 이러한 불의 산을 만든
장본인은 바로 손오공 자신이므로, 어떻게든 그 자신이 처

리하지 않으면 달리 방법이 없었다. 그래서 손오공은 어쩔 수 없이 새로 맞은 부인인 '옥면공주'에게 빠져서 그녀 집에 죽치고 있는 우마왕을 찾아가게 되었다. 그렇지만 당연히 파초선을 순순히 빌려줄 리가 만무했으니, 손오공은 일단 될지 안 될지는 운에 맡기고서 다시금 우마왕으로 둔갑하여 나찰녀의 처소로 대담하게 밀고 들어간다. 오랜만에 찾아온 남편 때문에 기뻐 어쩔 줄 모르면서 얼근히 기분 좋게 취한 나찰녀는 상대가 손오공인 줄도 모르고 보물의 비밀을 죄다 술술 말해버리고 말았다.(첫 머리 인용문)

그래서 손오공은 나찰녀에게서 파초선을 탈취하는 데 성공하는데, 이 소식을 들은 우마왕은 손오공에게 맞서서 저팔계로 둔갑하여, 또다시 부채를 탈환해갔다. 손오공과 우마왕은 사투를 계속하였고, 우마왕에게 우롱당한 것에 부아가 치민 저팔계 역시 손오공과 싸움에 가세하는 통에 삼파전의 혼전이 벌어졌지만 좀처럼 승부가 나지 않았다. 이윽고 싸움의 국면은 둘 다 내로라하는 둔갑술의 명수인 손오공과 우마왕의 변신 배틀로 바뀌는데, 그 백열한 싸움의 양상은 다음과 같다.

"(우마왕이 백조로 둔갑하여 날아가는 것을 보고서) 손오공은 금고봉을 거두어넣고서 인결을 맺고 주문을 외우며 몸을 흔들어서 한 마리 독수리로 변신한 다음 휙 하고 날갯짓해서 구름 속으로 뚫고 들어갔다가, 이내 곤두박질쳐서 백조의 곁에 내려앉았다. 그리고 백조의 목을 움켜잡은 채 눈을 쪼아대려 했다. 우마왕도 손오공이 변신한 것임을 알아차리고 황급히 날개를 펼쳐서 한 마리 참매로 둔갑하여 거꾸로 독수리를 쪼려고 덤벼들었다. 손오공은 다시 흑봉黑鳳으로 변신해서 곧장 참매에게 달려들었다. 우마왕이 그것을 알아차리고는 다시금 백학으로 변신해서 길게 한 번 울고는 남쪽 하늘로 날아가려고 했다. 손오공은 잠시 자세를 바로잡고 날개를 털어서 이번에는 단봉丹鳳으로 둔갑해서 한 차례 드높게 울어댔다." (제61회)

양쪽은 이후에도 우마왕이 사향노루로 둔갑하면 손오공은 호랑이로, 표범으로 변신하면 사자로, 곰으로 변신하면 이번에는 코끼리라는 식으로 끝없이 변신 배틀이 이어져간다. 이윽고 우마왕이 본래의 백우白牛의 모습으로, 손오공 역시 자신의 본래 모습으로 되돌아와서 쌍방이 신통력을 구사해서 싸움을 벌였지만 아무리 해도 결판이 나지를 않았다. 결국 동서남북 사방으로부터 사대금강四大金

剛, 하늘로부터는 이천왕과 나타태자, 땅으로부터는 토지신, 이런 식으로 사방팔방에서 신들이 와서 손오공에게 가세하여 우마왕을 겹겹이 포위함으로써 '손오공의 호적수'였던 이 강력한 요괴 역시도 퇴치되기에 이른다.

요괴들의 캐릭터

이렇듯 거물 요괴였던 우마왕을 제외하고는 『서유기』 세계에서 요괴는 두 번은 등장하지 않고, 딱 한 번만 등장하고서 자취를 감추어버린다. 이들 요괴들은 일반적으로 '생신生身의 존재'라는 분위기는 희박하고, 손오공에게 무참히 죽임을 당해 피투성이가 되어도 피비린내 나는 인상은 그다지 남아 있지 않다. 아무래도 가공의 존재, 인조 요괴라는 느낌이 강하기 때문이다. 이와 관련하여 『서유기』 세계는 각양각색의 요괴가 등장하지만 기실 요괴 개개의 캐릭터는 그다지 선명하지 않고 독자의 뇌리에도 거의 남아 있지 않다.

캐릭터가 이렇듯 선명치 못한 것은 요괴에게 고유한 성격을 부여하지 않았던 데서 기인한다. 『서유기』 세계에서 개개 요괴의 특성은 어떤 요술을 부리는가, 어떤 무기를 사용하는가, 아울러 차림새와 행동 방식 등등의 말하자면 '외적'인 특징에 의해서 규정되고 있다. 요컨대 대부분의 요괴가 로봇과 마찬가지로 '내면'을 가지지 못하는 존재였던 것이다. 그러므로 이들 존재는 삼장 일행의 진정한 '적수'가 되지 못했고, 한편으로 독자가 감정이입을 할 수 있는 대상도 되지 못했다. 이 점도 또한 각각의 고유한 성격을 규정하고 있는『삼국지연의』의 악역, 적역敵役과는 근본적으로 이질적인 설정이라고 할 수 있다.

'외적'인 특징을 중시하는 만큼 요괴들이 구사하는 요술과 소유하는 보물에 관한『서유기』의 서술은 참으로 다양성이 풍부한 편이다. 우마왕과 나찰녀 부부, 금각대왕과 은각대왕 형제가 요괴들 가운데에서 강렬한 인상을 주는 것도 그들이 소유한 도구와 무기, 바꾸어 말하면 '아이템'이 몹시 기발하다는 점에도 기인한다.

이러한 '아이템' 중시의 경향은 요괴뿐만 아니라『서유기』세계 전체에 걸쳐 나타나고 있다. 예를 들면 우마왕을 물리친 후에, 또다시 요괴에게 붙잡힌 삼장법사를 가까스로 구출해낸 손오공이 짐 보따리를 잃어버린 것을 상기하고서 위험을 무릅쓰고 찾으려고 (요괴 소굴로) 발길을 되돌렸다. 일행의 구출을 도왔던 수호신 항금룡이 사람의 목숨보다 물건이 더 중요한가 하고 따져 묻자 손오공은 다음과 같이 대답한다.

"사람의 목숨도 물론 중요하지만 의발은 더 중요하다네. 그 보따리에 들어 있는 통관 문첩과 금란 가사, 자금 발우야말로 모두가 불문의 지극한 보배인데, 내 어찌 되찾지 않을 수 있겠는가?" (제65회)

외면 중시라는 발상은 진실로 『서유기』 세계 전체를 뒤덮고 있다.

'외부'로 가는 여행

앞에서 『서유기』에는 로드무비적 요소도 있다고 서술했는데 이것과도 연관되는 특징으로서 거론되는 점은 『서유기』가 '중국의 외부로 나가는 이야기'라는 사실이다. 본래 『서유기』의 '유遊'는 '놀다'라든가, '우스꽝스럽다'라는 의미가 아니라 '여유旅遊', 곧 '여행'의 의미이다. 그러므로 『서유기』란 서쪽으로 가는 여행의 기록이란 의미라 할 수 있다. 이것에 반하여 5대 소설 가운데『삼국지연의』와『수호전』의 배경 무대는 중국 국내이며,『금병매』와『홍루몽』에 이르면 무대는 더욱 한정되어 대부분 가정 안의 이야기로 바뀌고 만다. 이렇게 보면『서유기』만이 극단적으로 무대가 확대되어 있다.

삼장 일행의 여행 목적지는 서편 저쪽, 천축天竺이었는데, 이곳은 적어도『서유기』의 모델인 현장이 살았던 당나라 시대에는 '천상계'와 다름없을 정도로 머나먼 장소였을 것으로 생각된다.『서유기』의 삼장법사는 당나라 태종의 명으로 여행길에 오르지만, 실재의 현장은 국법을 어기고 출국해서 당시의 중국인에게는 전혀 미지의 세계로 향해 나아갔다. 그러한 여행은 참으로 '가는 곳마다 먹구름이 끼었고, 도처에 요괴가 숨어 있다'는 식으로 사람들의 상상력을 자극하는 그 무엇이 있었음에 틀림없다고 하겠다.

실재의 현장은 천상계 또는 이계로 불려도 좋을 천축으로 가는 길을 열었다. 이러한 역사적 사실을 근거로 오랜 세월에 걸쳐 완성한『서유기』의 서사 세계에서는 손오공의 자유로운 왕래에 의해 천상계 및 이계와 빈번한 '교류'

가 이루어지는 한편 삼장 일행의 서쪽으로의 여행을 통해서 도중에 위치한 나라들(대단히 초현실적인 나라들이기는 하다)과도 점차로 '관계'가 생겨나게 되었다. 요컨대 삼장 일행이 이동함으로써 지금까지 아무 관계가 없었던 장場과 장이 새로운 관계를 맺게 되고 접점이 생겨나는 것이다. 이러한 의미에서 『서유기』는 거대한 테마파크 안에서 반복되는 장대한 로드무비라고도 말할 수 있다.

8. 재난을 한 차례 더 일으키라는 것의 재미
- 여정의 종착점

"관음보살이 재난을 기록한 장부를 죽 보더니, '우리 불
문에서는 구구九九 팔십일八十一의 수효를 채워야만 귀진
歸眞할 수 있다. 그런데 성승聖僧은 팔십 번의 재난을 겪었
을 뿐 아직도 재난이 한 차례 모자라니 그 수효를 온전히
채우지 못한 셈이 아니냐'고 하면서, 즉시 오방게체에게
'빨리 금강을 뒤쫓아가서 재난을 한 가지 더 일으키도록
하여라'고 명하였다." (제99회)

수난의 기록

이후에도 삼장 일행의 수난은 계속되지만 이러한 난관
을 어떻게든 극복하면서 일행은 마침내 원만히 천축에 다
다르게 된다. (제98회) 이야기가 조금 앞서나가지만 일행이
천축에 도착해 석가여래와의 대면을 마치고서 경전을 수
여받을 즈음에 여행 도중 삼장법사를 수행해왔던 신령들
이 관음보살에게 일행이 겪었던 일체의 재난을 기록한 장
부를 제출하는 대목이 나온다. (제99회) 이 장부를 보면 일

행이 밟아온 여행의 전 과정을 일목요연하게 알 수 있으므
로 우선 이 재난의 일람표를 인용해보기로 한다.

금선장로金蟬長老가 폄貶을 당하여 환생한 것이 제1난
모태에서 나와 거의 죽임을 당할 뻔한 것이 제2난
태어나자마자 강물에 던져져 버림받은 것이 제3난
부모를 찾아서 원수를 갚느라 겪은 것이 제4난
장안 성을 떠나 호환虎患을 당한 것이 제5난
구덩이에 빠져 종자들을 잃어버린 것이 제6난
쌍차령雙叉嶺에서 맹수들에게 포위당한 것이 제7난
양계산兩界山 정상에서 놀라운 일을 당한 것이 제8난
응수두간鷹愁陡間에서 백마를 바꾸어 타게 되었을 때 겪
은 고초가 제9난
관음선원觀音禪院에서 한밤중 불에 타 죽을 뻔하였던 것
이 제10난
흑풍산黑風山 괴물에게 금란 가사를 도둑맞은 것이 제11난
저팔계를 항복시켜 제자로 받아들였을 때 겪은 고초가
제12난
황풍령黃風嶺 요괴들에게 길을 가로막히고 붙잡혀 겪은
고초가 제13난
영길보살靈吉菩薩에게 구원을 청하느라 헤맨 것이 제14난

유사하에 이르러 건너가지 못해 겪은 어려움이 제15난

사화상沙和尙을 굴복시켜 제자로 받아들였을 때 겪은 고초가 제16난

네 분의 거룩한 보살님들이 변장하고 현현顯現한 것이 제17난

오장관五莊觀에서 진원자鎭元子에게 붙잡혀 고초를 겪은 것이 제18난

인삼과人蔘果 나무를 살려내느라 고생한 것이 제19난

시마屍魔에게 농락당해 심원心猿을 파문시켜서 쫓아낸 것이 제20난

흑송림黑松林에서 제자들을 잃고 흩어져 마왕에게 붙잡힌 것이 제21난

백화수 공주의 편지를 보상국寶象國에 전하러 가게 된 것이 제22난

금란전金鑾殿에서 호랑이로 둔갑당해 겪은 괴로움이 제23난

평정산에서 마왕 셋과 맞닥뜨려 일행이 모두 붙잡힌 것이 제24난

연화동 소굴에서 며칠 동안 들보에 높이 매달려 있던 것이 제25난

보림사에서 오계국 임금을 구출하게 된 것이 제26난

어린애로 둔갑한 요마에게 농락당하여 선심이 흐트러

진 것이 제27난

호산號山 고송간枯松澗에서 요괴 홍해아와 마주친 것이
제28난

성승이 회오리바람에 휩쓸려 납치된 것이 제29난

심원 손행자가 삼매진화三昧眞火의 불길에 해를 입은 것
이 제30난

관음보살을 모셔다가 요괴를 항복시킬 때까지 애를 쓴
것이 제31난

흑수하黑水河 검정빛 강물에 빠져 타룡에게 붙잡힌 것이
제32난

차지국에서 강제 노역하던 승려들을 피난시킨 경위가
제33난

세 요정과 목숨 걸고 승부를 겨룬 것이 제34난

도교의 해악을 물리치고 불교를 일으키느라 겪은 고생
이 제35난

중도에 통천하 큰 강물에 가로막힌 것이 제36난

얼어붙은 통천하를 건너다 빙판이 갈라져 빠진 것이 제
37난

어람관음魚籃觀音께서 몸소 나타나 금붕어 요정을 사로
잡은 것이 제38난

금두산의 요괴 독각시대왕獨角兕大王의 함정에 걸려든
것이 제39난

천궁의 신령들을 다 동원하고도 마왕을 굴복시키기 어려웠던 것이 제40난

석가여래에게 마왕의 근본 내력을 물으러 갈 때까지 겪은 고생이 제42난

서량국 여왕에게 억류되어 청혼을 받고 시달린 것이 제43난

비파동琵琶洞 암컷 전갈 요정에게 납치되어 유혹당한 것이 제44난

두 번째로 심원 손행자를 파문하고 쫓아낸 것이 제45난

육이미후의 정체를 가려내지 못하고 괴롭힘을 당한 것이 제46난

화염산에서 길이 막혀 고난을 겪은 것이 제47난

파초선을 구하느라 동분서주 고생하던 일이 제48난

우마왕을 굴복시켜 잡아 묶을 때까지 악전고투하던 일이 제49난

제새국祭賽國 도성 금광사金光寺에서 불탑을 청소하다 겪은 일이 제50난

도둑맞은 보배 사리자舍利子를 되찾고 누명 쓴 승려들을 구해낸 일이 제51난

형극령荊棘嶺에서 요정들에게 홀려 시를 읊은 일이 제52난

거짓 소뇌음사小雷音寺의 함정에 빠져들어 재난을 당한 것이 제53난

구원병으로 청해온 여러 천신들이 차례차례 곤경에 빠진 일이 제54난

칠절산七絕山 희시동稀枾洞 더러운 고갯길에 막혀 고생한 일이 제55난

주자국朱紫國 도성에서 돌팔이 의원 노릇을 한 일이 제56난

국왕의 삼 년 묵은 체증과 우울증을 고쳐주느라 애를 쓴 일이 제57난

요괴 새태세賽太歲를 항복시키고 납치된 황후를 되찾아 준 일이 제58난

일곱 마리 거미 요정에게 홀려 사로잡힌 일이 제59난

다목괴多目怪의 속임수에 걸려 중독당한 일이 제60난

팔백리 사타령八百里獅駝嶺에서 앞길이 가로막혀 태백금성에게 귀띔을 받은 일이 제61난

요괴들이 세 가지 방법으로 일행을 분산시키고 당승을 사로잡은 일이 제62난

사타성獅駝城으로 끌려가 찜통에 갇혀 횡액을 당할 뻔한 일이 제63난

석가여래와 보살들을 모셔다가 세 마귀를 차례로 거두어들인 일이 제64난

비구국比丘國에 당도하여 어린이들을 구해내느라 고생한 일이 제65난

참된 것과 사악함을 판별하여 어리석은 국왕을 깨우쳐 준 일이 제66난

혹송림에서 손행자의 충고를 물리치고 계집 요괴를 잘못 구해준 일이 제67난

진해 선림사鎭海禪林寺 승방에 사흘간 병들어 누운 일이 제68난

무저동無底洞 여괴에게 납치되어 유혹당하느라 곤욕을 치른 일이 제69난

멸법국滅法國에서 길이 막혀 어려움을 겪은 일이 제70난

은무산隱霧山에서 요괴의 '분판매화계'에 걸려 사로잡힌 일이 제71난

봉선군鳳仙郡에서 단비를 내리게 하여 가뭄을 풀어준 일이 제72난

옥화현玉華縣 왕자들에게 무예를 전수하다 무기를 잃어버린 일이 제73난

병기를 훔쳐간 황사黃獅 요괴의 소굴을 찾아 축하연을 뒤엎은 일이 제74난

죽절산竹節山 구두사자九頭獅子에게 붙잡혀 조난당한 일이 제76난

네 성수星宿의 도움으로 코뿔소 요정들을 추격하여 잡아 죽인 일이 제77난

천축국 가짜 공주의 배우자로 청혼을 받아 시달린 일이

제78난

동대부銅臺府에서 무고를 당하고 감옥에 갇혀 곤욕을 치른 일이 제79난

능운도凌雲渡 나루터에서 범태육신을 벗어나느라 놀란 일이 제80난

드디어 천축, 뇌음사雷音寺로 향하다

그런데 위에 인용한 일람표의 제80난에도 있듯이 '능운도' 나루터를 건널 즈음에 삼장법사는 마침내 범태육신을 벗어버리고, 기나긴 고난의 여행도 마침내 결승점 직전까지 도달하게 된다. 천축에 발을 들여놓은 일행은 천천히 영산의 정상으로 올라가 석가여래가 기다리는 뇌음사에 이르렀다. 네 사람은 우선 석가여래와 좌우에 늘어선 여러 부처들에게 엎드려 절하고, 자신들이 통과한 나라들의 도장이 찍힌 통관 문첩을 봉정하고 난 뒤에 삼장법사는 석가여래에게 이렇게 간청하였다. "바라옵건대 불조께서는 은혜를 베푸시어 진경을 내려주시고 한시바삐 저희를 귀국토록 허락하여주소서."(제98회) 그러자 석가여래는 고제인 아난존자阿難尊者와 가섭존자迦葉尊者 두 존자를 불러서

일행을 대접하고서 경전을 골라서 주라고 지시를 내렸다. 두 존자는 곧장 일행을 안내해 선품仙品과 선과仙果가 즐비한 진수성찬을 차려주고 마음껏 먹도록 하였다. 그러고 나서 방대한 경전이 보관되어 있는 보각寶閣으로 안내해 주었다. 이내 경전을 받을 수 있을까 기대했는데, 이 두 존자는 어지간히 능구렁이여서 또 한 차례 소동이 벌어지고 만다.

"아난과 가섭 두 존자는 삼장 스님을 데리고서 모든 경전을 한 차례 둘러보게 하더니, 삼장을 향해서 말했다. '성승께서는 동녘 땅에서 여기까지 무엇인가 저희에게 인사조로 선물을 가져오셨겠지요?' 이 말을 듣고서 삼장은 말했다. '제자 현장이 여기까지 오는 길이 너무 멀어서 예물을 준비해오지 못했습니다.' 그러자 두 존자는 웃으면서 빈정거렸다. '큰일 났네! 큰일 났어! 빈손으로 오신 분께 경을 내드리면 우리 후손은 모두 굶어죽고 말겠군!'"
(제98회)

석가여래의 수제자라는 이들이 뻔뻔스럽게 '인사치레'를 요구하다니 어처구니없는 일이었다. 삼장법사와 손오공이 그런 선물은 준비하지 못했다고 하면서 요구를 거절했기 때문에 결국 두 존자는 선물 받는 것을 단념하고서 마지못해 경전을 내어주었다. 그러나 귀로에 오른 삼장 일행이 도중에 불경 보따리를 펼쳐보니 웬걸 '무자경無字經', 곧 백지로 된 불경이었다. 놀란 일행은 이것은 두 존자의 농간이라고 판단해, 허둥지둥 되돌아가서 석가여래께 실정을 직접 호소하였다. 다음에 인용하는 것은 그때 석가여래가 한 대답이었다.

"(석가여래께서 웃으시며 말씀하셨다) '떠들지 마라. 저 둘이서 너희에게 인사치레로 선물을 요구했다는 사실을 나도 알고 있다. 불경이란 가벼이 전수해서도 안 되며, 또한 빈손으로 받아가서도 안 되는 것이다.'"(제98회)

석가여래가 다스리는 이 신령스러운 지역에도 전통 중국의 관료 사회와 마찬가지로 뇌물과 촌지가 횡행하고, 최고지도자라고 할 석가여래조차도 암묵적으로 이런 관행을 눈감아주고 있었던 것이다. 이야말로 신랄한 풍자 정신에 의한 블랙유머로서 '성스러움' 속에 '저속함'을 담아놓은 『서유기』 세계의 참모습이라고 할 수 있다.

그런데 석가여래의 명을 받은 두 존자는 다시 일행을 보각으로 안내했는데, 또다시 선물을 강요하였다. 그래서 삼장법사가 당 태종에게서 하사받은 자금 발우를 선물로 주었던바, 그때서야 빙그레 웃으면서 경전을 한 권씩 골라 5048권의 유자有字 경전을 건네주었다. 이런 광경을 구경하고 있던 동료 존자들이 '염치도 없고 부끄러운 줄도 모르네! 경을 가지러 온 사람에게 인사치례를 요구하다니'라고 비웃었다. 그런데도 아난은 얼굴을 찌푸리고 부끄러워하였으나, 여전히 '놋쇠 발우만큼은 잔뜩 움켜잡고서 놓으려고 하지 않았다'고 하는 것이다. (제98회)

야단법석 '숫자 맞추기'

이 시점에서 삼장 일행이 서천으로 불경을 구하러 갔던 여행에 소요되었던 날짜가 도합 5040일, 이에 대하여 일행에게 전달된 불경이 도합 5048권이었다. 이러한 차이에 신경이 쓰인 관음보살이 석가여래에게 이래서는 숫자가 일치하지 않아 여행 일수가 아직 8일 정도가 부족하다고 여쭈었다. 그러자 석가여래는 팔대금강을 불러서 일행 네 사람을 구름에 태워서 장안까지 바래다주고 경전을 전해준 다음에 다시 한 번 이곳 천축으로 데리고 돌아오라고 명한다. 그리고 이 모든 것을 8일 이내에 완수해야만 여행에 걸린 전체 날짜와 경전의 총 권수가 원만하게 일치한다는 것이다.

이리하여 일행은 팔대금강의 구름을 타고서 곧추 장안을 향했는데, 그들이 출발한 직후에 관음보살은 다시금 어떤 사실을 알아차리게 된다. 이 장의 첫머리에 인용하였듯이 (삼장 일행이 겪은) 재난 기록부를 죽 훑어보던 관음보살은 장부에 80번의 재난만 기재되어 있을 뿐으로, 삼장법사가 본시 극복해야 할 '팔십일난八十一難'의 기준에서 보자면 재난이 한 차례 모자란다는 사실이 퍼뜩 눈에 띄었다. 그래서 허둥지둥 전령을 보내어 팔대금강에게 이러한 취지를 전하자 팔대금강은 당장에 삼장 일행 네 사람을 구름에서 지상으로 추락시켜버렸다. 일난一難, 곧 한 차례 더 재난을 해결하라는 의미였다. (제99회)

최종 단계에 접어들고 나서야, 도적놈 보고 새끼 꼰다는[1] 식으로 날짜와 권수를 맞추려 한다든가, 재난이 한 차례 모자란다는 것을 알아차리고서 허둥지둥 추가하려고 한

---

1) 일을 당해서야 허둥지둥 그 대책을 벼락치기로 세우는 것을 일컫는다.

다든지, 자디잘게 숫자에 집착하는 이러한 대목 전후의 스토리 전개는 유머러스하기 짝이 없고 유희적인 기분이 넘쳐흐르고 있다. 판박이 같은 패턴을 반복하면서 전개되는 『서유기』세계에는 독자를 식상하지 않게끔 이끌어가는 장치가 도처에 설치되어 있다고 하겠다. 최종 단계의 맨 끄트머리에서 아이쿠 '날짜가 모자란다'든가, 아이쿠 '재난이 한 차례 적다'든가 하는 식으로 유머러스하게 이야기를 길게 늘이는 것도 독자를 애타게 만들면서 서서히 대단원으로 이끌어가는 장치라 할 수 있다. 참으로 탁월한 경지에 이른 서사의 테크닉이라고 하겠다.

최후의 일난一難

그런데 지상으로 추락해버린 삼장 일행은 제81난을 향해 가는 형편에 처하고 만다. 최후에 재난의 빌미를 제공하는 이는 다름 아니라 제5장에 등장했던 통천하의 친절한 자라인 것이다. 삼장 일행이 구름 위에서 추락했던 곳은 통천하의 서쪽 기슭이었다. 그곳에 저 커다란 자라가 나타나 일행 네 사람과 백마, 그리고 이번에는 경전까지

신고서 동쪽 기슭까지 운반해주는 상황이 되었다. 강을 건너는 도중에 자라가 불쑥 삼장법사에게 다음과 같이 물었다.

"스님, 제가 몇해 전에 스님에게 서방 세계에 가시거든 우리 여래 부처님께 제 미래와 수명에 대해 여쭤봐달라고 부탁을 드렸는데, 제 수명이 얼마나 되는지 여쭈어보셨습니까?"(제99회)

낭패스럽게도 삼장법사는 자라의 부탁을 까맣게 잊고 있었다. 이 사실을 알아차린 자라는 갑자기 물속으로 잠수하면서, 일행을 모두 물속에 빠뜨려버렸다. 그러나 삼장법사도 이미 범태육신을 벗어난 몸이라 다행히 큰 낭패를 당하지 않고서 육지로 올라올 수 있었다. 그러나 이후에도 일행은 음마陰魔가 불러일으킨 돌개바람을 만나 흠뻑 젖기도 하고, 천신만고 끝에 구해온 경전마저도 물에 젖어버리는 등 혼쭐이 나게 된통 당하고 말지만 어쨌든 이 재난으로 원만하게 제81난을 극복하게 되었다.

이리하여 팔십일 난을 모두 헤쳐나온 일행은 서천으로 가는 길에 그들이 도와주었던 진가장陳家莊의 진가(제5장 참

조)에서 성대한 대접을 받고, 이윽고 마중하러 온 팔대금
강의 구름을 타고서 마침내 장안 성에 무사히 돌아오게 된
다.(제100회) 14년 남짓 소요된 기나긴 고난의 여행이 마침
내 종결되었다. 삼장법사가 태종을 알현하고 구해온 경전
을 건네자, 너무 기쁜 나머지 태종은 성대한 연회를 베풀
어 일행의 노고를 위로하였다. 또한 삼장법사는 도성 내
의 안탑사雁塔寺에 설치된 높다란 강대에 올라, 태종을 위
시한 고관 일동을 앞에 두고서 경서의 일부분을 강송講誦
해 보이는 의식을 치르는데, 그 순간에 팔대 금강이 모습
을 드러내게 된다. 그의 인도에 의해 일행 네 사람과 백마
는 순식간에 하늘로 솟아올라서 천축을 향해 날아가게 되
었다. 앞서 보았듯이 숫자를 맞추기 위해서 8일 이내에 왕
복 여행을 해야 할 필요가 있었고, 따라서 부랴부랴 서둘
러서 천축으로 돌아가지 않으면 안 되었다.

　이윽고 일행이 천축에 다다르자 석가여래는 그들의 공
적을 기리고, 전대의 죄를 용서하여 천상계로 복귀케 하고
이전보다도 훨씬 높은 지위를 부여하였다. 그 결과로 삼
장법사는 '전단공덕불栴檀功德佛', 손오공은 '투전승불鬪戰勝
佛', 저팔계는 '정단사자淨檀使者', 사오정은 '금신나한金身羅

漢', 백마는 '팔부천룡마八部天龍馬'로 승격하였다. 이를 축복하기 위해 모든 부처들이 모여 합장하고서 송경을 하였고, 모든 일이 해피엔딩으로 대단원을 장식하면서 이 희한하기 그지없는 서사 세계는 막을 내리게 된다.

애매한 시간축

앞서 언급했듯이 『서유기』에는 서천으로 불경을 구하러 가는 여행에 소요된 총 일수는 명기되어 있다. 하지만 '출발하고 나서 어느 정도 시간이 걸렸는가, 지금 전체 여정 중에 어느 정도까지 진척되었는가' 등등의 여행 과정을 구체적으로 보여주는, 시간과 거리에 관한 상세한 기술은 거의 보이지 않는다. 극히 드물게 '지금 몇만 리' 등으로 부자연스럽게 기술되는 경우가 있기는 하지만 대단히 애매하고도 막연한 내용이었다. 이러한 표현은 실제의 거리나 시간을 나타내기보다는 차라리 일종의 수사적 표현이라고 보아야 하겠다.

살펴보면 본래 천상계의 하루는 하계의 1년에 해당한다고 되어 있다. (제4회 등등) 그렇다면 14년 남짓 소요된 삼장 일행의 여행도 천상계에서는 고작 2주 정도의 기간에 일어난 사건이 되는 것이다. 『서유기』 세계에서는 시간의 흐름도 이처럼 천상계 시간의 흐름에 준하고 있고, 일상적이며 육체적인 등신대의 시간 감각으로는 파악되지 않는 것이다. 참고로 『서유기』에 나오는 숫자도 그 대부분은 예를 들면 '일겁一劫[2]'과 같이 일상적 감각을 초월한, 불교적 또는 신화적 의미를 띠고 있다. 이러한 초월적 시간 감각과 신비적 숫자에 대한 기호 역시 『서유기』 세계의 인공성을 창출하는 데 중요한 요소로 작용하고 있다. 이리하여 『서유기』의 서사 세계는 상상할 수도 없을 정도로 거대한 갖가지 도구와 장치를 준비해두고서, 현실을 상대화하고 일상을 무화無化시키려 하였다.

바꾸어 말하면 『서유기』의 서사 세계에서는 이미 정해져 있는 속도로 흘러가는 일상적 시간축이 애초부터 해체되어 있었고, 따라서 등장인물도 500년 동안이나 오행산 밑에 깔려 있었던 손오공의 경우처럼 일상적 시간의 틀 밖에 존재하였다. 서사적 전개 자체도 대단히 공간적이어서 기본적으로는 하나씩 이야기되는 81차례의 수난 이야기

---

2) 불교에서 말하는 지극히 긴 시간 단위를 가리킨다.

를 차례차례로 서방으로 향하는 지도상에 배치하는 형식을 취하고 있다. 하나의 재난이 지나가면 또 다른 하나의 재난이라는 방식이지만, 선행하는 에피소드가 다음 에피소드의 복선이 된다는 시간적 연속성 따위는 거의 보이지 않는다. 이 때문에 극단적으로 보자면 에피소드의 순서를 바꾸어도 스토리 진행에 지장을 초래하는 일은 거의 없다고 해도 좋다.

'성장하지 않는' 서사

더욱이 주목되는 점은 『서유기』 세계의 등장인물들이 시간의 흐름에 따라 성장하거나 쇠약해지는 일이 전혀 없다는 사실이다. 이것은 문자 그대로 변화가 전혀 없는 세계다. 예를 들면 유럽의 빌둥스로망Bildungsroman[3]에서는 대부분의 경우 주인공 한 사람에게 시점을 고정시키고, 그 인물이 어떠한 경험을 쌓고 어떻게 성장해가는가를 시간의 경과에 맞추어 처음부터 끝까지 추적하고 묘사해간다.

---

3) 주인공이 어린 시절부터 어른이 되기까지 정신적, 인격적으로 성장·발전해나가는 과정을 중심으로 묘사해가는 소설 형식으로 교양소설 또는 성장소설이라고 한다.

그러나 『서유기』에서는 그러한 일은 전혀 존재하지 않는다. 삼장법사도, 세 명의 종자도 처음부터 이상적인 모습으로 등장하고 마지막까지도 그러한 성격이나 능력, 성품에는 아무런 변화가 없다. 통과의례적 서사 구조를 지녔다고는 하나 단계를 밟아나가는 '성장담'은 아닌 것이다.

그렇다 하더라도 이것은 '성장담' 쪽이 진화한 형식이고, '무변화형'인 『서유기』가 뒤떨어졌다는 의미는 결코 아니다. 『서유기』에서 개개의 등장인물의 캐릭터가 이렇듯 고정되어 있는 것은 요괴 퇴치의 판박이 패턴을 반복하는 작품의 서사 구조와 볼 만하게 대응하고 있다. 여기서는 이상적인 캐릭터가 바람직한 스타일의 활약을 펼친다는, 이를테면 '(정해진) 약속'을 지킴으로써 안정감 있는 고품질의 엔터테인먼트 세계를 창출해내는 것이다.

그렇지만 앞서 보았듯이 손오공의 성격은 제1부에서는 난폭하고도 사나운 원숭이였지만, 제3부 이후에는 삼장법사를 수행하는 성실한 종자로서 완전 딴판으로 변모하였다. 그러나 이러한 변화는 서사 세계에서 나타나는 손오공 자신의 내재적 변화가 아니라 『서유기』의 성립에서 기인하는 것이라고 생각된다. 요컨대 제1부의 못된 원숭이로서의 손오공의 이미지는 설화 세계에서 단독으로 전승되어오던 '손오공 설화'에서 유래하는 것이며, 이러한 설화가 삼장법사를 주인공으로 하는 『서유기』의 첫 부분에 '맛보기 이야기'로 편입되었기 때문에 후반부의 성실한 종자인 손오공의 이미지와의 사이에 간극이 발생했던 것이다. 따라서 이러한 사례는 서사 세계 내부에서 온갖 경험을 거치면서 점차 변화·성장해가는 경우와는 비슷한 것 같지만 본질은 다른 것이라고 보아야 하겠다.

'관계성'을 묘사하다

여기서 명백해지는 것은 『서유기』에서는 등장인물의 내재적 논리보다는 서사 세계에서 외재적 사건과 일이 서로 어떻게 연결돼가는가 하는, 사항 상호 간의 관계성의 논리 쪽이 더욱 중요하다는 사실이다. 등장인물이 연속성을 가지면서 어떻게 성장하고 변화해가는가 하는 내재적 논리보다도 사항끼리의 관계성의 논리 쪽이 선행하고, 서사 구조가 이런 식으로 전개될 것이므로 여기서는 이러한 등장인물은 이러한 성격을 지니지 않으면 안 된다는 '서사 논리' 또는 '서사 문법' 쪽이 우선시되는 것이다.

　이와 같이 서사 세계가 등장인물의 내면적 성장 또는 내면적 변화가 아니라 외재적인 사항의 관계성을 핵으로 전개된다는 특징은 기실『서유기』에만 국한되지 않고 중국의 장편 백화 고전소설에 공통되는 특질이라 할 수 있다. 『삼국지연의』는 근거가 되는 역사적 사실이 존재하기 때문에 등장인물도 그 나름대로 나이를 먹고 성장·변화하는 것처럼 보인다. 그러나 이 또한 내면적 변화는 아니었다. 본서의 하권에서 다루게 될『수호전』,『금병매』,『홍루몽』에서도『서유기』에서와 마찬가지로 등장인물의 성격은 고정되어 있어 성장·변화하지는 않으며, 여러 가지 사항이 차례차례 연결되어 생겨나는 '사항의 관계성'이 서사 세계의 날줄 역할을 하는 것이다.

　또 하나 덧붙이자면『서유기』에서도 각자 고정된 캐릭터를 지닌 삼장법사, 손오공, 저팔계, 사오정 등 등장인물 상호 간의 관계성이 서사 세계를 추동하는 중요한 강조점이 되고 있듯이, 일반적으로 중국의 장편 백화 고전소설에서는 '사항의 관계성'과 더불어 '등장인물의 관계성'이 중요한 요소로 작용하는 것이다. 각각의 고정된 캐릭터를 지닌 등장인물이 어떠한 장면에서 어떻게 서로 상관하며, 각각 어떤 역할을 맡고 있는가 하는 항목들이다. 그러한 의미에서의 '관계성의 논리'를 가장 정치하게 묘사한 작품은 중국 고전소설의 최고봉이라 할 『홍루몽』이다. 요컨대 중국 고전소설은 여러 가지 의미에서 '관계성'을 묘사하는 것을 가장 중요한 과제로 삼고 있다고 하겠다.

중국 고전소설의 필법이란

그렇다면 외재적인 '사항의 관계성'과 '등장인물의 관계성'을 묘사하는 것을 강조점으로 삼는 중국 고전소설에서 개개의 등장인물은 어떤 방식으로 세세히 묘사되는 것인가? 이 또한 등장인물의 내면 묘사와 심리 묘사는 거의 보이지 않고, 그들이 사회 집단 내에서 행하는 역할이라든가, 특징적인 행동 양태라든가, 또는 용모라든가 묘기 따위의 외재적 요소를 중심으로 한 묘사가 이루어지고 있는 것이 커다란 특징이라고 할 수 있다. 『삼국지연의』의 무장들이나 『서유기』의 요괴에 대해서도, 이미 언급했듯이 각각의 캐릭터의 용모나 몸 차림새, 그들이 손에 쥐고 있는 무기 등에 관해서 매우 세세한 데까지 묘사하면서 그 특성을 부각하고자 하였다. 이러한 특성은 '보이는 것에 대한 기술'이 내면이나 심리와 같은 '보이지 않는 것에 대한 기술'에 우선한다는 것을 보여주고 있다. 그런 의미에서 중국 고전소설의 '화자'는 유럽의 소설에서 모든 것을 투시하는 '전지적 서술자'와는 근본적으로 성격을 달리하는 것이다.

이러한 화자의 존재 방식은 결국은 중국 고전소설이 본래 설화에서 생겨났다는 사실에서 기인한다고 하겠다. 설화의 세계에서 수많은 청중을 앞에 두고 공연해야 했던 재담꾼(설화인說話人)은 여러 등장인물을 문자 그대로 '삼삼하게' 눈앞에서 보여주기 위해, 이들의 특기할 만한 외재적이고도 구체적인 특징을 강조하거나 또는 과장하기도 하면서 이야기를 진행시켜나간다. 이러한 재담의 공연 현장에서는 등장인물의 복잡한 내면과 심리를 표현한다는 것은 극히 곤란하며, 꾸물꾸물 이해하기 어려운 이야기를 계속하다가는 이내 청중에게 외면당하기 십상인 것이다.

기존의 설화를 정련하고 집대성한 『삼국지연의』, 『서유기』, 『수호전』 등의 중국 고전소설에서는 더욱 세련된 스타일을 구사하면서도 이렇듯 독특한 재담의 어투가 선명하게 이어져 내려오고 있다. 예를 들면 『삼국지연의』에서 '유비가 죽기 전에 이렇게 말했다'라는 식의 기술은 눈에 띄지만, 어째서 유비는 그렇게 말했는가, 제갈량은 그 말을 듣고서 어떻게 생각했는가 하는 내면과 연결되는 서술은 일절 보이지 않고 있다. 내면과 심리에 관계되는 부분은 등장인물 상호 간의 대화에서만 표현될 뿐이지, 작자가 '전지적 서술자'로서 등장인물의 내면까지 투시하고 그 심리 상태까지 설명하는 일은 있을 수 없었다. 이것은 참으로 구체적이고도 즉물적인 서술 방식이며, 또한 '보는' 것과 '듣는' 것에 중점을 두는 연극적인 서사 작법이라고 할 수 있다. 부언하자면 이러한 서술법 내지 서사 작법은 『금병매』나 『홍루몽』같이 설화의 전통에서 멀리 벗어나서 단독의 작가에 의해 쓰인 작품의 경우에도 의식적으로 계승되고 있다.

이러한 중국 고전소설의 특징은 조금 느닷없는 비유이기는 하지만 '전지적 서술자'를 부정하는 누보로망Nouveau roman[4])과 같은 유럽 현대소설과도 상통하는 바가 있다. 이와 같은 놀라운[5]) 문맥이 보이게 되면 이것 또한 오래된 것이야말로 새롭다는, 곧 중국 고전소설이 지니는 의외성이 풍부하고도 웅숭깊은 매력이 새삼 부각되는 것이다. 『삼국지연의』와 『서유기』를 재독하며 다시금 부각되었던 중국 고전소설의 매력을 거듭 확인하면서, 이 책의 하권에서는 『수호전』, 『금병매』, 『홍루몽』을 다시 읽는 방법을 통해서 서사란 무엇인가, 소설이란 무엇인가 라는 문제에 대해서 다양한 시각에서 생각해보고자 한다.

---

4) 전통적인 소설의 형식이나 관습을 부정하고 새로운 수법을 시도한 소설. 1950년대에 프랑스에서 시작한 것으로, 줄거리·인물·심리 묘사 등이 뚜렷하지 않고 사상의 통일성이 없으며, 시점이 자유롭다. 달리 앙티로망Anti roman·신소설·반소설 등으로 불린다.
5) 유명한 헝가리 작곡가 벨라 바르톡Bela Bartok의 무용 음악에 『놀라운 중국인The Miraculous Mandarin』이라는 작품이 있다.

역자 후기

옮긴이가 이 책을 처음 접했을 적에 불현듯 머리에 떠올랐던 책이 있다.『달과 6펜스』등의 작품으로 유명한 영국 작가 서머싯 몸의『세계 10대 소설과 작가』라는 저작이다. 프랑스에서 태어나 독일에 유학했던 경력을 지닌 영국 작가가 서양의 10대 소설을 선정해 요령 있고 감칠맛 나게끔 해설한 이 책을 중학생 시절 열심히 읽었던 적이 있다. 그러나 책을 읽으면서도 어째서 동양의 소설에 대해서는 일절 다루지 않는지에 대해서 일말의 아쉬움과 함께 불만을 느꼈던 일은 지금도 기억이 생생하다. 출판사에서 이나미 리쓰코 교수의 이 책의 번역을 의뢰해왔을 때 선뜻 응했던 것은 아마도 이 책이 동양의 문학사에서 가장 중요한 다섯 소설 작품에 대해 예전의 몸의 책이 남겼던 지적 공백을 충분히 메워줄 수 있으리라는 옮긴이 나름의 희망과 기대에서였다고 할 수 있다.

이나미 리쓰코 교수가 제일 먼저 다루고 있는『삼국지

연의』는 주지하다시피 3세기 무렵의 중국을 무대로 하고 있다. '흥망의 역사와 서사의 탄생'이라는 부제는 그렇다 치더라도 어째서 이런 아득한 옛날 남자 영웅들이 싸우는 이야기가 지금까지도 사람들에게 열광적으로 받아들여지는가 하는 점은 단순한 문학 연구를 벗어나 독서사회학 등 다방면으로 규명해야 할 중요한 연구 과제라 하겠다. 다만 여기서 옮긴이로서 지적하고 싶은 것은 이 책의『삼국지연의』에 대한 시각은 기존의 충군 사상 등을 강조하는 전통적 입장과는 거리가 먼 새로운 것이라는 사실이다. 곧 『삼국지연의』를 조조와 제갈공명이라는 두 영웅에 초점을 맞추어, 조조의 압도적인 인간적 국량과 '트릭스터'로서의 특색, 그에 맞서는 제갈공명의 발군의 능력과 인간적 매력 등을 촘촘히 교직해 묘사해내고 있다는 점이다. 이 책을 읽고 나면『삼국지연의』를 다시금 읽고서 새로운 맛을 느껴보려는 의욕이 독자들에게 충만해질 것이라고 옮긴이가 믿어 의심치 않는 중요한 근거의 하나라고 하겠다.

다음으로 다루는『서유기』의 경우 여러 측면에서『삼국지연의』와는 대조적이라고 할 수 있다. 그중 가장 커다란 차이점을 들어보면 이전에는 보이지 않았던 불교라는 새로운 사상이 배경으로 등장하고 있고,『삼국지연의』가 역사에 실재한 영웅들의 이야기인 데 반해『서유기』는 도무지 정상적 인간과는 거리가 먼 존재들의 이야기라는 점이다. 이 책의 저자가 '거대한 요괴 테마파크'라고 작품의 성격을 간결히 규정한 것은 그런 점에서 매우 적확한 언급으로 보인다. 그러나 저자가 한 걸음 더 나아가서 이 책의 후반부에서『서유기』를 중심으로 중국 고전소설의 필법을 논하면서 이 작품을 서양의 누보로망과도 견주어 높이 평가하는 대목은 그러한 주장에 대한 찬성 여부를 떠나 이 책에서 가장 읽을 만한 백미이자 저자의 학문적 시야의 넓이와 깊이를 확인할 수 있는 대목으로 흥미롭다고 하겠다.

이렇게 보면『삼국지연의』와『서유기』는 시대를 초월해 남녀노소 누구에게나 사랑받는 고전이라는 공통점 이외에는 성격이 전혀 다른 작품이라는 사실을 새삼 깨닫게 된다. 이렇듯 성격을 전혀 달리하면서도 누구나 잘 알고 있는 두 고전의 세계를 제한된 분량의 소책자 안에서 요령 있고 감칠맛 나게끔 비교·해설하는 일은 저자인 이나미 리쓰코 교수 정도의 학력과 필력 등의 깜냥이 있어야만 비로소 가능한 일이라는 점에서 옮긴이는 동학으로서 부러운 마음을 숨길 수 없다. 오늘날 세계는 무력을 동원한 전쟁이 드물 뿐이지 개인 간의 경쟁에서부터 국가 간의 대립·갈등의 양상에서는 『삼국지연의』가 묘사하는 세계와 다를 바 없고, 우리의 일상적인 주변 세계를 둘러보아도 정상과는 거리가 먼 인간들이 도처에 출현한다는 점에서 『서유기』가 묘사하는 요괴의 세계와 오십보백보라 하겠다. 그런 점에서 이 책을 단순한 고전에 대한 학술적 해설서가 아니라 우리가 현재 살고 있는, 요괴들이 득실거리는 전쟁과도 진배없는 세상을 순탄히 헤쳐나가기 위한 일종의 처세 안내서처럼 읽어야 한다는 생각은 옮긴이만의 지나치고 독선적인 판단만은 아니라고 해야 할 것이다.

2019년 7월
옮긴이 장원철

제1회 | 호걸 세 사람은 도원에서 잔치하여 의형제를 맺고, 영웅은 황
건적을 죽여서 처음으로 공을 세우다

제2회 | 분노한 장비는 독우를 매질하고, 국구 하진은 계책을 써서 환
관들을 죽이기로 작정하다

제3회 | 온명원에서 회의하던 동탁은 정원을 꾸짖고, 이숙은 황금과
구슬을 뇌물로 주며 여포를 유혹하다

제4회 | 한제를 폐위하여 진류왕을 황제로 삼고, 조맹덕은 역적 동탁
을 죽이려다가 칼을 바치다

제5회 | 조조가 거짓 조서를 천하에 뿌리니 모든 제후들은 호응하고,
세 영웅은 관소의 군사를 격파하고 여포와 싸우다

제6회 | 동탁은 찬란한 궁궐에 불을 지르는 극악한 짓을 하고, 손견은
옥새를 감추어 맹약을 저버리다

제7회 | 원소는 반하에서 공손찬과 싸우고, 손견은 강을 건너가 유표
를 치다

제8회 | 왕사도는 교모히 연환계를 쓰고, 동태사는 봉의정을 소란케
하다

제9회 | 여포는 흉악한 자를 없애려 왕윤을 돕고, 이각은 장안을 침범
하려 가후의 말을 듣다

제10회 | 마등은 왕실을 위하여 의병을 일으키고, 조조는 부친의 원수
를 갚으려 군사를 일으키다

제11회 | 유현덕은 북해에서 공융을 구출하고, 여포는 복양에서 조조를
격파하다

제12회 | 도겸은 세 번이나 서주를 양도하려 하고, 조조는 여포와 크게
싸우다

제13회 | 이각과 곽사의 군사는 서로 크게 싸우고, 양봉과 동승은 함께
천자를 구하다

제14회 | 조조는 어가를 모셔 허도로 가고, 여포는 밤을 이용하여 서주

을 공격하는 데 공로를 다투다

나다

『서유기』 매회의 표제 총목록

더불어 요괴를 항복시켜 정체를 드러내게 하다

주요 참고문헌(번역 대본 및 번역본)

『삼국지연의』편

『삼국지연의』전 2책 인민문학출판사 1957년 북경제 2판
『삼국지연의』전 7책 이나미 리쓰코井波律子 역, 치쿠마문고 2002~2003년

『삼국지』전 8책 오가와 다마키小川環樹 · 가네다 준이치로金田純一郎 역, 이와나미문고 1953~1973년
『삼국지연의』전 2책 다쓰마 쇼스케立間祥介 역, 헤이본샤 중국고전문학대계 1968년

『서유기』편

『서유기』전 3책 인민문학출판사 1955년 북경제 1판

『서유기』전 2책 오타 다쓰오太田辰夫 · 도리이 히사야스鳥居久靖 역, 헤이본샤 중국고전문학대계 1968년
『서유기』전 10책 나카노 미요코中野美代子 역, 이와나미문고(개정판) 2005

일본의 지성을 읽는다

001 이와나미 신서의 역사
가노 마사나오 지음 | 기미정 옮김 | 11,800원

일본 지성의 요람, 이와나미 신서!
1938년 창간되어 오늘날까지 일본 최고의 지식 교양서 시리즈로 사랑받고 있는 이와나미 신서. 이와나미 신서의 사상·학문적 성과의 발자취를 더듬어본다.

002 논문 잘 쓰는 법
시미즈 이쿠타로 지음 | 김수희 옮김 | 8,900원

이와나미서점의 시대의 명저!
저자의 오랜 집필 경험을 바탕으로 글의 시작과 전개, 마무리까지, 각 단계에서 염두에 두어야 할 필수사항에 대해 효과적이고 실천적인 조언이 담겨 있다.

003 자유와 규율 -영국의 사립학교 생활-
이케다 기요시 지음 | 김수희 옮김 | 8,900원

자유와 규율의 진정한 의미를 고찰!
학생 시절을 퍼블릭 스쿨에서 보낸 저자가 자신의 체험을 바탕으로, 엄격한 규율 속에서 자유의 정신을 훌륭하게 배양하는 영국의 교육에 대해 말한다.

004 외국어 잘 하는 법
지노 에이이치 지음 | 김수희 옮김 | 8,900원

외국어 습득을 위한 확실한 길을 제시!!
사전·학습서를 고르는 법, 발음·어휘·회화를 익히는 법, 문법의 재미 등 학습을 위한 요령을 저자의 체험과 외국어 달인들의 지혜를 바탕으로 이야기한다.

005 일본병 -장기 쇠퇴의 다이내믹스-
가네코 마사루, 고다마 다쓰히코 지음 | 김준 옮김 | 8,900원

일본의 사회·문화·정치적 쇠퇴, 일본병!
장기 불황, 실업자 증가, 연금제도 파탄, 저출산·고령화의 진행, 격차와 빈곤의 가속화 등의「일본병」에 대해 낱낱이 파헤친다.

006 강상중과 함께 읽는 나쓰메 소세키
강상중 지음 | 김수희 옮김 | 8,900원

나쓰메 소세키의 작품 세계를 통찰!
오랫동안 나쓰메 소세키 작품을 음미해온 강상중의 탁월한 해석을 통해 나쓰메 소세키의 대표작들 면면에 담긴 깊은 속뜻을 알기 쉽게 전해준다.

007 잉카의 세계를 알다
기무라 히데오, 다카노 준 지음 | 남지연 옮김 | 8,900원

위대한「잉카 제국」의 흔적을 좇다!
잉카 문명의 탄생과 찬란했던 전성기의 역사, 그리고 신비에 싸여 있는 유적 등 잉카의 매력을 풍부한 사진과 함께 소개한다.

008 수학 공부법
도야마 히라쿠 지음 | 박미정 옮김 | 8,900원

수학의 개념을 바로잡는 참신한 교육법!
수학의 토대라 할 수 있는 양·수·집합과 논리·공간 및 도형·변수와 함수에 대해 그 근본 원리를 깨우칠 수 있도록 새로운 관점에서 접근해본다.

009 우주론 입문 -탄생에서 미래로-
사토 가쓰히코 지음 | 김효진 옮김 | 8,900원

물리학과 천체 관측의 파란만장한 역사!
일본 우주론의 일인자가 치열한 우주 이론과 관측의 최전선을 전망하고 우주와 인류의 먼 미래를 고찰하며 인류의 기원과 미래상을 살펴본다.

010 우경화하는 일본 정치
나카노 고이치 지음 | 김수희 옮김 | 8,900원

일본 정치의 현주소를 읽는다!
일본 정치의 우경화가 어떻게 전개되어왔으며, 우경화를 통해 달성하려는 목적은 무엇인가. 일본 우경화의 전모를 낱낱이 밝힌다.

011 악이란 무엇인가
나카지마 요시미치 지음 | 박미정 옮김 | 8,900원

악에 대한 새로운 깨달음!
인간의 근본악을 추구하는 칸트 윤리학을 철저하게 파고든다. 선한 행위 속에 어떻게 악이 녹아들어 있는지 냉철한 철학적 고찰을 해본다.

012 포스트 자본주의 -과학·인간·사회의 미래-
히로이 요시노리 지음 | 박제이 옮김 | 8,900원

포스트 자본주의의 미래상을 고찰!
오늘날「성숙·정체화」라는 새로운 사회상이 부각되고 있다. 자본주의·사회주의·생태학이 교차하는 미래 사회상을 선명하게 그려본다.

013 인간 시황제
쓰루마 가즈유키 지음 | 김경호 옮김 | 8,900원

새롭게 밝혀지는 시황제의 50년 생애!
시황제의 출생과 꿈, 통일 과정, 제국의 종언에 이르기까지 그 일생을 생생하게 살펴본다. 기존의 폭군상이 아닌 한 인간으로서의 시황제를 조명해본다.

014 콤플렉스
가와이 하야오 지음 | 위정훈 옮김 | 8,900원

콤플렉스를 마주하는 방법!
「콤플렉스」는 오늘날 탐험의 가능성으로 가득 찬 미답의 영역, 우리들의 내계, 무의식의 또 다른 이름이다. 융의 심리학을 토대로 인간의 심층을 파헤친다.

015 배움이란 무엇인가

이마이 무쓰미 지음 | 김수희 옮김 | 8,900원

'좋은 배움'을 위한 새로운 지식관!
마음과 뇌 안에서의 지식의 존재 양식 및 습득 방식, 기억이나 사고의
방식에 대한 인지과학의 성과를 바탕으로 배움의 구조를 알아본다.

016 프랑스 혁명 -역사의 변혁을 이룬 극약-

지즈카 다다미 지음 | 남지연 옮김 | 8,900원

프랑스 혁명의 빛과 어둠!
프랑스 혁명은 왜 그토록 막대한 희생을 필요로 하였을까. 시대를 살
아가던 사람들의 고뇌와 처절한 발자취를 더듬어가며 그 역사적 의
미를 고찰한다.

017 철학을 사용하는 법

와시다 기요카즈 지음 | 김진희 옮김 | 8,900원

철학적 사유의 새로운 지평!
숨 막히는 상황의 연속인 오늘날, 우리는 철학을 인생에 어떻게 '사용'
하면 좋을까? '지성의 폐활량'을 기르기 위한 실천적 방법을 제시한다.

018 르포 트럼프 왕국 -어째서 트럼프인가-

가나리 류이치 지음 | 김진희 옮김 | 8,900원

또 하나의 미국을 가다!
뉴욕 등 대도시에서는 알 수 없는 트럼프 인기의 원인을 파헤친다. 애
팔래치아 산맥 너머, 트럼프를 지지하는 사람들의 목소리를 가감 없
이 수록했다.

019 사이토 다카시의 교육력 -어떻게 가르칠 것인가-

사이토 다카시 지음 | 남지연 옮김 | 8,900원

창조적 교육의 원리와 요령!
배움의 장을 향상심 넘치는 분위기로 이끌기 위해 필요한 것은 가르
치는 사람의 교육력이다. 그 교육력 단련을 위한 방법을 제시한다.

020 원전 프로파간다 -안전신화의 불편한 진실-
혼마 류 지음 | 박제이 옮김 | 8,900원

원전 확대를 위한 프로파간다!
언론과 광고대행사 등이 전개해온 원전 프로파간다의 구조와 역사를
파헤치며 높은 경각심을 일깨운다. 원전에 대해서, 어디까지 진실인
가.

021 허블 -우주의 심연을 관측하다-
이에 마사노리 지음 | 김효진 옮김 | 8,900원

허블의 파란만장한 일대기!
아인슈타인을 비롯한 동시대 과학자들과 이루어낸 허블의 영광과 좌
절의 생애를 조명한다! 허블의 연구 성과와 인간적인 면모를 살펴볼
수 있다.

022 한자 -기원과 그 배경-
시라카와 시즈카 지음 | 심경호 옮김 | 9,800원

한자의 기원과 발달 과정!
중국 고대인의 생활이나 문화, 신화 및 문자학적 성과를 바탕으로, 한
자의 성장과 그 의미를 생생하게 들여다본다.

023 지적 생산의 기술
우메사오 다다오 지음 | 김욱 옮김 | 8,900원

지적 생산을 위한 기술을 체계화!
지적인 정보 생산을 위해 저자가 연구자로서 스스로 고안하고 동료
들과 교류하며 터득한 여러 연구 비법의 정수를 체계적으로 소개한다.

024 조세 피난처 -달아나는 세금-
시가 사쿠라 지음 | 김효진 옮김 | 8,900원

조세 피난처를 둘러싼 어둠의 내막!
시민의 눈이 닿지 않는 장소에서 세 부담의 공평성을 해치는 온갖 악
행이 벌어진다. 그 조세 피난처의 실태를 철저하게 고발한다.

025 고사성어를 알면 중국사가 보인다
이나미 리츠코 지음 | 이동철, 박은희 옮김 | 9,800원

고사성어에 담긴 장대한 중국사!
다양한 고사성어를 소개하며 그 탄생 배경인 중국사의 흐름을 더듬
어본다. 중국사의 명장면 속에서 피어난 고사성어들이 깊은 울림을
전해준다.

026 수면장애와 우울증
시미즈 데쓰오 지음 | 김수희 옮김 | 8,900원

우울증의 신호인 수면장애!
우울증의 조짐이나 증상을 수면장애와 관련지어 밝혀낸다. 우울증을
예방하기 위한 수면 개선이나 숙면법 등을 상세히 소개한다.

027 아이의 사회력
가도와키 아쓰시 지음 | 김수희 옮김 | 8,900원

아이들의 행복한 성장을 위한 교육법!
아이들 사이에서 타인에 대한 관심이 사라져가고 있다. 이에 「사람과
사람이 이어지고, 사회를 만들어나가는 힘」으로 「사회력」을 제시한다.

028 쑨원 -근대화의 기로-
후카마치 히데오 지음 | 박제이 옮김 | 9,800원

독재 지향의 민주주의자 쑨원!
쑨원, 그 남자가 꿈꾸었던 것은 민주인가, 독재인가? 신해혁명으로
중화민국을 탄생시킨 희대의 트릭스터 쑨원의 못다 이룬 꿈을 알아
본다.

029 중국사가 낳은 천재들
이나미 리츠코 지음 | 이동철, 박은희 옮김 | 8,900원

중국 역사를 빛낸 56인의 천재들!
중국사를 빛낸 걸출한 재능과 독특한 캐릭터의 인물들을 연대순으로
살펴본다. 그들은 어떻게 중국사를 움직였는가?!

030 마르틴 루터 -성서에 생애를 바친 개혁자-
도쿠젠 요시카즈 지음 | 김진희 옮김 | 8,900원

성서의 '말'이 가리키는 진리를 추구하다!
성서의 '말'을 민중이 가슴으로 이해할 수 있도록 평생을 설파하며 종교개혁을 주도한 루터의 감동적인 여정이 펼쳐진다.

031 고민의 정체
가야마 리카 지음 | 김수희 옮김 | 8,900원

현대인의 고민을 깊게 들여다본다!
우리 인생에 밀접하게 연관된 다양한 요즘 고민들의 실례를 들며, 그 심층을 살펴본다. 고민을 고민으로 만들지 않을 방법에 대한 힌트를 얻을 수 있을 것이다.

032 나쓰메 소세키 평전
도가와 신스케 지음 | 김수희 옮김 | 9,800원

일본의 대문호 나쓰메 소세키!
나쓰메 소세키의 작품들이 오늘날에도 여전히 사람들의 마음을 매료시키는 이유는 무엇인가? 이 평전을 통해 나쓰메 소세키의 일생을 깊이 이해하게 되면서 그 답을 찾을 수 있을 것이다.

033 이슬람문화
이즈쓰 도시히코 지음 | 조영렬 옮김 | 8,900원

이슬람학의 세계적 권위가 들려주는 이야기!
거대한 이슬람 세계 구조를 지탱하는 종교·문화적 밑바탕을 파고들며, 이슬람 세계의 현실이 어떻게 움직이는지 이해한다.

034 아인슈타인의 생각
사토 후미타카 지음 | 김효진 옮김 | 8,900원

물리학계에 엄청난 파장을 몰고 왔던 인물!
아인슈타인의 일생과 생각을 따라가 보며 그가 개척한 우주의 새로운 지식에 대해 살펴본다.

035 음악의 기초

아쿠타가와 야스시 지음 | 김수희 옮김 | 9,800원

음악을 더욱 깊게 즐길 수 있다!
작곡가인 저자가 풍부한 경험을 바탕으로 음악의 기초에 대해 설명하는 특별한 음악 입문서이다.

036 우주와 별 이야기

하타나카 다케오 지음 | 김세원 옮김 | 9,800원

거대한 우주의 신비와 아름다움!
수많은 별들을 빛의 밝기, 거리, 구조 등 다양한 시점에서 해석하고 분류해 거대한 우주 진화의 비밀을 파헤쳐본다.

037 과학의 방법

나카야 우키치로 지음 | 김수희 옮김 | 9,800원

과학의 본질을 꿰뚫어본 과학론의 명저!
자연의 심오함과 과학의 한계를 명확히 짚어보며 과학이 오늘날의 모습으로 성장해온 궤도를 사유해본다.

038 교토

하야시야 다쓰사부로 지음 | 김효진 옮김

일본 역사학자의 진짜 교토 이야기!
천년 고도 교토의 발전사를 그 태동부터 지역을 중심으로 되돌아보며, 교토의 역사와 전통, 의의를 알아본다.

039 다윈의 생애

야스기 류이치 지음 | 박제이 옮김

다윈의 진솔한 모습을 담은 평전!
진화론을 향한 청년 다윈의 삶의 여정을 그려내며, 위대한 과학자가 걸어온 인간적인 발전을 보여준다.

040 일본 과학기술 총력전
야마모토 요시타카 지음 | 서의동 옮김

구로후네에서 후쿠시마 원전까지!
메이지 시대 이후 「과학기술 총력전 체제」가 이끌어온 근대 일본 150년. 그 역사의 명암을 되돌아본다.

041 밥 딜런
유아사 마나부 지음 | 김수희 옮김

시대를 노래했던 밥 딜런의 인생 이야기!
수많은 명곡으로 사람들을 매료시키면서도 항상 사람들의 이해를 초월해버린 밥 딜런. 그 인생의 발자취와 작품들의 궤적을 하나하나 짚어본다.

042 감자로 보는 세계사
야마모토 노리오 지음 | 김효진 옮김

인류 역사와 문명에 기여해온 감자!
감자가 걸어온 역사를 돌아보며, 미래에 감자가 어떤 역할을 할 수 있는지, 그 가능성도 아울러 살펴본다.

IWANAMI 043

중국 5대 소설
삼국지연의·서유기 편

초판 1쇄 인쇄 2019년 8월 10일
초판 1쇄 발행 2019년 8월 15일

저자 : 이나미 리쓰코
번역 : 장원철

펴낸이 : 이동섭
편집 : 이민규, 서찬웅, 탁승규
디자인 : 조세연, 백승주, 김현승
영업·마케팅 : 송정환
e-BOOK : 홍인표, 김영빈, 유재학, 최정수
관리 : 이윤미

㈜에이케이커뮤니케이션즈
등록 1996년 7월 9일(제302-1996-00026호)
주소 : 04002 서울 마포구 동교로 17안길 28, 2층
TEL : 02-702-7963~5   FAX : 02-702-7988
http://www.amusementkorea.co.kr

ISBN 979-11-274-2724-5 04820
ISBN 979-11-7024-600-8 04080

CHUGOKU NO GODAI SHOSETSU VOL. 1 SANGOKUSHIENGI SAIYUKI
by Ritsuko Inami
Copyright © 2008 by Ritsuko Inami
First published 2008 by Iwanami Shoten, Publishers, Tokyo.
This Korean print form edition published 2019
by AK Communications, Inc., Seoul
by arrangement with Iwanami Shoten, Publishers, Tokyo.

이 책의 한국어판 저작권은 일본 IWANAMI SHOTEN과의 독점계약으로
㈜에이케이커뮤니케이션즈에 있습니다.
저작권법에 의해 한국 내에서 보호를 받는 저작물이므로 무단전재와 무단복제를 금합니다.

이 도서의 국립중앙도서관 출판예정도서목록(CIP)은 서지정보유통지원시스템 홈페이지
(http://seoji.nl.go.kr)와 국가자료공동목록시스템(http://www.nl.go.kr/kolisnet)에서 이용
하실 수 있습니다. (CIP제어번호: CIP2019028533)

*잘못된 책은 구입한 곳에서 무료로 바꿔드립니다.